Best Time

白马时光

Sweet Pea

甜豌豆

〔英〕C.J.斯库斯 著 肖心怡 译

百花洲文艺出版社
BAIHUAZHOU LITERATURE AND ART PRESS

图书在版编目（CIP）数据

甜豌豆 /（英）C.J. 斯库斯著；肖心怡译 . — 南昌：百花洲文艺出版社，2019.6
ISBN 978-7-5500-3245-3

Ⅰ . ①甜… Ⅱ . ① C… ②肖… Ⅲ . ①长篇小说—英国—现代 Ⅳ . ① I561.45

中国版本图书馆 CIP 数据核字（2019）第 072733 号

江西省版权局著作权合同登记号：14-2019-0134

甜豌豆
TIAN WANDOU
〔英〕C.J. 斯库斯 著 肖心怡 译

出 品 人	李国靖
特约监制	王 瑜
责任编辑	叶 姗 刘玉芳
特约策划	王俊艳
特约编辑	石 雯
版权支持	韩东芳
封面设计	林 丽
版式设计	赵梦菲
封面绘图	Mr 圆珠笔
出版发行	百花洲文艺出版社
社 址	南昌市红谷滩世贸路 898 号博能中心 I 期 A 座 20 楼 邮 编 330038
经 销	全国新华书店
印 刷	嘉业印刷（天津）有限公司
开 本	880mm × 1230mm 1/32
印 张	12
字 数	344 千字
版 次	2019 年 6 月第 1 版第 1 次印刷
书 号	ISBN 978-7-5500-3245-3
定 价	45.00 元

赣版权登字：05-2019-97

发行电话 0791-86895108 网 址 http://www.bhzwy.com
图书若有印装错误，影响阅读，可向承印厂联系调换。

献给我的表姐艾米丽·梅特卡夫，

谢谢你在我装修房子的时候让我住在你家。

12月31日，星期日

1. 惠特克夫人——我那上了年纪的偷窃狂邻居。

2. 利德超市的收银员“迪伦”。这是个长了满脸粉刺，还用着带拉链的钱包的家伙，为人粗暴态度又差，总把我的苹果重重地摔在收银台上。

3. 那个每天早上开着蓝色逍客从索尔贝里大街上咆哮着冲出来的西装男——他总穿着灰色西装，戴一副飞行员墨镜，美黑过的肤色跟特朗普似的。

4. 我们报社除了杰夫以外的所有同事。

5. 克雷格。

不知道你的新年过得怎么样，反正我的简直是棒极了。其实这一天的开头还挺让人糟心的——一方面是惯例的“圣诞节怎么这么快就结束了，见鬼马上又要回去工作了”那种烦躁，另一方面是因为，那天早上克雷格洗澡时我发现他手机上有这么一条短信：

“往小弟弟上抹肥皂的时候要想着我噢。”

落款是“L.”，后面还跟着两个亲亲和一个笑脸的表情。

好吧，看来是真的了，他俩还真勾搭到一块儿去了——我想。

“L.”的全名是拉娜·朗特里，我们报社风情万种的24岁销售代表。她穿紧身小短裙和松糕鞋，头发甩起来就好像全天24小时都生活在欧莱雅的广告里。他认识她是在12天前，也就是12月19日，我们报社的年会。当时我就觉得他们不对劲了，今天的短信证实了这一点。那天的酒会上他俩一直在一起，一起聊天，一起大笑，她用手指抚弄一叠餐巾纸，他用勺子给两人舀夹心肉丸，一会儿她的头发扫过这里，一会儿他的胡楂掠过那里。整晚她的视线都黏着他，而他显然沉醉在这目光里享受无比。

这之后他“进城干活儿”的次数突然就多了起来。今天给这户人家刷个油漆，明天给那户人家铺个木地板，过阵子又要去给人装个隔断墙，并且还“比他预计的要难搞”。什么样的家庭会在圣诞前一周忙着弄这些劳什子呢？另外他待在厕所的时间也明显开始变长，还两次单独去“圣诞节采购”，每次都要花上整整一个下午刷爆他的信用卡。我看过他的账单，给我的礼物全是网购的。

于是，我一整天都在烦这件事。在那个跨年夜，我最不想干的事情就是跟一帮打扮得花枝招展的酒鬼出去“找乐子”了。然而很不幸，这正是我那天晚上的安排。

我的“朋友们”——或者说，我甩也甩不掉的那群“塑料姐妹花”——约好穿上当季的漂亮衣服，晚上在港口的“美人鱼之家”餐厅见面。这次“跨年聚餐 + 串酒吧”活动从几个月前就开始计划了。本来我们说好是要带家属的，可谁知道怎么回事，当这活动变成“跨年聚餐 + 串酒吧 + 安妮的准妈妈派对”后，家属们就莫名其妙地一个接一个退出了。这家餐厅开在镇中心，尽管那拿腔作势的高雅情调简直要透过门窗扑出来，可每到周日早上，外墙上依然免不了出现黄色污渍，门垫上还会出现一摊恶心的不明液体。餐厅内部的装修风格以黑色和银色为主，再加上那么一丁点儿法式风情——墙上挂着一串一串的大蒜、巴黎街景壁画，还有服务生像看到杀母仇人一样恶狠狠地瞪着你。

问题是，我需要她们，我需要朋友。我自己倒没什么社交需求，不像《荒岛余生》里那个被荒岛生活折磨得骨瘦如柴的汤姆·汉克斯，找不到人类交流还得弄个排球当朋友。只是要在如今这个社会里正常生活而不被人当成怪胎，你总得让自己身边有那么几个朋友。这事儿其实让我很烦，就像例假一样烦。但你要是胆敢一个朋友也没有，大家就会开始给你贴上“不合群”的标签，甚至开始研究你的上网记录，怀疑你在车库里造炸弹什么的。

但我和我的“塑料姐妹花”实在是找不出什么共同点，这也是不可否认的事实。我是一家本地无聊小报的编辑助理，伊梅尔达是个房地产经纪，安娜依斯是个护士（目前正在休产假），露西尔在银行工作，她妹妹克莱奥是大学体育老师兼健身私教，皮奇是中学老师。我们甚至都没什么共同爱好——好吧，安妮（安娜依斯的昵称）和我有时候还会互发信息聊聊英剧《浴血黑帮》（*Peaky Blinders*），但我觉得我俩也算不上什么“好闺密”。

也许在旁人看来我就是这群喧闹的乌鸦中一只安静的杜鹃，但在这个小团体里我还是发挥了重要的作用。我和“塑料姐妹花”们相识在中学的最后一年，那时候我还是很受欢迎的。我小时候很有名，光鲜经历一大把：我见过“理查德”和“朱迪”[①]；杰瑞米·凯尔[②]给过我一个温迪屋[③]；《谋杀倒计时》（*Countdown to Murder*）节目还采访过我。而到了现在，我只是她们一个体贴周到的朋友兼专职司机。我最近的职位是首席听众——我知道她们所有的秘密。如果你倾听一个人的牢骚足够长的时间，并且装出一副很感兴趣的样子，他什么都会告诉你。

准妈妈安妮的预产期在 3 月。巫婆四人组——露西尔、克莱奥、伊梅尔达和皮奇给她带来的礼物在桌子上堆成了山：尿布蛋糕[④]、各种卡片、彩带和气球，还有婴儿袜，谁知道她们在这上面花了多少钱。我准备的是一个热带水果篮——什么荔枝、杧果、杨桃加椰果之类的，算是致敬安妮的毛里求斯血统。这玩意儿摆在巫婆四人组那些精美礼物旁边，简直就像是内政大臣身边的妓女。这帮聒噪的女人一如既往地围在桌边喋喋不休，还好我没开车来，可以尽情地用普罗塞克（Prosecco）葡萄酒麻痹自己，让自己相信我非常享受眼前的这一切。

“塑料姐妹花”谈论的话题不外乎以下五个：

---

① 英国谈话节目《理查德和朱迪》主持人。

② Jeremy Kyle，英国脱口秀节目《杰瑞米·凯尔》的主持人。

③ Wendy house，供孩子玩耍的游戏屋。

④ 将尿布和其他婴儿必需品堆在一起做成蛋糕造型，这是一种西方国家流行的送准妈妈或有新生儿的家庭的礼物。

1. 她们的伴侣（这些男人是多么一无是处）。

2. 她们的小孩（我没有孩子，所以除了偶尔跟着赞美学校的宗教活动照片或是表达一下小孩子把自己的屁屁糊到墙上的视频很搞笑，我也插不上什么话）。

3. 宜家（不是刚去过就是正准备去）。

4. 节食计划——哪种节食法有用/哪种根本不管用、哪种能吃饱/哪种根本吃不饱、她们又减下去了几磅/又重了几磅。

5. 伊梅尔达的婚礼——她9月才宣布要结婚，但在我印象中我们好像永远都在聊这个话题。

我脑子里想着的却是另外五件事：

1. 我的森贝儿家族玩偶。

2. 我至今仍未出版的小说——《不在场证明时钟》。

3. 我的小狗“叮当”。

4. 我到底什么时候才能去洗手间刷手机。

5. 我要怎样才能杀了我不喜欢的人而不被抓住。

就这样聊了没多久，服务生端着一瓶普罗塞克葡萄酒和几个洗得不太干净的杯子走了过来。

“这是？”伊梅尔达问道。

“吧台那边的绅士们送的。”服务生答。我们转过去，看到靠在吧台上的两个猎艳男人：其中一个耳朵上挂着两个大金耳环，头发抹得油光发亮，一只胳膊缠着绷带，他用那只好胳膊举起酒杯向我们扬了扬。他身边的朋友穿着威尔士橄榄球队队服，文着大花臂，左眉毛上有道伤疤，腆着大啤酒肚，一点儿也不害臊地盯着露西尔尺寸惊人的胸部垂涎欲滴。露西尔说她的胸“可不是故意挤出来的”——典型的鬼话。这要是真的，我还每个月不来大姨妈呢。

“非常棒。”她微微一笑，伸手去拿面包篮里的面包。我们分别举起酒杯向两个男人致了意，回到我们千篇一律的聊天内容上——孩子、男人、宜家，以及做个女人有多不容易。

安妮开始拆礼物，她觉得这些礼物全都要么“太棒了”，要么“太可爱了”。她是这群人里相对不那么烦人的一个，在医院工作的她总有一些急诊室的奇闻逸事跟我们分享：某个男的把芭比娃娃捅进了自己的“菊花”拔不出来啦；某个疯狂的摩托车手出了事故，脑袋和脖子分了家之类的。这些故事讲起来多多少少还有那么一点意思。可惜她的孩子很快就要出生了，到时候这傻孩子就会变成我们能跟她聊的唯一话题——“呀！他怎么这么可爱！”“啊！我也好想马上生一个宝宝噢！”通常就是这样。

尽管大家正在实施的减肥食谱花样百出，我们还是都点了牛排，只是分量和酱汁各不一样。梅尔（伊梅尔达的简称）用的是杜坎减肥法——还是低升糖减肥法来着？我不太记得了；露西尔是5：2轻断食，也就是吃五天歇两天，但今天是第五天，所以主菜还没上来她就已经吃掉了三个面包卷和二十根面包棒；克莱奥只吃“低脂健康餐”，但圣诞和新年她可以随便吃；至于我自己，我的减肥计划是——尽情吃到今年的最后一天，疯狂节食什么的明年再说吧。所以我点了一块足足十盎司的西冷牛排配黄油酱和炸得金黄焦脆的薯条。我点的牛排很生，生到你都不知道是该吃了它还是该给它喂点胡萝卜什么的，生到肉的质感吃起来是那么不真实。我甚至懒得关心这头牛吃了多少苦头——它的肉太好吃了。

“你不是吃素吗？”露西尔问我，一边又撕下来一大块随餐赠送的面包。

“现在吃肉了。”我真是不敢相信她居然还记得我吃过素——这大概是四个世纪以前的事儿了吧。当年我的医生建议我不要吃红肉来着，因为我过于情绪化。但我都开始吃维生素片了，也就没必要再为了这劳什子的所谓“情绪控制”问题来放弃美食的乐趣了。何况我总觉得花椰菜的质感还有豆芽菜的头吃起来简直像是魔鬼的痔疮。

服务生拿过来一些看起来吓死人的牛排刀。克莱奥问我：“圣诞节都收了些什么好礼物呀？”

我先对服务生说了句谢谢。我从来都对服务生们非常客气，毕竟，谁知道在你看不见的时候他们都是怎么对待你的食物的呢。“几本书、香水、网飞[①]代金券、水磨石[②]代金券，还有碧昂丝伯明翰演唱会的门票……”我特意没提森贝儿家族，毕竟能理解我对它们的热爱的，大概只有伊梅尔达那对五岁的双胞胎吧。

“啊哈，我们 4 月也要去伦敦看碧昂丝——”皮奇凑了过来，“呀，对了，我想起来我原本想跟你们说什么了——”

于是皮奇开始滔滔不绝地讲起了她是如何去了六家宠物店才为自己的两只宠物兔碧昂丝和索兰吉买到合适的东西。皮奇的话题总是这么无聊，无聊到让听者简直恨不得去悬梁自尽。当然了，其他人的话题大部分时候也很乏味，比如安妮的产检、露西尔那些抵押贷款的破事儿什么的。我开始在脑子里给我的森贝儿家族玩偶们重新设计餐厅的陈设，它们需要更多的娱乐空间。

尽管拜我那不老实的男友所赐，我胸中的怒火熊熊燃烧，但由于吃得还不错，这怒火被我压了下来。我环视了一下四周，发现每张桌子上的花瓶里放的都是假花，这肯定入不了那些猫途鹰[③]自拍小仙女的法眼。而对我来说，鉴于牛排做得不错，我对这家餐厅还算满意。就为了这顿饭，我终于把自己从平安夜起就没脱下过的睡衣里捞出来，还花了整整两个小时好好捯饬了一把，目前看来这一切基本还算是值得的——至少在她们又一次聊起伊梅尔达的婚礼之前……当然了，这次又是露西尔干的好事——

“对了，你决定好婚礼那天弄什么发型了吗？”

通常伊梅尔达是听不见露西尔说的话的，除非她说的话题是关于自己，或者关于婚礼，或者关于自己的婚礼。此刻就正是这样一个罕见的时刻。

“哎，还没呢，”她喃喃道，“我想要高一点的发髻，但也不能太尖锐了。伴娘们就编法式辫子就好了，不要搞得太复杂。对了，我告诉过你们我们找到摄影师了吗？还是两个一起来噢！杰克从伦敦把这个摄影师和

---

① Netflix，美国视频内容提供商。

② Waterstone's，英国最大的连锁书店。

③ Tripadvisor，全球领先的旅游网站。

他的伴侣——是工作伴侣啦（大家发出心知肚明的笑声）——请来的，他们5月会过来考察我们办婚礼的教堂。我走红毯的时候他会站在礼堂后面，这样他可以拍到所有宾客的脸，他的搭档会在圣坛那边。”

“这样就一个镜头也不会错过了。”我附和了一句。

“就是就是。”伊梅尔达笑着回应，好像因为我居然会对这个话题感兴趣而十分兴奋。

“你那天晚上打算穿什么，想好了吗？”刚跑完今晚第三趟洗手间的安妮也加入了话题。

“当然还是婚纱啦！”

“你打算一整天都穿着婚纱？”克莱奥表示惊叹。

“是的！我一定要挑一件美呆了的婚纱。这是我的大日子，所有人都等着看我呢……而且这样那些没有受邀参加仪式的人也能够看到我最美的样子啦。”

“可不吗，谁也不希望谁错过任何一幕呢。”我一边翻手机一边嘟囔。伊梅尔达又笑了，仿佛我说出了她的心声。

安妮咬着下唇点点头：“小梅，你一定会是最美的啦！你的婚礼一定会超精彩超好看！而且到那个时候我应该也正好可以喝酒了！”

我抓过餐巾纸擦干净牛排刀。我的左手腕上有好多根血管，只要有勇气，我可以轻易地割断一根，一切就都结束了。

“我才不会是最美的，”伊梅尔达沮丧道，“我这么胖，连相机都要被我压坏的。”

轮到露西尔发言：“亲爱的，你美呆了。想象一下吧，那间教堂那么漂亮，到时候那里铺满了鲜花，你打扮得像个公主……婚礼会像童话故事一样美好的。”

“才不会呢……”她泄气地说，“要是接下来的6个月我减不掉腰上这圈赘肉的话，我看起来大概会像怪物史莱克吧！”

（此处应有惊声尖笑。）

“哎呀，你的婚礼是在6月嘛，6月总是阳光明媚的，到时候天公也一定会作美，”这回是皮奇，她轻轻拍着伊梅尔达的胳膊说，“别着急亲爱的，婚礼一定会很完美。”

有完没完了还？

“嗯，你说得也是。”

（亲爱的日记，我承认在这儿揶揄伊梅尔达这没完没了的自我鼓励确实不太好，但你得理解，关于她婚礼的话题至少得占到我们每次聚会聊天内容的 90%。）

紧接着她就又提起了那个我最害怕的话题。从去年 9 月我们开始聊这事儿以来，我就最怕大家讨论到这里，我甚至连这项活动的名字都不想提。

“你们可都得来我的单身派对周末啊！大家都得来，没有‘可是’！我这可是都提前六个月通知了。”

真是活见鬼。

“那是当然！”安妮一边喝着她的橙汁一边问道，“我们去做什么来着？”

“我还没想好呢……可能去巴思做 SPA，也可能去温莎小镇乐高乐园吧。但必须是周五到周日，三天行程。”

“就是这么禁欲！”露西尔咯咯笑着。她是首席伴娘。

紧接着这场聚会就来到了“声讨男人”时间（除了克莱奥的声讨对象是女人）：拉尚 / 艾利克斯 / 杰克 / 汤姆 / 艾米分别因为工作 / 去法国买酒 / 坐大巴去比利时 / 工作 / 串酒吧 / 政府财政紧缩抗议活动而彻夜未归、拉尚 / 艾利克斯 / 杰克 / 汤姆 / 艾米最近在床上如此缺乏激情和冒险精神、拉尚 / 艾利克斯 / 杰克的那玩意儿曾经傲人的尺寸（克莱奥和皮奇通常会小心地避开这个话题），以及在安妮 / 露西尔 / 伊梅尔达 / 皮奇 / 克莱奥因为上述原因与他们争吵过后，拉尚 / 艾利克斯 / 杰克 / 汤姆 / 艾米是怎样送了她们劳力士手表 / 鲜花 /Hotel Chocolat[①] 的咸焦糖巧克力点心 / 一趟度假 / 一个拥抱来道歉，最终化解了矛盾，两人重归于好。

我唯一从克雷格那里得到过的东西是细菌性阴道炎。这个故事我就不打算跟她们分享了。

---

① 英国高端巧克力品牌。

“克雷格最近怎么样，瑞安侬？”安妮转向我问道。她总是会试图让我参与对话。伊梅尔达有时候也会做同样的事——在被动攻击这条路上，她总是走得更远。她会这样问我：“小瑞，你那初级记者的事儿怎么样啦？”“小瑞，你的肚子有动静了吗？”其实她心里再清楚不过了，如果我有这样重大的工作变动（上帝啊，这个可以有）或者真的怀上了（上帝啊，这个千万不要有），我肯定会主动说的。

“嗨，还不是老样子。”我喝着我今晚的第五杯普罗塞克，“他在商业街以前那家理发店那儿干活儿呢，那里要改建成一家慈善商店。”

“欸，你说今年圣诞树下会不会有什么闪闪发光的东西等着你呀？”伊梅尔达用整家餐馆都能听到的声音冲着我问，“你俩在一起多久了？三年？”

“四年，”我说，“不会的。他不是那种浪漫的人。”

“如果他求婚的话，你会答应吗，瑞安侬？”皮奇问道。她的脸上写满了好奇，简直像在想着霍格沃茨（她和汤姆计划在奥兰多的哈利·波特主题公园结婚——不跟你开玩笑，他们真是这么想的）。

我犹豫了一下，感到心中的怒火更盛。但最后我还是撒了谎：“嗯，当然——”我本来打算接着来那么一句“如果他在拉娜·朗特里身上辛勤耕耘的时候能匀出五分钟来牵着我走个红毯的话”，但我还没来得及说到那儿，就被露西尔生生打断了——

“对了，说到慈善商店嘛，我在德本汉姆[1]对面那家买了个特别好看的花瓶，可便宜了……”她就这么开始了，把谈话引向一个新话题，将我一个人留在一座名叫“我还没说完”的孤岛上。

不过，反正我也对谈论克雷格和他乏味的工作没什么兴趣。这些都没啥好说的。他造房子，吃面包，抽古怪的大麻烟，喜欢足球，玩电子游戏，每进一间酒吧就非得吃上足够填满整个特拉法加广场的凉拌猪肉。克雷格就是这么个人。

大家就这么继续没完没了地又讨论起了单身派对。这时候，一个脖子上长满粉刺、手里拿着一杯拉格啤酒的家伙突然出现在我们的桌旁。

---

① Debenhams，英国著名连锁百货商店。

“姑娘们好！”这家伙冲我们说。他带来了几瓶红酒，身后还跟着六个脖子上、下巴上长着粉刺的兄弟给他壮胆。红酒居然都是还没开的，所以我们大概不至于被药翻了拖到最近的酒店里去被他们轮奸。是的，我就是会想这么远——看，又一个理由可以证明我是一个有用的朋友。

这不是之前给我们送普罗塞克的那群人，这群人跟他们非常不一样——更年轻、更闹腾、更多粉刺。

“能加入你们吗？”姑娘们交换了一轮眼神。

此处应有笑声和尖叫声。

我本来想点一份双重巧克力布朗尼配奶油霜，奈何时间已经不早，到了我们都该控制食欲的时候，所以我忍住了。但内心深处我依然在想着，晚上到家后我是不是还来得及在零点的钟声敲响前再干掉一些圣诞节剩下的提拉米苏冰淇淋。毕竟根据我的节食计划，新年一到我就要和这些美味的甜食说再见了。

被男人关注显然让伊梅尔达、露西尔和克莱奥兴致盎然，她们开始说一些应景的下流话。皮奇在足够的酒精下肚之后也参与进来。她是个虔诚的基督徒，所以通常她是不会参与这些带颜色的笑话和八卦讨论的，除非酒精给了她特许。而我自己也还没有醉到有兴趣参与的程度。

这个夜晚就在这样无趣的谈话中过去，我感觉自己就像一具死尸被驴车在拖着走。那七个蠢蛋一股脑儿挤在我们桌上，污浊的呼吸让我们周围的空气都沉重起来，肥硕的手指大概尽在想着怎样松开我们的裤腰带。我还给这七个蠢蛋都起好了名字：咕噜噜、粉刺男、矮矬男、低俗男、死肥佬、猪手男、哑巴男。

猜猜我整晚都在跟谁说话？或者说，对谁说话？

聊到一定火候，她们就一个一个离开了我。每一个都发表了一席“青春只有一次”之类的感言来自我解脱，然后就跟着蠢蛋们中的某一个去夜店参加什么跨年夜泡沫派对之类的玩意儿。我不记得他们去的是哪家，反正我也没打算跟着去。

“你一起来吗，小瑞？”被怀孕拖了后腿的安妮问，“我和皮奇把这些东西放到车里就去跟他们会合。”

我真搞不懂她为什么也要这么兴奋地跟着去夜店。她挺着孕肚的身材看起来简直像一艘驳船，并且由于怀孕不能喝酒，她整晚都在喝橙汁，以至于每两小时就要上一次厕所。夜店实在不是她该去的地方。

“嗯，我去。上个厕所就来。”我一边继续喝着我的酒一边说。

我在测试她们，测试谁会等我，谁是真正的朋友。然而结果正如我所料——没有人。我付了我的账单，站在“美人鱼之家”餐厅的门口，看着她们摇摇晃晃地走远。那几个男人围着她们，就像一群鲨鱼围着美味的鲑鱼。并没有人回头看我一眼。

于是我就这样独自一人被留在了那里，在跨年夜，在镇中心，没有车，要徒步两英里才能回到我住的公寓。

但我的乐子正是从这里才开始。

步行的过程很顺利，几乎没出什么岔子——当然了，一路上有趣的人还是不少的。我见到一个醉醺醺的流浪汉在当街尿尿，他头上顶了个金光闪闪的玩意儿，扶着国民西敏寺银行[①]的墙才能勉强站稳，尿得当然也就很随意，顺着他自己的两条腿流下来像小溪似的。我还看见一对狗男女躲在Boots药妆店[②]停车场的垃圾桶后面野合。对了，还有俩人从比萨速递[③]的店里打架，一直打到了店外人行道上，其中那个穿条纹衫的光头男大喊了一句：“我要操翻你丫的头盖骨！”

只是这些事儿都不值一提。

真正值得一提的，是我走到运河旁边时发生的事情。

大概是在夜里11点半，我正好走到操场，抄了条近路沿着自行车道来到运河边——离我家不到500英尺的地方。就是在这里，我听见身后有脚步声。我吓了一跳，呼吸开始急促起来，心也跳得厉害。

我把手塞进了大衣口袋，转过身来，发现眼前的这个男人我见过——他穿着威尔士橄榄球队队服，文着大花臂，正是在餐馆给我们买第一轮酒

---

① NatWest，英国最大的银行之一。

② 英国医药美妆连锁店。

③ Pizza Express，连锁餐厅。

的男人之一。

“你这是去哪儿呢，宝贝？”

“回家。”

“哇哇哇，我能去吗？”

“不行。”

“就让我去吧！今晚我们可以好好让对方开心一下。离钟响还有点时间呢不是吗？你看起来有点不开心呢。”

他跨了一大步来到我面前，我躲开，他又退了回去。他大笑起来。

“你跟踪我，是不是？”我说。

他用轻佻的眼神将我从头到脚打量了个遍，视线最后停留在我的胯部。我承认，我的裙子有点紧，胯部看起来确实有点诱人。“只是想看看你去哪里。别这样嘛，怎么说我还请你喝了酒呢。”

“我当时就说过谢谢了。”说得好像一句谢谢就够了一样。

他开始对我上下其手。

“请把你的手拿开。”

“别这样嘛，在‘美人鱼’你可是对我抛过媚眼呢。”

“我可没有。放开！”我并没有提高音量，没有这个必要。这家伙猴急得很，一只手迫不及待地放在我的胸上，另一只手已经在解自己的裤腰带。

“用你的嘴帮我的小兄弟消遣消遣怎么样？就当唱一首《友谊地久天长》啦。”

他非常强壮，像是个打前锋的，而且是负责拼抢的那种。他左眉毛上有道很深的伤疤，还有点菜花耳[①]，一看就没少跟人动手。他油腻的呼吸喷了我一脸，我并没有试图反抗。周围一个人也没有，离这里最近的有人烟的地方是曼内特豪庭，即使他们能听到我尖叫求救，也不一定会有人那么好心跑过来；即使有人来，从那里赶过来也至少要五分钟。等到那个时候，他该发泄的也发泄完了，大概都跑路了。而我的新年夜就将在警察局的等待室里喝着热茶，等着医生来检查我的阴道，最后我就成了社会犯罪率统

① 多次挨打受伤后变形的耳朵。在拳击运动员中比较常见。

计里一个冷冰冰的数字。

不。我姐姐有可能是那样的人，但我不是。

“进这里来。”他在我耳边喘着粗气说，试图把我拉进灌木丛。我冰冷的手被他滚烫潮湿的手紧紧攥住。灌木丛后面还有一辆翻倒的利德超市购物车。

我站着没动：“那里面地方不够。”

“地方够得很。”他手上的力道又加重了一些。

“把你的裤子脱了。”我说。

他得意地笑了，好像他的船马上可以进港了——一艘顶着巨大硬物的船：“噢，太好了，宝贝儿，我就知道我可以让你找到感觉的。”

他站得东歪西扭地，抖抖索索地去摸自己的腰带，然后是裤子拉链。很快他那条洗褪了色的牛仔裤就一直滑到了脚踝处，紧接着是他的四角内裤，还是霍默·辛普森图案的。他的“小兄弟”迫不及待地弹了出来，就像个准备好投入战斗的小武士。

啪嗒！

他那玩意儿前端是弯的，我不知道它是见到我很高兴，还是在指给我看公交车站怎么走。

他用手拨弄着它朝上——嗯，朝上，并且指向我的车站。“都是你的噢！”他说。

“看来我是个幸运的老女人呢。”

我真的很想笑，但我努力把这感觉给压了下去，并且装出一副迫不及待想把自己裙子下面的小内裤挣开的样子。

“你能四肢着地跪下吗？”

“像狗一样吗？”

“是的。”

“为什么？”

“因为我想像狗一样操你。”

我越发喘不过气来：“但是地面很硬。”

“我的家伙也是。别废话了，快跪下，我们继续。”

“我可以给你用口，但你休想再得寸进尺了。”我说。

“那只是前戏罢了。”他说着，眼睛亮了起来。我蹲下来，把他那温暖的小武士握在了手里。

“想要我一边自慰一边舔你吗？”我的心跳到了嗓子眼儿。

“必须啊，赶紧的！你这个下流婊子！”他吃吃地笑。

他在等着，等着我将嘴唇送到他的下体。我没那么做，而是伸手把他的家伙握住，有节奏地摩挲起来。

“就知道你是个下流的小骚货。”

握住他的“小兄弟”的时候，我的眼前浮现出克雷格的脸。我将空下来的那只手伸进口袋，慢慢伸向从餐厅带出来的那把牛排刀，小心翼翼地握住。做这些时我并没有停下另一只手的动作，相反做得更卖力了。我一直等到他彻底得到释放，双眼紧闭，下巴高高扬起，无暇顾及其他的那一刻，才迅速抽出了刀，狠狠地朝那个部位砍了下去。锋利的刀尖穿过软骨，他高声尖叫、咒骂，拳头狠狠地落在我的头上。但我牢牢抓住他下体的手并没有放松。我的手指此刻沾满了鲜血，变得有些滑腻。我死死盯着手中的那玩意儿，用力一扯，它便从它主人身上脱落下来。我顺势把他往后一推，推进运河那绿色浑浊的水里。而他那自己引以为傲的男人命根，就这样被血淋淋地随手丢弃在了运河冰冷的纤道上。

水花很大，而且他还一直叫骂个不停。可尽管动静都这么大了，也并没有什么人来救他，或者，救我。

“啊——啊——”他一边大叫一边努力扑腾着，像个第一次上游泳课的孩子。

而他那根家伙沮丧地躺在纤道上，还在冒着蒸腾的热气。我从包里翻出一个备用的狗屎袋把它装了起来，然后跑向河上的步道桥。我的心还在怦怦直跳，像个牢里的无赖死命拍着监狱的墙。我用尽全身力气跑到桥顶，一边大口大口地喘着粗气，一边朝下往水里看去。

“你他妈……死变态……婊子！”他还在挣扎，嘴里含混不清地骂着。

在这昏暗的月色下，浑浊的凉水里，他就这样沉下去，过一会儿又扑腾着浮上来，水花四溅，却是徒劳。他在这个世界上看见的最后一样东西，是我的脸——站在高高的桥上，在月光下微笑的我的脸。

感谢这场残忍的即兴演出，让我找回了一种久违的感觉。那种感觉，是一个孩子突然发现了一个冒险乐园，是你在圣诞节的早晨从温暖的被子里伸出脚，发现你装满礼物的袜子挂在那里。那感觉从你的内心深处生发出来，就像水波一圈一圈扩散到你全身上下，直到幸福的电流滑过你的每一寸肌肤。这是世界上最美好的感觉。看着别人死去，并且知道是你主导了这一切，这是一种美妙的特权。这特权几乎值得你为之好好打扮一番。

1月1日，星期一

1. 公园里那几个对着他们的黑色拉布拉多猎犬拳打脚踢的少男少女。

2. 德里克·斯卡德。

3. 韦斯利·帕森斯。

4. 那个得了抽动秽语综合征的家伙。他坐在帕蒂·鲍尔博彩公司门口，没完没了地大声嚷嚷着宇宙飞船和他被一个牧师拳打脚踢的事儿。

5. 克雷格和拉娜。为了节省子弹，我就把他俩放在一起吧——一枪穿透两个头盖骨。

6. 那个开蓝色日产逍客的男人。每次他从马什路开出来，嫌我走得不够快就会狂按喇叭，嘴里还不干不净地叫骂“慢吞吞的蠢货”之类的。每每碰到这种时候我就会开始幻想这样一幅景象：他那西装革履的身体被高高悬挂在空中晃呀晃，而我就站在下面看着他。

早晨我做了个BuzzFeed[①]网站上的心理测试：你的心理变态程度是多少？结果是：非常变态。我得了82分，显示测试结果的页面上甚至还附有一张拉尔夫·费因斯在《辛德勒的名单》里的剧照[②]。这算是怎么个意思？

这测试有一点倒是说得很对。

你是一个逃避责任的人吗？

---

① 《纽约时报》旗下的新闻网站。

② 拉尔夫·费因斯在《辛德勒的名单》中饰演的是一位残忍杀害犹太人的纳粹军官。

嗯，是的是的，我就是一个逃避责任的人。昨晚在运河发生的事件在我心中一丝懊悔也没有留下，我甚至已经对此没有什么感觉了。在此之前我已经三年没杀过人了，我本以为再次杀人会让我感觉很糟糕，就像个酒鬼没忍住喝了口威士忌一样。但是，并没有，我什么感觉也没有。我昨晚睡得可香了，一觉睡到大天亮，而且极其罕见地居然没有做噩梦。今天早晨的我感到内心如此平静，甚至有一种多年来难得一见的……祥和。

*

我和克雷格选择度过新年第一天的方式，是坐在电视机前吃着比萨和蓝色凯利恬巧克力，看 20 世纪 80 年代的老电影——《红粉佳人》《局外人》，还有黛咪·摩尔有一套粉红色公寓并且最后发疯的那部[①]。我知道他今天见了拉娜，就在他“去威瑟斯本酒吧见盖瑞和奈杰尔”的时候。不得不承认，他说起谎来面不改色心不跳，对于天真的菜鸟来说，他的谎言极具说服力。

可惜，我并不是天真的菜鸟。在鉴谎这个领域，我可是奥运会级别的选手。

圣诞假期这一周我们本来计划要干很多事，那些上班的时候我俩从来也没时间去干的事，比如：清理阳台上的鸟粪；整理不要的东西，好为我们可能这辈子也不会去的车尾厢甩卖做准备；克雷格还要处理他汽车后备厢堆成山的垃圾和废木料，以及粉刷浴室。现在假期还有一天就要结束了，我们却几乎什么也没干。平安夜克雷格把粉刷浴室这件事开了个头，刷了马桶上面的一小面墙，算是给我下班回家的一个惊喜。其实我知道他是为了让我同意他节礼日[②]的时候把他那帮狐朋狗友叫到家里来看球赛。但我看到的时候并不是很高兴，我一点也不喜欢那个颜色。

“我说过要矿物灰！”

“我买的就是矿物灰呀，你看。”他举起涂料罐给我看。那上面写的

① 这里指的是美国电影《七个毕业生》。

② 圣诞节的第二天，也就是 12 月 26 日。

是“晨雾灰”。

午餐的时候我带小狗叮当出去散步，当时克雷格正在玩“街霸”，而且他做的培根三明治的味道让我流口水（为了减肥大计我尽量不吃面包）。遛狗的时候我很爱做的一件事就是看看别人家的花园。我怀念当年我也有花园的日子。人行道上到处都是各种各样的圣诞垃圾，什么碎掉的圣诞树小装饰啦，各种碎金箔纸啦，还有嚼到一半被吐出来的糖果。突然，一阵风把一个购物袋从街对面某户人家的垃圾桶里吹了起来，吹过街道飘往我们这边，叮当受了惊，突然狂吠起来，那声音恐怕能吵醒半座城的人。如果要给世界上她最不喜欢的事情排个序，前三位大概是：喷嚏、西班牙猎犬和突然飞到她身上的红色购物袋。

我又试了一次教她“握爪”。这件事儿她一直都不怎么愿意做，这次也依然没有进展。

克雷格为我们可能这辈子也不会去的车尾厢甩卖挑选出了他不要的蓝光 DVD 光碟，还用他爸妈送我们的圣诞礼物——一台高压清洗机把阳台冲洗干净了。而我给我的小腿刮了毛，下午晚些时候开车去了我爸妈的房子。西线一片安静。卧室地毯上的污渍还是洗不掉。我到这儿来通常用的都是“去克莱奥的有氧运动课”“加班”之类的借口，克雷格从不生疑。骗过他实在是太容易了。

这之后我还在厨房的水池里给叮当洗了个澡。她不喜欢洗澡，但每次洗完我都给她吃鸡块，所以她也就忍了。拿毛巾擦干的时候，她突然用腿拖着那毛巾在房间里四处乱窜起来，活像得了狂犬病。克雷格看到这一幕也笑了起来，我俩的冷战算是到此结束。于是他说他准备去家装店重新买一罐真正的“矿物灰”涂料。他还说他需要一把新的墙纸剪刀工作用。

我说：“你拿我爸的工具包里那把旧剪刀不就好了嘛。我明天正好要去帮我妈整理文件柜，可以顺便帮你带回来。”

他说这对他来说意义重大，就好像爸爸在九泉之下默默关心着他。汤米·刘易斯那套神圣的工具包被爸爸带在身边多年，之前甚至都不让他碰一下……我感觉他说着说着都要哭了。

“只是把墙纸剪刀而已，克雷格，”我说，“不是订婚戒指……”

他点了点头，一边清嗓子一边离开了房间。我特别害怕看到有人哭。你要怎么安慰他们呢？要怎样才能让他们停下来？有一次因为有个女人在公交站台哭，我甚至特意上错了一班公交车——我实在是不知道还能怎么办。

我爱他吗？我已经很长时间不知道爱是何物了。他倒是会对我说他爱我，但那大概只是男女朋友之间都会说的甜言蜜语吧。平安夜的时候他对我说我是一个“几乎完美的女朋友”，因为我的“手上功夫”很好，而且做的蛋糕很好吃，我也不像他朋友们的老婆那样爱唠叨。我问他我要怎样才能变成“完美的女朋友”。

“如果你让我‘走后门’的话。”他答得毫不犹豫，接着又问，“那么我呢，我要怎样才能变成完美的男朋友？”

很简单，首先你可以试着不要背着我去撩拉娜·朗特里——我想。但我没这么说。我给了他一个更安全的答案：

“亲爱的，你已经够完美啦。”

他大笑起来。我躲在《广播时报》后面对他比了一个“V”。

1月3日，星期三

嗨，嗨，嗨，上工时间到！我们报社有个矮子，他是楼上会计部门的。就因为有了他，我们所有的电灯开关都被移到了离地不过三英尺的地方。真是要疯了。

今天过得跟平常没有什么不一样——无比漫长，沉闷无聊，全靠咖啡撑着。前半天不停地有同事过来客套，问你圣诞节过得怎么样，而我不得不一个一个向他们介绍我的圣诞过得有多棒。除此之外，我做的事情包括：录入一封当地学校“给圣诞老人的感谢信”，更新了一下我们的网站，以及在我们那价值五千英镑（你没看错，就是五千英镑）的咖啡机上泡咖啡。茶水间里出现了四个新杯子，这显然是同事带过来的不要的圣诞礼物。它们在办公室还是很有市场的，因为毕竟是新的，比我们之前的那些杯子干净多了。我拿了一个恐龙图案的，上面还写着“茶霸王龙”——真逗。

跟往年一样，新年的新标语都已经挂好了，崭新制作，光鲜又整洁。这些标语的作用是告诉成年的专业人士他们该怎么做人，比如：最后一个离开的人请关掉所有电灯并清洗自己的杯子。厕所里则更多：请不要把除卫生纸之外的东西扔进马桶、厕纸用完一卷后请换上新的、洗手后请记得关上水龙头等，甚至在你上完厕所要离开的时候还会看到这么一条：为了您和同事的方便，请保持厕所干净整洁，谢谢。

要是可以的话，我倒想建议我们办公室弄上些对我有好处或者能逗我笑的新鲜标语，比如：

“为了您自己的衣袖考虑，便后请用卫生纸擦屁股。”

“请轻声关门，病了就请假，如果非要来上班，请尽量憋着点儿喷嘘——楼里有对噪声敏感的神经病。”

“请不要穿洞洞鞋来上班，它们是对其他所有正常鞋子的侮辱——麦克·希思，说的就是你。”

“喝办公室的牛奶时请克制——麦克·希思你这个牛奶贼，没错，说的又是你。你每天在麦片里加那么多牛奶，另外还要喝整整六大杯卡布奇诺到底是要干什么。”

“请不要在办公室吃奶酪味玉米片或油炸类早餐，那味道让所有人都想吐。”

“请不要真的告诉瑞安侬·刘易斯你周末都做了些什么，她问你只是出于礼貌而已。”

弄标语的是“大口怪”克劳迪娅·格尔珀[①]，她是负责分配任务和稿件的编辑。她用同一支马克笔把她存在办公室冰箱里的所有食物都写上了消极攻击性的标签。为了帮她整理一篇关于发电站资金管理不善的文章，我今天留下来加班了。她指望这篇文章能为她赢个什么厉害的新闻界大奖，真是痴心妄想。我自己写了一篇与毒品相关的犯罪率上升的文章，我叫她看看，还跟她讲了讲我怀疑那家“红色城市”服装店就是个大毒窝，以为能让她对我刮目相看。

我是有多傻。

刚来《公报》做前台接待员的时候我还挺喜欢克劳迪娅的，这喜欢大概持续了五分钟。现在她成天把我当下人使唤，没完没了地叫我录入各种新闻简讯片段，或是发配我去采访耳朵都聋了的金婚夫妇。还有一次，就因为我录入的慈善长跑活动结果漏掉了三个分号，她当着所有人的面对我大吼大叫。总之，她干过的让我恨不得从窗户跳出去的烦人事儿数也数不清。要我说，她就是来自地狱的淫荡女巫阴道里的一只虱子。我很高兴她的第三次试管婴儿手术又失败了，她的丈夫也因此离开了她。她不配做任何一个孩子的母亲。

① 格尔珀的英文为“Gulper”，“Gulp”一词在英文中是“大口吞吃、狼吞虎咽”的意思，所以作者戏称其为“大口怪”（原文为“The Gulp Monster”）。

我回家的时候克雷格正在做饭，当然了，又是会长胖的食物——自制的意面配自制的绿酱，不过鉴于我今天早上只吃了一个苹果、喝了一杯黑咖啡，中午也只吃了一份沙拉，我想吃就吃吧。

有总比没有强，不是吗？即使你“有”的这样东西不怎么样。就好比说男朋友——你要是没有男朋友，你周围的人会没完没了地来问这问那，让你不堪其扰；你一旦有了，他们也就没什么话好说了。有那么一个伴，是会让你觉得安全的。而你身边的人也会为此高兴，因为这样他们就不用操心给你安排相亲，也不用担心一起出游别人都成双成对时还得给你找个伴。

我应该离开他。我应该给他做一个狗屎三明治，或者把他所有牛仔裤的裤裆剪了，然后离开他。但情况有点复杂。克雷格以前在我父亲手下做事，我父亲去世后他就接管了公司。我喜欢我们之间的这种联结。而且，我现在住的是他的公寓，大部分账单都是他付。此外，他忍受了我所有的怪癖，比如我不能接受任何突然或重复出现的或者是很吵的噪声，比如我需要绝对安静的独处时间，比如我不允许任何人接近我的玩偶屋。除了他还能有谁能忍受我的这些怪毛病呢？

至于在床上的契合度，我们算是好坏参半吧。

好的时候也算是过得去——没有多么强烈的高潮，但也还不错。差的时候就很短——他射了，他去睡觉了，结束。我们也试过一些奇奇怪怪的小把戏，他穿过我的内裤，我们试过在夜班公交车上亲热，我手机里还存了他的裸照。有时候在他爸妈家，二老看着《古董巡回秀》（*Antiques Roadshow*）在沙发上睡着了的时候，我们还会溜到楼上他们的卧室来一发。通常这种时候他的发挥都不错，大概是因为刺激吧。但除此之外，他的把戏已经变得跟肥皂剧《东区人》的情节一样毫无悬念，我知道他的舌头接下来要如何动作，知道他什么时候想让我在上面——永远都是那些老生常谈的程序。我也尝试过一些不同的体位，但是，怎么说呢，哪怕你像西蒙·拜尔斯[①]那样能玩转各种高难度翻转动作，可供你发挥的时间也就只有区区的

① 著名体操运动员。

4 分 37 秒。

我提议过一次试试去公共场所做，做给所有人看，他以为我是在开玩笑。

他说："你是变态吗？"

世事为何总是如此复杂呢？大概在一半的时间里，我只想要正常平淡的生活——一个家，身边有那么一个人，傍晚有一个舒服的沙发可以躺，阳台上一盆小花在静静长大，就像渐渐滋生的幸福。另一半时间里，我只想杀人，只想看着一个人死去。

这倒是很吻合我的 BuzzFeed 心理测试结果——

你是不是很少与其他人在情感层面产生共鸣?

当然是了。我从来没遇见过一个和我达到同一个"情感层面"的人。内心深处的某个角落，我很想再次感受爱情的滋味。我想我至少感受过那么一次。我想知道这是不是和我杀人的时候感觉一样——你全身上下每一根神经都好像在恢复活力，即使在工作中你也无时无刻不在回味那种感觉，你渴望再来一次的欲望是如此强烈，强烈到几乎无法压抑。自跨年夜以来，我的脑海中就不停地回放着那个男人在运河边死去的画面，每回放一次，我心中的焦躁就减轻一分。

这种感觉是爱吗？我"爱"的是杀人这件事？我不知道。我只知道我还想再做一次，并且下一次，我希望这个过程能持续得久一点，再久一点。

晚上 9 点半，我们的偷窃狂邻居惠特克夫人从她妹妹梅德斯通那儿回来了。她过来敲门，问我们明天是否需要她帮忙照看叮当。克雷格说他明天有半天休息，可以自己照顾。我在沙发上装睡并没有起身，但我透过靠垫的缝隙看到，她的眼神从门口一路扫视到我们的客厅。她一定很想往里走走，顺手拿几个装饰用的小石子或者一个没人管的订书机之类的。她是一个老年痴呆症初期患者，所以我们也没法怪她。

我 8 点的时候开车去了爸妈的房子，用的理由是"去跟姐妹们喝一杯"。茱莉亚看到我一点也不高兴。我本来给她准备了三块巧克力：蜂巢夹心、威化夹心和"狂欢"什锦夹心。鉴于房间被搞得一团糟，我决定少留一块——她这么不乖，可不配吃"狂欢"什锦夹心。

真是等不及要杀掉她。

睡前我鼓起勇气上了次秤——圣诞节我整整重了五磅，今天吃得这么少，也没见轻回来多少。我明天早上一定得吃一个贝果。

1月5日，星期五

1. 德里克·斯卡德。

2. 韦斯利·帕森斯。

3. 嚼东西的时候张着嘴的人，比如克雷格。

4. 卡戴珊家族的老祖宗。如果我能时间旅行，回到过去杀了这个人，就不会有这么一大家子人出来烦人了。

5. 聚在商店门口聊天的老家伙们。

6. 那些一边叫嚣着“学会欣赏你自己的身体，勇敢做自己”，一边拼命减肥、发行健身DVD的明星。我可去你妈的吧，虚伪的贱货。

又梦到我爸了，自去年11月5日篝火之夜以来，这已经是第三次了。尽管温度只有-2℃，我醒来的时候却浑身大汗淋漓。梦境的内容总是老样子：医院，他死去的那一天。他那张干瘪的小脸透过枕头直直盯着我，眼里写满了乞求，却说不出一句话。

不过，本周的报纸头版更令人愉快：

运河疏浚河道中发现男尸，身份已经确认

1月1日在本地运河发现的男尸身份已经确认。

尸体是一名路人于1月1日早晨8点半左右在图书馆附近的桥边发现的，警察随即前往现场展开调查。经确认，该男子为丹尼尔·约翰·威尔斯，是一名 32 岁的电工，溺毙前一晚与朋友在外喝酒。

威尔斯先生生前在威尔斯父子电工公司工作，与两位前女友分别育有两女：3 岁的蒂芙尼·迈莉（什么？该死！）和 18 个月的伊莎贝拉·麦（还有一个？真是活见鬼！）。

警方对威尔斯先生的死因尚未有定论，目前正在寻找目击者。

报道里没有提到他死时醉醺醺的，裤子脱掉了，还是个机会主义强奸犯。当然了，也没提到他身上被割掉了某一块肉。大概有了这句“与朋友在外喝酒”，就一切尽在不言中了吧。

上班依旧很无聊。我敢打赌哪怕是个在笼子里被关了 20 年的孩子都不会觉得我的生活比他好。报社来了个新孩子叫 AJ，是克劳迪娅从澳大利亚来的侄子。我叫他“孩子”，但实际上他已经满 18 岁了，正在过“间隔年”。他在我们这儿找了一份为期六个月的助理工作，拿时薪。这家伙上半身穿得像是马上要去海滩度假，下半身穿得像是刚去完格里斯顿伯利音乐节。我不知道“A”和“J”分别代表啥，反正对我来说，任何用首字母缩写当名字的人都很欠揍。

他其实长得挺好看的，个子很高，皮肤黝黑，戴了一大串“友谊手链”，脸上总是挂着笑。我通常不会被快乐的人吸引，越接近他们我就越想伤害他们。但我对这位 AJ 却有点特殊的兴趣——主要是想给克劳迪娅心里添点堵。AJ 就住在克劳迪娅家里，如果我跟 AJ 发生点什么龌龊事，她一定会气疯吧。总有人说某些微笑能“点亮一个房间”，直到看到 AJ，我算是明白了这种感觉。

不过他点亮的显然不是我的房间。

今天要写的新闻是关于萨默塞特平原的疏浚计划以及花园垃圾回收费用又上涨得吓人，在电脑上打了 17 个字母后我就开始打盹了。乔伊说我圣诞节胖了好几斤。她是房地产部的副主编，一个负能量爆棚的人，叫了这么一个阳光灿烂的名字也是挺讽刺的（“乔伊”英文为“Joy”，快乐、高兴的意思）。乔伊天生爱挑剔我们大家，但今天却比往常更让我生气。她觉得她将我们每个人内心的不安全感说出来是对我们好，所以她时常挂在嘴边的话题包括我的体重、拉娜失恋后的情绪崩溃、克劳迪娅的痣、杰夫的跛脚，还有最糟糕的——麦克·希思的阳痿（有一次午餐时她发现麦克去药店买了药）。乔伊自己曾经是个三百多斤的大胖子，好不容易才减下来，还是靠着国民医疗保险才把多出来的皮给割了，而现在她以用言语伤害每一个人为己任。

最让人恼火的是，因为她身上的各种残疾，我们谁都没法说乔伊什么。她是个奇丑无比的女人，身材滚圆，长着一张克伦威尔式的脸。你身边一定也有这种丑人多作怪的女人，她们把头发染成亮粉色或者蓝色之类的各种夸张的颜色，并自以为这样很好看，其实只是让人看着更难受而已。公开嘲笑别人的残疾是不对的，所以我没法嘲笑她那肥大的左腿，也没法嘲笑她因为面瘫而下垂的嘴巴。真是让人郁闷。比起她这种当面挑剔你的人，像我这种当面客气、背后取笑你的同事难道不是可爱得多吗？

我倒并没有特别想去杀了乔伊，但有时候我会想象她的身体四仰八叉地被摆在一个大大的银盘子上，塞满各种调料，油光水亮，围了一圈西芹块做装饰，嘴里还塞着一个绿色的大苹果。

午餐时间镇长来看望罗恩。镇长是个很讨人喜欢的女人，还有着悲惨的经历。她是福利院长大的，丈夫心脏不好，经常发病，还生了一个残疾的孩子——生活真是给了她不少的考验呢。不过我尽量跟她保持距离。她身上的香味太夸张，简直像是穿着空气清新剂就来了；她还有麸质不耐受的毛病，跟她一起吃午餐简直是种折磨。为了回避，我只好去了街角那家臭气熏天的熟食店，看着那个指甲缝里全是黑色污垢、满头脏辫、围裙上还全是鹰嘴豆泥的店员拨弄他的鼻环。

拉娜微笑着从我的办公桌前招摇过市，她穿着件知更鸟淡蓝色衬衫，丰满的胸部简直要从衣服里喷薄而出。我知道其实大部分时候她是故意从我这里经过的——她本可以走另一条路，却偏要绕到我的位子来观察我，就像杀手回到他弃尸的地方，好去惊叹一下尸体的腐烂速度，或是对其羞辱一番。但为了找点乐子，我也回了她一个笑，我们甚至还聊了几句。聊完，我再次扔给她一个甜甜的笑容。此处应有微风拂过发梢，此处应有咯咯的嬉笑。而实际上我脑海中出现的画面是她被钉在台球桌上，尖刀从每一个球袋里伸出来刺穿她的身体。我能理解为什么所有男人都想得到她，她活泼开朗，乳头长得像注了水的小气球。根据我从茶水间听来的小道消息，她的前两次恋爱都是被分手的。第一次失恋后她十分崩溃，到第二个男朋友也离开她之后，她甚至尝试过自杀。不过我不知道这个“尝试”是尝试到了什么程度——是很认真地想要自杀呢，还是就象征性地做做样子。不过这倒是解释了克雷格为什么会迷恋她，他喜欢破碎的东西。

麦克·希思在会议室采访一对女同性恋，她们的孩子在必胜客被一颗葡萄噎住了，一位服务生用海姆立克急救法救了他的命。那个服务生也在。我写了一篇关于一个学生去爬乞力马扎罗雪山看月熊的新闻稿，还帮杰夫录入了一篇全郡草地滚球大赛的稿子。吃完午餐回来，我发现桌子上放了一颗健达奇趣蛋。

杰夫·斯雷舍是我们的体育部总编辑，好像还是基金会成员。他的座位在角落里，他成天待在那儿，穿着有破洞的红色羊毛衫，戴着无指手套，椅子上垫了至少三个靠垫。我还挺喜欢他的。我经过时他会帮我把住门，而且他总能听懂我的笑话。他在园艺上还很有造诣，带着他种出来的巨大的小胡瓜去过各种农业展，还教了我一些我喜欢的花的拉丁语名字：雏菊叫“Bellis perennis”，矢车菊是“Centaurea cyanus”，还有尾穗苋是“Amaranthus caudatus”。如果办公室有一天被垃圾淹没，而我只有两只救生筏，我一定把另一只扔给杰夫。

午饭时我又开车去了趟爸妈的房子。茱莉亚实在是个不省心的犯人，她打破了房子后面的一扇窗户。窗户只是破了个小洞，但我很生气，当然少不了再教训她一顿。滚回你的柜子里去吧，小浑蛋。

下班后和克雷格去 Nando's[①] 吃饭，他带来了汽车保险文件。我们的汽车保险该换了，现在的保险续费太贵，所以要花时间研究研究选哪家。我的鸡肉烤得太硬了，但我并没有抱怨。今晚实在是没那个心情。

---

① 英国著名连锁餐厅，主要供应烤鸡。

谢天谢地，世界上有情色电影的存在。那天晚上，克雷格向我求欢的时候我借口要写小说躲进了卧室，把我所有能找到的早年最爱都翻出来看了一遍，好滋润滋润我内裤里那位粉红老姐妹。小时候我会偷偷从妈妈那儿找来杰姬·柯林斯[①]的小说，挑其中的情色描写来读，还会把爸爸的《本能》[②]碟片找来一遍又一遍地看。现在当我回想起这些事，我真不知道我是怎么活下来的。如今这年头，这类型的电影小说泛滥成灾，但已经没有什么能像那些早期经典一样激动人心了。

我的另一个"性奋"来源是情色聊天室。谦虚的美德让我不太方便直接说我非常擅长情色聊天，但我就是非常擅长情色聊天。通常我会在聊天室里引诱那些饥渴的男人，然后就会有人来求着加你的 WhatsApp 或者 Kik[③]私聊。一旦开始私聊，他们就算是彻底落入了我的掌心。

嘻嘻嘻。

诚然，自从输入法有了自动更正功能，情色聊天就变得没那么有意思了。我都记不清有多少次我打出来的句子一不小心就变成了我想"咬他的'基基'"之类的，叫一个男人"射在我的'黄蜂'里""舔我的'营地'"，这种笑话就没断过。上次还有一个男人说要"吃我的'躁郁症'"。有些男人还真是很能提要求。视频聊天会好一点，但既然要被对方看到，你就得刮毛、减肥，而现在的我实在是懒得折腾。如果要一次跟三四个人聊天，那手忙脚乱的程度就直追圣诞购物高峰期的 Argos[④]店员：一会儿这个想要看你屁股的照片，一会儿那个想要看你胸的照片，澳大利亚的家伙马上要去睡觉了所以想要视频看你高潮，多伦多那位找你聊自从他兄弟死后就没断过想自杀的念头。对，没错，跟我聊天的人什么样的都有。

有一次，我的一个常客跟我聊到去伦敦的酒店开房，他说要把我绑在床上；另一个说他想和我在一条黑暗的小巷子里见面，他可以做任何我想要他做的事——抓住我，粗暴地扯下我的衣服，像荨麻一样紧紧缠着我的

---

① Jackie Collins，世界最畅销的成人小说作家之一。

② 迈克尔·道格拉斯和莎朗·斯通主演的著名电影，其中有杀人与情色相关情节。

③ WhatsApp 和 Kik 均为国外流行的类似微信的聊天软件。

④ 英国著名连锁百货商店。

脖子，咬着我的耳朵对我说下流的话，就像我希望他对我做的那样。

我没有问他们事后能不能让我杀了他们，我杀他们的时候能不能躺在他们身下，让他们的血流遍我的身体，看着他们在我身上呼出垂死的气息。

毕竟还是要一步一步来。

但最刺激的部分还是——钓鱼。我说的可不是去河里钓个鲤鱼什么的，我说的是钓大鱼，非常大的、非常饥渴的那种鱼。他们只在夜里出来游荡，专门寻找独自走在回家路上的女白领或是那些从酒吧出来喝得醉醺醺、路也走不稳的叛逆少女。我就时不时地扮一下这样的叛逆少女。我喜欢扮演受害者。当你外套口袋里装着一把八英寸长的厨师刀时，一切都是那么简单。

1月7日，星期日

1. 德里克·斯卡德。

2. 德里克·斯卡德的律师。

3. 韦斯利·帕森斯。

4. 我们镇上的怪胎——“恐怖的红发艾德”。他在利德超市的停车场晃来晃去，从灌木丛里扯下树叶来闻，还咯咯地笑个不停。

5. 任何购买、销售、制造《星球大战》周边的人。我现在甚至连一块正常的士力架都买不到，它们上面全画上了该死的光剑图案。

昨晚又梦到我爸，我问他最喜欢的孩子是谁，他笑着对我说：“当然是你呀。”

我爸在世的时候，我可以和他聊任何话题，现在我不知道还能跟谁聊。克雷格这个人无聊到了极点，他永远都在看电视，即使电视关了，他脑子里大概也在自动回放《权力的游戏》。我当然也不能找塞伦，自从爸爸的葬礼后她就再也没回过英国，而每次我们通电话，我都觉得她迫不及待想要挂断。

至于那帮“塑料姐妹花”，她们能够提供建设性意见的大概只有三个话题：我怎么还没有孩子，我那卖不出去的小说，以及我的低级工作。

如果父母还在，不知道他们会叫我怎么做。

父母去世的时候我都没有像普通人那样悲痛。父亲死后塞伦说我的表现让人看起来“非常不舒服”，就好像“透过窗户看外面的雨，雨点冷冰冰不带一丝感情地刷过玻璃”。可是我不知道我应该如何感受，我感受不到任何东西。我还上网搜索过一次，WebMD 的解释是“失去亲人的前几天感到麻木是正常的，因为你的大脑还在试着搞明白发生了什么”。但是没有任何说法提到像我这样持续好几年的麻木，看来这大概是不太正常的吧。

克劳迪娅和莱纳斯这两位老员工今天去了法院，午饭后他们回来，说 68 岁的恋童癖德里克·斯卡德只被判了三年缓刑，并强制接受两个月的康复治疗、列入性侵者名单。我们跟进这个案子已经一年了，这个判决简直让人出离愤怒！这种浑蛋就该被活生生地剥了皮，扔进油锅里炸才对。

1 月 11 日，星期四

1. 惠特克夫人——邻居，上了年纪，偷窃狂。

2. 利德超市的收银员“迪伦”——我给克雷格买纸的时候他多收了我的钱。

3. 那个每天早上开着蓝色逍客从索尔贝里大街上咆哮着冲出来的西装男——他总穿着灰色西装，戴一副飞行员墨镜，美黑过的肤色跟特朗普似的。

4. 德里克·斯卡德。

5. 韦斯利·帕森斯。

我上班前去爸妈房子那里送了些东西，看到前院花园里的山茶花开得很美。它们是我妈妈生前种下的。茱莉亚又想打碎窗户，当然我也又给了她应有的惩罚，她连连求饶。

“你敢再砸一次窗户试试！再来一次我就把你另一根大拇指也剁了！”我一边冲她吼，一边抓着她的头发往后一拉，她无力地倒在了地毯上。

我提醒她“孩子可还在我朋友手上”，她马上就安静了。本来想今天杀了她来着，毕竟成天开车过去给她送吃的以及一遍一遍重复那些同样的威胁实在是太没劲了，活像养了一匹特别烦人的马，而且那地毯上的污渍我还是清不掉。

但现在还没到时候。你只能杀死一个人一次，所以我要确保在最合适的时机以最合适的方式杀了她。

警方公布了关于电工丹尼尔·威尔斯的更多信息——那位被你们亲爱

的我夺去了生命和生殖器的电工丹尼尔·威尔斯。办公室的人整天都在讲“太监丹”的笑话。警方已经排除了恐怖主义。据说他那天晚上还被卷进了一场酒吧斗殴，所以他们现在正在往那个方向调查——很好，你们就继续钻死胡同去吧。不过现在回想起来，这倒是解释了他眉毛上那道伤口的来历。

午饭吃的又是沙拉。黄瓜，我祝你不得好死。

AJ 开始围着拉娜转。他今天一进来就特别殷勤地跟她打招呼，还要给她做和自己一样的早餐——夹花生酱和香蕉的吐司。我还注意到，送咖啡的时候他先送了她的印度茶拿铁，才给我送的卡布奇诺，而且他在她那里停留的时间也比较长。他们都喜欢游泳，他们的爸爸都在他们小时候抛弃了他们的妈妈，他们都养过鹦鹉。克劳迪娅也注意到了他们的热络，开始故意给 AJ 找事做。所以下午的黄金时间，AJ 被她支到了楼上去整理文件。

我想象着拉娜的叫床声会是怎样的，我想象她濒死的哭喊声听起来会不会和叫床声一样。

下午 3 点的茶歇，我和杰夫进行了一场辩论。今天的主题是我们是否应该把镇中心的济贫院遗址改建成保释犯人招待所。我认为这是个好主意，毕竟城里有那么多无家可归的人呢，杰夫却说我们要保护历史遗迹。我们谁也没能说服谁，但辩论结束时我们碰了个杯，所以我想我们的友谊并没有受到什么影响。

今晚镇中心有一场反对提高市政税的抗议，这场抗议最后完全演变成了一场巨大的骚乱，并一直蔓延到了我家附近的购物公园。有人趁乱打劫，还有人带来了自制的炮弹和无铅燃烧弹，现场火光四射。我在这一片混乱中回了家。我拍到了些很棒的照片，我觉得其中有一张明天一定会惊呆他们。而且我可以负责任地说，我觉得它很有可能成为下周的头版题图。说不定克劳迪娅和莱纳斯会为此对我刮目相看，并最终将我送去我该去的地方——报纸头版。一张写了你的名字的报纸头版会让一切都值得。

回家的路上，我一个机会主义强奸犯也没遇到。这事儿就像等公交车似的，你想它来的时候它怎么也不来。

躺到床上又写了一会儿小说，进展得不怎么顺利。克雷格晚上做了全脂千层面和大蒜面包，吃多了这些东西又没有喝热茶助消化，我的胃一直咕咕作响。并且，当你发现一个性感小男生的牙齿长得简直像往嘴里塞了个冲浪板墓地，你的心情肯定也好不到哪里去。我又收到了一封出版公司的拒绝信，还是家大公司：加赛德出版公司。他们说我的作品“缺乏情感深度”。大概我这个人也是吧。我一共给 37 家出版社寄了书稿，他们不可能同时犯同样的错误。或许是时候放弃《不在场证明时钟》了，反正，有其他有趣的事情可供消遣时，谁会喜欢小说呢?

1 月 12 日，星期五

1. 那个有两条棕色西班牙猎犬的女人。她的狗总是不拴绳，总是来攻击我的叮当，而且今天她穿的是洞洞鞋。

2. 德里克·斯卡德。

3. 韦斯利·帕森斯。

4. 乔纳·希尔。

5. 所有请乔纳·希尔演电影的人。

推特上有些白痴倡议，要举行一次自发清理暴乱垃圾的志愿活动。千禧一代真是莫名其妙。

今天早上我的车发动不起来了，我只好急急忙忙跑去坐公交车上班。警察在清理昨晚被烧毁的车和满地的碎玻璃，所以封锁了两条我常走的路线。我真不知道这哪里能算得上“暴乱”，晚上 10 点大家就都跑回家了。每到这种公众抗议的时候人们总是很懒，就是那种“好吧，我们去扔几个瓶子，在几块旧纸板上乱涂乱画一下，对警察骂骂咧咧几句，然后就可以准时回家看《权力的游戏》了”的感觉。真不专业。

好不容易跑到办公室的时候我已经满头大汗，就像一个参加学前班泳池派对的牧师。办公室里大家忙得团团转，打印机呼呼直响，热气腾腾的咖啡人手一杯，编辑助理们整整齐齐地坐在自己的工位上不知疲倦地敲打着键盘。克劳迪娅到处走来走去，不停地往打印机里添纸，看起来很烦躁。新来的男孩 AJ 在她桌子旁边的地板上把打出来的东西订起来，活像一只学会了用订书机的宠物狗。罗恩在他办公室里戴着耳机讲电话；莱纳斯·西克吉尔坐在自己的书桌前，刚要结束一个电话。显示器旁是他喝空的三个浓缩咖啡杯，而那显示器上清清楚楚地显示着的，是一个人的照片：丹尼尔·威尔斯——那个没了“小弟弟”的男人。我叫他小丹丹吧。

“早上好。”我甜甜地向大家打了个招呼好让人注意到我，并没有人抬头，“昨晚暴乱的时候我拍了张很好的照片噢。”

莱纳斯转过头：“是吗，‘瑞’佩契普[①]？话说你暴乱的时候跑出去干什么？”

他从不好好叫我真正的名字，非要取各种外号。以前他特别爱叫“可爱的瑞塔”[②]或者是“停车小女警”。“‘瑞’佩契普”和“瑞塔·奥拉”[③]也经常出现。星期五下午他通常会叫我“小小瑞”[④]。而我并不能做什么，只有站在那里礼貌地傻笑。

“上周一的晨会上罗恩说作为新闻人我们应该时刻准备着，周围有事情发生的时候要第一时间反应……”

“他指的是编辑助理和编辑们，亲，不是前台接待员。”

“我已经不再是前台接待员了，我现在是编辑助理……”我用袖口擦擦额头，小声反驳着，“罗恩还说……”

“你应该称呼他庞迪切里先生，瑞安侬。”克劳迪娅头也不抬地说。

“庞迪切里先生说，”我听话地更正了过来，“他说作为菜鸟就要自己多去挖掘新闻，所以我就想主动一点。他还说，你永远都不知道下一秒身边会发生什么——打架、车祸、小孩被绑架……一切都有可能。”

AJ 从他那一堆订好的文件里抬起头，看着我笑了笑。那牙齿，绝对就是冲浪板墓地没错了。

“话是没错，但这不是你的工作，”克劳迪娅凶狠的眼神扫了过来，“专业的事还是留给专业的人做吧，嗯哼，小甜豆？”

---

① 雷佩契普（Reepicheep），《纳尼亚传奇》中的一只老鼠剑客。

② Lovely Rita，欧洲电影《任性天使》中的女主角。

③ Rita Ora，英国歌手。

④ “Reet Petite”，其中“Ree”与女主名字的第一个音节相同，这同时也是一张英文唱片的名字。

那句“嗯哼”格外令人恼火，我恨不得把所有的“嗯哼”都从她喉咙里抠出来。但我没有。我只是甜甜地看着她笑，就像一颗小甜豆会做的那样。

“庞迪切里先生说，只要我表现出足够的积极性，他可以考虑帮我申请国家记者培训委员会（NCTJ）基金，这样我就可以拿到学位了。”

“哇，听起来好棒！”嗒嗒——AJ冷不丁插进来说了一句。我向他示意了一下以感谢他帮我说话，然后继续看向莱纳斯——好像一个盘腿坐着的澳大利亚小男孩的支持就足够有力了似的。

莱纳斯打开抽屉，取出一盒牙签：“他只是说说而已，小小瑞。他只会把新闻学院的学生招过来当实习生，从来不会把前台接待员送去新闻学院。”

“但我已经不是前台接待员了呀，不是吗？你们就看看这些照片可以吗？就看一眼。”

“怎么，他在找你麻烦吗，瑞？”拉娜·朗特里的声音传了过来。她正搔首弄姿地走向前台这边。她总是叫我瑞，尽管我从来没同意她这么叫。她浑身散发着廉价香水味，每天对着电话送出放肆的假笑，穿着比鱼皮还紧的包身小短裙蹭过每一张办公桌。她除了每天卖卖广告以外胸无大志。莱纳斯明显嗅到了她靠近的气息，并且及时起了反应。

“哪有，我们只是开开玩笑。”他说着，身体朝椅背靠去，双腿大开对着拉娜，裤裆处撑起了小伞。

“你最好小心他一点噢！”拉娜说着还在我胳膊上挤了一把，一副亲热好闺密的模样。其实我在她眼里就是空气，她这么做只不过是跟莱纳斯调情而已。到她关门走开的时候我被她挤过的胳膊都还在痛。

莱纳斯用热切的眼神目送她离开，梦呓般地说：“这小妞，大概是有点神经病，但也真的是个尤物。”

“别恶心了，莱纳斯。”一旁的克劳迪娅讲着电话，嫌恶地扔过来一句。

“照片的事怎么说？”我继续追问道。但莱纳斯和克劳迪娅交换了个眼神，像往常一样无视了我的存在。

我在脑海中想象了杀死莱纳斯·西克吉尔的各种方式，比如用他的万宝龙钢笔捅他的“菊花”，再比如将他五花大绑在靠背椅上，将他那恶心的“老二”吞进嘴里，吞到最深处再一口给他咬下来。我还可以打碎玻璃柜拿出火灾逃生锤，用那玩意儿把他的脑袋砍下来，在地毯上踢着玩，踢到房间那头的垃圾桶里。或者我也可以竖起中指冲他大喊一声“浑蛋”，然后冲出房间。但以上这些方式都不太理想，原因有三：第一，我不想去坐牢；第二，我想升职；第三，莱纳斯的老婆基拉是总编的女儿。

所以我还有第三条路可以走：证明我自己。我可以搞到一张惊艳的新闻照片或者写出一篇极富洞见的稿子，一篇能上头版的稿子，拿到 NCTJ 的基金去读书，当上初级记者。当然我并不太喜欢“初级”二字。跟“首席”和“高级”比起来，这两个字听起来还是有那么点幼儿园过家家的味道，听起来好像我应该坐在办公室中间的地板上，玩着我的玩具钢笔，饿了去吸莱纳斯那凸出的乳头。

“那么你的照片什么样，瑞安侬？有什么周五的新闻集锦里能用的东西吗？”她叹着气问我，语气里是那种妈妈明知道孩子的画画得一无是处，还不得不装出鼓励态度的感觉。

“噢，”我说，“我觉得其中有一张说不定你可以用在下周的头版上呢，比如弄一个‘暴乱之夜特别报道’之类的。”

克劳迪娅甩过来一个无比轻蔑的白眼，她的瞳孔都快粘到上眼皮了：“我们下周的头版是德里克・斯卡德。”

搭配的照片也已经选好了，周一的晨会上我们都看到过这张照片。我们的一位摄影记者抢拍到了他从法庭走出来的那一刻，他刚点了一支烟，像灰熊般恶狠狠地看向镜头。新闻标题是“恶魔回归”。德里克・斯卡德是个恶魔，这是克劳迪娅和我唯一达成共识的一件事，但这点共识不影响我依然想把这个贱女人的头塞进碎纸机。

她接过我的相机存储卡，插进电脑。鉴于她的丈夫离开了她，这大概是她近期有过的最接近性交的动作了吧。克劳迪娅不喜欢我，不过不喜欢就不喜欢呗，到哪一天我看《乔迪海岸》不起一身鸡皮疙瘩的时候，才会需要从这么一个连脚上都暴着青筋、嘴里永远一股咖啡味，还有着拿破仑情结[①]的悍妇那里得到肯定吧。但我还是得把她哄好了，毕竟我得考虑自己的终极诉求——升职。我需要学位，需要职业前途。只要她愿意，她能给我这些。

克劳迪娅快速地翻看着我存储卡里的 108 张照片。大部分照片都很黑，只有中间有闪光灯的亮光。照片上有烟花、警察的影子、一只狂吠的警犬。她的脸上逐渐浮现出一丝兴趣。

AJ 也从地板上那一大堆文件中站了起来，凑到屏幕跟前看着，然后投过来一个大大的微笑："哇，瑞安侬，你拍得真好。你学过摄影吗？"

"完全没学过。"我说，随即又想起来补了一句，"谢谢夸奖。"

克劳迪娅桌上的电话响了。

"晚上好，新闻办公室，我是克劳迪娅·格尔珀……噢，好的，请稍等。"她用手捂住话筒对我说，"瑞安侬，我得接一下这个电话，是关于仓库失火的。照片你给莱纳斯去接着看行吗？"她就差没加一句"好狗狗"了。这个地狱来的难以言喻的臭婊子。

她又给 AJ 派了个新活儿，然后继续讲起了电话。电话那头的人在为失去了 60 年的家族企业痛心疾首，电话这头的她却在嘻嘻笑着把玩着头发。我把存储卡从她的电脑上拔了下来。

"过来吧，'瑞'宝莎[②]。让我看看你那些漂亮照片。"莱纳斯说，动了动手指叫我过去。我递过存储卡，他把卡插进电脑，"咦，这张狗狗的拍得不错嘛。呃，这张……有点意思。"他说的是操场外倒掉的砖墙那一张。"画质有点渣啊。你用什么拍的？老古董盒式相机？"

我脸上挂着傻乎乎的笑，内心却在愤怒地咒骂。这个没下巴的蠢货，我想象着他从床上醒过来，看到自己被剁成几块的屁股被塞在一个罐子里而惊慌失措地尖叫。

他一路往下翻着，翻过了烟花、碎掉的窗户、一个踢门的小男孩。

他不再说话，翻看照片的动作也慢了下来，仔细看着每一张："嗯……

---

① 即矮人自卑情结，指身材矮小的人由于自卑，存在一定要在其他地方强过别人的补偿心理。

② 谐音《格林童话》中的长发公主"丽宝莎"。

不错，有一些还是挺有画面感的嘛，所谓‘狂暴的快乐’。噢，对了，这是莎士比亚——”

“我知道，”我接过话，“‘这种狂暴的快乐往往预示着狂暴的结局，在那欢愉的刹那，就像火和炸药，一吻即逝。’罗密欧与朱丽叶。”

莱纳斯没说话，手上的动作也停了下来。他翻到了重要的那一张。我照了好几张那个场景，但只有那一张对到了焦。咆哮的警犬、半空中粉红色的烟火、三名手持防暴盾牌的警察与骚动的抗议者扭打在一起，还有背景里燃烧着的树。在这样的景象中，在混乱的人群中，两个十几岁的少年躺在地上，一个男孩一个女孩，用手触碰了对方的脸。他们的动作如祈祷一般安静和美好。

“哇……”他感叹了一声，然后身体慢慢向后靠到了椅背上，静静地盯着屏幕。

暴乱中的爱人。他们不过在那儿停留了数秒，而我却用快门将他们定格在了照片中：“怎么样？你喜欢吗？”

“喜欢，我很喜欢。”莱纳斯的身体又一次靠向椅背，“杰夫，过来看一眼。”

杰夫一瘸一拐地挪了过来（他的腿以前打橄榄球受过伤），推了推他那半月形的眼镜，看向莱纳斯的屏幕。

“哇塞，这是昨晚拍的？镇上那场暴乱？谁拍的？”

“是我拍的。”见莱纳斯没有要说话的意思，我接过了话，“我昨晚很幸运，他们其实只在那儿待了几秒钟。男孩看到树上的火光，就抓住女孩把她拉开，然后他们就那样躺在了那里……”

“很棒，我很好奇他们是谁。拍得真好，瑞安侬。看来我们这儿有位达维·贝利[①]呢。噢，应该是达维娜·贝利。”

我并不知道什么达维·贝利或者达维娜·贝利，但我想这应该是好话吧。嗯，一定是的，毕竟杰夫和我关系还不错。大家都觉得他有点跟不上时代。他说话噼里啪啦得像个老发动机，还老去挠自己的蛋蛋，好像那

① David Bailey，当代著名摄影师。

是只金毛犬，而且他从来不更新自己电脑上的软件。有一次我听到他骂莱纳斯“杂种”，紧接着又向大家道歉，因为“有女士在场”。

“罗恩还在跟《泰晤士报》那边打电话吗？”杰夫问。我们一起看向他的办公室，隔着玻璃看到他正在和自己电脑屏幕上的一张男人的脸亲切会谈。

“这照片太棒了，不该让这么好的照片等一个星期。我现在就把它发到网站上去。”莱纳斯从椅子上站起来，大步走到罗恩·庞迪切里的办公室门前，大声敲了七下。依然没有回应，他直接冲了进去。

“干得不错啊！”我俩依然低头看着莱纳斯的电脑屏幕，就像面前的照片是我俩孩子的 X 光片，“这照片真是让人眼前一亮呢，瑞。”

“谢谢你，杰夫。”我的脸红得就像他那件羊毛衫。当然了，可不会像他羊毛衫那样上面还有肉汁印子。

“但他一定很恼火这照片不是他拍的。”杰夫转向莱纳斯的方向点了点头。

我耸耸肩：“可能吧。”

“哈，我喜欢一切打脸这帮自大狂的事情。”杰夫哈哈大笑，在我的背上重重拍了一下，拍得我的肋骨都抖了三抖。他又补了一句，“不过，你要小心别让他抢去了功劳。”

“他不至于吧？我知道他肯定会自己写这篇文章，但照片毕竟是我拍的……”

杰夫呷了一口咖啡，不置可否地摇摇头。

“他该不会连照片也署他自己的名吧？会吗？”我不安地问。我的心跳都停了一拍。

他干咳了一声，涩涩地说：“亲爱的，我不该说泄气的话，不该说泄气的话。”

1月16日，星期二

1. 那个开蓝色逍客的男人。我发现他养了一条大斑点狗。今天他嘴里倒没不干不净，但我还是讨厌他。

2. 惠特克夫人。肯定是她偷了我书架上的一本书，搞不好那支绿色圆珠笔也是她偷的。

3. 德里克·斯卡德。

4. 韦斯利·帕森斯。

5. 把“牛油果”说成“‘流’油果”，“棉花糖”说成“棉‘发’糖”，还有一切把“h”发音成“f”的人。

你觉得自己比身边的朋友优越吗?

对，我就是这么觉得的。我并不是特别了解人这种生物，但我想大部分人都多少有些优越感。再说了，我凭什么不呢？我有学历，有一份全职的工作，不像他们那样靠着那些托儿所的交费单和钻工薪家庭税收减免政策的空子来揩国家的油。还有，我跟他们在一起确实觉得无聊，跟克雷格在一起也是。在报社其实也很无聊，但谁也看不出来，我很擅长演戏。已故的传奇乐手莱昂纳德·科恩[①]曾经说：“照着你想要成为的样子生活，很快你就会真正变成那个样子。”从心理治疗结束以来我就是这么做的。大家以为我痊愈了，其实我只是在演戏而已。或许有一天，这会真正成为我人格的一部分吧。

不过关心他人真的是一件挺困难的事儿。为了让身边的人高兴，我学

① Leonard Cohen，与鲍勃·迪伦齐名的美国著名民谣歌手。

会了一些小技巧：

1. 倾听。人都喜欢被关注。少说多听是美德，现在拥有它的人已经不多了，所以人们才格外珍惜。

2. 问候。即使你已经向人们问过好了也没关系，多问几次他们也不会觉得奇怪。

3. 赞美。赞美他们的新发型或者是减肥效果。

4. 礼物。“我偶然看到这个，就想起了你”，这样的小惊喜通常效果奇佳。

5. 做无麸质糕点。就照着正常糕点做，只是该放的糖都别放，好让它吃起来没啥味道就可以了。

有些人管这叫“笼络人心”，我管这叫“生存之道”。

即使在家的时候，我也在演戏。我从来不知道哪一部分的我才是真实的。我也不知道怎样真切地去感受，怎样真实地……怎么说呢，存在。我想那一定很辛苦吧。相对而言，在网上安慰别人就容易得多了。上次露西尔的母亲去世时，她在网上找我聊天，我所要做的无非就是动动手指，给出一些适时的安慰，而与此同时我的眼睛可以盯着电视屏幕看《飞黄腾达》[①]，一边吃我的薄荷气泡巧克力，毕竟再不多吃一点，我担心以后就买不到了。

我其实更喜欢跟孩子们一起玩。有时候我去别人家，大人烧水泡茶的时候我就会去孩子的温迪屋和他们玩过家家，让他们给我端来上面放了塑料烤鸡的小盘子，或者一起给绘本上色。伊梅尔达的双胞胎霍普和莫莉有一些我没有的森贝儿家族玩偶，我常跟他们一起玩，有时候我们会一起翻森贝儿家族的宣传册，讨论我们接下来还想要哪些。

BuzzFeed 网站有一点说错了：对某些人类，我还是能产生情感共鸣的，比如孩子们。我不喜欢孩子们受到残忍或者不公平的对待，他们比任何人都不该被那样对待。我们在修道院花园的经历，不该在任何人身上发生。

这是我杀人时的原则之一。我的原则还包括：

---

① *The Apprentice*，美国著名真人秀节目，又译《学徒》。

1. 做好充分准备，全面评估所有可能发生的情况，只在有百分之百把握的时候才出手。

2. 掩盖好自己的行踪——千万不要留下什么液体。

3. 在所有人面前都要演得像正常人。

4. 绝对要避开魔术贴，这玩意儿是法医最好的朋友。

5. 保护没有自卫能力的人，比如孩子、动物、处在危险中的女人。

有两个小女孩就在德里克·斯卡德那里受到了不公正的遭遇。有一天，这个叫德里克·斯卡德的危险惯犯把两个十岁的小女孩骗去他的公寓“看他家的猫生的小猫”。他家根本就没有什么小猫，那两个可怜的小女孩在那里遭遇的一切，足以摧毁她们脑中对世界所有美好的想象，事情就是这样。

德里克·斯卡德这件事情让我极度不爽。我要看着那个人去死，我要压在他的身上看着他去死。同时应该去死的还有轻判他的那个法官。

其中一个小受害者的母亲玛丽·托尔玛什今天来了我们报社，她在罗恩的办公室跟克劳迪娅和莱纳斯聊了很久。我借给他们送拿铁和蛋奶羹的机会匆匆看了她一眼，她留着金黄色的波波头，穿名牌套头毛衣和牛仔裤、平底皮鞋。然而尽管打扮得体，她脸上的表情却完全是另一番景象——她看起来就像一个被大雨浇透的破布娃娃。

我听到了几句他们的谈话。她提到了一个地名——温维索街。那是公园另一头的一个公寓区。她提到这个地名的时候十分愤怒，大概斯卡德现在就住在那里。我还听到那浑蛋现在用的是假名。温维索街离报社大概 20 分钟的路程，离我家走路也就十分钟。我下班后直接开车去了那边，坐在车里静静等待，可惜并没见到他的踪影。

晚上 11 点我出去遛了叮当。克雷格已经开始打呼噜，而我完全无法入睡。我的神经绷得紧紧的，德里克·斯卡德的名字在我的脑海中来回闪现，简直百爪挠心。我得出去。我拿上了那把墙纸剪刀以备不时之需，但所有的小巷包括运河纤道都是那么安静，这大概是好事吧。至于我的感想——

我掘地三尺也要把那个浑蛋挖出来。

对了，突然觉得很饿，所以我要去吃我的 Quavers 芝士片和佳发蛋糕片[1]。我看网上的文章里写午夜过后摄入的卡路里就不算数了。嗯，还是说这理论只适用于精灵？

① 英国流行零食，是一种饼干状蛋糕片。

1月21日，星期日

今天我又在温维索街等了一个小时，依然不见德里克·斯卡德这老浑蛋的踪影。我开始怀疑我是不是听错了地址。明天我要去温尼伯街碰碰运气，还有温彻斯特路，还有威廉姆森街。那地名里肯定有个“W”，这一点不会错。他就在这座城市的某个地方，经过着我们经过的街道，呼吸着我们呼吸的空气。

搞定了我们这一周的采购。我们现在都是周日去采购了，这样周中只需要偶尔补补货就可以。周围我讨厌的人总算少了一些。克雷格简直毫无用处，跟救生艇上的活板门似的。还有，上帝啊，那些老年人真是超烦人。想想一个八旬老人跟雕像一样杵在鱼罐头货架前，十几分钟都决定不了到底是买去水吞拿鱼还是罐头蟹肉，只想拿一罐凤尾鱼的你只好在后面干等……我宁愿碰到的是一个尖叫着朝我的购物车冲过来的熊孩子。

既然我们说到了食物——散养鸡到底为什么要那么贵？我想要的不过是一只在树林里咯咯叫，被公鸡上过，最后在树林里被抓起来的鸡而已，又不是吃钻石长大的鸡。

还有，我的节食结束了。我回家以后狼吞虎咽了两个羊角面包，身上的肥肉爱咋咋地吧。我喝完茶会带叮当出去遛个几英里，这样也就能消耗掉其中一个面包了。

1 月 26 日，星期五

1. 今天看谁都很可爱。

2. 骗人的。我想干掉全世界。

在区区在下的生活中，总算也发生了一件令人兴奋的事。早间档电视节目《黎明破晓时》——对，就是那个一群晒得很黑、笑得龇牙咧嘴的人围着让人无法忍受的粉红沙发谈天说地的节目——把我列为了他们“世纪女性人物”的候选人。

是我！是我！是我！

他们想在月底做一次电视直播采访。今天我的午休时间跟伊梅尔达和皮奇的正好重合，所以我们在 Costa 咖啡店碰了个面。我告诉了她们这个好消息，伊梅尔达激动得简直要跳起来。

“什么？真的吗？为什么？”她惊叫道，明显因为我要在国家级电视台上接受五分钟的访谈并且话题还不是关于她的婚礼而感到愤愤不平。

皮奇对她表妹使了个眼色。

“噢，不好意思。要采访你……是因为‘修道院花园’，对吧？”

所有人提到那件事的时候都会说“修道院花园”或者“修道院花园事件”，这已经成了一个心照不宣的说法。就好像你说“邓布兰”，人们就会知道那指的是苏格兰的邓布兰惨案[①]；你说“科伦拜恩”，大家也知道说的是科罗拉多那起枪击事件[②]——不必多说，大家都懂。

---

① 1996 年发生在苏格兰邓布兰一所学校的枪击惨案，共有 17 人丧生。

② 1999 年美国科罗拉多州科伦拜恩高中发生的校园枪击案，共有 12 人丧生，24 人受伤。

“接下来的几周他们一共要拍十个女人呢，我选不上的。”我这么说了一句以示谦虚，实际上我知道要把我比下去可不容易。

“怎么会选不上呢，”皮奇说，“心态要积极一点嘛！”

“候选名单里还有谁？”

梅尔的眼神里写满对这个候选名单的强烈期待。它最好是足够强，强到让我一点脱颖而出的希望都没有。

“有一个死肥宅女人成功减掉了两百多千克的体重，后来还当上了体育老师。还有一个救了无数叙利亚人的人权律师……”

她的笑容变得不自然起来。

“还有一个没了双手还是双脚却穿越了加拿大的政治家，一个变过性还得了糖尿病却收养了上千个孩子的图书管理员，还有两个在地下室被关了十年的女人……大概就这些吧。”

这下伊梅尔达终于发自内心地笑了：“噢，亲爱的，那竞争很激烈呀。不过也有可能评审们会同情你哦，毕竟事情发生的时候你那么小。”

“马拉拉[①]也是年纪很小的时候被打伤的哦，”皮奇长长地吮了一口她的馥芮白咖啡，接着说，“不管怎么说，你所经历的一切真的很不可思议，小瑞。世界总会给你回报的。这个评选是会排出第一、第二、第三的那种吗？”

“应该不是吧。别忘了，我可是当了好几年的全国明星小孩呢。”我说。看到她们这样拼命地想要找理由相信我会输，还是让我非常不爽的。我们“小甜豆”需要阳光，否则也难逃枯萎。

皮奇咬着自己的法式辫子，直直地盯着伊梅尔达，朝她使了个眼色。那眼神投到伊梅尔达脸上，简直要反弹出去。

伊梅尔达叹着气，又往自己的拿铁里加了两勺糖。

才不像你们想的那样呢，我想。见他妈的鬼去吧。我赢的概率明明就很大啊。那段我虚弱的小身躯被从修道院花园12号抬出来的新闻画面，每

---

① 马拉拉·优素福·扎伊，巴基斯坦著名的女权主义者，世界上最年轻的诺贝尔和平奖得主。她曾于2012年遭到枪击，后痊愈出院。

次在节目上放映都能让观者落泪，同样感染人的还有我和爸爸一起参加《晨间》节目的采访，以及 BBC 为庆祝我出院而拍摄的纪录片。那时候的我就是个英雄。当然了，话说回来，那已经是 20 多年前的事了，但那又怎样呢?事情发生的时候我比马拉拉被枪击时还要小，而我不也成功长大成人，和她一样成功地战胜了我的心理创伤吗？或者说，我比她还要成功。

但我还没来得及继续说点什么，她们就转移了话题。

“继续讨论婚礼吧。话说，我的蛋糕师实在是不行，卫生条件太差，发酵柜里还被发现了老鼠屎。实在是太夸张了。小瑞，上次给克雷格做那个柠檬蛋糕的人电话是多少？”

1月31日，星期三

1. 那些制造骚乱导致《厨艺大师》[①]被取消的人。

就连那些编辑助理今天都很让我恼火。他们都是如此一成不变，却又如此快乐。比如，每天都不忘提醒我们他得过睾丸癌的“睾丸哥”比尔，即使话题不管是跟睾丸还是癌症都毫无关系，他也能扯到那上面去。他总是带一个芝士卷和一包芝士片作午餐，打电话时的口头禅是“祝一切顺意”和“太棒了”。卡萝是唱诗班成员，她不用手机，每天就那么两条裙子换来换去，一条粉色配紫色高领，一条绿色配红色高领。还有办公室“辣妹”埃德蒙德，他有点异域风情（瑞士出生，读的私立学校，长着一张漂亮得不得了的脸），发型跟我六岁的侄子一模一样。他从不说脏字，用的感叹词都是“我亲爱的神哪”之类的。他每天上午11点32分会准时打开一罐低糖Lilt饮料，一分不差。

我整个上午都在更新我们的网站和社交媒体页面，因为克劳迪娅想要“与我们的社区联系更紧密”。暴乱过后那场清理垃圾的志愿活动获得了巨大的成功，而她想要我们的Instagram页面“看起来更性感一点”。真是活见鬼，你要怎样让打扫活动看起来“性感”？让妓女去骑扫帚，还是让大家大张着腿蹲在拖把上？你要怎样让一群老人在村里的草地上跳莫里斯舞[②]的画面变“性感”？你要怎样让妇女协会里关于缝纽扣的演讲变性感？我们的Instagram页面上全是各种插花、美食展上吃猪肉的大胖子，

---

① BBC的厨艺竞技节目。

② 英格兰地区的一种传统舞蹈。

还有费劲地拉着一堆盒子的勤杂工埃里克之类的。稍微有趣一点的东西他们都不让我发：死在公园的瘾君子——不行；那个把摩托车开到河里去的女人——不行。老天，那个女人的事儿实在是太好笑了。我人生中第一次笑到差点尿裤子就是因为这件事，要知道，就连在自己的 21 岁生日派对上我都没笑成那样过。

罗恩今天不在。我最近需要找他谈加薪的事儿，或者至少问问他们什么时候才会公布那个 NCTJ 基金的人选。他们每年 1 月都会招一个新培训生，然后一路培养他 / 她做到高级职位。莱纳斯就是从初级记者开始做起的，克劳迪娅和麦克·希思也都是。我写了那么多优秀的稿子，他们必须意识到送我去学习、拿一个相关的学位是物超所值的。我们报社还没有谁有实力与我竞争，这个人选一定是我。以下是几个我在过去的三年里为他们做的、完全在我的本职工作之外的事情的例子：

1. 关闭老电影院的专题。

2. 瑞灵顿庄园婚礼特别企划的专题。

3. 关于关闭镇上游泳池的专题，我还采访了一个向警察局局长扔用过的避孕套的抗议者。

4. 新款奥迪的试驾报告。

5. 无数篇影评。要是再叫我坐下看完一整部 007、漫威或者是凯拉·奈特利的电影的话，我就真要去把复印机给炸了。

6. 采访了无数对老得不成样子、脸上皱巴巴的让人害怕的金婚夫妇，坐在他们臭气熏天的房子里，拿有缺口的杯子喝着油腻腻的茶，听他们没完没了地讲他们的莫里斯老爷车①的故事。

我还可以继续说下去。反正这是我自己的日记，所以我就继续说了：

1. 把叮当装成荷兰猪去米尔福德街新开的宠物美容院做体验。这次经

① Morris Minors，英国 20 世纪 70 年代流行的廉价小车。

历让叮当受到了严重的精神创伤，耳朵上还起了疹子。

2. 发电站那篇稿子的配图。

3. 暴乱那篇稿子的配图。

4.《乡村生活》版的配图。我拍了一群板球俱乐部的纨绔子弟。

5. 以加斯顿·因福阿的笔名写了12篇餐厅评论。

6. 每周去法院旁听他们怎么判那些犯事的瘾君子。他们犯的事千奇百怪：有想方设法骗保险费的，有在汉堡王发疯的，还有强奸鸽子的。

7. 学习速记。

8. 学习法律术语。

9. 没有举报莱纳斯的大量性别歧视和不当言论，没有举报麦克·希思身上的猫臭味，没有举报克劳迪娅的尖酸刻薄。

当然这还只是冰山一角，我做过的事远远不止这些。

今天下午有人在办公室分甜甜圈，我吃了一个。见鬼，腰又要变粗了。

回家的时候又开车路过了温维索街。我们的老朋友依然不见踪影。转过街角有一个收容所，叫温彻斯特角，我就把车停在收容所的路旁，看着进进出出的人们。我搜寻着整条街道，寻找穿绿色粗呢大衣的老家伙，从各种污浊的"涂鸦"中寻找线索——还是什么发现也没有。其实来到这种地方对我并不是什么好事，只会让我杀人的欲望更加强烈。但是不来的话会更糟糕，因为那将意味着无比的空虚——除了波澜不惊的生活和克雷格以外什么都没有。

今晚的《厨艺大师》被取消了，因为他们要播一个关于财政紧缩的特别节目。节目里还提到了我们这里发生的骚乱，他们采访了罗恩和镇长。我朝电视屏幕上的他扔了花生——上次他上《大追击》（*The Chase*）[①]节目时我也这么干来着。感谢奥利·莫尔斯[②]，他的镜头没过多久就过去了。

我和克雷格都懒得做饭，所以去了Nando's。嘿嘿，有本事去告我啊，脂肪团们。

① 英国独立电视台的一档问答类节目。

② 英国著名歌手。

2月1日，星期四

1. 莱纳斯·西克吉尔。
2. 莱纳斯·西克吉尔的家人。
3. 莱纳斯·西克吉尔的朋友。
4. 莱纳斯·西克吉尔的邻居。
5. 莱纳斯·西克吉尔的牙医。
6. 莱纳斯·西克吉尔的邻居的牙医。
7. 莱纳斯·西克吉尔的邻居的牙医的接待员。

今天早上我看到了明天报纸的彩色打样，猜猜上面有什么？对，头版上用的赫然就是我拍的那张照片！

真让人激动呢，不是吗？

不，当然不是。原因？因为那个大浑蛋——全世界最恶心的超级变态莱纳斯·贱货·西克吉尔把他的名字放在本该是我的名字出现的地方！他果然抢去了所有的功劳——文章是他写的，照片是他拍的，瑞安侬算老几？我很惊讶他竟然没有顺便声称他就是照片里的某个主人公。气人的是，杰夫也没有站出来为我说话。他只是说了句："你看，我就知道会这样。"

可不吗，真是帮了我大忙了，杰夫。我要是有二十根中指，我一定全竖给你。

所以，下一个就是他了——说谎的浑蛋西克吉尔，战胜了其他所有人，成了我名单上的下一个。赶快打碎那该死的保险玻璃，给我把斧子递过来就对了。我今天没心情再多说什么了。我只想暴饮暴食一顿然后坐在马桶上拉到死，或者撑死以后再拉。你别说，这种事还真会发生。生小孩的时候有时候也会大便失禁。啊，世界真奇妙。

2月2日，星期五

我去要求加薪了。我已经在这家报社干了三年，离我的上一次加薪也已经过去了两年。结果……猜猜罗恩和克劳迪娅怎么说？

他——们——拒——绝——了！

倒是跟我续签了工作合同——在接下来的一年里我将继续当我的“编辑助理”。而且据他们给出的评价，我是一个“值得信任，能够给报社创造价值”，并且被他们“非常重视”的一个员工。真是好笑，这重视甚至连一英镑的加薪都不值，因为他们“最近预算有点紧”。

罗恩说：“现在我们兜儿里恐怕没有这个钱。”而我，这个付出与得到完全不成正比的傻瓜，就像有人照着我的脸扇过一巴掌一样，只能照单接收了。

要知道，他们刚刚花了五百英镑买来一棵棕榈树盆栽放在前台，还花了惊人的五千英镑买那个咖啡机，还有一层楼梯平台上那幅巨大的凡·高装饰画。除此之外，还有一套全新的地毯、窗帘和新的文件柜，罗恩和克劳迪娅还刚换了新电脑。嗯，还有，前阵子他们还在利松[①]的五星级圣安妮酒店办了团建活动、高尔夫俱乐部办了圣诞超豪华派对——有香槟喝的那种派对。他们还好意思跟我说他们“兜儿里没有这个钱”。

我想象着把罗恩和克劳迪娅塞进一个大锅里——就是中世纪用来烧油的那种巨大煮锅。我会把他们背靠背绑在一起吊在锅子上方，他们将眼睁睁地看着下方烧得滚烫、咕噜咕噜冒着泡的液体尖叫求饶。这时候，我一点一点地把他们放下，他们的脚尖最先触到热油表面，随后一寸接着一寸，

① Lytham，英国地名。

他们裸露的皮肤被烧得通红，皮肉开始分离。克劳迪娅的脸上呈现出极度痛苦的表情，罗恩流着汗，哭着，乞求着，直到死亡终于给他们带来甜蜜的解脱。

对，就是那样。天哪，杀人的渴望在我的身体里熊熊燃烧，我几乎能感到它灼烧着我的皮肤，即将穿破我的身体。

不过，至少我算是知道了我对报社来说意味着什么。我比不上一台咖啡机，比不上一幅装饰画，比不上一棵该死的棕榈树。这一切太不公平，我感觉百爪挠心，刀刃划过牛肉罐头一般的声音不停地在我耳边回响。

还有更重要的——NCTJ 的事情肯定也没戏。他们“已经对人选有了比较成熟的考量”，克劳迪娅叫我“不要抱太高期望”。在他们眼里，我依然是个不值钱的小助理。

所以，是的，我还是办公室那个没有人在意的小透明，而且将永远都是。

你们这群浑蛋。

这实在是太荒唐了。坐在单间办公室里的应该是我，而不是罗恩。对所有人指手画脚的应该是我，而不是克劳迪娅。大部分工作都是我做的。这个地方应该是我的城堡，这些人的肥脑袋都应该被钉在大门外面的长尖钉上，这样每天早上我路过的时候，一抬头就能看着这些呆滞的脸哈哈大笑。

AJ 今天对我很冷淡，我想克劳迪娅大概跟他说了什么“如果想要我给你在实习评价信上写好话，就把你花在女人身上的心思多花一点在工作上”之类的话。他平常确实挺吊儿郎当的，在大家的办公桌前游来荡去，跟每个人嘻嘻哈哈，聊澳大利亚的生活，聊夏天的圣诞节，聊他和他的朋友“帕兹”和“多博”去冲浪的故事。

不过，我当然知道怎么和他调情，知道怎么把他引诱到我的办公桌前。他逃不出我的手掌心，就像我的迪吉里杜管[①]。

下班后我又去了一趟爸妈的房子查看茱莉亚的情况。这么说吧，她的表现稍微好了那么一些。但我还是把今天的一肚子恶气都撒在了她身上。

① 一种澳大利亚土著乐器。

或许我不该这么做，毕竟这些跟她并没有什么关系。不过那又怎么样呢?我做了也就做了吧。我把她像扔麻袋一样扔在了地上。房间里依然臭得要命，我只好又往地毯下塞了几个空气清新剂。

突然想吃咸牛肉——要不我晚些时候去利德超市买一趟吧。

2月3日，星期六

1. 那些不过生了一个孩子就开始出版育儿书籍的明星，好像生出来一个孩子她们就突然成了专家似的。

2. 全英国所有拒绝了出版我的小说《不在场证明时钟》的出版社。

3. 我所有的朋友。

又去了一趟爸妈的房子，给茱莉亚带去了足够两天的食物和水，确保她在接下来的两天内可以上厕所。她很安静，但她的身体语言出卖了她。她一定干了什么不该干的事。我轻轻松松就找到了——地毯上有一个洞。她居然开始在床下挖隧道。这个尝试可悲得简直让我觉得好笑——这个隧道将要通往的是二楼的卫生间，那个卫生间是从外面锁住的。我再次对她强调，她休想逃跑。如果她胆敢试着逃跑或者呼救，我就找人对她的孩子下手，她最好乖乖在这里待着。

在我还拥有“家”这个东西的时候，我们住的地方还是挺不错的。“一个心存感恩的村庄”——村里的路牌上写着这么一句话。这里人口不多，悠闲静谧。你能清楚地听到每一声鸟叫，你会看到人们在星期天修剪前院的草坪，6月中旬电线杆上会贴出收获节的海报。我喜欢这里，我喜欢这种安静。我特别喜欢我们的花园。妈妈对园艺很着迷，她说园艺能让她保持清醒。打理得好的花园会弥漫着迷人的香气，一直到现在我都觉得那是幸福的味道。我小的时候，我家的花园总是充满着这样的香气和丰富的色彩。每一阵风吹过，都会带来不同植物的气息：迷迭香和牛至，薄荷和咖喱草，柠檬、百里香和鼠尾草……淡黄色的水仙花在风中起舞，像是春天的时候我姐姐在床上蹦来蹦去甩动的头发；玉米花的蓝色就像乔的眼睛；到了夏末我会把紫色的薰衣草制成香盒，给妈妈放在手提包里；那些树则又高又强壮，就像爸爸。现在老房子里已经不再住着这些人了，只有那些树还静静地立在那里。

有意思的是，尽管没有人住（当然，只是外人看起来没人住而已），房子前院和后院的草坪却依然被修剪得整整齐齐。这要感谢我们的邻居亨利·克里普斯，他有一辆乘坐式的草坪修剪机。爸爸的葬礼上他跟我说他“也就只能为我们做做这些了”。

亨利是一个非常老派的人，艾米丽·戴维森[①]冲向国王的赛马的时候他还停留在石器时代。他的妻子多萝西在世时过的是20世纪50年代典型的家庭主妇生活，日常就是做饭、打扫、生孩子。你看见她的时候她不是在插花就是在掸地毯上的灰。甚至连她去购物，亨利都要严格计时。大概她也是实在受不了了，只好通过一次中风来彻底摆脱他。

但亨利其实不是一个坏人。我小时候他会让我爬过栏杆去给他那只名叫蒂莫西的老乌龟喂蒲公英，他还会把报纸留给我和塞伦养的兔子和荷兰猪，嘴里说着：“它们要是整晚在笼子里窸窸窣窣个不停，报纸我可就不给了。”

我泡了杯黑咖啡，坐在花园的帆布躺椅上跟叮当玩丢球。

“嘿！”我听到一个声音，紧接着栏杆那头出现了一个灰色的脑袋。叮当狂吠着冲了上去。

“嗨，亨利！你好啊。”我说着，很快想起了人际交往准则，不情愿地从躺椅上爬了起来。我把扒着围栏的叮当抱了起来，它依然处在激动中，咬牙切齿地咆哮个不停，就像看到阳台上不时出现的那些不知从哪儿冒出来的野鸽子时那样。

“你好啊，瑞——安——依！”他总是每个音节都说得很重，“再见

---

① 英国著名女权主义者，她在赛马会上冲向了国王的赛马，以这样的自杀行为来提请社会对女性权益的关注。

到你真好！”

“我也很高兴再见到你！”

这房子周围就只有亨利这一个邻居，但谢天谢地，他这样的邻居一个能顶十个。你可以找他借任何东西，找他打听所有附近的八卦，你不在的时候他还会帮你照看你种的花，帮你修理草坪。他的车库也无比整洁，所有的油漆罐都贴着标签，按字母顺序排列；挂工具的后墙为了整齐甚至还用铅笔画了线。他有三辆擦得锃亮的老款汽车，其中一辆现在还停在我们家车库里——这是我爸生前和他说好的。

我还注意到，他种的水仙每一朵花都朝向相同的方向。我想人太闲了大概就会这样吧——他们的大脑就会有足够的时间去注意这些根本不必要的事情，比如油漆罐和水仙花。

“瑞——安——侬，我有一些天竺葵要种，所以放了几张床在那边，只是暂时放放，你不介意吧？”

“噢，没关系。”我回头看了看他指的地方说。

“还有一些红花菜豆，在那边……需要我把我那辆车从你家车库挪出来吗？我记得你上次说你要卖房子，最近有房产中介要来看。”

“不用，我让中介先暂停出售了。”

“噢，这样啊……”他问，“为什么呢？”

叮当用爪子推着我的胸部想要引起注意，好像这是个抢答游戏，而她知道了答案。我将她放回地上，她马上开始追逐起了一只土鳖虫。我回答亨利说：“就是觉得那个中介不太好，换一家应该能开价更高。”

接下来他就开始没完没了地和我讲他最近新买的钢琴。这已经是他的第四架钢琴了。钢琴占满了他房子底层的两间会客室。早年他经常叫我和塞伦去他家，听那些自动钢琴自己弹奏乐曲。刚开始的几分钟对我们来说还很新奇有趣，但过了一会儿我们就无聊得不行了，要是附近有绞架，我们宁愿就地绞死。

不过，我还是必须把亨利哄得好好的。

“你上周回来过是吧？我好像看到你的车来着。”

“是呀，总得时常回来照看一下。”我说着，摸了摸自己的鼻子，他点点头。我接着说：“而且我还打算清理掉几样东西，之后好重新开始卖。”说这些的时候我的眼神不自觉地往顶楼瞟。人的身体这些下意识的动作很烦人，不是吗？这些小动作都是在给人提示你犯下的暴行。

“啊，我那天好像听到有人在里面噢。”

“那是我助理。我不在的时候需要有人帮着打理一下。”

“你一切都好就好。有什么需要记得随时找我，我答应过你爸爸会照顾你。”

“我一切都很好，亨利，你不用担心我。”

他笑了，露出一排整齐的黄色乳牙。但他依然站在那儿，没有离开的意思，像是在等着什么。我突然想起来他确实是在等着什么。

“啊，不好意思，我都给忘了……”我急忙跑到帆布躺椅那儿，从椅子背后拿出那一袋事先准备好的大麻，隔着栏杆递给了他。

“上帝啊，这么多！这足够我用好几个月了。太谢谢你啦！”他呵呵笑着，把背包带子塞进自己的 V 领衫。

“别客气，如果还要的话记得和我说。”

“你确定不要我付钱吗，瑞——安——侬？这也太多了。你太客气了。”

“当然不用付钱。你是我爸爸的好朋友，亨利，我也没什么别的能为你做的，这点小事就别太客气了。看看那里种了多少。不过要保密哦，好吗？”

他拍拍自己的鼻子，沿着小道走开了，尽管他有风湿性关节炎，却蹦蹦跳跳走得很是灵活。

茱莉亚这次并不像往常那样希望我赶紧走。

“要是你在伦敦出了什么事怎么办？又没有别人知道我在这里，我会饿死的。”

“这个世界上有的是比这更痛苦的减肥方法，茱莉亚。不信你试试达维娜的《超级健身》。”

“我害怕。”

“按时按量吃喝我留下的食物和饮料就可以了。我又给你带了些杂志和解谜游戏。不用谢。”

她又给了我那个邪恶女妖的表情，所以我把她绑起来，关上了门——

“哎呀，你这个女人，冷静点呗！大不了下次我给你带点数独游戏。”

我最终还是没有再剁掉她一根手指作为她私自挖隧道行为的惩罚。我今天没有特别想要这么做，而且我今天没带狗屎袋。

茱莉亚只在我的中学待了一年，但就是在这一年里，她竭尽全力毁掉了“修道院花园”留给我的一切。那天早上我在上班的路上看到她正送孩子去上学，顿时在原地惊呆了。我又一次感受到了我 11 岁那年，每天早上看到她走进大礼堂，径直朝着我旁边的椅子走过来时的感受。那张椅子是她逼着我留给她的。我跟踪她到了她家，看到她那垃圾场一样的前院，闻到她的烟味飘过篱笆，听到她对着电话那头的什么人大喊大叫。

不久后的一天早上，我又跟踪了她。这一次我做好了充分的准备。“茱莉亚！是你吗？我是瑞安侬呀！”我用了这个最老套的开场白，轻易地让她上了我的车，来到家里。我们喝着茶，吃着里昂牌维多利亚海绵蛋糕，好好聊了聊天。她现在是个理发师，她的丈夫劳埃德给人搬家。

后来我把她打晕，用 Mountain Warehouse① 买来的登山绳把她绑起来，又拿了爸爸工具箱里的钢眼装到后面卧室的墙上，把她绑了上去。

处理尸体的事情我只见爸爸做过一次，我希望到我要做的时候不会碰到太大的困难。要说我一点担心都没有那也是假的，或许因为她是女人，又或许因为她有孩子——虽然她那几个孩子都长得很丑，但毕竟也是孩子，无辜的孩子。不过这些孩子身上全都有着他们妈妈的基因，比如雀斑和参差不齐的牙齿。他们没有了她会过得更好。她的存在只是在拖他们的后腿，就像从前她拖我的后腿一样。茱莉亚这个傀儡师。

狡猾的茱莉亚会在老师不注意的时候使劲捏我，就因为我没回答她的问题：“我是你最好的朋友吗？”

涂鸦者茱莉亚在我的《圣经》扉页上写“瑞安侬大肥婆”，还在我那本《新约》的八页上都写上了“玛丽是个恶心的贱女人”。

---

① 英国著名户外品牌。

打人者茱莉亚每次英语考砸了就会把气撒到我这个脑子受过损伤的选择性哑巴身上。

放火者茱莉亚用本生喷灯在我外套上烧了一个洞。

杀人者茱莉亚在池塘边踩死我刚刚交的青蛙朋友，就因为我没有对她说：“你是我最好的朋友。”

苛刻的茱莉亚，如果我在法语课上没帮她做词汇拼写，她就会用恶毒的眼神盯着我，拿钢笔刺我的手。

切割工茱莉亚从美术工具柜里偷剪刀来剪我的头发。

强奸犯茱莉亚会在学校后面的科学实验室堵我，想用一根棍子强奸我，就因为我没有对她说：“你是我最好的朋友。”

每天晚上我都在心里默默祈祷她赶快去死。可惜的是每天早上我还是会看到那个红头发、又蠢又肥、满嘴垃圾气息的女孩出现在大礼堂门口，每到这个时候我的心就直往下沉。

我只能在梦里享受没有茱莉亚的生活：我可以一觉睡到大天亮，不再紧张到心跳加速，在班上想跟谁坐就可以跟谁坐，课间休息想跟谁玩就可以跟谁玩。我可以拿更好的成绩，边线进攻时表现更好，给老师留下好印象。我的身上也不会再有瘀青。她转学离开以后，一切终于开始朝好的方向发展。我的成绩上去了，声音也变得更有力。有一阵子我甚至交到了一些朋友。但仇恨的种子已经在我心里生根发芽，逐渐长大。种下这颗种子的是“修道院花园”，但茱莉亚浇灌了它。

没有人来帮我。在所有人看来，瑞安侬和茱莉亚是最好的朋友，不管我在心底如何绝望地呼喊求救，也没人会插足到我俩之间。我是茱莉亚控制下的俘虏，她使我化为尘土。

所以，BuzzFeed，你说得不对。我成为现在这样一个精神病并不是因为我在学校总惹麻烦、欺负其他孩子。恰恰相反，那时候的我是个模范学生，沉默、好学、乐于助人。任何人只要乐意都可以上来扇我一巴掌或是朝我脸上吐口痰。

但现在，这个贱女人成了我的囚徒，我的尘土。

2月4日，星期日

1. 地铁上坐在我旁边的那个女人。她丝毫不懂得尊重公共场所的个人空间，手肘总是顶到我。她咳嗽也不拿手遮着，过了一会儿还开始吃鸡蛋蛋黄酱三明治。要是当时手上有枪，我一定直接一枪把那该死的三明治从她手上打飞。

2. 火车上抢插座的人。每次坐我旁边的女人都是这样的人。

3. 那个消极攻击性的检票员。我不小心给他出示了订票证明，而不是火车票，他生气了，然后扔下我走开了，跑去跟排在我后面的19岁金发女学生护士闲聊。

4. 地铁上那个穿莱卡短裤的男人，他为了抢最后一个座位从我身边挤了过去。

5. 工作或生活在伦敦的每一个人。

又梦见了爸爸，然后浑身发抖地醒来。我对克雷格说我只是有点冷。明天我要去伦敦，参加《黎明破晓时》的录制，所以我现在坐在火车上。我在地铁站买的 *OK!* ①杂志简直就是各种假胸真人秀明星，以及以时下流行观点来看要么太肥要么太瘦的奇葩女人的展览。我看了几页就没兴趣了。我宁愿沿途观察每一站上车的人，我喜欢看他们上车后四处张望、仔细比较的样子——

嗯，坐在谁旁边最安全呢?

桌子旁那群早上9点29分就已经喝空了一堆啤酒罐的年轻小伙子？不

① 全球发行量最大的明星杂志之一。

不不，当然不行。那个腿上放了个购物袋、看起来活像电影《一小时快照》里的罗宾·威廉姆斯的那个油腻的老绅士呢？不不不，他也不行。

或者那四个把平板电脑音量开到最大玩游戏的红头发小孩？还是那两个喋喋不休的老妇人——其中一个长得像海伦·米伦[①]，一个长得像海伦·米伦那个没那么光鲜的、在阿尔迪超市[②]打工的黑发姐妹？

不，以上都不行。他们当然全都直接走向了我。因为我是个独身女人，看起来友好又安静，毫无威胁。克雷格给我推荐了一家离我明天要去的电视台不远的小旅馆。他上次和斯图尔特来伦敦看QPR（女王公园巡游者队）和米德尔斯堡队的比赛，他们回程的火车被取消了，所以不得不在伦敦过了一夜。他说这家旅馆早餐提供的煎蛋简直“好吃到超乎你的想象”。

地铁从帕丁顿站开出去之后，一个男的开始在我身上蹭来蹭去。他一定是太饥渴了。这家伙额前有一绺小鬈发，皮鞋擦得锃亮，一只手抓着iPhone，另一只手端着一杯拿铁，生殖器顶着我的屁股。火车并不挤，他完全可以挪开一点位置，但他没有。而且他并不只是随便碰我两下而已——这绝对不是我自我感觉良好产生的错觉，他就是在跟我玩“隔衣擦火”。我今天心情很好，所以并没有发飙。我只是转过身去面对着他，于是我们的下体也处在了一个“面对面”的姿势。我用只有他能听到的声音对他说：

“你再蹭一下试试，我他妈的割断你的喉咙。”我朝他亮了一下我兜儿里的刀。下一秒他的动作就停了下来。

下一站他就下了车。

到站后我也下了车，在考文特花园闲逛了一会儿，等着旅馆办理入住的时间。我又从茱莉亚的银行卡里取了一点钱，在广场旁边一家小小的法式面包店买了几块新鲜出炉的曲奇饼。我发现了一家厨具店，橱窗里是一排排令人惊叹的高档厨房用刀，大概是由于陈设方式的关系，它们看起来不像厨房用刀，倒像是一排排光芒四射的武器。我盯着那些刀看了好久，想象着我的手指放在其中哪一把的刀柄上最好看。它们显然全都比我那把

---

① 英国著名女演员。

② 欧洲著名连锁超市。

廉价的小牛排刀要强，我打算明天过来好好逛逛。我们还需要买一个新的开罐器，原先的那个被惠特克夫人顺走了。

我无法忍受住在伦敦，但偶尔来这么一趟还是挺不错的。在不下雨也没有恐怖袭击的时候，伦敦还是个挺好的地方。

*

说回之前的话题，这家旅馆烂透了，床单上甚至全是尿印。看来我今晚只能把浴巾垫在床上睡了。

还有，我开始厌倦情色聊天室的把戏了。我今晚折腾了好久才高潮。不过，话说回来，躺在这种从文艺复兴时期一直用到了现在的床垫上，本来就让我很难高潮。

2月5日，星期一

1. 旅馆酒店的设计师们——你们他妈的怎么就不能把插座装在床边呢？

这家旅馆的煎鸡蛋让人恶心。不过我早知道会这样了，因为：（1）这是克雷格推荐的；（2）我从来都碰不上好旅馆。每次我不是在房间里发现阴毛，就是看到打飞机留下的印子，而隔壁房间总在凌晨3点上演性爱马拉松，那动静听起来不亚于上演盛装舞步表演的马队。

《黎明破晓时》跑杂务的耶米玛在电视台后门等我。她iPad不离手，还穿着一双霓虹色花边的跑鞋，看得我真是浑身不舒服。坐电梯上楼的时候，她告诉我我的采访将被安排在一段失败的子宫切除手术的故事和一段三种奶酪蛋饼的做菜视频中间。

“我们现在带你去化妆、做头发，然后让你跟主持人碰个面。”她的手指这个时候从iPad上挪到了后颈的一大片痣那儿拨弄起来，像是要在一袋麦提莎巧克力豆里面挑出最大的那一颗。

“是约翰和卡洛琳吗？”我问她，心里抱着微弱的希望，祈祷头号大色魔托尼·汤姆金森今天恰好生病或者休假了之类的，这样我就不用忍受整个节目期间都非得盯着他那分外突出的裆部。

“不，今天是托尼和卡洛琳。约翰每两天跟卡洛琳搭档一次，周五是梅琳达和崔斯坦。”

崔斯坦是他们为了“体现多样性”找来的一个黑人主持人，他每周五在节目里出现一次。同样为了这个目的找来的还有一个主持天气预报节目的同性恋女生。主持周末的女性节目《叽叽喳喳》的则是一个坐轮椅的金发姑娘。

化妆师很快在我的脸上大操大办起来，一不小心就给化成了荡妇范儿。给我化妆的时候，我听到她们议论卡洛琳想要一个自己的化妆间、一个什么男孩乐队的成员要求吃什么“无碳水吐司”、托尼·汤姆金森则跟自己的经纪人闹了矛盾。

托尼显然跟卡洛琳有一腿，他显然跟任何人都有一腿。我右边的化妆椅上坐的是个罪案剧的女演员，左边那位老兄的哈巴狗进了《能歌善舞的宠物》半决赛。我实在谁也不想搭理，但还是尽我所能与他们亲切交谈了一阵子。我不停地点头附和着他们，嘴里说着“真是有意思”，脑子里想的全是怎样在爸妈房子的浴缸里给茱莉亚放血。

没过一会儿托尼和卡洛琳进来了，好跟我在直播前“接触一下”。在我看来，他们两个人倒是“接触”得足够多了。

“托尼，卡洛琳，这位是瑞安侬·刘易斯，今天的‘世纪女性人物’候选人。”耶米玛这时又突然出现在我身后，这回没有 iPad，但后颈的“蛋白球”一个没少。

“那么，用不着多介绍了，瑞安侬，你的名声可是很响啊。”托尼笑着说，“最近好吗？”说着他还伸手在我肩膀上摩挲了几下——第一次未经允许的身体接触。

“我很好，谢谢。”

“见到你真好，瑞安侬。”卡洛琳说，笑得跟一架大钢琴似的。尽管她脸上的粉跟城墙一样厚，但还是掩饰不住那些坑坑洼洼，“你希望我们怎么称呼你？”

“叫我瑞安侬就好。”我说。我喜欢人家叫我瑞安侬，但大部分人为了省事都直接叫我“瑞”。莱纳斯有一次叫我“瑞慢慢”，我差点没一把揪住他的脑袋狠狠扇他一巴掌。

“我们会慢慢来的，我们保证！”托尼嘿嘿笑着说。我尽力让我的目光停留在他的脸上，不要往下看。这实在是很费劲，我的眼睛甚至都开始有点湿润了。他们都以为我是紧张，于是托尼对我做了第二次未经允许的身体接触：他伸手握了握我的胳膊，顺便还“不小心”碰到了我的胸部。啊，真恶心。

“我们那位子宫女士被堵在了卡迪夫的桥上，所以我们把她那段挪到明天了。所以蛋饼之后就是你，然后是那个男孩乐队。可以吗？”

他们跟我过了一遍他们在三分半钟的节目里将要问我的“深入”的问题——当有一个三种奶酪蛋饼在烤箱里等着的时候，谁还有时间来关心一出悲剧呢？我被安排在候场室，开始在各种表格上签字，装上夹式麦克风，等待着我的命运。在一段令人不安的等待后，耶米玛过来了，她带着我走过一段炼狱般的白色走廊，来到演播室。

演播室里的粉色和黄色在现场看起来比电视上更让人恶心，简直像是有人把嚼过的彩虹糖吐在了上面。地板边缘排满了各种黑色的线，像蛇一样缠绕在一起。还有好几台装了轮子的摄像机在阴影中来回转动，像在跳什么奇怪的机器人舞。卡洛琳和托尼在他们的位子上，而我被领着坐到那著名的粉红色沙发对面。空气中充斥着烧焦的奶酪的味道。

“好了，瑞安侬，”托尼说，“我们会先放一段评选活动的宣传短片，然后我们就开始，好吗？注意不要显得太紧张，不要口吃、打喷嚏。如果你想咳嗽的话，那边有一瓶水，我们会给你倒上一杯的，好吗？还有，不要说脏字，不然我们会被上面那些领导一枪打死的。”呵呵。

“不要说‘操’或者‘干’……”我故意说道。

他们看我的表情就好像我往他们身上浇了汽油，还点燃了一根火柴马上要扔上去。

“抱歉。放心啦，我不会说脏字的。”

我还没反应过来，灯光就突然被调亮了，一个胖乎乎、文了眉毛的黑发女人跑过来，用毛乎乎的刷子在我额头上一通刷。然后宣传片淡出，摄像机被推向我们这边。

“欢迎回来，”卡洛琳说，“这个月以来我们采访了‘世纪女性人物’的候选者们，今天我们请来的是最后一位候选人：瑞安侬·刘易斯，当年‘修道院花园’的小幸存者。21 年前，在布里斯托郊区，一个男人闯进了幼儿保育员艾莉森·金威尔的家，残忍地杀死了她，以及她正在照看的五个孩子。”

托尼接过话：“警察到达这所位于布拉德利斯托克的房子时，看到了一幅十分残忍的景象：倒在血泊中的除了金威尔夫人，还有年仅一岁的基米·劳埃德、两岁的杰克·米切尔、三岁的双胞胎乔治·阿彻和大卫·阿彻，以及五岁的阿什利娅·莱利·豪斯。同时被发现的还有金威尔 37 岁的丈夫安东尼·布莱克斯通的尸体。他与金威尔夫人关系并不好，正是他制造了这起惨案，并在之后自杀身亡。”

卡洛琳继续：“神奇的是，其中的一个孩子——瑞安依·刘易斯，奇迹般地活了下来。她就那样静静地在金威尔夫人身首异处的尸体下躺了好几个小时。今天，‘修道院花园’的房子已经不复存在，那里也变成了一个操场，而我们的小瑞安依已经长成了 27 岁的大姑娘，也完全从当年的惨剧中走了出来。我们很荣幸今天将她请到了我们的现场。瑞安依，谢谢你今天过来。”

“谢谢你们的邀请。”

我从角落的监视器里看到我自己的脸——天哪，这腮红也涂得太多了吧，看起来简直就像两边脸颊下塞了两个红灯泡。

“瑞安依，你能向我们描述一下那一天吗？你还记不记得发生的事？”

“不，那之前发生的事情我都不记得了，”我说，“我只记得后来人们告诉我的事，还有目击者说的那些。”

他们都忙不迭地点头，我想起了汽车上放的那种会动的小吉祥物。托尼两腿大张，简直像是通往侏罗纪公园的大门。中间那只雷克斯暴龙马上就要冲破裤子钻出来。我的注意力全在那一坨东西上。那样的尺寸，我大概要用电锯才能锯下来吧。

“所以你并不记得布莱克斯通是怎么进来的喽？”

“不记得。不过据说他当时来敲门，艾莉森叫他滚开，后来邻居看到他走到房子后面，从花园的围墙跳了进来，试着去撬天井那里的门，失败后他就打碎了窗户。”

“用的锤子吗？”托尼问。

“我想应该是吧。”

卡洛琳发出一声重重的叹息，说：“让我们来看看这段视频，希望它能帮我们更好地了解那个痛苦的日子。”

画面切到了在电视上放过无数次的那一段蒙太奇镜头：人们在修道院花园12号的门前放满了鲜花和泰迪熊，老妇人用纸巾捂着鼻子哭得无比伤心。两位老先生的声音响起，他们说着这原本是一个多么亲密友好的社区，说“从来没有发生过这样的事情”。还有闪亮亮的红色门垫、哀号的父亲、哭泣的母亲，以及三个小担架。警察说这是“前所未有的情况”，而我的小身体被包裹在一床彼得兔的毯子里。

厚厚的粉底闷得我脸上全是汗。

视频快播完的时候，一个一直躲在演播室这些奇幻沙发后面的家伙喊道：“准备切回演播室画面，3，2，1……”

卡洛琳和托尼的脸上马上重新摆好了一副痛心难过的表情。

“瑞安侬，我简直无法想象这样的事情都给你带来了些什么。你能为我们描述一下在这样的悲剧发生之后，你的生活是什么‘味道’吗？”

“味道”？什么鬼？我想。所以某些日子我是烟熏培根，某些日子我被烤得更熟了一些，还加了点盐？算了，现在不是想这些玩笑话的时候，这是一个非常悲伤而且重要的时刻。

“嗯，各种报纸都来采访我的父母。我自己也被请去参加了一些访谈节目。他们给我买了机票参加了一个美国的访谈，还请我们去了迪士尼。YouTube上现在还能找到那个访谈的视频。所有的观众都哭了，我当时听起来糟透了。”

“你花了多长时间才重新学会走路和说话，融入正常人的生活？”

“嗯，我到了十几岁时才慢慢恢复正常。我几乎必须重新学习所有的东西：怎么和人交流，怎么做事，怎么正常生活。这一切对我来说都很艰难。对于那些我不知道该怎么处理的事情，我自己慢慢找到了一种办法。”

“什么样的办法？”

“比如说，我摔倒的时候从来不哭，而且也不再找妈妈抱抱，我妈为此非常担心，她常对我说：‘你为什么都不难过呢？你为什么都不哭呢？’我就会记住她说的这些话，记住下次再发生这种事情的时候我应该要哭。”

卡洛琳伸手去够咖啡桌上的纸巾盒，抽了一张出来擦起自己的眼睛：“瑞安侬，对不起，这个故事总让我情难自已。”

不就是想演一个富有同情心的有爱女人嘛。

托尼挺身相助：“当时锤子是打伤了你的大脑前部，对吗？”

“嗯，是的。受伤的是腹内侧前额叶皮层，就是前额叶啦。我经历了很多次头骨修复手术。现在我的发际线后面还有一块很大的锯齿形伤疤。”

“跟哈利·波特一样？”

“不，没有那么整齐。”

托尼低头看了看脚本：“警察说攻击持续的时间只有几分钟。有什么能让你回忆起那些画面吗？”

他是有多想把话题往重口味的方向引导……大概是想用一些血腥画面给全国人民的早餐麦片粥添点调味。他大概是想听我说，锤子敲在孩子头盖骨上的声音和打破花瓶时的声音一模一样——一直到今天，玻璃碎裂的声音还能让我惊出一身冷汗；我失去意识前看到的最后一样东西，是布莱克斯通挂着的尸体。

“没有，”我撒谎了，“谢天谢地，我什么都记不起来了。”

他们一时间不知道该说什么。我冒险往下看了看，托尼的裤裆被撑得鼓鼓囊囊，线缝都快开了。

“你获得了‘小小勇士’和‘英国骄傲’奖，对吧？”

“是的，我很荣幸。”

那个“英国骄傲”的奖杯实在太大，颁奖典礼结束后我们打车回家，那玩意儿几乎占满了半个出租车后座。至于那个“小小勇士”的奖杯，我根本不记得去了哪儿。我上次见到它的时候，它被塞在我爸妈车库的一个破盒子里。

“对你的家庭来说，这一定也是一段非常痛苦的时光。事实上，从那以后你的生活就充满了悲剧，我说得对吗？”卡洛琳说。

“是的。”我说，并没有多说一个字。

“你还没从‘修道院花园’中缓过来，就又在车祸中失去了一个朋友，对吗？小乔·里奇。那时候你还住在布里斯托。”

“是的，”我点点头，“乔在来看我的路上被车撞死了。”

“你妈妈在你十几岁的时候患乳腺癌去世了，两年前你爸爸又因为脑癌去世，是吗？”

这一系列问话有点不合逻辑。他们大概是想用这种方式唤起公众的同情，好换取一些眼泪。卡洛琳还给我推过来一个纸巾盒，以防万一。

她想多了。

托尼调整了一下他的坐姿。每天都要像这样坐三个小时也真的是够呛呢，我几乎都有些为他难过了。可随即这点同情就被他第三次未经许可的身体接触压了下去：他凑过来拍了拍我的膝盖。

“是啊，我们家好像被死亡的厄运缠上了，”我说，“所有人都离开了我。我妈得病后至少还撑了好几年才去世，但我爸从确诊到过世只有几周的时间，我完全没有心理准备。”

托尼点点头：“这对你来说一定是个巨大的打击。”

“是啊，这是一个巨大的鸡巴。”这句话就这么脱口而出，直到托尼和卡洛琳都满脸惊恐地盯住了我，我才意识到自己说了什么。“巨大的打击，打击……”我试图弥补，装出口吃的样子，还想掩饰一下脸上瞬间涌上的潮红。我顿了一下，继续没话找话地补充道：“我连续好几周都沉浸在巨大的震惊中，还有摄影师每天守在我们家的前院，搞得我好像是个什么名人一样……还不是什么好名声的名人。”

托尼油腻的秃顶上也冒出了红色。我仿佛能看见他脑子里一堆齿轮在飞转：不要笑，不要笑，前途要完蛋，前途要完蛋，死掉的孩子，死掉的孩子……

卡洛琳只好挺身而出来救场，这时相机对准了她磐石一般僵硬的表情。

她挤出一句：“但是现在你的日子过得不错，对吧？”看来不管气氛多么尴尬，听起来多么虚伪，她也非要给这个采访接上一个积极快乐的结尾——少一点被打碎的头骨，多一点欢呼。“你现在有了一个爱你的男朋友，还在新闻行业有一份前途无量的工作，不是吗？”

“对，对，一切都……棒极了。”

“新闻行业”？现在都这么说了吗？好吧，是的，现在的一切都“棒极了”，卡洛琳：我在“新闻行业”那份“前途无量”的工作，不过就是每天开始于给大家泡咖啡，结束于记录社区居民的撞柱游戏赛果的打杂跑腿；我的小说被全国所有的出版社和出版公司拒绝了；我的男朋友和一个叫拉娜的“公共汽车”搞到了一起；而我自己，杀人的念头每隔二十五分钟就会在脑海里出现一次，我恨我所有的朋友，而且我刚刚在全国电视节目上出了个大洋相。是啊，宝贝，没有什么能比现在更棒了。

见我干巴巴地说了这么一句就打住了，她直直地瞪着我，好像我是个多么大逆不道的、在身上打孔穿环什么的那种不良少女，并且还刚刚向她宣布我要嫁给她儿子。我猜她此刻心里大概很遗憾当年那把锤子没能在我的前额叶上砸得更重一点吧。

但她最终只是挤出来一句：“你对入围‘世纪女性人物’有什么感想呢？”

“噢，我听说的时候简直兴奋不已。这是一个了不起的荣誉。我对今晚的晚会和我将遇到的所有的人都无比期待。”我尽量保持着得体的微笑说道。我在监视器上看到了自己的脸，那笑容简直僵硬得像我祖母的餐具柜。我真需要多练习练习微笑。

托尼这个时候已经镇静到可以插话了，尽管他脸上的酡红还没有完全消退：“你的男朋友一定很为你骄傲吧？”他一开口，房间里便又弥漫起了情色的气息。

“是的，他听到我要上节目也可高兴了。”

“他叫什么名字？向他问个好吧！”

“克雷格。”我答道，然后转头正对镜头说道，“嗨，克雷格！”我的脑海里浮现出一幅画面：他和拉娜并排躺在我们的床上向我招手回应，还享受无比地抽着大麻烟，俩人那黏糊劲儿一看就是刚刚结束了一场激战。

“真是甜蜜呢！”卡洛琳说，“那么，祝你成功入选，瑞安侬。忘掉恐惧，我们都会为你加油的！”他们显然是要提前结束我的采访了，然后大概会在休息时间多插播几条沙发广告吧。

“是的。谢谢你，瑞安侬！”托尼说完还冲我挤了挤眼。我最后朝他的裤裆处看了一眼，那条巨蟒在过去这几分钟里又生出了一条小蟒。

“谢谢你们请我来。”我挤出一个自信的笑容。

卡洛琳和托尼把脸转向镜头：“亲爱的观众朋友们，不要走开，我们广告之后再回来。下一节的话题有：幼儿园孩子下载网络情色视频的问题日益严重，米其林大厨斯考蒂·卡兰德手把手教你制作三种奶酪蛋饼，我们还会访问这样一群年轻人……”

四个乳臭未干的男孩从沙发后面跳了出来，打翻了咖啡桌上装着羊角面包的盘子，也把我结结实实吓了一大跳。

裘伊——男孩乐队的主唱，也是他们中身材最健美的一个，在卡洛琳的脸颊上亲了一下表示道歉，卡洛琳马上笑得花枝乱颤。

“是的，从 YouTube 上一夜之间走红全世界的男孩乐队 Boytox 来到了我们的现场，来和我们聊聊他们一票难求的世界巡演。我们三分钟后见。”她对着摄像机说完这些，用手夸张地给自己扇了扇风。萨克斯音乐响起，正式宣告直播告一段落。整个演播室终于大大地松了一口气。

Boytox 最年轻的成员，那个戴着眼镜、浑身散发着阿玛尼古龙水味、一看就是个同性恋的家伙坐在了我身边。他用他那文得无比夸张的大花臂一把揽过我的肩说：“你刚才的采访太棒啦！你真的太酷了，能活到现在。”

我真恨不得把他们一个接一个地杀死在这粉红色的沙发上。

2月6日，星期二

最终我并没有入选。我输给了马拉拉，输得很难看。对了，他们还真评出了第二名和第三名，也都不是我。排第二的是一个得了癌症的女人，第三名是那个收养孩子的。所以，塔利班比癌症厉害，癌症又比挥锤子的疯子厉害。所以，说起英雄主义，我根本算不上什么了不起的人物。尽管我的照片还是会跟所有其他提名者一起出现在*Take a Break*[①]杂志上，但显然，成为保育中心唯一一个被锤子砸了头还活下来的小孩，对他们来说并不是一件多么伟大的事。

颁奖典礼是在Soho区的一个豪华酒店进行的。我这个人实在是不太擅长社交，所以大部分时间我就待在角落里玩手机，疯狂地往嘴里塞橄榄，省得被人拉去闲聊。

今天早上去上班的时候气氛则完全不一样。我煞有介事地编造着我在电视台"碰到"的各种八卦：包括我和盖瑞·巴洛以及和*Loose Women*[②]里的某个妖艳贱货自拍了合影（但都是用她的手机拍的，所以我一张也没法给他们看）；还有我听说某足球明星在洗手间用手给*TOWIE*[③]里的某个人物来了一发、两个明星理发师在酒吧里吸食可卡因、野生动物节目的主持人为几颗花生吵了一架、哪个男演员被某女人的古驰（Gucci）裙子绊了一跤、哪个女演员上出租车的时候摔了一下裙底风光一览无遗……

嘿嘿，在探听绯闻这方面我可是火力全开。

① 英国著名女性杂志。

② 英国电视脱口秀节目。

③ 英国真人秀节目，全名为*The Only Way Is Essex*。

我没跟他们提到的是，听到宣读结果后我就直接冲出了会场，好赶上最后一班火车回家，看看能不能遇上一个机会主义强奸者。可是没有一个人流露出哪怕一点点这样的迹象，这让我很是懊恼。事情总是这样——当你全副武装、做好战斗准备的时候，敌人却消失无踪。

到了上午 9 点 14 分，大家都各干各的去了。我本来在自己办公桌的置物架上专门找了个地方放奖杯，腾出空间，还仔细清扫了一番，此刻这地方却堆满了对垃圾的抱怨、各种新闻通稿和一些当地农民自己出版的回忆录，我还得把这些烂事写成专题文章。我真是太需要那个奖了。这些年来我唯一得到过的“奖”，还是 Hotmail 邮箱告诉我我的“收件箱非常干净”。

一切都糟糕透了。

不过 AJ 今天一整天都在有一搭没一搭地找我聊这事儿，上帝保佑他。我又开始喜欢他了。他为我开门、给我做夹花生酱和香蕉的吐司，几乎和我一样恨莱纳斯——莱纳斯也给他取了一堆外号，什么“阿帕奇枢纽”“安吉丽娜·朱莉”“土澳吉姆”之类的。不幸的是，基因的力量是强大的，他身上也体现出和克劳迪娅一样无聊的一面，比如他对他在澳大利亚的生活唠唠叨叨个没完。他说他妈妈是个老师，继父是个技工。他跟我讲他的生父在他五岁时离开了他，讲他花了多长时间才学会的冲浪，讲其实他并不喜欢澳大利亚特产咸味酱，讲他的高中遭到过一次恐怖袭击，以及他家乡的夕阳美得像奇迹一样。他说的英语澳大利亚腔很重。他的呼吸很好闻，没有令人不舒服的怪味，只有一股薄荷糖的清爽气息。他说话时我偶尔会观察他脖子上脉搏的跳动。

一直到晚上 8 点 31 分，“‘裤裆’破晓时”和“世纪女性人物”两个话题依然活跃在推特的热搜上，但话题讨论里并没有我的名字，有的只是两个主持人安东尼和德科兰那夸张的新胡子造型。人啊，就是这样。

2月7日，星期三

1. 所有人类，包括那些还没出生的。他们只是在产道里摆好了姿势，做好准备来到人间惹我生气。

我带着和往常一样的愤怒醒来。鉴于我昨晚做的梦，有这种情绪很正常。但不寻常的是，今天的每一件小事都让我如此心烦，甚至包括叮当。通常即使身边所有事情都激怒我，叮当也是让我稍微放松的一个。但今天早上，我穿衣服的时候差点两次被她绊倒，所以我吼了她。但我马上觉得有点对不起她，而她用前爪搭上了我的小腿，想叫我抱起她，好来舔我的脸。

上班的时候，我的心中整天都在被一种说不清道不明的感觉纠缠，就像被鲨鱼的牙齿不停噬咬着。我又想杀人了。

我去茶水间给大家泡咖啡的时候碰见了编辑助理卡萝。

“那个AJ对你有意思噢。”她一边搅拌着她的洋甘菊茶一边对我说，空气中弥漫着阴谋的味道。

“对我？”我问，“为什么？”

她大笑道：“那你可得自己去问他啦。”

我耸耸肩：“你又是怎么知道的？”

“他问我你有没有老公。”

“你是怎么说的？”

“我说他要是想知道就应该自己来问你。你喜欢他吗？”

“多多少少有一点吧，”我说，“他在某些方面可能还挺中用的。”

她狂笑，我才反应过来她以为我指的是“那方面”，其实我真没那个意思。“不过你要小心克劳迪娅噢，要是被她发现你在打她侄子的主意你可就惨了。她盯他盯得很紧的。”

“可不嘛，她就差把AJ关在一个猫笼子里，放在她办公桌下上班了。”

又是一阵简直要把屋顶震塌的大笑。

说到这个“大口怪”，克劳迪娅叫我写一篇关于自己接受这个《黎明破晓时》采访的稿子，作为“编辑助理视角”，好与下周要发的“编辑评论”形成鲜明对比。

“小甜豆，你曝光的机会来了噢。”她笑着说，一副居高临下的样子，连墙上的油漆看了都要自己剥落下来。

去他妈的吧。这文章会被挤在整整半版的达灵顿大篷车60周年的广告和某人在自家烟囱里发现一只二战时期信鸽的尸体的故事中间。还想让我感激她？除非她天天来吸我的奶子吸到米迦勒节[1]，这个不可理喻的臭娘们。

从来不会给人带来快乐的乔伊今天一上午都在喝茶，不停地发出恼人的啜吸声。她一如既往地发表了对我个人形象的评论：“你穿的这条紧身裤是个什么玩意儿？现在要是有头猪从这儿走过都会被你堵在半路。”我依旧非常恨她。

今天One Stop商店发生了一起抢劫案，所以记者们全都跑去采访这个了。除此之外就再也没有什么值得报道的了，一点新鲜事都没有：某个野生动物保护中心迎来了它50岁的生日，购物公园那边发生了一起肇事逃逸，还有人在试着联系一个十几岁小孩的家人，那小孩正在Periscope直播她的自杀。她之前就住在我们这一片，所以这自然成了我们的事，然而到目前为止这事还没有什么进展。

已经没有什么人关心死在运河里的那位老兄了。我去找莱纳斯问了问这件事的情况，不过只是为AJ打掩护，好让他把莱纳斯的唇膏换成那管整人唇膏。我们俩打了个赌，看谁能把他耍得最厉害。

我翻着未读邮件，读到大概三分之一的时候，看到了有一封发件人是“街头俏妞”[2]本人——坦纳&沃克房产经纪公司的莱拉。我上一次卖爸妈的房

① 基督教重大节日之一，时间在9月29日。

② 美国电影《街头俏妞》（*Curly Sue*）女主角。

子时就是找的她，结果就像一头鲸鱼去上一只蜗牛那样一团糟。

试着打你座机来着，没人接。请看到邮件后尽快回电，多谢！

我马上打了过去。

“瑞安侬！终于联系上你了！”她激动地喊出声。真是虚伪到家了，“我昨天一整天都在打你电话。”

“我的手机一直开着的呀。”我说。

“我也试了呀，都没人接。”

“这样啊。”我皱眉。看来她不光是一个差劲得要命的房产经纪，还是个说谎不眨眼的女人。

“是这样的，你爸妈的房子有人出价了，完整报价，可以直接交易。是不是很厉害？在这个季节这简直是个奇迹呢！”

“这……我几个月前不是说先不卖了吗？”我的心跳到了嗓子眼儿。

“是的，我知道。但是去年8月去看过房子的那对夫妇——就是彭布罗克那一对啦——他们后来一直没有看到更满意的房子，所以又去你爸妈那里看了一眼。”

“他们什么时候去看的？”

“他们上礼拜正好在附近，就开车经过了一下。”

“谁给他们权力这么做的！”我对着电话比了几个中指，是够孩子气的，可是我很慌。

“他们没进去，只是通过车道和临街那一面看了一眼。”

“他们在没经允许的情况下跑到房子附近去打探，这应该是违法的吧？”

“不不不，不是这样的。他们只是正好开车到了附近，就顺便开车从房子那里绕了一下。他们喜欢房子后面的那片树林，因为他们有四条大狗。如果你还愿意卖的话，他们想再去看看房子里面。”

“我不愿意。我还没准备好再卖，完全没有。”

“他们是真的很想买，瑞安侬。错过他们你就很难再找到这么好的买家了……"

"不，我不卖。我说过在相当一段时间内我都不打算卖，我还没改变主意呢。"我从办公桌抽屉里掏出那瓶盖胃平，狂灌了两大口，那粉笔似的味道让我直恶心。

"可是你姐姐……"

"我才不管我姐姐，她离得那么远！"我叫道。我感受到办公室那头编辑助理们的目光朝我身上投了过来。

莱拉还不放弃："你应该知道她有一半的……"

"别说了，你也没有权力再跟我联系了！"

"瑞安侬，我可以向你保证……"

不等她说完，我直接挂掉了电话，真是没处讲理去。

我又灌了两口盖胃平。见鬼，真是大白天活见鬼！当然，房子可以卖825000英镑，即使除掉我姐姐的那一半，我也还能拿到四十多万，这可不是一笔小钱。而这房子，还能成为两个老怪胎的"一个完美的居家住所，一段美好的乡村退休生活"，毕竟住在这里他们还能顺便拥有一辆乘坐式的草坪修剪机，并且除了抱怨美国移民之外无所事事。

但我确实需要先处理掉朱莉亚。

只要这件事办完，你们当然爱怎么样就怎么样。我甚至可以烤好苹果派，开一个大派对，爱请多少邻居就请多少邻居来，大家都来喝咖啡，随便摸我的窗帘。但现在不行，现在还有一个女人被绑在后面的卧室里等着我的处决。

我又拿起盖胃平，却发现瓶子已经空了。

大多数情况下，我尚能忍受一切。我选择闭上我的嘴，把这些愤怒藏在心里或是写在纸上。但今天，情况不太一样了，我的愤怒几乎要溢出胸膛——不知道是不是"修道院花园"又被翻出来谈论了一次的缘故。我急需出去"钓鱼"，我需要发泄，我需要找到德里克·斯卡德。这座城市没那么大，这个祸害迟早会出现的。

*

拉娜下午 1 点出去吃午饭，我跟踪了她。

我从前门溜进来，穿过客厅，听到了他们的声音。卧室的门半关着，我能看到赤身裸体的两个人。她发出的声音，怎么说呢，像一只濒死的海豹被人捅了菊花。和我做的时候他从没这么卖力过，他连粉刷厨房都比和我做要卖力。

然后我听到浴室传来断断续续的嘎吱声，那是叮当的声音。看来他为了与那个婊子在我的床上交欢顺利，把我的叮当锁在了浴室。叮当有个习惯，我和克雷格做爱的时候经常冒出来捣乱，可能是以为他要伤害我。此时他居然为了那个婊子，把叮当锁进了浴室？简直令人发指。

我不能就这样杀了他们两个，那样也太便宜他们了。我也不能把叮当从厕所放出来，因为那样他们就会发现我回来了。

回办公室的路上我路过常去的小药店，又买了一堆盖胃平。药店隔壁是史密斯奶奶的杂货铺，我顺手又买了一袋苹果和一些绿啤梨。想着那两个人在我的泰普尔豪华床垫上翻云覆雨，我怎么能不找点硬邦邦的东西来咬一咬。

14 点 05 分，拉娜回到了办公室，面色绯红，性感的头发整齐地梳向脑后，裤裆里凝成一团的是我男朋友的精液。我好奇是不是她把我的狗锁进浴室的，然后自己像条狗一样跪在我男朋友面前。我想知道克雷格满身散发着雅芳香水和万宝路香烟的臭味回去工作之前记不记得把叮当放出来。

15 点钟我去茶水间泡咖啡——这本来是 AJ 的活儿，但他在负责做会议记录。我在茶水间碰到了拉娜，她冲我笑了笑，我也冲她笑了笑。我俩盯着对方看了一会儿，她首先转开了。

开完会以后莱纳斯的嘴唇变成了蓝色，他完全没有察觉，顶着两片蓝色的嘴唇去罗恩办公室和他开会了。这看起来可不怎么专业，我和 AJ 一边笑话他一边一起走出办公室。

18 点，我回到家。叮当兴奋不已地朝我冲过来，看起来状态还不错。

但她很努力地想来舔我的脸，用她的方式告诉我当我不在家时爸爸都做了些什么。我走进房间，发现克雷格为了笼络她给她准备的一堆零食。然而吉娃娃是一种对主人很忠诚的狗，不见到我她是不会吃东西的。他在做晚餐，是我最爱吃的牛排配胡椒酱。我想他大概是想用牛排的味道来掩盖拉娜留在公寓里的气息。呵呵，红肉，小子，你觉得今晚给我吃红肉会是个好主意?

“你的信。”他一边切着青椒一边抬头说道。我还闻到了大麻的味道。咖啡桌上的烟灰缸里有两个大麻烟的烟头，其中一根上还有那么一点点桃红色的口红印。

一共有三封信：一封是银行对账单，一封是广告，还有一封又是拒绝信。这回是一家叫迪凯特万普的出版社：“亲爱的女士，很荣幸收到您的《不在场证明时钟》手稿，但很抱歉……”

叮当还在坚持不懈地舔着我的脸。克雷格拌好了沙拉，打开一瓶黑皮诺葡萄酒。他举起瓶子给我看标签。

“不错嘛。”

“这酒有点贵。但今天这块牛排也很好，所以配得上这个酒。你今天过得好吗？”

“嗯，还不错，谢谢。”我客气地说着，脑子里却在想爸妈房子后面的森林里哪一片地方最适合埋他的尸体。

“你那样看着我做什么？”他笑着问。

“噢，只是控制不住地想我怎么就那么爱你。”

我终于想出了如何处理丹尼尔·威尔斯的那根家伙。

2月12日，星期一

1. 利德超市停车场的“恐怖的红发艾德”。他今天从旁边的树丛里突然蹦出来，直接蹦到了我车前，还穿了件“逗你玩”T恤衫。

2. 所有穿“逗你玩”T恤衫的人。

3. 那个有两条棕色西班牙猎犬的女人。她的狗总是不拴绳，总是来攻击我的叮当。尽管今天早上我们眼神不小心撞上的时候她主动跟我说了早上好。

那个运河男的事情就这样没了下文。没有哭哭啼啼的亲戚出现在办公室，跟罗恩和莱纳斯喝着同情的茶，或者要求公开呼吁寻找他丢失的生殖器。这实在是太奇怪了，所以我去打听了一圈。

“克劳迪娅，关于那个死在运河的男人，警方有什么新发现吗？”

“没有呢，”她叹了口气，“最大的问题是，他们到现在也没找到他的生殖器。”她抬头看了我一眼，“怎么，你认识他？我记得你的另一半也是电工对吧？”

“他是个建筑工人。不过他的职业其实是——”

“噢，约翰尼，你来得正好。我要的小样拿过来了吗？”她无视了我。

约翰尼是我们的摄影记者，这时他脖子上挂着跟我的脑袋一样大的照相机出现在我身后。他俩就这样说起话来。我过了一会儿才意识到，这个对话里已经没有了我的位置——可能从来就没有过我的位置吧。

我非常不喜欢我们报社的这帮摄影记者：斯图尔特、布莱恩和约翰尼。一个都不喜欢。他们一个个就像是傲慢的山雀，把自己当成摇滚明星一样到处招摇过市，心里得意得不得了，总觉得每场派对的绝对主角都是自己。

我还问了前台接待员博格丹，丹尼斯·威尔斯的父母有没有发讣告过来。现在所有记者都开始叫他“丹”，倒像是他们都是老朋友，像是他们都有多喜欢他，像是他们都去他家花园一起吃过烧烤，像是他给他们装电视时打过什么亲情折扣。埃德蒙德甚至说“天哪，这可怜的老兄”。没有讣告，不过我注意到博格丹没像往常一样和我调情了。显然他的政治避难申请通过了，现在他不用为身份担心了。

没了屌的小丹丹，从今往后，他将为世人所知。

今天下班早，所以我带叮当去公园玩球。我觉得我最近对她的关注不太够。她这么乖，我应该对她更好一点。第一百万次教她“握爪”，第一百万次失败。于是我们回了家，在沙发上互相依偎着看《辛普森一家》。

克雷格一如往常地叫来了他那帮狐朋狗友——埃迪、盖瑞和奈杰尔，他们要玩《使命召唤》、喝拉格啤酒、看足球比赛，过一个男人之夜。以前我周五晚上都会去练普拉提，但最近几个月停掉了，因为我发现跟一群怎么也不可能瘦下来的女人挤在一个房间里听着恩雅的歌拉伸、放屁实在是浪费我的大好时间。现在每到他们的足球之夜，我就坐在餐桌旁，吃着我最爱的“狂欢”巧克力，“写小说”。当然了，实际上我不是在刷脸书，就是在聊天室打发时间。

聊天室聚集了各种怪胎，就像一丛一丛的青蛙卵。女权主义者要是来了这里简直要拿鞋带把自己吊死。我给自己取了个名字叫“小甜豆”，在这里扮演一名自信风骚的荡妇。从来不缺人来应和我那些夸张淫荡的污言秽语，大家都知道我光凭几句话就能让男人高潮。当然了，这些男人都不是什么好货色，他们都是人类中最下等的存在，都是些现实生活中郁郁不得志、胡子拉碴、腰都直不起来的屌丝。他们趁妻子不在的时候问你要裸照，对着你的照片打飞机，还把高潮时刻录成视频发给你。对我来说这不过是种廉价的刺激，我有需要时随时可以信手拈来。

今天晚上我尝试了一点不一样的——我假扮了一个男人。我从我手机里挑了一些克雷格的裸照发给他们，他们根本都看不够。这真是全新的体验，而且我必须承认，我玩得很开心。我甚至开始希望我也有那么一根家伙——得是自己长出来的一根，我收藏的这根不算。

与此同时，四个这样的人正挤在我的沙发上。埃迪·奥康奈尔是个失败的职业足球运动员，现在做了实习律师。他还声称自己是拉希姆·斯特林[①]的远亲。他会说五种语言——包括英语，这点可算是比盖瑞强。

盖瑞对我有意思，这真是不幸，因为他那张脸看上去像是个被打碎了的鸡蛋。他常对我说些暗示意味很浓的话，比如他会说“我喜欢你的裙子，瑞安侬”，又比如看《电锯惊魂3》的时候会说“你好勇敢，居然可以连眼都不眨地看完”。是的，当看见别人经历痛苦的时候我真是出奇地冷静呢。反正痛苦的又不是我，我有什么好难过的呢？不过连这都能注意到，他也算是挺厉害的吧，这个索多玛来的自以为是的恋母癖废柴。他还说我很有趣——“很少有女生能像你这么有趣呢”。要我说，他就是个浑蛋——“很少有男生能像你这么浑蛋呢”。他那辆房车的玻璃窗上贴了张写着“没有佳发蛋糕片能在这辆车里过夜”的贴纸。嗯，那贴纸就让它那样在车窗上挂着吧。盖瑞也该在哪儿被挂着。

奈杰尔·亚德利看起来就是一个大橡皮泥球上面粘了一个小橡皮泥球。只要看看他那个像皮球一样的肚子，我就恶心得连如此美味的“狂欢”什锦夹心巧克力都吃不下了。他有个小装修公司，还有自己的厢式货车，侧面还刷上了“纽约警察局紧急响应小组”几个大字。谁会在有紧急情况的时候需要装修工人？像“来人啊！救命啊！我的墙纸脱落啦！我的护墙板歪啦！”这样？更别提车前、车后那些莫名其妙的省略号了。

“好球！！！”沙发那边爆发出欢呼声——某个边锋来了个漂亮的头球破门。叮当被吓了一跳，从我的腿上猛地弹了出去，汪汪叫个不停，那颗小脑袋都要晃掉了。男人们哄堂大笑起来。

我打开新闻网页，看了看丹尼尔·威尔斯的事有没有什么进展。警方依然没有找到目击者，没有找到被割掉的生殖器，第三个被带去警局讯问的嫌疑人被无罪释放。看起来警察还是一点线索都没有呢。嗯，这真是大

---

① 著名足球运动员。

好消息。

“好球，真他妈好球！”

“去你妈的，你倒是防守啊！”

“能不能踢得像个男人一点！”

“这裁判眼睛是有多瞎？这明显越位了！”

我说过我非常讨厌别人大声喧哗。不喜欢巨大的噪声，不喜欢狂热的球迷，不喜欢返工，也不喜欢有人摔碎盘子。这帮人吵得我浑身不舒服，坐在沙发上纸上谈兵算什么本事？我用克雷格的账号回复了几条私聊消息，便起身说要带叮当出去散步。这个时候他们都已经喝得烂醉了，我想克雷格甚至根本就没注意到我。

外面很安静。经过垃圾棚的时候遇到了惠特克夫人，她正把手上拎着的好几个黑色垃圾袋分别扔进正确的洞里。我们互相寒暄了几句。无比难得的是，这一次她居然没有试着来偷我的东西。

走到超市那个红绿灯路口的时候我看了一眼手机，时间是晚上 9 点 43 分。今晚街上死一般寂静。游荡了半小时，我居然一个人都没有见到。

但没过多久，我察觉到身后有人——有人在跟踪我。我掏出一个狗屎袋，开始清理叮当留在草地上的排泄物。我特意把速度放得很慢，一边捡着狗屎一边偷偷观察着他。是了，肯定是个“他”。他在公交车站停了下来，点了一支烟。他中等身高，但十分壮实，估计至少有两百斤，可能会有点难对付。我把狗屎袋扔进一个小垃圾桶，继续往前走，我的呼吸开始急促起来。

他也跟着开始走，点燃的香烟拿在手上。他戴一顶黑色小便帽，外套衣领立起来，好像有多冷似的，可实际上今天一点也不冷。我只穿了帽衫和运动裤，这会儿还觉得热得要命呢。我也考虑过会不会其实他并不是在跟踪我，一切只是我强烈的自我保护意识造成的错觉，但接下来发生的事情证明我的直觉完全正确。我过了马路往公园走去，这是一条绿树成荫的骑行道，路灯的光被树影遮蔽，显得有些昏暗。路上一片寂静，甚至都没有顽皮的孩子躲在这里抽烟或者玩滑板。我孤零零地走在这条道上，只有自己装满期待的呼吸为伴。

马上就要来了——我能感觉到。我全身的细胞都开始激动起来，每一个肺泡都在等待着那一刻。我放开叮当，她马上找了根灯柱嗅了起来。

他就在这个时候从我的身后扑了上来，一只手捏住我的下巴，另一只手抓住了我的腰。叮当适时地吠叫了起来。

“别叫，否则我杀了你的狗。”

“好，好，”我说，“不要伤害我，不要伤害我。”他把我拖到了灌木丛里。叮当大声狂吠，发出了她小小身体所能发出的最大音量，但他完全没把她放在眼里。我的心跳开始加速，肾上腺素极速上升。对，就是这种感觉！我的内裤都要湿透了。

他讲话有口音：“不要做无谓的挣扎了。乖乖听‘fa’，省得受伤。”

叮当怒吼着冲了过来，用她的小牙齿奋力咬着他的脚踝边缘，很想能帮帮我。他粗糙的手此刻抓住了我的双乳，想想他接下来要对我做的事情——噢，天哪，这让我觉得自己是如此饱满鲜活。他的力气很大，我几乎要跪倒在地。但我不能倒下，我得站着。叮当还在旁边歇斯底里地咆哮着、狂吠着。我知道他接下来要做什么，那正是我等待的时机。

他踢了她。他踢了我的狗。

是“走开，你很烦”的那种踢，并不是真的想伤害她。但叮当太小了，这一脚直接将她踢飞，惨叫着滚进了旁边的草丛。这一踢也彻底激怒了我，我内心的怪兽就这样苏醒。

我从帽衫里掏出那把墙纸剪刀，深深插进他的脖子，外面只留下刀柄。我极度兴奋，这兴奋凝聚成不知疲倦的能量，此刻正肆意地爆发。伤口喷涌而出的鲜血带着温度溅到我的脸上。他费力地大口喘着气朝后退了几步，眼球凸了出来，握住我的双手力道也松了下去。我拔出剪刀，血顺着他的脖子往下流，流进他的黑色外套里。我的手上满是他的血，剪刀上也是。我后退了一步，好让他能顺利倒下。此刻我多想骑到他濒死的尸体上，感受他生命的慢慢逝去，将他逐渐冰冷的手握住我的乳房，让他就那样抱着我，直到最后一刻。但我知道我不能这样做。我不能靠近他，不能在他身上留下任何和我有关的线索。

叮当扑向我的腿求抱抱，所以我抱起了她。她疯狂地舔我的脸。可怜的小家伙全身剧烈发抖，差点让我抱不住。我自己的心跳也还没能平复。我伸出满是鲜血的手任叮当舔舐，一人一狗就那样静静地站在那个男人旁边，看着他滚烫的鲜血从伤口里汩汩涌出，在夜空中绽放如妖艳的花。他呼出的最后一口气在他口鼻上空凝成一朵小小的云，他的牛仔裤还没来得及脱下，他的家伙保持在了勃起状态。

亲爱的上帝啊，这一幕真是让我“性”致盎然。

这一次我没有切掉那根家伙，我并没有收集这东西的癖好。你以为我会像《小鬼当家》里那几个永远不记得关水龙头的毛贼一样蠢吗？而且，如果真要收集的话，我该把它们都放哪儿呢？我们的卧室不过两张床大，甚至都找不到一个合适的地方放除湿机。

我太兴奋了，兴奋到甚至不记得自己是怎么走回家的。一切都不重要了。我甚至不记得我是怎么上了车，又开到了我爸妈的房子。

茱莉亚叫了我一声。我打开后面卧室的门，开了灯，就那样站在门口，以满身血污的恐怖形象出现在她面前。突如其来的光亮让她紧紧闭上了眼。紧接着，刚刚适应了光线的她便被眼前的景象吓得惊叫了起来。

“我要洗个澡，”我说，“你他妈的要是再叫，我就像杀了他一样杀了你，拿去喂我的吉娃娃。”

*

我焕然一新地回到家，身心平衡，精力充沛，清新洁净。克雷格和他那帮哥们儿例行在威瑟斯彭关门前跑去吃了一顿，还外带了一堆烤肉一路吃回家。想都不用想，明天早上整间公寓都会弥漫着他羊肉味的屁。但今晚我甚至没有多介意这个。讲真的，夺去一个人的生命这件事，简直是力量源泉。我整个人像是重新充满了电，其他的一切都不重要了。叮当此刻正坐在我的床上，垂着耳朵看着我。她身上的水还没有干透，她只是那样看着我。我多希望我知道她此刻在想些什么。

2月13日，星期二

1. 那个留着嬉皮士风格的胡子还穿了眉环的男人，他在星巴克插我的队，点的还是莫名其妙的“姜饼拿铁”和“儿童卡布奇诺”。

2. 那个在利德超市撞了我还叫我道歉的女人。

3. 利德超市的收银员“迪伦”——今天他跟我说：“振作点，永远也不可能有什么好事发生。”我真想一刀捅穿他的胸脯。

昨夜一宿无梦。一觉沉沉地睡到大天亮是多么幸福啊，更幸福的是，醒来时还有一杯热腾腾的咖啡放在床头。克雷格甚至还主动给我做好了早餐——烟熏三文鱼贝果。更有甚者，我正哼着碧昂丝的歌洗澡的时候，他跑了进来，和我背靠瓷砖就那么站着来了一发。我们都多久没干过这么激情火辣的事了。昨晚公园事件的余味还未了，我紧闭双眼想象自己还在那里，那个饥渴的男人的脏手抓住我的胸。在这样的想象里，我很快就高潮了。这是我在克雷格这里许久都没有得到过的体验。当然，高潮过后我非常尽职尽责地配合着他大口喘息、发出应该发出的声音直到结束。

工作则糟糕透顶。我平常停车的地方今天居然没空位了，我只好把车停到了大老远的地方。等我好不容易走到办公室，大家正聚在一起欢迎一个新来的姑娘。

新来的初级记者。

甚至连杰夫都热烈欢迎了她。

他们居然把这个职位给了乳臭未干的小屁孩——黛西·陈。她刚从新闻学院毕业，圣诞节申请的这个职位。她大概是我见过的最瘦的女人，打扮得整洁又讲究，会说六种语言，拿了12个普通中等教育证书，还在《山谷新闻》（*Valley News*）报社拿了个新人记者奖。我心中的怒火熊熊燃烧，完全无心去听罗恩的欢迎辞和她的致谢辞——反正他们也讲不出什么花来，无非都是些陈词滥调，什么“充满感激”啦，“大家都太棒”啦，“十分荣幸成为这个大家庭的一员”之类的。

我当然不能就这样忍下去。这场虚伪到家的热情欢迎会过后，我去敲了罗恩的门，没等他回应就径直走了进去。

“啊，瑞安娜，亲爱的，我正想叫你进来。”

是的，那不是口误。我在这里工作三年了，他还是叫我“瑞安娜”。我关上门，在他对面坐下，胸中那团火即将压抑不住，就要把整间屋子都点燃了。就让它烧着吧，我这会儿可没心情去扑火。

“我知道这对你来说可能有点难以接受，但我非常确定黛西是最适合这个职位的人。她有学历、有证书，还在《山谷新闻》实习过两年，写了不少长篇大稿。”

“哼，《山谷新闻》，”我啐了一口，“又不是《每日电讯》。”

“你多攒两年经验，再拿个学位，我们就可以考虑让你多写写稿了。我知道你对‘暴乱中的爱人’那稿子有点意见……”

“当然有意见了，莱纳斯偷了我的作品！”

罗恩闭上了眼，整个身体朝后仰去，整个人靠在椅子靠背上。再睁开眼的时候，他的嘴角挂了一抹微笑：“那是他的作品。文章是他写的。”

“是，但照片是我拍的。”

“尽管如此……”

“尽管如此个屁！”我吼道。罗恩透过他的玻璃窗四处张望了一下，想看看有没有人听到。所有人都在自己的电脑上忙碌，甚至都没有人抬头。深呼吸，深呼吸……我告诉自己。但不管怎么深呼吸，我依然无法控制自己不想着抢过他的银色开信刀，跃过这张办公桌，将他刺成个筛子。“那本该是我的独家新闻，罗恩……罗恩先生……庞迪切里先生——是我拍下了那张‘暴乱中的爱人’的照片，是我每周去参加法庭的听证会，是我采访了那一大堆金婚老人，是我在 Will.I.Am[①] 跑半马给医院筹款的时候跟着他跑完了全程。是我，不是莱纳斯，不是克劳迪娅，更不是黛西，是我。”

“我知道。”他还是那句话。

“不，你不知道。”我打断了他。愤怒在我体内翻江倒海，像是被摇晃过头的柠檬汽水疯狂地鼓着泡泡。我不得不用手抓住门，好让自己稳住。

“暴乱的报道现在可是个烫手的山芋，”罗恩解释，“它需要翔实、全面、公正。不管怎样我也不可能让一个编辑助理来写这篇稿子，责任太重大了。让你写才是对你不负责任，不是吗？”

简直像是从婴儿手中抢走棒棒糖，还对她说“这会破坏你的食欲”。我双臂交叉到了胸前。

“这样吧，”罗恩说，“我在娱乐版上影院和音乐会资讯那一块给你一个专栏，你可以署名，可以写任何你想写的东西。目标读者是青少年。我们可以叫它‘少年心声’，或者‘热门话题’之类的。嗯，要不叫‘街头热门’怎么样？”

“儿童影评？你要让我写儿童影评？”

“你想要我怎样，瑞安娜？你想要我就凭那几篇板球比赛结果和什么素食餐厅评论就升你做高级记者？你还需要提升你的能力，磨炼你的技巧，亲爱的。一步一个脚印，脚踏实地努力。你不可能一下子就跃入莱纳斯和克劳迪娅那个层次。他们在这一行投入了多少时间才走到今天这一步，你慢慢也会的。”

“明年怎么样？你能答应明年给我 NCTJ 基金的名额吗？”

罗恩无奈地叹气，好像他是一条龙，我是他吐出来的火在地毯上烧出的洞：“如果你想在这里有好的职业发展，你就得按我们的方式来做事情。也就是说，莱纳斯和克劳迪娅告诉你跳，你要问他们跳多高；他们叫你去买三明治，你要问他们要什么馅；他们叫你看完所有凯特·哈德森的电影然后写影评，你就照做。”

“话说到这份儿上就有点过分了。”

---

① 欧美音乐人，著名嘻哈团体“黑眼豆豆”创始人。

他微微一笑："那你明白我的意思了吗？"

我深深吸了一口气，点点头。我知道又到了要演戏的时候了。我得压制住体内依然奔腾的愤怒，轻轻抚摸它的脖子，给它一根牛蒡让它去一旁自己啃。我说："对不起，我想我只是太在意这份工作了。"

"这很好，"他说，一边站起来，挥起拳头，"热情，斗志，这是我希望看到的。有一天你会成为一名优秀的记者，但是现在……"

"脚踏实地努力。"

他点点头，为我打开了门："帮我倒一杯咖啡，双份糖。谢谢，瑞安娜。"

去你的吧！他根本就不会送我去读书，根本就不会让我当初级记者！这一刻我明白了不管我工作多么勤奋，不管我加了多少班，不管我做出多少让人惊艳的成绩，都没有用。他们从心底里就没把我当成一个记者。如果说他们是光鲜的阿玛尼，我就只能是平凡的 Zara。我永远"只是一个前台接待员"。

所以，报社的所有人都活该自己干死自己。午休时间，我花了 20 分钟在厕所水箱后面的墙上凿出了一个洞，因为——

我！恨！他！们！所！有！人！

黛西·陈出去采访谋杀和毒品案了，而我却被困在办公室里写些妇女协会或为一些马路上有几个坑之类的莫名其妙的小事游行抗议的报道，我把盖胃平当婚礼上的香槟酒一样往下灌。噢，抱歉，差点忘了，我现在还得写儿童影评不是吗？以下是第一篇：关于一部穿着紧身衣的女孩从一个穿着紧身衣的男人手里救下了整个世界，然后她就可以去和另一个穿着紧身衣的男孩乱搞的反乌托邦电影，这部电影比噩梦还让人受不了。我真想在这里每一个人的办公桌下安上炸弹。

吃完午饭，黛西买了甜甜圈，她保持着甜美的笑容在办公室里走了一圈给大家每人发了一个，我礼貌地拒绝了。我费了好大的力气才忍住没有一口唾沫吐在她拿过来的盘子上，叫她滚出去找根柱子捅自己。

稍晚些时候，在胜利公园发现的一具尸体引起了一阵小轰动，警察封锁了那片区域开始寻找凶器，而那把凶器已经被克雷格带去剪墙纸了。

2月14日，星期三

情人节克雷格是不会送花的，他说我们“早已经过了那个时期了”。我给他写了一张卡片，送了一瓶他惯用的华伦天奴须后水，也不过是个形式罢了。可今天早上他居然无视了我的用心。我在厨房听着蒂娜·特纳的《我们不需要另一个英雄》做煎饼，正好飙到高音的时候他走了进来，捏了一把我的屁股，问我他的棕色皮带在哪里。气死我了，我真恨不得一把火把他给点了，撕了给他准备的卡片。

今天一整天AJ都在办公室里跑来跑去，给不同的人送去他们的另一半快递到报社前台的花。楼上会“妓”部那个一无是处还总把我们的工资发错的丽奈特·普伦吉特也抱着一大束粉红色的“丈夫送的花”雄赳赳气昂昂地出现在我们这一层。她一般只有在发工资单的时候才会下来，但是今天，因为抱着那一大束破玩意儿，即使带着工资单她都显得不那么讨喜。她享受着大家的惊叹和羡慕，但搞不好这其实是她拿枪指着她男人的头逼着那可怜的家伙送的。

炫耀完了她就坐在办公室的一角，喝着茶，没完没了地抱怨她的时间总也不够用——有这么多时间在这里喋喋不休地诉说着她跟她丈夫以及他们的两条雪纳瑞犬佩德罗和苏茜在运河船上的无聊生活，居然还好意思说时间不够用。而且虽然是坐在“一角”，却是我抬眼就能看到的位置。加上她还拿着一根钢笔不停地在桌上敲，这可是完完全全值得让我把她列入杀人名单的罪行。时间在这个女人身上简直就是一把杀猪刀——她不过五十多岁，看起来却足有七十多了。奇怪的是她的声音却依然如洪钟一般，即使坐在办公室的另一头你都能把她的所有唠叨听个清清楚楚。她要是再讲一遍她家狗的屁股手术的事儿，我今晚就要冲去她的船上把她从脚到头拖进那该死的运河了。

这周我需要写的那些社区里的无聊事儿包括：动物保护区的“鸟类周末”、一个什么“千里眼之夜”，还有一个一辈子都在种萝卜的酒鬼的故事。拜他所赐，现在我对萝卜的了解多得有点过分了。你知道做梦梦见萝卜意味着亲近的人会背叛你吗？你知道古埃及人付给修吉萨金字塔的工人的工资是萝卜吗？反正现在你是知道了。

我很想把那篇写帕金森扶助小组的稿子和新尊巴舞俱乐部开班的广告放在同一页，然后命名为“舞动摇摆”。这个想法被杰夫拦了下来。他说克劳迪娅的父亲还是祖父就得了帕金森症，我这样做“不太合适”。

真是一群弱鸡。

2月15日，星期四

1. 报社的所有人，包括杰夫——他给黛西买了个健达奇趣蛋。

2. 所有关门不关严实的人。没关好的门总会嘎吱响个不停。

3. 勤杂工埃里克。他不让我在员工停车场停车，因为“我们只有六个车位，都给了高级员工”。

4. 德里克·斯卡德——“王牌大贱谍”。

今天早上看了一点《黎明破晓时》。不知道是不是因为高清的关系，大屌汤姆金森的下身感觉更大了，大到连屏幕都要塞不下了。他肯定是去做了老二增大手术。卡洛琳的红发看起来也更红了。这一期他们请了个医生来聊什么“耳鸣周”，做菜环节则为了“肉馅羊肚[①]日”特别邀请了斯科蒂·卡兰德，“‘裤裆’破晓时”早已经被遗忘了，我也早已经被遗忘了。

今天是杰夫的生日，我给他做了一个他最喜欢的圆环蛋糕，他吻了我的脸颊以示感谢。我又恢复了和他的友情，尽管他现在和黛西讲话比和我讲话多。嗯，他只是坐得离黛西更近而已。

我和AJ一起在公园吃午饭——奶酪吐司和全脂拿铁。我说我通常都是喝无脂拿铁的时候，AJ摆出一副大为意外的神色。

“可是你不胖呀！”他说，“我说，为什么女人总要对自己那么狠呢？你已经很美了。”

“真的吗？”我说。他的脸上漾起一片红晕。“你嘴真甜，AJ。”

“我只是陈述事实。”

① 也直接音译作“哈格斯”，为苏格兰传统菜。

“等会儿跟我一起去剧院看那部无聊得要命的反乌托邦电影吗？我要给它写影评。正好有两张票。”

“你这算是约会我吗？”

“不，我这是在问你想不想要我要写影评的那部无聊得要命的反乌托邦电影的免费票。”

他咯咯笑了：“当然，我很感兴趣。”

于是我们就一起去了。实在是一部无聊透顶的电影，但我们还是找到了乐子：我们一直在往前座女人的大波浪卷发里塞爆米花，想看到底要塞到什么程度她才会发现。

伊梅尔达发短信问我能不能陪她去买面纱，因为其他人都没空。我回复说：“真是不好意思，克雷格得了阑尾炎住院了，真是郁闷。”再附上个流泪的表情。

克雷格说我以前用过这个借口，但那次我说的是肾移植。反正她们都信了。

“啊？天哪，真是坏消息……”她回复。我以为她会问克雷格还去不去得了她的婚礼，或者她是不是要取消一个蜜瓜船，但她并没有。

噢，对了，按照谷歌的定义，我现在正式成了一个“连环杀手”——定义是这么写的：在一段时间内连杀 3 个或 3 个以上的人，并在作案期间存在“冷却期”。我几乎完全符合。

我终于取得了一项值得一提的成就，我终于有了去参加同学聚会的理由。

“是的，我现在在大城市工作，每天经手的都是几个亿的交易。我有 5 个孩子，丈夫是一个超级超级超级有钱的石油大亨。我跟总统不要太熟，看，我手机快捷拨号‘3’就是他。你怎么样呀？”

“噢，我是个互联网界的亿万富翁。我有 8 个丈夫，20 个孩子，开法拉利。嗯，我还有另一辆法拉利。你呢？”

“我呀，我大部分时间都在南法，跟卡尔文·哈里斯[①]住在他的游艇上，

① 英国苏格兰著名歌手。

把马球俱乐部的帅哥们泡了个遍。我结过两次婚，离过三次。12个孩子。哈里王子？噢，当然了，我们常见面的，喏，就上周还见过，还在王座上大干了一场呢。你呢，瑞安侬？你现在在做什么呀？”

“我？”我略一停顿，捋捋头发，“我是个连环杀手。是的，我每天去上班带的午餐都是人头做的。我的床柱是我妈的头盖骨，电灯开关是我爸的乳头。哦，没错，我花园里那些架子就是人的大腿骨搭的，你居然这都注意到了！”

“是啊。那么你结婚了吗，瑞安侬？有孩子吗？”

“还没有呢。”

就这样他们一个一个全都转开了。

上帝啊，甚至在我自己的幻想世界里我都没有什么东西可炫耀，我的人生还有什么希望？

我本打算今晚再去“钓鱼”，但我懒得麻烦了。要出去杀人是件很麻烦的事，要做很详尽的计划。你必须想到所有的可能性，计划路线，穿合适的衣服。我想我还是给我的森贝儿家族玩偶们的冰箱挪个地方，看看《大设计》（*Grand Design*）[①] 吧。

叮当还是没学会握爪，而且她现在连怎么打滚儿也忘了。我都怀疑她是不是得了吉娃娃界的老年痴呆。

---

① 英国一档园林和室内设计电视节目。

2月16日，星期五

早上起来第一件事就是上秤，圣诞节长的肉依然牢牢地长在我的身上。去网上查了查吸脂手术的信息，发现我实在付不起那个钱，于是我又吃了个长条泡芙。

给昨晚那部电影写了篇评论，把它狠狠臭骂了一顿，写得真是掷地有声啊。

重大新闻——那个开蓝色逍客的西装男居然换了辆新车！是辆银色本田。有意思的是，换了车后他整个人都没那么讨厌了。今天早上他甚至绅士地停下，让我和叮当先过马路。我们都过去之后他发动引擎的声音有点大，但除了那个消极攻击的微笑让人讨厌，我想我们的关系有了很大的进展。大概人类还不是那么不可救药吧。

莱纳斯去参加了警方关于我前几天那个新猎物——公园男的发布会，回来后他召开了一个编辑会，跟大家分享了他从发布会得到的消息。当然，这种会是不会邀请我参加的。不过这没什么关系，他把文件给杰夫以后我假装去找剪报，把该看的信息都给看了。

"受害者"的名字叫盖文·"白"·怀特[①]，今年46岁，四个孩子的父亲，是个来自利兹查帕尔顿的长途卡车司机。他对家人爱得深沉，也被家人深深爱着，简直是个模范丈夫、模范父亲。这白哥们儿平常就是老好人一个，跟谁相处得都很好，没有人说他一句坏话。开完编辑会莱纳斯就走了，他要坐火车去利兹，采访那个深爱着丈夫的伤心欲绝的妻子。总是要等你身

① 受害者原名为"盖文·怀特"，因"怀特"英文为"White"，是"白色"的意思，主人公在这里给他加上一个不存在的中间名"Chalky"，是美国黑人对白人的戏称，以示戏谑之意。

边的人死了，你才意识到他们对你有多重要，这很好笑不是吗？好吧，不能说好笑，就是很愚蠢。人都死了，你再说什么他不是也听不到了嘛？

我进城吃午饭的路上看到了茱莉亚的丈夫劳埃德，他正从格雷格斯面包房走出来，手上提着一大袋垃圾食品。他的车停在了路边一个不让停车的地方，所以显然他很匆忙。

“欸，嗨，弗莱彻先生？”

他回头看看我，眯起眼睛有点茫然的样子。过了一会儿，他好像反应了过来——我就是几周前为他妻子失踪的事写文章的那个善良的小编辑助理：“噢，你好啊。”

“有你妻子的消息了吗？希望我的文章能帮到一点忙。”

他摇摇头：“还是没有消息。”

“孩子还是在你母亲那里？”

“是的。我每天都去看他们。不过妈妈不在家，孩子们就不想回家。”

“可以理解。”

“时间过得越久，我越觉得她可能不会回来了。警察也不肯帮忙，他们说这是家庭事务，不在他们的工作范畴。”

“唉，说不定什么时候她自己想通了也就回来了呢。”

“是啊，希望如此吧。不好意思，我还有点事……”

“噢，不好意思。希望一切都会好起来。”我从马路另一边喊出这句话。

他微笑着冲我挥手示意了一下，那个微笑饱含发自内心的感激和温暖。他已经放弃寻找她了，她身边的人都放弃了。

太好了。

河边那家贵得要命的女鞋店关门了，换成了一家厨具店，卖的都是最好的牌子，像是酷彩（Le Creuset）、康沃尔蓝（Cornish Blue），还有塞巴迪（Sabatier）[①]。今天没时间进去细看了，但我从橱窗里看到一套五件套的刀。那套刀很贵，但我想我值得拥有它。

今天还有一件事引起了我的兴趣：我们这个地区最近有几起独身女性

① 均为欧美著名厨具品牌。

晚上在郊区开车时遭到猥亵的事件。事件中的两位女受害者——一个是高中学生、一个是25岁的实习律师——告诉警方，有一辆“车身光亮的黑色货车”跟了她们好几英里，然后闪了大灯把她们逼停。车里的两个男人一个是光头，说话有口音，另一个是黑人，手上戴着婚戒。警方检验了从受害者身上提取到的嫌疑人DNA，在数据库比对中没有得到任何结果，也就是说，这两个人并没有前科。这两个人，将可能是街上的任何两个人。这可是一件大事。克劳迪娅和黛西·陈在跟这个案子。对黛西来说这是她入职后的一次大考验。而我则整天都在想着这两个男人——一次两个，这可是我梦寐以求的大鱼。我要开始留意这两个人了。

下班后我给茱莉亚带去了中国菜：炸馄饨、排骨和米饭。但是她拒绝给她丈夫再写一封信。真是个贱女人。她说如果我想杀了她，就杀了好了。她放弃挣扎的速度倒是比我想象的要快多了，这敢情好。

“来吧，乖乖吃晚饭。”

“去你妈的。”她想用春卷砸我的头，可惜没砸到。

“我今天碰见你丈夫了。”我一边吃我的炒面一边对她说。

她愤怒地盯着我，眼神里全是刻骨的仇恨。

“我几周前写了篇文章，告诉全世界他有多想你。对了，孩子们也想你。”

她默默地流下了眼泪，那啜泣声是如此微弱，我甚至都听不到。她开始拿自己的头往墙上使劲撞。

“他以为你在伦敦，过着自己的生活，想要变成更好的自己。他以为是你自己不想回家。”

她痛苦地闭上双眼：“你在伦敦的时候从我的账户里取钱了对吧？”

“取了好几次呢，”我说，“嗯，对了，还从那里寄出了你的上一封信。”

她摇了摇头：“你就不能干干脆脆地杀了我吗？要杀就赶紧杀吧，别折磨我了！”

“我为什么要成全你呢？”我慢条斯理地嘬着我的面条说，“你当年可没少折磨我。”

2月19日，星期一

今天一早上我都在想我的父亲。我都开始忘记他的声音了。我只好闭上眼睛，试着提醒自己他的声音听起来是什么样的，提醒自己他对我说话时格外温柔的语调，因为我“是他最喜欢的孩子”，而且他“可以无条件地信任我”。当我想起他，首先想到的总是他在医院的最后一周，而那段记忆也仿佛一片飘零的老树叶离开树干一般渐渐模糊、渐渐离我远去了。

“生命是如此美妙，瑞安侬，可惜只有当生命从你身上流逝的时候你才能真正看到这种美。

“答应我，如果病情再恶化下去，你会在我身边，你会帮我了结。

“我能信任的只有你，瑞安侬。”

好消息！警方正式宣布“针对丹（无屌男小丹丹）的案子，目前依然没有找到任何有价值的线索”，并且继续征集目击者。这意味着我基本没有危险了。据说他妈妈还想向公众发声寻求帮助，但不知道她具体要什么时候站出来做这件事。小丹丹已经成了我们本地的一个笑话。警方“带走了两个男人进行质询”，其中一个是除夕夜在酒吧门口打过他的，但没过多久两人就都被保释了。警察还是什么头绪都没有。

而在盖文·怀特，也就是公园男的案子上，他们还没有拘捕任何人。倒是有个证人冒出来说他那天晚上“听到附近有狗叫”，警察也依然在公开寻找目击者。所以对我来说，警报还没有解除，我还不能掉以轻心。在这件事被人们淡忘之前，我还是暂时不要出去“钓鱼”了。

嗯……这不是什么好消息。

噢，对了，今天上午 11 点左右，报社来了两个警察，和莱纳斯一道直接进了罗恩的办公室。他们聊天的时候把办公室的帘子放了下来，所以我没法通过口型判断他们说了些什么。他们在里面待了大约 20 分钟，出来的时候，其中一个警察直接看向了我这边，当时我正在写我的影评。不过随即他朝我点了点头，我也冲他点头致意了一下，然后他们就走了。

我去敲罗恩的门，问他和莱纳斯需不需要一杯咖啡，或者是一个巴掌，他们两样都不需要。我指望他们有谁能主动跟我说说警察找他们都聊了些什么，可是并没有。罗恩让我去叫克劳迪娅和麦克·希思，我只能屁颠屁颠地去给他跑腿。那两个人一进办公室，门就又被关上了，我还是什么也听不见。

下班后我开车去了温维索街。我已经记不清我去了多少次了，而那个老浑蛋却依然不见踪影。或许他根本没住在这里，或许警察给了他一个新身份，或许他改变了外貌。公众都知道他是一个眼神恐怖、拄着拐杖且走路不稳的老人，长着蒜头鼻，永远一脸生无可恋的样子，有那么一点像老电影《男生女生黑白配》里的罗伯特。也许他染了头发，也许他头发白了。但我看到他的脸肯定还是能认出来的，这个没有办法假装。

我非常清楚这一次我要怎么做。我不需要剪刀或者刀子，一旦被我找出来他住在哪里，我有的是时间陪他慢慢玩。我太想找到他了，全身每一个细胞都想。我的每一寸肌肤、每一滴血，都在为寻找他这件事情而激动。我希望能够快一点找到他，但与此同时，这漫长的等待过程可能反而会让结果更加甜美。我需要尽快找到他，不然我就得去找一个其他的目标。

2月22日，星期四

1. 那些在环形交叉口不打转向灯的人。

2. 那些在Instagram上分享他们情人节大餐的人——精心准备的心形碗啦，星形碟子之类的。

3. 那些一刻不停地在脸书上炫耀自己的生活有多么美好的人。伊梅尔达今天就没消停，“我们的孩子是世界上最棒的孩子，我们的房子也快扩建好了，而我的男人是世界上最好的男人！到今年6月，我们就在一起整整15年啦！真是等不及要嫁给你呢，宝贝儿！”配图是在Instagram里加了无数滤镜并且修掉了双下巴的他们的合影，还打了个标签叫“感恩生活”。

4. 那些前一秒还在社交网络上对某些悲惨的新闻故事“深深心碎”，说着她的“心和受害者家人在一起”，后一秒又回到生怕你不知道地各种重复发她马上要结婚了的消息（没错，又是伊梅尔达）。

5. 踢树的人。

被安排跟踪报道公园男谋杀案的是报社最炙手可热的两名记者——莱纳斯和保罗·斯普尔多。保罗刚从他三个月的马来西亚登山之旅回来，跟走之前比，他的腹肌又多了十八块。第一眼看到他，你会以为他是伊德瑞斯·艾尔巴[①]的替身——就是那种一身腱子肉的特技演员，可他弓着腰猫在电脑前，费力地用两个指头打字的景象马上会让你的幻想破灭。保罗想叫

① 英国演员。

我帮他写他在吉隆坡与部落居民一起生活的那段“改变一生的经历”，啊，我真是等不及要听他连续好几个小时的絮叨了。

今天倒是有那么一件搞笑的事。我们报社最近新来了一个叫罗茜的学生，过来实习有一周了，主要工作是装信封、接电话。她在家试着自己染头发，却把“柔和紫檀色”染成了艳紫色。丽奈特冲她哼起了《紫色的雨》，把她惹得哭着跑了出去。

“我们的罗茜小姑娘像一片精致的小雪花呢，”睾丸哥比尔说，“我们对她可得客气点。”我们都明白他想说的其实是“不要对她说哪怕是有那么一丁点冒犯意味的话，否则我们就永远别想再看到她了”。

我们不是第一次碰到像罗茜这种小弱鸡了，他们通常在这里都待不了几天。之前有一个叫德布兹的，无时无刻不在哀叹“作为团队一员感受不到自己的价值”，或者“我们的社会结构不能为我赋能”。她完全无法接受和处理任何形式的冲突。有一次克劳迪娅叫她把自己的桌子收拾一下，第二天她就请了病假，理由是“压力导致的身心问题”。病假了四个月之后，她终于决定离开报社去什么地方喂海龟什么的了。报社花了好多钱才把这位姑奶奶请走。

后来是德累斯顿，我刚从前台的位置被提拔为编辑助理的时候，这个十几岁的孩子做了一段时间前台。“她”在脸书上对自己的描述是“没有固定代词可称呼的跨民族、多重多元恋、少许浪漫主义的无性人”，并且“她”拒绝使用员工厕所。莱纳斯有一次开会的时候用“她”称呼了德累斯顿，“她”就那么生气地走了，从此再也没有回来过。

午餐时间，AJ 拄着拐杖一瘸一拐地走了进来。他玩滑板受了伤。鉴于之前提到的我们之间的小暧昧，加上我们经常一起吐槽莱纳斯和克劳迪娅，通常我是不介意这孩子往我这边跑的。但今天我很烦他。拐杖让整个办公室看起来很不整洁，而且他拄着拐杖总是叮叮当当的，像只毛手毛脚的小长颈鹿。这小长颈鹿叮叮当当地凑到我桌前，给我看他从整蛊商店买来的同性恋情色明星贴纸。

“除了这个，也就只有‘我爱和农场动物亲密接触’那样的了。”

“你拿的这个再好不过了，他会气死的。”我们把这贴纸贴到了莱纳斯的奥迪车车尾。上帝啊，我的生活实在是太无聊了。我知道这些不过都是“杀时间”的小把戏罢了，但在有人可杀之前，我也就只能杀杀时间了。我想要杀人，我感觉自己像是被什么力量在推着走，我找不出什么办法摆脱这力量。

2月27日，星期二

1. 那些给你发短信，你回了之后又好几天没有任何反应的人，比如克雷格、我曾经的姐姐塞伦，还有露西尔。

2. 那些你正在清理收件箱时秒回你邮件的人。

3. 我们报社那些非得在午餐时间把味道很大的食物带回办公室吃的人。比如今天埃德蒙德就带了奶酪玉米片进来。

黛西·陈今天来找我搭话，我没怎么搭理她。她先是在茶水间堵到了我，问我有没有去过那家新开的咖啡吧。

“没去过。”我说。其实我是去过的，还试喝了他们非常好喝的卡布奇诺。

她于是又没话找话地说：“今天天气很暖和呀。”但我把这个话题也堵了回去，我说：“不知道，反正我挺冷的。”

她的最后一次尝试是在我往外走的时候，她在背后喊了一句：“我可能需要麻烦你给我一些马多克斯街新交通稳定措施的资料，方便吗？”

“可以。”我头也没回地喊了回去。鬼知道她怎么对我这么友好，一定是有什么阴谋。

今天听证会上的案子都蠢爆了：三个酒驾的、一个毒驾的、一个种大麻的、一个发酒疯的，还有两起袭击案。我干的那些事儿可都是要上刑事法庭的。地方法官这里自从去年夏天那个在 Boots 药妆店后面被人下药的妓女以来就再也没有什么有趣的事情了——那个妓女的事还是干得很漂亮的。

休息时间去了趟那家新开的厨具店，买了个新的开罐器、几个放在咖啡桌上的软木杯垫，还有我在橱窗里看到的那套塞巴迪的刀具。那套刀真是太赞了，里面有一把 7 寸带气袋的中式切肉刀、一把 10 寸的牛排刀、一把 4 寸的削皮刀、一把 5 寸的剔骨刀和一把西式切肉刀。这套不锈钢玩意儿花掉我将近 100 英镑，但我实在是太喜欢它们了。光是回办公室的一路上怀中抱着它们的感觉就让我兴奋不已，噢，我觉得我抱的是一颗炸弹！反正我估计抱着炸弹的感觉应该跟这个差不多吧：不可战胜、充满力量、胜券在握。

黛西看到了我放在办公桌下面的盒子，又没话找话地过来和我说：“哇，好棒的刀。你很爱烹饪吧？”

“是啊，非常爱，”我编起瞎话，“我过几周要去上法国烹饪课，想要做好准备呢。”有时候我自己都很佩服自己，如何能在完全没有准备的情况下如此面不改色心不跳地顺口就说出一套谎话。

我复印文件的时候拉娜·朗特里悄无声息地走了过来，等在我后面想要用复印机。她今天没有穿胸罩，真是个蛇蝎荡妇。

“瑞，你好吗？”

“挺好的，谢谢。”我强忍着恶心跟她寒暄，“你呢？”

“我也挺好的。真是疯狂的一天呢，大家都忙疯了。不过有事可忙大概是好事吧。”说完她虚情假意地笑了几声，清了清喉咙，甩了一下头发。

我闻到她身上的香水味——我们的床单上也有这个味道，克雷格说那“大概是新买的洗衣粉味吧”。

“今天镇上很热闹呢，不是吗？”我说。

“是呀，我去戴森的店里看了一眼，哎，真该在 1 月促销的时候买的。”

“你想买哪一款？”

“就是他们在电视上做广告的那款咯，没有线的那个。”

“噢，那个啊。”我随口应付着。她一边手腕上有两道旧伤疤，看上去伤口很深。究竟是她曾经试着自杀，还是被什么邪恶的猫抓的呢？不，她不养猫，她对猫毛过敏。“你家理查德工作的事怎么样了？他那个不公平解雇的申诉通过了吗？”

啧啧，在非聊不可的时候我是如此擅长没话找话。理查德是她男朋友。我不止一次听到过他们在电话里吵得不可开交，鉴于整个办公室都听得一清二楚，我想这算不上我偷听吧。

我复印完了，所以她上前一步走到复印机前，“我们分手了，”她说，“就是圣诞节前的事。我逼着他定日子结婚，可能逼得太紧了，把他吓坏了吧。所以现在就剩下我自己和猫啦。不过呢，更好的一定在前方，世界上好男人多的是。”

“啊，抱歉。”我将刚刚复印好的还带着温度的一大叠文件紧紧抱在胸前，像一块盾牌，“那么你现在有新的约会对象吗？”

“没有呢，”她飞快地答，“我暂时不想约会男人，真是浪费生命，不是嘛？”又是几声虚情假意的笑，手不自觉地摸了一下鼻子，又甩了一下头发。

“说得太对啦！”我直直地盯着她说。在目光即将与我对上的那一瞬间，她却突然对复印机托盘上那个破烂回形针起了兴趣。于是我上前拍了拍她的胳膊，顺势又瞄了一眼她手腕上的伤疤，对她说：“那么，你多保重。”

“我会的，谢谢你，瑞。”她挤出一个大大的微笑，露出两排大白牙。我想要她成为我的新刀的第一个猎物，我想要这打印机里的每一张纸都被她的鲜血浸透。

我必须承认，在说谎这方面，她和克雷格都是专家，他们简直可以去开班讲学了。当然，要给我上课的话他们还差得远。在鉴谎这种事情上，我的段位可远比他们说谎的水平高。

克雷格这个该死的懦夫，整个温布尔登两周赛[①]期间我都在挑逗克雷格，他却碰都不碰我，说什么“想要确定我真的准备好了”，拉娜·朗特里这小妞动动手指，他就跟特拉法加广场上的那些大炮一样直冲而上了。

我知道他们为什么会搞到一起，这就好像我会去网上随便找个聊天室跟陌生男人调情，就好像我会在午夜走在漆黑的小巷，兜里还藏着一把刀，

① 世界著名网球赛事之一，在英国伦敦附近的温布尔登举行。

我们都是为了寻求刺激，为了调剂生活。这种事情就像是培根上煎得焦脆的肥肉，就像是烤鸡上烤到金黄的鸡皮。你知道它不健康，但它带来的快感是那么强烈，哪怕只有一瞬。那天在推特上看到的那句话怎么说的来着？“绚烂生活中充实的一小时抵得上碌碌无为的一辈子”——对，就是它。拉娜，你尽管享受你那“充实的一小时”吧，我也迟早会来享受我的。

3月1日，星期五

1. 德里克·斯卡德。

2. 韦斯利·帕森斯。

3. 利德超市的收银员“迪伦”。他今天没有问我是否需要袋子，而且扫我的面包的时候又使劲捏了一把。

在公园被杀的男子经确认为登记在案的性侵犯者

2月12日星期一晚上，来自利兹的盖文·约翰·怀特，一名46岁的长途卡车司机被刺身亡，该起案件被认为是临时起意杀人。根据《公报》最新得到的消息，怀特被列入性侵犯者名单已有四年。他在赫尔和纽卡斯尔犯有两起强奸案和一起猥亵妇女案。目前，埃文和萨默塞特警方已经对这起谋杀案展开调查，并面向社会征集目击者。

这真是平淡日子里射下的一道光。我又为这个社会除了一害，我的心情顿时舒畅了起来。哪怕是为了这个，那所谓的“世纪女性人物”也是我应得的呀！唉，生活就是有这么多的不尽如人意。

我猜这大概就是那天警察和罗恩谈话的内容吧。他们要能找到目击证人才怪了。杰夫路过我的座位去倒咖啡。

“杰夫，有什么关于这个案子的消息吗？”我亮着报纸头版问他。

他一瘸一拐地蹭过来：“警方觉得应该是临时起意杀人。没有财物损失，皮带是解开的，鉴于他之前干过的勾当，可能这次他又是想要侵犯谁，结果反而被杀了吧。”

“所以可能是个女人杀的他咯？”

“不，可能性不大。”

“为什么可能性不大呀？”

“杀人手法十分野蛮残忍。他们认为他应该是被一根粗铁棍或者一截栏杆什么的刺死的。”

我扑闪着我像小鹿一样纯洁的大眼睛：“女人就不能野蛮残忍了吗？”

“不太会吧。我看更像是那帮激进的同性恋干的。你还记得去年他们在那个公园里游行来着吗？”

“嗯，我记得。”

“你问这个干什么？”

“就是觉得太可怕了。在离我们这么近的地方发生了凶杀案。”

“那是。你自己要小心哦，小姑娘，晚上不要去那公园附近。你永远也不知道那些树影里都潜藏了些什么，杀人放火吸毒干什么的都有。”

说完他便走开了。我盯着他的背影想：不不不，你永远也不知道那些树影里都藏着些什么。吉娃娃、身上带着壁纸剪刀的野蛮残忍的 27 岁女人，她什么都干得出来。

3月2日，星期六

今天早上又上了一次秤，发现上个月吃的长条泡芙依然在惩罚我——我甚至比圣诞节的时候还重了两磅。后果呢？其实也并没有什么后果。曾经的小蛮腰，我还是用两只手就能握住。不过确实需要多去上一上露西尔的健美操课了。我希望我们这边的Nando's关门大吉，还有卡卡圈坊，还有星巴克，还有格雷格斯面包房。

午餐时间，我给叮当拴上绳，开车去了爸妈的房子。那里面的气味更难闻了，就像过期的牛奶，我只得锁好茱莉亚，彻底清洗了一遍地毯。茱莉亚想出了一个逃生新策略，她开始不停地和我聊我的父母。她是想用这个来软化我，让我的情感变得脆弱，慢慢动之以情晓之以理，最后自己乖乖放她走。

“这招对我不管用，茱莉亚，”我说，“回你的衣柜去。”

要干这种事情，我觉得很幸运自己是女儿身。如果我是个男人，这会儿肯定很难控制住自己，也就一定会给他们留下些线索，比如DNA。但作为一个女人，我就可以非常小心谨慎，有一丝风险的事情也不会去做。我在我去过的地方没有留下任何痕迹：没有头发，没有体液，没有脚印。除非我想，我永远不会留下痕迹。

总有一天我会让那些草包警察和报社的浑蛋们作茧自缚。总有一天，随着“奥卡姆剃刀”的指引，他们会意识到事实其实如此简单：做这些事的不过就是一个古怪的女孩，她就是要报复社会，就是要寻求廉价的刺激，就是要见血。

我是音乐家，我是梦想家。

即使有目击者出来指认我，这个社会潜在的、有时候甚至是公然存在的性别歧视也会对我有利，你必须懂得利用人类社会的这些运作模式。他们认为你是弱质女流，你就好好扮演一个弱质女流。利用他们自己的偏见来对付他们，然后，趁他们不注意，一刀切断他们的咽喉。

就像了不起的巴特·辛普森（Bart Simpson）[①]说的：没有人会怀疑一只蝴蝶。

① 美国动画片《辛普森一家》中的角色。

3月3日，星期日

1. 我的姐姐塞伦。“我们都去美国享福吧，让其他人留在英国慢慢腐烂”，哈哈哈哈，真是好笑呢。

2. 阿雷德琼斯（Aled Jones）[①]。世界上其他人都死绝了吗？星期天电视里放的全是他。

3. 刘易斯·汉密尔顿（Lewis Hamilton）[②]。

4. 皮帕·米德尔顿（Pippa Middleton）[③]。

5. 所有上 *OK!* 杂志封面的人。

带着狗在公园里跑了步，晚餐吃了我男朋友出于负罪感给我做的烤羊肉，我姐姐还打了个电话过来对我喋喋不休——多么美好的一个星期天啊！房产经纪公司的莱拉私自往西雅图打了个国际长途，通知她我暂时不卖房子了。这个多事的蠢猪一样的女人，害得我在凌晨 2 点刚跑完步的时候穿得跟金刚芭比一样、身上还一股子汗臭地在这里接电话。塞伦那边现在是下午 6 点，时差。

“小瑞吗？我是塞伦。”

“噢，你好啊，姐——哈——”我打了个哈欠。

那边停顿了很久，终于说道：“你为什么跟房产经纪说爸妈的房子不卖了？”

---

① 英国著名少年高音歌手。

② 英国一级方程式赛车手。

③ 英国凯特王妃的妹妹。

她的声音听起来像是从空旷的废厂房里的一面铁皮鼓里传过来的。我说："嗯，是的，我是跟房产经纪说了爸妈的房子不卖了。"

这回停顿的时间更长："为什么？"她的音量提高了八度，可我几乎听不清她在说什么。

"信号真是差啊，塞伦。你是在问我好不好？我还挺好的呢，多谢关心。噢对，我的背又开始疼了，大概每天伏案工作的人总归难免犯这些毛病吧。除此之外我一切都还好……"

"瑞安侬，你为什……妈的房……卖了？你没有权……做。"

"那个房产经纪就是在瞎搞。我不喜欢她。"

漫长的停顿。"那房子是我们两个人的共同财产，任何决定都必须我们两个人一起做。你应该跟我商量的。"她那西雅图式拖拖拉拉的语调比我们上次通电话的时候更加明显了，听起来更加让人觉得絮絮叨叨的，可能是因为她本来就是在抱怨吧。

下一个漫长的停顿正好有时间让我把谎再撒彻底一些。"别着急呀，我会找另外一家经纪公司继续卖的，找一家更好的经纪公司。"

更长的停顿。"你为什么……之前不找我商量？这些决定应该是要我们两个人一起做的。"

我能感觉到说出"一起"这个词让她很难受。这个词对我们两个人来说已经很遥远了，所以说这话的时候她就好像喉咙里卡着一根骨头。

"等不了那么久了。那个女的就是个泼妇，她身边的人都……哎，有一个男的胳膊上有针孔，一看就吸毒，还有一个看着特别眼熟，肯定是上过《绳之以法》（*Crimewatch*）[①]。"

"真的吗？"

"真的。"

"她带那些人看……时候你也在？"

"是的，不行吗？"

"不，可以可以。我们也不想把那房子卖给太不靠谱的人，不是吗？"

---

① 英国一档讲述真实罪案的电视节目。

“就是呀。我打算把房子交给查尔斯·伯里奇家的经纪公司去卖。他们的办公室装修得可好了，地毯是崭新的，连洗手液用的都是祖马龙。他们的人很好，很诚实。我正在处理这件事呢。”

“噢。”她说。不过我也不知道她是真的相信了我说的呢，又或者只是懒得再跟我多说下去的消极攻击。她随即又说：“有需要我帮忙的地方吗？”

“不用了，谢谢。我搞定以后会告诉你的。大概过不了几天这房子的出售广告就会出现在他们的网站上了，到时候我把链接发邮件给你，可以吧？”

漫长的停顿。“当然可以，谢谢。”

这年头交通这么方便，如果她真的那么在乎，她完全可以买张明天的机票飞过来解决这个问题。但是她没有这么做，因为她害怕。我的亲姐姐，比我年长三岁、多出三年智慧、远在我四千英里以外的亲姐姐，害怕靠近我。

“那打扫房子和清理家具的事呢？你也找了清扫公司吗？”

“嗯，我也在联系呢。”我又说了个谎，“话说，你那边怎么样呢？我的小外甥和外甥女都还好吧？艾希喜欢他的玩具垃圾车吗？”

漫长的停顿。“嗯，都挺好的。”又一个漫长的停顿，“那么，房子的事情搞定了的话告诉我一声，行吧？”

“嗯嗯，肯定会的。拜——拜——”挂了电话，我回到我的生活，她也回到她的超大别墅，她的游泳池，她那吃不完的爆米花和夹心蛋糕，还有她那帮喝着罐装啤酒、哼着《扬基歌》看超级碗的朋友。妹妹对塞伦来说又算得了什么呢？尤其是“精神错乱”的那种妹妹。

我花了整整一个下午用绘图软件制作出了一张房产经纪网站上出售房屋的截图发给她，还没等到我上床睡觉她就回复了。

“谢谢你辛苦处理这件事。希望我们尽快把房子的事情了结。保重。”落款是“Sx”。

那个“x”没有什么含义。她想说的是：一旦房子卖了，我们就可以切断一切联系，一劳永逸。那个“x”代表的是我曾经是她的妹妹——在我变成“精神病”之前。那个“x”是她对我们的妈妈、祖母、爸爸说过的所有关于我的恶毒的话的一个掩饰——

“我恨她！我恨她！我恨她！”

“我们为什么不能再把她送走？”

“这个家里唯一的癌细胞就是瑞安侬。”

“他死的时候瑞安侬和他在一起。会不会是她杀了他？”

3月5日，星期二

1. 克雷格。

2. 咖啡馆里排在我前面点单的那个男人。他点了足足有18种不同口味的拿铁。还有，他的裤子实在太小而屁股实在太大。

3.Boots药妆店那个该死的药剂师问我要买的东西是不是“医生推荐的”。是世界上的人都死光了所以你这样的贱女人也能当上药剂师了？你这吃臭奶酪长大的死狗，赶紧让我买我的性欲提升药。

4. 清晨6点吹着口哨穿过停车场去上班的那个男人。

5. 小偷——我们遥控器里的电池、半袋冷冻辣椒和一卷透明胶带一定都被转移到了惠特克家。

真是一个充满戏剧色彩的早晨。罗恩和克劳迪娅跟镇长开会，AJ进去送咖啡，罗恩叫他留下听一听：“学习学习镇长是怎么办事的，了解一下当地的政治情况”。结果没过多久，罗恩办公室的门突然开了，AJ从里面冲了出来。

我跟在他后面去了茶水间。我打开被他关上的门，茶壶在炉子上沸腾着，咕嘟咕嘟地叫，他坐在扶手椅上，头埋在自己的胳膊里。

“嘿，你还好吧？”我一边问，一边关了炉子，坐到他旁边的沙发上，尽量不挨到上面那块好几个星期也没有人管的希腊鱼子酱。

“不好。”他在抽泣。

“怎么啦？”

“唉，也没什么啦。就是在罗恩和镇长和所有人面前丢人丢到家了。”

“和我说说呗。”看来需要扮知心听众的时候到了，我只好待在那里，轻轻摸着他的背。

“镇长说到她女儿，所以我开了个玩笑说要带她去市里，害她丢掉两条腿……”

“呃……”

“我不知道她真的没有腿啊……”

“是的……被酒驾的人撞的。”我都替他感到尴尬。

“嗯，现在我知道了，莱纳斯刚告诉我的，他刚才也来了这里。他还说镇长可以告我情感虐待。”

“他是开玩笑的，AJ，他只是想安慰你罢了。”

“我要是知道的话，是怎么也不可能说那样的话的，杀了我我也不可能那样说的呀。”他的眼泪又掉了下来，“后来她开了个玩笑，我为了弥补前面那个腿的笑话，就特别使劲地笑，可能笑得有点太厉害了，我就说我笑得心脏病都要犯了……”

“噢，天哪……”

“我也不知道她的丈夫现在就因为心脏病在住院啊……”

“所有人都知道这个！”我笑了起来。

“可是我真的不知道！”他说，显然没有心情笑。

“我现在不敢进去了，真的不敢……我要是被开除了怎么办，瑞？我需要存够旅行的钱呀……”

我又摸了摸他的背，沿着脊椎骨一直摸到最下面那一截：“不会有事的，克劳迪娅肯定知道你不是一个会故意说这种蠢话的人，她会帮你说话的。”

“可是镇长呢？我伤害了她的感情。”

“那本来就是个疯女人。”

“罗恩当时那个表情……他现在肯定讨厌死我了，因为我丢了他的脸。克劳迪娅阿姨现在看我的眼神就像我把屎拉在地毯上的时候奶奶看我的眼神一样……”我皱起了眉头，他补充了一句，“我那时候才 3 岁。”

“好吧，那还情有可原。”

我把手从他的背上挪到了胳膊上，看着他的眼睛。我能摸到他的鸡皮疙瘩："好啦，我来给他们倒咖啡，咱们楼下见。这没什么大不了的，AJ，相信我，好吗？"

"好的，谢谢你。"

"嘿，我那天在整蛊商店买了些放屁糖，还是可溶解的那种。"

他的眼里依然含着泪，笑意却弥漫了出来："刘易斯小姐，你告诉我这个是什么意思呢？"

"按照惯例，西克吉尔先生应该过不了多久就会来要他的卡布奇诺了吧。放屁糖在我的抽屉里。"

又发生了一起严重的性侵事件，这次是在城镇到采石场之间的老路上。又是两个男人，又是那辆光亮黑色或者蓝色车身的福特货车。这次的这个女人大概 50 岁，她给警方提供了一些很详细的信息，所以警方现在"基本确定最近的三起性侵案件是由同一组人犯下的"，并且他们"在警方持续调查期间不断引起注意"。我在想我是否也应该引起一点注意。

AJ 告诉我他把罗恩和镇长哄好了，用的无非就是惯常装乖卖惨的那一套。我一点儿也不惊讶。他的微笑那么迷人，最冷酷的心也能融化。你对他生不起来太久的气。还有他那又紧又翘的性感屁股，上帝啊，没人能生那对屁股的气。

*

天哪！天哪！天哪！我刚吃完午饭回来，克雷格刚才突然跟我说他想要个孩子！

他这是闹的哪一出？！

我真是完全没有心理准备。说不定他是想用这个来修补我和他之间因为拉娜而千疮百孔的关系吧。而我今天千不该万不该，不知怎么突然就从我那冷酷的黑心肠里生出了这么一点善意，跑去给他送了一个培根卷和一杯美式咖啡。他今天在商业街给一家商店做装修，我刚一进门，脚上那双新买的漆皮坡跟鞋上就落满了白灰。他和一帮同事原本正满嘴生殖器地不知在聊些什么，在我进门后也突然住了嘴——当然了，有女士在场就得注意语言了。他那胖乎乎的兄弟史蒂夫，他亲密地称为“亲爱的史蒂夫”的兄弟，连看都没看我一眼，也完全没有打招呼的意思。他是如此沉迷于自己手中的工作：刨平一块木头。

“我以为你今天不会有时间吃午饭呢。”克雷格说。他看到我大概很高兴吧，我看到他微笑了。不过这也可能是因为培根卷，毕竟那煎到焦脆的猪肉实在是很香。

“是很忙，我就是休息个 15 分钟出来吃点东西，然后突然想起你在这里。”

“啊！”他在我脸颊上亲了一下。真是没想到他会来这么一出。我们有好几周没有这样的亲密接触了。这阵子我俩最接近身体接触的一次，还是他把他的擦澡海绵放到了我的海绵上面。

“早些时候史蒂夫的老婆把他们的孩子带过来啦。她刚从德本汉姆回来，给他买了件特别可爱的衣服，是黑黄条纹的，那孩子穿上就像只小蜜蜂。”他说着还掏出他的手机，给我看了他拍的那婴儿的照片。他拍了两张，所以就来回来去地在这两张之间翻来翻去。“你看他那小脚！”

“你为什么要拍别人家孩子的照片？我是不是该通知‘紫杉行动’[①]的人？”

他大笑起来：“只是觉得他太可爱了嘛。”他眼神有点呆滞，手上的动作还停留在刚才为感谢我带来的培根卷而抚摸我的背。

“我现在可不想生孩子，克雷格。”

他又笑了：“也许孩子会让我们关系更亲密呢？不生下来你永远也不知道嘛。”

“可不是，孩子会让我们的关系更亲密，过不了多久就会让我们的关系彻底崩溃。你不过是一时兴起在我身上播个种，之后就会每天该上班上班，该干啥干啥，什么也不管了。而我得留在公寓里，闻着孩子的屎尿屁，

① 英国警方针对一系列性侵儿童案件发起的调查行动。

叫天天不应，叫地地不灵。”

“不会的。”

我抬眼看了看他。这时候史蒂夫从他身边走过去，手里拿着一块新的木板。他插话道——

“刚才我老婆把孩子抱过来的时候，他整个人可是父性大发。”

“我发现了。”我说。

“要小心哦，瑞，”另一个满脸胡楂、牛仔裤上沾满白色油漆的家伙说，“今晚他要好好来一场‘造娃运动’呢。他都念叨一上午了。”

“好吧，这我倒还是很期待呢。”我给出一个意味深长的笑，再翻了个白眼，演得好像他每天都“好好来一场‘造娃运动’”一样。

事实却是，克雷格并没有每天都“好好来一场‘造娃运动’”，而且他从来没有提过想要孩子，更从来没有表现出对孩子的兴趣。我很奇怪这突然而至的兴趣是从何而来，而想了一会儿，我便有了头绪——拉娜。他们已经好几天没见面了。我不知道是不是他把她给甩了——或者相反，她把他给甩了。反正看他们之前那个样子，肯定不可能是感情自然转淡了。

“我们今晚谈谈这件事吧？”他压低了声音，把我往门口拉，避开那些此刻正无比专注于往墙上贴印花壁纸或者粉刷房檐的家伙。“谈谈而已嘛，看看我们是不是准备好迎接小克雷侬喽。”

“克雷侬？你认真的吗？”

“对呀。你要不喜欢的话，叫瑞安格也可以嘛。就是婴儿名字的事而已……我们就谈谈吧？”

“你谈你的，我可以坐在旁边笑话你。”

他咬了一口培根卷，咬得满嘴油，又狂吞了一口咖啡说：“别这样嘛，我们在一起都快四年了，你的年纪也一年比一年大。”

“你长得还一年比一年难看呢。”

他咀嚼的动作突然停了下来：“你是不是想先结了婚再要孩子？是因为这个？”

“不，不是的。我只是从没想过这事。”我喝着我的拿铁，眼睛望向外面的街道。一个推着购物车的老太太正停下来跟一只停在播种机上的知更鸟聊天。“我都没有什么家人可以来参加我的婚礼了呢。”

“没关系的，我们可以私奔啊。我们去苏格兰婚礼小镇，奈杰尔就是跑去那里结的婚呢，他们住在那边一家超漂亮的酒店。”

“啊，听起来真是棒极了呢……我说，我们能不能换个时间再谈这个？等我不是站在一堆木屑上，还不由自主地想往你嘴里看的时候。”

“谢谢你给我带吃的啊。”他说完便拿着皱巴巴的培根卷袋子和那杯咖啡回到了干活的梯子上。这回没有亲我。嗯，这可能是个关键——用一个孩子来拯救这段关系，不然我们可能就完了。我们的关系走到现在，已经到了一个很微妙的阶段，要么更进一步，要么就此散伙。

一个念头突然在我脑子里闪过——我必须哄着他。我得为长远考虑。

我站在门口，内心挣扎了一会儿，做出了决定：“好吧，如果你真想谈的话，我们今晚好好谈谈。”

他把脸转回我这边，嘴里还满满地塞着培根卷：“真的？”

“真的。我们今晚点 Nando’s 的外卖，然后好好谈谈这件事。我们谈谈你这台播种机怎么把种播到我身上，如何？”

他的脸唰地红了，不好意思地环视了一下四周。旁边那些兄弟此刻都停下了手里的活计，用充满惊异的眼神唰唰地扫向了他。

我骄傲地走了出去，感觉自己是如此高大。

*

另外，莱纳斯今天下午去了无数次厕所。

3月7日，星期四

克雷格这几天施展了各种浪漫的小把戏——显然他是心中有愧才这么做的，但我还是很享受。昨天他主动给我买了一罐花生酱，今天又从路上经过的一家礼品店买了一个蘑菇形状的小夜灯，因为他知道我喜欢跟森林有关的玩意儿。多贴心啊。

关于要孩子的谈话非常具有建设性。克雷格觉得他准备好了，可我觉得我还没有。他想要在这个世界上为自己留下点血脉，我想要成功出版一本书，还想要一间蜜蜂环绕的乡下小木屋。他想要一个儿子，好和他一起踢足球和教他骑自行车，我想要性感的大屁股和森贝儿家族新出的浴室模型。

但我还是让步了。我就是这么好说话。

“好吧，”我最后说，“来吧，让我们一起来造人吧。”

“你是说真的？”

“真的啊，我从今天开始就不吃避孕药了，我们来试试吧。”

这话显然让他得到了莫大的鼓励。我们从Nando’s餐馆回到家就径直上了床，再次下床已经是第二天早上了。尽管他自最后一次见拉娜那个风骚货以来已经洗过好多次澡了，我还是无法控制自己不去想他的生殖器上布满她的阴虱，喔，天哪，还有她肛门里的各种细菌。我一厢情愿地希望他用我特意放在浴室的抗菌肥皂使劲搓洗了足够多遍。

老天，我这是做出了怎样的伟大牺牲。

早上起来我们又做了一次。他睁开眼睛做的第一件事就是凑到我脖子和耳朵跟前不断爱抚和挑逗，可惜我始终没有兴奋起来。

“别折腾了，”我说，“直接进来吧。”

“我已经进去了，你太干了。”

“这可不是我的错，是你不够让我兴奋。给我润滑油。”可今天就连润滑油都不管用。“把我的手机拿来。”他从床头柜上拿起我的手机递了过来。“等我五分钟，我找那个护士‘大战’五个黑人的黄片儿出来看看。”

他长叹一声，滚到了一旁仰躺着，双手枕在脑后。

可我连情色网站都还没来得及打开，就看见了更劲爆的东西：《公报》旗下的新闻 APP 自动推送的一条消息：

西南部地区有连环杀手出没？

这篇文章提到了盖文·怀特，还把他被杀的案子和几周前伦敦发生的另外三起谋杀案联系了起来。这几起案子惊人地相似——都是男人在公园里被捅死。更神奇的是，在伦敦被捅死的男人里有两个都叫盖文！

另一个叫克莱夫。

我的公园男案件被和一系列真正的连环杀手案联系到了一起，还是个连牛闪闪的苏格兰场都在关注的连环杀手案！我的公园男这下让我全国闻名了呢！我整个人顿时兴奋起来，下腹感受到一股热流在涌动。

所以，BuzzFeed，没错，你可以把我归类于对不正常行为产生性兴奋的人群，虽然我从来也没尿过床，更不虐待小动物。我干过唯一一件对动物不太友好的事大概还是圣诞节的时候吃光了一整包 After Eight 薄荷糖，只给叮当留了个空包装袋。

“我好了。开始做吧，快进来。”

克雷格好像挺喜欢我这样强势。我闭上眼睛，和他干得酣畅淋漓，连床板都要被我们震碎了。这在以前可从来没有发生过，我们家的床板历来非常太平。可这次，我甚至听到床垫下面“啪”的一声响——床架断了一根支撑板。宜家的质量也太差了。

到了最后，他仰天长啸一声，将自己埋进了枕头里。高潮即将来临的时候，你的脑海里会出现一幅最能让你享受的图景，我不知道你明不明白那种感受，反正，于我，在那个时刻，我看到的是盖文·怀特。他毫无生气地躺在那里，身上满是殷红的鲜血，脖子上插着剪刀。

“真他妈的爽爆了！！！”克雷格汗如雨下地发出感慨。

激情过后，我俩头挨头地躺在了一起。在别人看来这大概是一个特别有意义的时刻：一对彼此深爱的情侣，满怀神圣地齐心协力创造着生命。而事实上，不过是一对一起躺在床上的情侣，一个在想着要孩子，一个却依然偷偷吃了避孕药，脑子里想的还是另外一个死去的男人。

和克雷格在一起时我很少高潮。通常我都得等他完事之后去淋浴的时候，一边想着《疯狂的麦克斯》里的汤姆·哈迪，一边用我那“疯狂兔子”自慰器自行解决。但今天不一样，今天是崭新的一天。他洗完澡刚出来，我便马上溜进了浴室，将他留在我体内的痕迹全部挤了出来，挤到一个空的果酱罐里。

3月8日，星期五

1. 莱纳斯·“来呀，拿砖头使劲砸我的脸呀”·西克吉尔。

2. 销售助理兼大骚货拉娜·朗特里。

3. AJ——现在我知道这两个字是什么意思了：绝对的叛徒[①]。

今天我的不爽又达到了一个全新的高度。我都不知道我还可以不爽成那样，不爽到我不得不离开办公室，不然我可能会直接拿咖啡杯把罗恩的窗户给砸了。一共有三件事凑在一起，把我送到了这不爽的全新境界：

1. 今天所有人的电话都响个不停，就连勤杂工埃里克的都是。整整一天从早到晚，办公室就没有消停过，跟消防警报似的，消防员还都死绝了。

2. AJ 现在开始给黛西做花生酱和香蕉吐司了，还一屁股坐到她的办公桌上跟她闲聊老半天。他忘了给我的咖啡加糖，可没忘记她的。

3. 莱纳斯不仅把我那张“暴乱中的爱人”的照片以及根据照片写成的文章据为己有，还申请了版权，并且在社交媒体上分享，照片被转发了——猜猜多少次？超过 13.5 万次！你以为这就完了？并！没！有！今天，那个不要脸的小矮子把那两位“暴乱中的爱人”本尊请到了办公室，介绍给了所有人！

① “绝对的叛徒”，英文为“Absolute Judas”，缩写正好为 AJ。

“给大家介绍一下，这两位是山姆和达丽拉。现实版的参孙和达丽拉[1]噢！我们终于找到他们啦！”

这俩取了《圣经》人物名字的小白痴弯腰驼背地站在那里，一脸迷茫。男生穿着紧身牛仔裤，腰上还挂着钱包链；女生的帽衫袖子长到遮住手，脚踏用涂改液写了字的马丁靴。莱纳斯一手搭着一个背，像是牵着两个木偶的线。而我们报社那帮如癌细胞一般嘴脸丑恶的家伙居然一个个地全都在给他们鼓掌。

我这辈子都没见过如此反《圣经》的事情。

莱纳斯带他们去了罗恩的办公室，作为他们“在《公报》的朋友”还亲切友好地要请他们喝咖啡、吃纸杯蛋糕。你知道出去买那些蛋糕的人是谁吗？你知道是哪个傻子去买了蛋糕还不知道是给谁买的吗？你知道是谁在做了这一切之后连进罗恩办公室的资格都没有吗？

我坐在自己的办公桌前，怒火中烧，眼睛死死盯着罗恩办公室的门，久久没有挪开。杰夫一瘸一拐地走了过来，拿了飞镖比赛的分数叫我录入。那一刻我忍无可忍地站了起来，头也不回地走了出去。

我就这样一直走着。

今天天气晴好。不过即使天气不好，我也不会回去拿我的大衣。我走着走着，走到公园一个安静的角落，在几棵树下坐下，哭了起来。我多希望叮当此刻在我身边啊，要是她在的话，她会凑过来舔舔我的脸。我难过的时候她通常都会这么做。可是今天她和惠特克夫人出去散步了。没有人看到我，没有人听到我。而我已习惯了这种状态，没有人能看到。

我不记得我上一次真正意义上的哭是什么时候了——有眼泪、有原因的那种，真正意义上的哭。我自喉咙深处挤出压抑而愤怒的哭声，心中愤怒的箭射向无数个不同的方向，我甚至没有办法将它们区分开来。它射向工作，射向克雷格，射向“塑料姐妹花”和她们永不间断地在脸书上歌颂自己美好生活的帖子，射向山姆和达丽拉，射向塞伦在美国的光鲜日子，

---

① “参孙”英文为 Samson，“山姆”英文为 Sam，可视作 Samson 的昵称。参孙和达丽拉为《圣经》中的人物，参孙为希伯来英雄，力大无比，腓尼基人为战胜他使用了美人计，派出达丽拉，并成功诱他说出了自己力量的秘密。

射向爸爸妈妈，射向德里克·斯卡德。

我真想把整个世界的人全杀光。现实是如此丑陋，没有哪一个活物有资格活下来。这个星球上的每一个人都应该去死。

也许这就是上帝，或者天上的某位不知道什么神祇自“修道院花园”以来就在试图告诉我的事情——任何美好的事情都不会发生在我身上。我的生命里多少还是有那么一些美好的回忆吧，比如在爷爷奶奶那里度过的暑假、茱莉亚离开后的学校、克雷格和我刚开始恋爱的日子，甚至就连我们报社也曾经美好过，在我刚升编辑助理而莱纳斯·西克吉尔还没来的时候。

没有人注意到我是什么时候回的办公室，更没有人注意到我回去时还红着眼睛抹着泪，更没有人问我去了哪里。发脾气固然很爽，但如果没人看见的话，这脾气发得又有什么意义呢?

今天下午 AJ 和拉娜聊了 15 分钟。他就坐在她桌子上跟她聊天，在那里喝完了他的一整杯咖啡。

我满脑子都是我的塞巴迪刀。我想象着他那肌肉紧实发达的脖子在我的西式切肉刀下的景象，要是他知道我能干出什么事就好了，要是这帮浑蛋知道我这颗“小甜豆”能干出什么事来就好了。

3月9日，星期六

1. 那些在社交媒体上不停更新一些毫无意义的状态的人。例如："刚刚吃了几片吐司""《突然好运》（*Strike It Lucky*）[①]的主题曲在我脑海里回响了一早上是怎么回事？""我真想杀了我自己"。你想杀了你自己？快去看看你自己发的这些个状态吧，就连自焚的和尚看了它们都恨不得往自己身上再多浇点油。

2. 那些像卖鱼妇似的隔着街互相大喊大叫的人。

3. "恐怖的红发艾德"。今天早上他裤子都没穿好就在公交车站闲逛，嘴里还哼着"宝贝你就是那烟花"[②]——哼得还那么难听。

今天早上克雷格出去倒垃圾的时候把手机留在了房里。我在手机里发现了一张新的照片——是一张自拍，他和拉娜在床上的自拍，在我的床上。他往她身上蹭，她咯咯浪笑，俩人的脸上还洋溢着欲望得到释放后的满足神采。我把这张照片发到了自己的手机上，那种百爪挠心的感觉又开始了。

于是我做了一个决定。我想我很幸运，因为全世界好像都在为我的这个决定铺路。克雷格要去看"××× 竞技队"和"国际 ××"在温布利[③]的球赛，他说的时候我根本没听清，只听到他说要住在奈杰尔家。真是谢天谢地，今晚我不用忍受在看完《比赛日》（*Match of the Day*）[④]之后还要来一场无聊到爆的例行造人环节。而我爸妈的邻居——亨利·克里普斯则

① 英国早年播出的电视娱乐节目。

② 著名美国歌手 Katy Perry 的歌曲《烟花》（*Fireworks*）。

③ 英格兰最大足球场。

④ BBC 著名足球节目。

和他的“普通朋友，绝对只是普通朋友”的、“在桥牌俱乐部认识的安妮”去了康沃尔过周末。

所以，今晚我要去杀了茱莉亚。

我本来没打算这么早下手，但鉴于这周发生的这些事，我总得为自己做点什么，总不能老靠吃坚果玉米片解决问题吧。而且，每天要跑去那里给她送吃的、威胁她保持安静这一套已经不好玩了。“你的孩子在我朋友手上”那一套到目前为止都还挺管用的，但我现在想要她消失。更何况，我对我那套还未启封的新刀具实在是手痒不已。它们自己都等不及要出鞘了，我能感受得到。我要把叮当送去偷窃狂惠特克家，释放出我的另一面。

*

– 叮咚，坏女巫的死期到啦 –

我是在晚上 11 点 17 分的时候回的家。今天真是有趣的一天，跟以前在学校的日子一样。唯一不同的是，侵害者和受害者的位置反了过来。这次是我尽情施展着威胁与暴力，而她坐在那里，除了默默忍受别无他法。

我到的时候她又在徒劳地咬着绑在身上的绳子，所以我又割了她一根手指。这把刀实在是太给力了——手起刀落，毫不留情，锋利无比，我甚至不需要费力。

我扔给她一把聪明豆，全都是蓝色那种，那可是我圣诞节剩下的最后一点了。她伏到地毯上疯狂地捡拾起散落的糖豆，一把把塞到嘴里，嚼都没嚼就吞了下去。

“我玩够了，”我说，“今晚你可以走了。”

“回家吗？真的吗？”她流下了激动的眼泪，她居然相信了我的鬼话。更奇怪的是，她还对我说了谢谢。要是我被人关在一个暗无天日的房间里三个月，还被她剁掉了三根手指，我可不会谢谢她。

“来吧，现在天黑了，我开车送你回去。”

我告诉她我们要去车库开亨利的车。她的手和脚依然被绑着，所以我推着她下了楼，经过侧门进了车库。我按开了灯。

“我保证我不会报警的，”她说，“我向你发誓。我会编个故事，我会保护你。你能打电话给你的朋友吗？替你看着我孩子的那个？”

“你的孩子没在我朋友手上，我骗你的。”

“什么？”

“我骗你的，好让你乖乖听话。”

正是在这时，我杀了她。我不能在房间里下手，因为我还不会用地毯清洗机，再弄点血上去的话我就更不知道该怎么办了。亨利的“凯旋使者”老爷车下面有一块防水布，看起来是个再好不过的下手之处了。于是我就那么干了。

那是我的塞巴迪刀里最小的一把，但天生就是干这个的材料。轻轻地那么一下，刀尖便刺穿了她的喉咙，干净又利落。好吧，也不是那么干净，但血都洒到了那块防水布上。谢天谢地。你试过清洗水泥地板上的血迹吗？简直是噩梦！她转身紧紧抓住我，一双脏手扣住我的胳膊不放。于是我顺势将削皮刀插进了她的脖子，血汩汩地往外涌，为了不溅到衣服上，我只好抓住她的头发将她推倒在地。我也弯下身去，11 岁的小瑞安依躲在我背后，和我一起饶有兴致地看着她逐渐消逝的呼吸，最后一次看向她那双邪恶的眼睛一点一点失去生气。

“还想做我最好的朋友吗？”这是她断气前听到的最后一句话。

这就是我喜欢死亡的原因——它代表了无条件地服从。你杀死一个人，他就死了。你用刀向一个人提问，他就会做出相应的回答，毫无悬念，没有差错。面对死亡这件事，我们没有借口，没有第二次机会，更无法退货重来。这是多么美妙的一件事啊。

我没有把她埋在爸妈房子后面的树林里。这样做当然是最简单的，但是我有其他计划。我需要有人发现她的尸体。我把她弄上亨利的“凯旋使者”，往采石场开去。电台在放王子乐队（Prince）的歌，我开心地跟着哼了一路。落日色彩缤纷，傍晚的空气温柔舒适，从摇下的车窗里送进来的微风将我的快感推上又一次高潮。少年时欺负我的恶女人此刻正在我的后座越变越冷，11 岁的我坐在副驾驶高唱着《让我们一起疯狂吧》（*Let's Go Crazy*）[①]。

通往采石场的路上一开始车很多，但出了城开到乡间土路上，世界便安静了下来，放眼望去两边全是参差不齐的绿叶树木。这条陡峭蜿蜒的山路不过一辆卡车的宽度，没有多余的空间留给赶路或遛狗的行人。在这安静的晚上，整条路上除了我的车前灯外甚至没有一丝光亮。我开到山顶的时候，电台已经放完了王子乐队的大部分老歌，DJ 开始放起了 90 年代的流行乐。我关掉音乐，架着茱莉亚的胳膊把她从车后座拖了出来。在这山顶上可没法给她办什么葬礼，悼词也免了。我处理完该处理的事，便把她从山上扔了下去。

沉重的尸体从山坡上滚下，沿途发出窸窸窣窣的声音。它不断加速，那些松动的小石头也加入了它。一声巨响，水花溅起，紧接着还有更多碎石断断续续随之触底，再加上初春的草丛里沙沙的虫鸣，合成一曲夜色中美妙的交响。在最后一颗石块也停到了它自己的位置上之后，一切重归寂静。我在山顶上又站了一会儿，让这晚间清凉的空气清洗着我的肺。我终于释怀了，一切是如此美好。

好吧，BuzzFeed，算你说得对。此刻我将手伸出车窗外，感受着夜晚的微风拂过。今晚我非常享受。

---

① 王子乐队的一首歌。

3月10日，星期日

克雷格的父母——吉姆和伊莱恩请我、克雷格和叮当去他们家共进午餐。共进午餐活动的流程和往常没有差别：首先在海边散散步，然后吃烤牛肉以及各种配料，吃完后坐在草坪上喝个茶，欣赏他们在花园里新种上的植物。今天吃完饭，我们还被吉姆拉着聊了他的模型船，被伊莱恩拉着叽叽歪歪了足足半小时她最近在电视购物上买的东西——是的，这女人对电视购物有一种谜之热爱，以及她们妇女协会的晨间茶话会。我还愚蠢地问她希不希望我去给她们协会做一场关于我的小说和新闻行业的分享。

“我不确定她们是不是合适的听众呢。”她说。

她们当然不是，因为她们宁愿听一个叫基斯的家伙谈他收藏的门把手，或者看唠唠叨叨的老女人吉恩演示用柳条编什么破娃娃。

克雷格的父母都退休了。他们以前也住在城里，但两年前在海边买了这么一栋房子。房子外墙漆成明亮的黄色，我怎么看怎么觉得像一个巨大的楔形柠檬蛋白派。吉姆和一个叫伯尼的老朋友在这片地方共同经营着几套房子和公寓，除此之外，他们的生活乏善可陈。他们倒也不是什么坏人，吉姆对自己的国家还是有一定忍耐力的，伊莱恩则十分神经质，一点小风吹草动就能使她情绪崩溃。但总的来说，与他们共度的星期天总是那么无聊。他们都是虔诚的教徒，从来不说脏话，所以我在他们面前也绝对不能说脏话。我在他们面前维持着一副乖巧可爱的小女友的形象。作为一个乖巧可爱的小女友，除了不能说脏话以外，也不能放屁或者“无意中”发表任何自己的意见，即使吉姆和伊莱恩错到离谱，你也不能和他们争论。这都是为了保持形象把戏演好。

当然，我会笑到最后。当他们发现他们宝贝儿子这位乖巧可爱的小女友竟然是个连环杀手，他们俩都会被吓到至少各自中风两次吧。

晚餐是烤羊肉，分量实在是太足了，我们每个人都吃下了足够喂饱五口人的羊肉，之后便在客厅里看着罗杰·摩尔[①]拯救英国进入了梦乡。叮当在我们熟睡的时候把餐台上剩下的羊骨头全给拆了，然后扔到了吉姆的玉簪花上。

我梦见了我的学校生活。我梦见 14 岁的我赢了蝶泳比赛，在颁奖晚会上我得到了一枚巨大的金牌。没有茱莉亚。我睡得那么沉，连《古董巡回秀》里那个安妮女王的柜子到底卖了多少钱都没看到。

① 007 系列电影中的第三任邦德。

3月11日，星期一

1. 那些在脸书上@你和把你加进什么群的人，比如：“伊梅尔达的单身派对周末——托本游乐园狂欢！！！”这下好了，我只好参加她们所有无聊的讨论，看她们在上面发布各种废话。唉，真的是够了。

如果说我曾经怀疑过我的夜间副业对我生活的正面作用，这个周一的早晨完美地终结了这种怀疑——它就是我单调生活的百忧解。我现在的心情无比美妙。

周末两天我都睡得很好，没有噩梦。今天，他们一大早就发现了茱莉亚的尸体。是采石场的工头向警察报告的，罗恩在晨会上告诉了大家这个消息。

我尽最大努力表现出了震惊和难过，但内心深处我已经在给自己开香槟庆祝了。黛西为茱莉亚的孩子而难过地掉下泪来，也为她自己的孩子而哭。她居然有孩子，这件事倒是让我十分惊讶，毕竟以她那个窄小的臀部，要生出来一颗芸豆应该都很困难，真不知道要怎么挤出来一块八磅重的肉。

“可怜的姑娘。”比尔说。

“无法想象她经历了什么。”卡萝说。

“希望上帝没有让她受太多的苦。”保罗说，“凶手真是个浑蛋。”

我也成功地挤出了几滴眼泪，杰夫摸着我的肩膀安慰了我。晚些时候，克劳迪娅叫我和约翰尼一起去趟医院，采访他们组织的一次慈善攀绳速降活动。世界上怎么能有这么无聊的事情？无聊到让人简直想一把火烧死自己。但不管怎样，我还是演技在线的。

莱纳斯从警方的新闻发布会回来的时候心情很糟糕，因为保险杠上的贴纸，他被警察找了麻烦。现在谁要胆敢从他桌子旁经过，他都想找你干上一架。他跑来找我借黏胶清洁剂的时候，我和 AJ 冒着风险偷偷击了个庆祝的掌。

我多希望这种满足感能持续得久一点。我不知道其他人怎么样，是不是随时能感受到快乐和满足，但是对于我，这就好像你吃了一顿中餐——你大概能满足 20 分钟，20 分钟后你就又开始考虑这一顿要让你长几斤肉，以及袋子里还剩下多少虾片。在修道院花园之后，我花了六年时间才基本恢复正常，可以开始说话，可以站起来走路，又过了好一阵子才可以跑步。但是快乐的感受好像从来没有真正回到我身上。愤怒的感受倒是回来了，比以前要强烈得多。也许是过于强烈的愤怒蚕食了所有的快乐吧。

下班后，我去爸妈的房子清理车库里那沾满血的防水布和其他痕迹。茱莉亚的血已经干了，在上面结成一块一块的。我把布剪成几条，爬到亨利家把它们全塞进了他的烟囱。之后我又去拆掉了装在卧室墙上的钢眼，用地毯清洗机彻底清洗了地毯，用强力壁纸胶填上了装钢眼留下的洞，又刷上了漆，最后把登山绳收进包里。做完这一切，茱莉亚曾经生活在这里的所有肉眼可见的痕迹就被完全抹掉了。大功告成后，我又去了亨利的后花园，在他的躺椅上坐下，倒了一杯他的奶油雪利酒，欣赏着那些防水布化成烟消散在空中。我拿出手机，点开了克雷格和拉娜的那张性感自拍。今天这张自拍居然也没有让我那么生气了。这得多谢茱莉亚为我暂时净化了体内奔腾的愤怒。

叮当趴在我旁边的草地上，小小的头枕在前爪上，大大的眼睛却朝上看向我，就好像在说：“你真奇怪。”

3月14日，星期四

1. 那个坐轮椅的女人。我在水磨石书店帮她把着门，她居然连句谢谢都没对我说，实在是太粗鲁了。

2. 利德超市外面那对叫叮当“死老鼠”的老夫妇。没错，叮当是冲他们叫了，但是从叮当的角度来讲，是他们突然出现吓到了她，所以错的是他们。凶恶的老头老太太碰上最近刚刚受过心灵创伤的吉娃娃，简直惨烈。

3. 发明亨利牌真空吸尘器的人——这破玩意儿的软管太短，集尘袋永远都是满的，重量直逼装满货的卡车。谢天谢地我们的卧室里除了地毯也没什么别的东西了。

今天又收到了几封出版社的拒绝信，分别来自塞林格、马迪尔和瓦迪。我在推特上关注了几个他们的经纪人，我觉得我的写作风格很适合他们。但显然他们不这么认为：“你有自己独特的风格，但很遗憾跟我们目前的关注点不太符合。在此祝您万事顺意……”就这样吧，我已经无所谓了。

不过我再也不会点赞他们推特上发的各种猫就是了。

工作进展缓慢，简直就是乌龟背上驮着的一坨屎。大变态莱纳斯·西克吉尔在为他的重要文章《“暴乱中的爱人”大揭秘》搜集素材，克劳迪娅整个早上都在发无名火，谁不小心瞟她一眼她都要冲谁发一顿飙——没错，那个不幸的人就是我。我的工作还是一如既往地无聊，不过AJ又开始和之前一样没事儿跟我调调情，他又开始给我做花生酱和香蕉吐司，而且完全不理睬拉娜了。所以生活还是有一线希望的。

那两个货车强奸犯依然没抓到，我要去把他们找出来——不是现在，但很快。这次我要用那把西式切肉刀。我是如此渴望试用那把刀，我想试试用它来切割人的四肢是不是能一刀到底地切断。大概也取决于我用多大的力吧，学生时代科学课上教过的东西我多少还是记得一些的。

丹尼尔·威尔斯的母亲与警方一道，悬赏两万英镑寻找杀人案的线索，比如他的生殖器去了哪里之类的。暂时还没有任何人站出来，但这有点令人担忧。不至于让我多么忧虑，但我至少得安静一段时间了。

AJ 想去“地下室”餐厅吃午饭，那是个穷学生去的地方，地板黏黏糊糊，放着要把房顶震塌的音乐，贩卖便宜的奶昔、金枪鱼三明治，以及各种病毒。我提议去“烤肉屋”，长春花巷的一家咖啡吧，那边对我敏感的味蕾要友好得多。“烤肉屋”里放的是柔和的爵士乐，坐垫柔软舒适，只要你能忍受周围全是牙都掉光了的老头老太太，这绝对是一个悠闲坐着打发时间的好地方。而且他们也不像那些连锁咖啡馆用那种看起来就很复杂的咖啡机，隔不了两分钟就吱吱吱响个不停。今天天气很好，所以我们只坐在餐厅喝了杯咖啡，然后打包了些香肠和焦糖洋葱三明治去教堂后院里吃。我给他讲那个住在树下的流浪汉的故事，他把腿伸出去够低处的树枝，我们还拿洋葱圈做投环游戏，去套他的大脚趾。

“你喜欢这里吗？”我问他。

“嗯，这里不错呀。比澳大利亚冷，但是这里的人都很棒。克劳迪娅阿姨说罗恩对我还挺满意的。”

“你和镇长现在是好朋友了吧？”我做了个鬼脸。

他不好意思地笑了笑说：“她倒是不生我的气了。我说话总是不经大脑，这毛病总也改不了。她还给我讲了她儿子环游美国的故事。我也挺想去美国的。”

“你还是打算 6 月走吗？”

“是的。我还没去过英国别的地方呢，我现在就想着存点钱好上路。”

“你都想去哪些地方呢？”

“先英国国内吧，然后欧洲。我还想去俄罗斯，然后跟几个朋友在印度会合，最后回澳大利亚。想去的地方实在是太多了。你出国旅行过吗？”

“没有，”我说，“完全没这个想法。克劳迪娅同意你离开吗？”

“她没意见。她说她自己从来没有做过这样的事，所以希望我能勇敢地去做。她很乐意招待我住在她家，但终于又能重新拥有独处空间对她应该也是好事吧。”

“我对旅行完全没有兴趣，”我说，“我和克雷格几年前去过一趟塞浦路斯，我完全不能忍受，实在是太热了。我大概就只适合待在家里吧。”

“但你不会想要在自己有限的生命里多看看世界的其他角落吗？印度？马来西亚？或者澳大利亚？”

“不想，”我说，“我只想要稳定的生活。我想要一所大房子，最好是有四扇前窗和两个挂篮的那种，还要有个花园好让我种东西，让叮当有一片大草坪可以撒欢。我想要一个好一点的工作，一份出版社的合同。这要求不算过分吧？”

我们吃着三明治，突然陷入尴尬的沉默。我感觉到他有话想说。

“嘿，下班后一起去喝一杯吗？马路对面那家酒馆看起来……”

“看起来破烂得要死？”我说。

“噢，”他说，“那商业街那一家呢？”

“威瑟斯彭？”我笑了，“除非你是个自虐狂，还喜欢自己的菜被人吐口水。”

“啊，那算了，”他脸红了，“只是随口一提。”

“我有男朋友，AJ。”

“噢，不是不是，我不是说约会的那种，只是想作为同事下班一起喝一杯，聊聊天而已。”

“我今天晚上有点忙呢，我要去……健身房上杠铃操课。”

“好的好的，那你去忙你的吧，没关系。”

于是整个下午我们之间的气氛都很尴尬。他只到我的座位来了一次，一点笑容都没有，还忘了给我的咖啡加代糖。我都做了些什么？我对那张帅脸、那个性感的屁股、那对有可能摸上我胸部的手说了不。我是个多么意志坚强的女人啊!

嗯，坚强程度超乎你想象。

在写妇女协会的报道和总结飞镖比赛得分之间的空当，我在脸书上搜韦斯利·帕森斯打发时间。我很久没干过这个了，因为脸书上的韦斯利·帕森斯实在是太多了，这实在不是件有趣的差事。我知道他的家人那时候住在布里斯托，但帕森斯自己出狱后有可能去了任何地方。一半韦斯利·帕森斯的头像都是些什么跑车啦，各种符号啦，晒娃照之类的，很少有人用自己的真实照片当头像。所以我的搜索暂时陷入了死胡同。我只能希望有朝一日他会自己冒出来。

德里克·斯卡德的搜索也一时没有了头绪，因为我发现住在温维索街的是那个受害小女孩的妈妈——玛丽·托尔玛什自己，并不是他。我完全搞错了状况，在那里蹲了几个星期的点，今天才看到她走进自己的房子。我在她的信箱里放了张字条。

我到家的时候，克雷格送上一束小苍兰来掩饰他的负罪感。他今晚出去了。我不记得用的借口是什么，是“某某家的水管爆了”还是“去埃迪家玩 FIFA”。反正他肯定是跟她在一起。我又进了聊天室打发时间。

我其实并不是很有聊天的心情。我一边吃着带皮烤马铃薯一边看着《厨艺大师》（*MasterChef*）[①]，不断有消息进来，我有一搭没一搭地应付着：

——“嗯——宝贝儿，不要停，不要停，你搞得我好热呢。”

——“嗯——我好喜欢喔，你那里真大呢。”

——“我喜欢看你拨动你的大钟摆。”

等等等等。我的注意力全在比赛的评审讨论环节：这份鹿肉配欧洲防风草和香草泥到底能不能获得美食评论家的青睐呢？我希望约瑟芬赢，她的狗长得和叮当很像。

---

① BBC 的厨艺竞技类真人秀节目。

3月15日，星期五

1. 那些在人行道上一群人一起并排走的人，搞得后面的人都没法通过。他们以为自己这是在《落水狗》（*Reservoir Dogs*）[①]里群交呢？

2. 那些把哭闹不停的婴儿带到餐馆吃饭还认为这是上帝赋予他们的权利的中产阶级。

3. 那些打断别人的人。露西尔，你知道当一个人的心理受到干扰时要想让思想列车重新运行有多难吗？

4. 那些自己有的是钱，却只知道呼吁公众捐钱的名人。伊万·麦格雷戈（Evan McGregor），我知道非洲有多缺水；西蒙·佩吉（Simon Pegg），我知道小马蕾卡再不做手术眼睛就要瞎了；麦克尔·辛，我知道卢卡斯要照顾他的26个兄弟姐妹，却只能喝脏兮兮的水。[②]你们既然那么关心这些可怜人，为什么自己不掏钱出来帮助他们？

5. 利德超市的收银员“迪伦”——小子，我知道你那表情什么意思。别以为你知道我喜欢什么牌子的卫生棉条，我们就算是朋友了。

我的乳头很酸，早上醒来的时候感觉比睡前还要累，而且我特别特别想吃酸苹果口味的MAOAM糖。午饭时间我要去利德超市看能不能买到。

---

① 昆汀·塔伦蒂诺执导的电影。

② 以上提到的三位均为英国著名演员。

*

去过利德超市了，他们并没有酸苹果口味的 MAOAM 糖卖。我今天还觉得有点想吐。我向上帝祈祷可千万别是怀孕了。不，不会的，毕竟那药我吃了那么久，从来没中过招。

但如果真的怀孕了呢？啊，“塑料姐妹花”们一定会夸张地大叫，对我要当妈妈这件事莫名兴奋。我几乎现在就能听到她们聒噪的声音：

“噢，亲爱的，恭喜你啊！到我婚礼那天你应该就显怀了呢！”

“你的整个人生都会改变，这可是一个女人一生中最重要的工作！”

“瑞安侬，你一定会成为最棒的妈妈！”

反正每次我们中有人怀孕，在孕期的各个阶段我都会听到无数次类似这样的话。我可成不了“最棒的妈妈”。看看我这样子，我自私，对这个世界的一切事物都深恶痛绝，不久前我还刚刚杀了一个男人就因为他想让我给他口交。要是再扔给我一个孩子……那简直是比《每日邮报》还要没完没了的噩梦。

而这个小家伙出生以后连着好几个月都得不知疲倦地挂在我胸上要奶喝，让我一个囫囵觉都睡不成。如果我又开始做噩梦怎么办？克雷格反正是一点忙都帮不上的。我得把他（她）送去城里那个可怕的托儿所，那个哭声和尖叫声不绝于耳、大老远就开始折磨你的耳朵的托儿所。啊，不要，我可受不了这个。

还有，我可不能让他（她）玩我的森贝儿家族。除了我自己，没有人能动我的森贝儿家族。

*

现在我放心了。午餐时间我去买了验孕棒——只有一根线，也就是并没有怀孕。真是谢天谢地！上帝保佑你全家，我的长效避孕药。上帝保佑你全家，玛丽·斯特普斯——管你是谁呢。

*

坐在办公桌前的我实在太无聊，所以开始在谷歌上搜索“蜂蜜小屋”，那是我爷爷奶奶在威尔士的老房子。我很久没去搜过了，大概有一年了吧。令人惊讶的是它居然还没卖出去，而且要价下降了将近 7000 英镑。房子里面的样子一点都没有变，还是那样的大木梁和屋檐，主卧室里依然留着日渐剥落的粉红色墙纸，厨房天花板上仍然是潮湿的修补痕迹，花园也还和我记忆中的一模一样——菜地、鸡笼、温室。房子的背后是一条小河，还有山脉。那里的一切都是如此简单，如此安静。住在那里的时候，我的脑海里并没有什么奇怪的想法。

出于好奇，我拨了那家中介的电话。有人接了起来，我马上挂断了。

AJ 把这周的报纸随手扔在了我的键盘上。这周的封面人物是——茱莉亚·柯德纳。

采石场发现一具本地女性尸体，警方称是谋杀

周一早晨，在位于山中的奇普蔡斯采石场的一位工作人员发现了一具女尸，经确认，死者为 28 岁的茱莉亚·柯德纳。

有消息称，柯德纳女士于去年圣诞节前夕便在没有给出任何解释的情况下离开了她与丈夫的家。柯德纳女士的丈夫——36 岁的劳埃德·弗莱彻正在接受警方的讯问。警方认为他自柯德纳女士离家后还曾经与她有过一些交流。

柯德纳女士有三个孩子：12 岁的斯科特、9 岁的西亚拉，还有 5 岁的泰勒。目前社会福利机构在帮忙照看这几个孩子。

警察和嗅探犬于昨日搜查了采石场附近的森林和路边，以及发现柯德纳女士尸体的地点。该地点距她家约有 40 英里。搜查工作将持续进行。

和露西尔约在苹果花咖啡馆见了一面。她对伊梅尔达的剪贴簿有了些主意，想和我聊聊，因为我“高中修了美术，知道怎么把这种东西做得清爽好看”。她依然在坚持她的 5 ∶ 2 轻断食，不过今天是可以吃东西的日子，所以她几乎要把自己埋在一个三重巧克力布朗尼外加一杯奶油摩卡里狼吞虎咽了。我要了一杯热水和一个柠檬奇亚籽蛋白炸弹，轻松站在了鄙视链的顶端。

吃过午饭，AJ 给我带了一个奶油彩蛋。“看到就顺便给你带了”，他笑着对我挤了挤眼。他的腿伤还没好，依然拄着拐杖，所以奶油彩蛋是被装在裤子口袋里带回来的，递到我手上的时候还带着一丝来自他大腿根部的温热气息。

依然是出于负罪感，克雷格今晚请我去美人鱼之家吃牛排，就是我除夕夜和那几个女人聚餐的那家店。我顺便把那把阉割过丹尼尔·威尔斯的刀放回了原处。

别那么惊讶，我可是洗过了才拿过来的。

3月17日，星期日

我跟克雷格带着叮当去了乡下一间小农场商店，买了些可以在阳台上种的香料：罗勒、薄荷、鼠尾草、迷迭香、牛至、柠檬、百里香和欧芹。下午回到家，我把它们悉数种到了花盆里，那香味真是让人沉醉。我还买了一棵小小的草莓苗，它让我想起爷爷在他的温室种草莓的时候。我很享受脚下踩着干燥松软的泥土的感觉，我甚至在阳台的地板上撒了一些土，在那上面踩来踩去。叮当完全不知道该做些什么，只是待在屋里瞪着她那双无辜的大眼睛看着我。整间公寓都被我搞得满是尘土。克雷格也觉得我是个疯子，而我认为他是个大浑蛋。

下午这项让人身心愉悦的踩泥土活动持续了6分钟28秒，然后我就去做了一个柠檬蛋糕，克雷格则窝在沙发里看起了《乡村档案》（*Countryfile*）[①]。他的手机之前响过一次，而现在他"要去车里拿工具包"。我从楼梯井的窗户里看着他走出去，果然，拉娜在外面隐蔽处等着他。

---

① BBC的一档知识类电视节目。

3月19日，星期二

1. 我们报社那些非得在午餐时间把味道很大的食物带回办公室吃的人。比如今天伊内普特·普伦吉特就带了奶酪白杏三明治进来，吃完了还非要凑到你面前来跟你说话。

2. 那些不好好服务你，反倒不停跟旁边柜台的同事聊她们的臀部手术的导购。

3. 那个大喊大叫的苏格兰喜剧演员。

4. 那个总在抱怨英国农业的老厨子。是是是，我们都知道如今牛奶的价钱让你受不了，又能怎么办呢？向前看呗。

5. 开银色本田的男人（就是以前开蓝色逍客的那个）。今天早上我带着叮当过马路的时候他甚至向我挥手致意了一下——我看他多半是吃错药了，我才不信他有那么好心。

黛西·陈还是会不时地来找我搭讪。我对她没有那么讨厌，至少没有伊内普特和从来不会给人带来快乐的乔伊那么讨厌。至少从她那儿我还能打听到些编辑会的消息。但我实在无法长时间看着她，她实在是太瘦了，瘦得像个晾衣架，或者梯子脚什么的，让人看着难受。我不知道她的衣服都是在哪里买的，但她身上那件褶边上衣，我很确定我在玛莎百货的童装区看到过。今天她扭扭捏捏地跑过来找我说她的一个想法：

“瑞安侬，能帮我看看这个吗？”

“好的，稍等。”那会儿我正在写一篇稿子，内容是上一届扔靴子大赛的冠军今年当了爸爸——是的，不要惊讶，这样的事情在我们这里就算是个新闻了。敲完最后几个字，我抬起头看着她："什么东西？"

她在我旁边那个摇摇晃晃的转椅旁边坐下，那通常是杰夫或者 AJ 过来找我的时候坐的位置。"今天早上编辑会上我给其他人看了，被狠狠地笑话了一通。"

"我从来没参加过编辑会呢。"我耸耸肩。

"你并没有错过什么，我说真的。"她一边翻着白眼一边说，并把几张破旧不堪的旧报纸在我的键盘上摊开。第一张的日期是九年前的 10 月 10 日，星期五，一名维也纳来的大学生乔纳斯·帕奇在我们城里的瑞博恩公园被人刺死；第二张是五年前的 11 月 24 日，星期五，又一名学生比利·赖亚尔在运河边被人刺死。这两个案子至今未破。另两份则是最近的报纸头版——运河男和公园男。

"你看看，"她一边说一边又朝我身边凑了凑，她身上散发出来的廉价刺鼻香水味、呼吸里残留的咖啡味和牙膏味这下彻彻底底把我包围了，"发现什么共同点了吗？"

"呃……"我一页一页仔细翻看着这些材料，"他们……都死了。"

"是的。"

"都是在这个小镇被杀的，都没破案。"

"是的。还有呢？"

"呃……"我盯着这些材料费劲地想了好半天，说，"他们都是男人？"

"是的。还有呢？"

"嗯……这两个人都是性侵犯者。"

"对，就是这样！"她笑了，"我就知道你也会发现的。"

"发现什么？"

"共同点。比利·赖亚尔和盖文·怀特都曾被指控性侵。说不定乔纳斯和丹尼尔·威尔斯也干过类似的事，只是没被抓到。说不定丹尼尔·威尔斯的生殖器就是因为这个才被割下来的呢？"

"你是想说有个连环杀手专杀性侵犯者？正义使者那种范儿的？"

"是的！"

我皱了皱眉："那茱莉亚·柯德纳呢？她可不是性侵犯者。"

她也皱了皱眉，说道："对，她不是性侵犯者，她被强奸过。我这个思路也就是到这里有点说不通。但是这几个人被杀的方式我感觉都有相似之处，我想去找负责这案子的警察问问情况，看能不能把那些旧案子的案卷借出来看一看，深挖一下找找线索，看 DNA 跟最近的案子会不会有什么关联。"

"但这不是你的工作呀，让警察去查吧。即使你这套理论是对的，罗恩也不会给你什么额外的好处。"

"我不是为了额外的好处才做这些的，我只是希望能帮上警察一点忙，仅此而已。"

"但是，你说的这可能性也不大吧？一个连环杀手，第一次杀人在九年前，然后沉寂了四年，又杀了一个，然后又安静了两年，然后最近这几个月连杀了三个？"

她明显有点泄气，但马上又重新振作起来："说不定在间隔的这段时间里还有其他失踪的人、其他没破的案子呢，可能只是没人发现尸体罢了？这一点我也要问问警察。"

我冲她笑了笑。

"你是不是也觉得这不是件一时半会儿能弄明白的事情？"

我笑得更厉害了："我们这儿可是一个就连扔靴子比赛都能成为年度盛事，甚至还有种豆芽比赛的小镇子，这里还没酷到能有连环杀手的程度吧。"

她又皱起了眉："你觉得连环杀手很酷？"

"噢，天哪，当然不是！我想说的是，连环杀手不是通常会在更有名的地方出没吗？在那些大城市，比如伦敦、伊普斯维奇、约克郡之类的。在那种地方他们更容易隐蔽自己。"

"是啊，我跟保罗聊过，他也说警察并不认为我们这里的几起谋杀案和伦敦那几起有什么联系，杀人方式差别太大。但你看看这些……我也不知道，我只是觉得，有连环杀手作案这个可能，甚至可能性还不小。"

“黛西，你在伦敦住了多久？”

“我一直都住在伦敦，今年才离开。怎么，你是觉得我《犯罪现场调查》（*CSI*）看太多了吗？”

“我只是觉得你说的可能性不是很大。而且，你看看作案方式，全都不一样呢。这个乔纳斯是在大白天被杀的，比利·赖亚尔是在纤道上被捅死的，而且连头都几乎被砍掉了的丹尼尔·威尔斯实际上是被淹死的，公园男是脖子上被捅了一刀。这些案子看起来……怎么说呢，随机性太大了。连环杀手通常都有他们惯用的作案方式，比如有些会对受害者捆绑折磨然后杀害，有些会在夜间跟踪作案。明白我的意思吗？”

“你听起来好专业。”

“我常看电视五台。”

黛西叹了口气：“唉，我只是觉得我搞不好会有所发现。”

我回道：“我觉得你这个理论不太站得住脚。这些案子不太像同一个人干的。”

“嗯，警察也是这么说的。”

“是吗？”

“是的。他们还说茱莉亚·柯德纳死前被关在了什么地方，可能还被折磨虐待过。她少了几根手指，头发也被剪了，身上还被画了东西。”

“太可怕了。”

她沉重地点点头，开始收拾摊在我桌上的材料：“谢谢你听我说这些，瑞安侬，我很感激。”

“别客气。对了，你的上衣很好看。”

“噢，多谢。我在玛莎百货买的。打折。”

我给了她一个我能给出的最甜美的微笑，眼睛眯成一条缝，鼻头微微皱起的那种微笑。我想问她她和克劳迪娅一起跟的那个货车司机强奸的案子，但话到嘴边还是咽了下去。毕竟这周末我就要去找他们了，我可不想让任何人察觉到我对他们的兴趣。

我想我和黛西之间是不是有一朵小小的友谊之花正慢慢开了起来，这友谊建立在互相给对方提提建议、评论一下服装品位，以及对那些烦人的编辑会提到的话题的深深兴趣上。

*

刚刚发生了一件奇怪的事：我无意间听到两个同事谈论我。我去上厕所——顺便说一句，上的是大号，如果你感兴趣的话。这是一次计划外的大号，而且进行得不是那么顺畅。毕竟上班的时候你会担心那些大人物听见你肛门肌肉运动发出的声音，所以你平常得把它们收得比较紧。总之，就在我好不容易进行到尾声的时候，听到了外面的门响，两个女声飘了进来，是丽奈特和克劳迪娅。

丽奈特：“一定跟修道院花园那事儿多少有点关系。要不然她怎么会话那么少，还总盯着人看。”

克劳迪娅：“是的，那件事后她看了好几年的心理医生，好几个月后才重新学会走路。”

丽奈特：“国民甜心。”

克劳迪娅：“那是很久以前的事了。她在这里没什么朋友，罗恩也是因为可怜她才给了她这个前台接待员的职位，结果现在真是不知道要怎么摆脱她才好。”

丽奈特：“黛西好像还挺喜欢她的，可我对她从来就没什么好感。她给人的感觉就是很古怪，盯着你看的那样子可别扭了。”

克劳迪娅：“她总是给我一种特别不舒服的感觉。这个世界上总有那么一些人，你就是跟他们合不来。”

丽奈特：“真是让人无奈呢。”

克劳迪娅：“她对没能晋升初级记者的事情耿耿于怀。我们显然不可能给她这个职位的，但她就是紧咬着不放。太可怕了。”

她们分别进了我两侧的隔间，一边小便还在一边聊着。没过多久传来冲水的声音，然后她们去了洗手池那边整理头发。我注意到她们都没有洗手，因为水龙头完全没有响过。整理完头发她们就一前一后地离开了，聊天内容这时候已经转移到了黛西·陈那件丑到让人不忍直视的蕾丝衬衫。

我坐在马桶边缘，回味着刚才听到的那些话。那些肮脏的词句就像是从脏兮兮的流浪狗身上蹦出来的跳蚤：

——“古怪”；

——“总是给我一种特别不舒服的感觉”；

——“可怕”。

看来我努力塑造的形象在她们身上没起到作用。在克雷格、“塑料姐妹花”甚至是黛西身上可都是管用的，不知道为什么在这俩人身上却失灵了。看来我需要把真实的自己掩饰得再好一点，装好人装得再像一点。

AJ 应该也还是喜欢我的。在上次之后他没再约我出去过，但今天他坐在我桌尾，跟我聊了足足十分钟他环游印度的梦想——他的某个好兄弟就完成过这么一件壮举。我一边在电脑上敲着我们镇老年人冰球赛结果的报道，一边假装饶有兴致地听着他滔滔不绝。午餐后他还给我带了一杯白咖啡。我揭开杯盖准备往里加糖的时候看到一颗快融化的心形巧克力。上帝保佑他。

3月21日，星期四

阳台上那些香料长势喜人，在我的“照料”下它们居然还能长成这样，真是奇了怪了，草莓却依然没有结果。克雷格今天去了镇上给一户人家造一间客用洗手间，叮当也跟他去了。那家女主人有一个大花园，还养了两只吉娃娃，所以叮当可以跟她的同类一起愉快地玩耍了，那些和她一样喜欢闻屁屁和追蛾子的同类。对这一点我感到很欣慰。

我今天需要录入的稿子里就没写什么好事儿。一切都那么悲惨，世界的前景如此灰暗，让人看不到希望：

——有人写信举报说有一群穷孩子在公园拿气球吸笑气[①]。

——一个新成立的匿名戒酒会。

——镇中心人行道上的狗屎成灾。

——高尔夫球场又出现了一个暴露狂。

——两架割草机失窃、笔记本电脑店被抢劫。

——毒品、酗酒、屎、性、盗窃。

这周要写的影评是皮克斯出的新电影，好像跟一只丢掉的鞋有关。AJ会跟我一起去，顺便帮我把这文章给写了。今天他还给我买了一个蛋形洋娃娃。那天我们一起经过一个玩具店的时候在橱窗里看到的，我当时说了一句长得有点像他。我把它别在自己电脑显示屏上方。这玩意儿跟AJ还真是出奇地像。

噢，对了，皮奇终于怀上了。伊梅尔达发来短信，说为了庆祝，“塑

① “笑气”即一氧化二氮，是一种吸入性麻醉剂。它能刺激人的神经，产生兴奋作用，从而让人不由自主地开怀大笑。

料姐妹花”要在周六聚餐，吃咖喱。唉，真是让人“兴奋”呢……所以我周六不光没时间去找卡车强奸犯了，还得忍受听她们长达数小时地聊婴儿、聊婚礼（是的，伊梅尔达肯定会想办法把话题扯到她的婚礼上）。唉，我又要在这群人身上浪费我人生中宝贵的好几个小时了，我甚至都不喜欢她们，我恨不得把她们活埋在碎石堆下。

我回复说：“好呀，听起来不错！到时候见。”

“7 点沙赫亚尔印度餐厅见。”

“真是超级期待呢！”再加一个搞怪笑脸以及三个亲亲表情。

去你的。

下午，会计部的丽奈特过来送了工资单，是的，就是那个觉得我“话少，总盯着人看”的贱女人。这个月他们没帮我还学生贷款，还多扣了我一次养老金。那女人的存在就是个笑话，而我是唯一一个一点都不觉得她有趣的人。

晚上 8 点，我借口“要跟姐妹们出去吃烧烤”出了门——这是我第一时间想到的借口，开车去了老路，寻找那辆黑色或蓝色货车的踪影。那条街上有几个停车点，我听说其中一名受害者就是在其中的某辆货车里被强奸的，但我不确定具体是哪一辆。另一个则是从她自己的车里被拖出来，直接拖进了科珀顿路旁边的灌木丛里。今晚暂时没有什么发现，不过我会再来的。有必要的话，我不介意每晚都过来蹲点。我想找到他们，我的西式切肉刀需要见见他们。

对了，今天在网上看到一个很棒的笑话：要几个男人才能给浴室贴好瓷砖？答案是：一个，但你得把他切得非常小块才行。

3月23日，星期六

1.“塑料姐妹花”们。

2. 所有要结婚的人。

3. 所有不停告诉你她要结婚了的人。

4. 那些因为自己当年看起来比较瘦，就用不知道多少年前的婚礼照片当脸书头像的人，比如露西尔。

5. 办单身派对的人。

6. 邀请我参加单身派对的人。

7. 发明单身派对的人。

我们今天本来为我们那永远没成行过的车尾厢甩卖做好了一切准备，可是却下雨了。在这种天气里，我们实在是无法抗拒舒舒服服地待在温暖的家里、吃着比萨外卖重温《捉鬼小灵精》（*The Lost Boys*）的诱惑。

今天早上我们又来了一发——整整三分半钟的享受。最近每天早晨都是如此，毫无惊喜，毫无新意。我只能靠润滑油挨过去，感觉自己都要成了一块银宝牌黄油。

进进又出出，抖掉一切，然后去上班。

进进又出出，抖掉一切，然后去超市。

进进又出出，抖掉一切，然后去 Nando’s 吃一份巴西窑烤腿肉汉堡配薯条——完事儿。

“真遗憾到现在还没有好消息，”克雷格今天早上说，“我以为很容易就会怀上呢。”

“别着急呀，肯定很快就能怀上的。”我在洗手间冲着外面喊道，顺手吃掉了我的避孕药，例行把不该待在我体内的东西挤到了我的果酱罐。

*

今晚跟“塑料姐妹花”一起吃的咖喱实在是难以下咽，配的红酒倒是不错，算是平息掉了我内心深处想要杀死眼前所有人的冲动。皮奇作为今天的主角发表了开场演说，她详细讲述了他们夫妇尝试受孕的各种曲折经历，比如人工授精失败了多少次，俩人关系走入死胡同而去接受夫妻心理咨询，她和汤姆去逛家居城的时候吵了起来，她冲汤姆的脑袋上扔了个扬基蜡烛，汤姆直接扔下她走了……但尽管经历了这么多的苦难，在备孕的这段艰辛岁月里大部分时间她的心中还是充满期待和愉悦的。今晚的主题应该是庆祝皮奇和汤姆终于即将为人父母，然而，跟往常一样，最后话题的中心又变成了梅尔的婚礼。

今晚的讨论主题包括：婚宴谢礼如何安排、对伴郎致辞的担心以及走红毯时到底用接招合唱团（Take That）的哪首歌。

“我想用《主宰世界》（*Rule the World*），但是杰克想用《完美的一天》（*Greatest Day*）。我说我们跳第一支舞的时候可以用那首。我都已经做出让步了，在试图解决问题，但我们还是大吵了一架……”

我们的泡菜拼盘上来的时候，安妮不满地看了伊梅尔达一眼。她的预产期已经过了两周了，今天我们点的这菜单上最辣的咖喱是她赶这小磨人精出来的终极招数了。她开始尽最大努力把话题拉回今晚的主题，这一点十分让人钦佩。

“你的预产期是哪一天呀，皮奇？”

“11 月 25 号。”

“噢，”露西尔说，“那他是个射手宝宝喽。”

“射手座好吗？”

“挺好的呢。他会是一个很好的朋友，而且他会让自己的人生非常充实。他将拥有一个忠诚而慷慨的灵魂。我家艾利克斯也是小射手呢。”

“哇噢，是吗？”我赶紧接过话。一旁的伊梅尔达在手机上看到了什么东西，正迫不及待地要插话进来给大家看。一定又是在 Pinterest 上看到什么跟她的婚礼相关的东西。我可不想听，所以不能给她这个机会。

“你也对星座什么的感兴趣吗？”

“是呀，”她兴奋地说，“我很相信这个的，每次要做重大决定的时候都会去请教我的塔罗占卜师，像买新房子啦，生孩子啦，换新工作啦什么的，她都会给我意见，可准了。”

“我也很想找人给我算塔罗牌呢。你会算吗？”

“我不会，”露西尔说，“但是我知道格拉斯顿堡的一个塔罗师，她叫洛丽塔·七瓣莲，非常厉害。我找找她的名片。”她说着开始翻自己的手提包。

伊梅尔达又在蠢蠢欲动，我赶紧转向皮奇：“你想好给宝宝取什么名字了吗，还是要过段时间再说？”

伊梅尔达这次直接把她的 iPhone 推到了桌子正中间，这样我们就谁也无法无视它的存在了。手机屏幕上显示的是一个装满聪明豆的小罐子的照片，罐子上还贴了张用斜体字写着“新婚快乐”的小标签。“你们觉得这个做婚宴谢礼怎么样？3.5 英镑一个，里面装的东西可以选聪明豆、水果软糖或者虾形糖。”

“哇，看起来很不错呢！”露西尔说，“选水果软糖吧。”

伊梅尔达转向我，把手机举到我面前，几乎要撑到了我的脸上。

“你呢，瑞？”

“虾形糖。”我说。

“安妮？”

“你要花 700 镑买这种小罐子点心？”

“有可能吧，我还没想好呢。你觉得怎么样呢？”

“你算得好快啊，安妮。”我笑着说，顺便一口喝掉了杯中剩下的红酒，招呼服务生给我再来一杯。他过来把我的空杯子收走了。

安妮继续说道："我记得在哪里看到一个抗癌的慈善组织也做婚宴谢礼，2.5 镑一份，有徽章、钥匙链、纽扣什么的。95% 的销售利润会直接捐给一家临终关怀机构。杰克的姨妈就是得癌症去世的对吧？"

"我才不要用那个，"伊梅尔达说，"我可不想在大喜的日子让大家都想起杰克的姨妈这伤心事。你觉得《你的爱有多深》（*How Deep Is Your Love*）这首歌怎么样？"

服务生过来收了我们的杂豆薄饼和泡菜拼盘碟子。我们对面的一桌这时正在为一个小男孩唱起《生日快乐歌》，服务生推出来一辆摆着小小生日蛋糕的小推车，蛋糕上插好了亮闪闪的蜡烛。伊梅尔达露出一副恶心的表情。

主菜吃到一半的时候，露西尔终于提起了那个我避之唯恐不及的话题。

"啊，对了！我想起来我要跟你们说什么了——单身派对周末！我们要去托本好好狂欢一把！我要联系他们订位子啦。没人要放我鸽子吧？"

伊梅尔达利剑一般的眼神扫过我们每一个人："我看谁敢放鸽子！"

"真是等不及了呢，"皮奇说，"希望到时候我的妊娠反应没那么厉害了。不过我肯定是没法喝酒了。一共多少人去呀？"

"十个。我，露西尔，你，安妮，瑞安侬……"梅尔嘴里还咬着一块怎么也咬不下来的烧烤羊肉。

你看，并没有人来问我的意见，她们就默认觉得我应该准时出现。

"还有露西尔的妹妹克莱奥，你的朋友吉玛，我们的阿姨史黛芬，还有我的两个同事简和莎朗，她们都是有趣的人。"

"我们到底是什么计划？"安妮问。

露西尔激动起来："去托本过一个纵欲狂欢的十八禁周末呀！你没收到我的信息吗？"

唉，托本假日公园，就是一个品位低下到让你没脾气，食物简直比屎还要难吃的地方。

"咦，确定去托本了吗？"我问，"我们上次不是说去巴思做 SPA，然后找个五星级酒店喝下午茶？还有人说去乐高乐园来着？"乐高乐园可比托本有意思太多了。与其去托本，我宁愿像基督一样被钉在十字架上受刑。神啊，救救我吧，温莎的乐高乐园可是我唯一的希望了。

“不不不，我们觉得那太无聊了。对吧，小露？”梅尔一边说一边从手包里摸出来一张皱皱巴巴的传单，“既然要疯，就要彻彻底底地疯。”她咯咯地笑了，跟另几个女人碰了碰杯。“毕竟这是我婚前最后一次疯狂了呢，我可一定要玩够本！这场仪式还是要做足的。”

伊梅尔达和杰克在一起 15 年了，孩子都生了三个，他们一起还房贷，还有个联名的银行账户。杰克出过轨，光我们知道的就有两次；而伊梅尔达光在过去一年里就有过至少三次一夜情（我们都答应了帮她保守秘密）。除非婚姻意味着把杰克阉了或者让她突然性冷淡了，否则我可不觉得会有什么不同。反正杰克绝对不是什么好人。

“那里有酒吧，有夜店，每晚都有各种娱乐活动，”露西尔说，“所以我们绝对不会无聊。疯够了以后还可以直接回房间往床上一躺。”

“啊，我一定会喝到爽翻天。”梅尔一边埋头吃着那份辣咖喱一边说，“讲真的，我们要喝光他们那里的酒！”现在她简直如入极乐之境。

她们集体发出夸张的笑声，甚至也包括安妮。只有我置身事外，像只喜鹊无奈地看着巢里一窝喧闹的杜鹃。大家争相传阅着那张托本的传单，上面印着一群群的性感帅哥辣妹，个个眼神迷离，露着白花花的乳沟，彩色灯光洒在身上，跳舞跳到满头大汗。传单上的男人们都穿着超级英雄的服装或者印了《威利在哪里》（*Where's Wally*）[①]的衣服，女人们则穿着性感学生装冲着镜头竖大拇指，或者互相在别人脑袋上比兔子耳朵，总之就是各种滑稽。

托本那地方，白天是适合全家同行的水上乐园，到了晚上就成了个肮脏的大染缸。从传单中间那张图上看，这地方的建筑还是挺有意思的，它一共有三幢大型透明结构的建筑，要再在里面种上点热带植物，那简直就成了个方形版的“伊甸园工程”（Eden Project）[②]。那三幢建筑分别是俱乐

---

① 英国儿童书籍，主题是在一大群人中找到一个叫威利的人。

② 位于英格兰西南部康沃尔的生态群工程，是世界上最大的温室。

部区、夜店区和就餐区。总之你可以在俱乐部区跟人搭个讪，勾搭好了就去夜店区后面瞎搞，结束之后还能去就餐区吃个炸鸡补充点儿体力——真是完美的一条龙服务啊。

“你们定好穿成什么主题了吗？”我问。我指望她们能想出点真正有创意的点子，比如打扮成妇女参政权论者，举着“为妇女投票”之类的标语出席；或者装成布卢姆茨伯里派成员；要不然扮成穿着长袍、手拿《圣经》、脖子上挂着念珠的修女也可以呀，我实在受不了了还能物尽其用地用那串珠子勒死自己。

神秘的笑容开始浮现在她脸上时我很是激动了一下，在我期待的目光中她说：“我们的主题是——妓女。”

“妓女？”我试图确认自己没有听错，“很酷耶。所以是黑手党式的持枪妓女？还是《开膛手杰克》（*Jack the Ripper*）里那种穿着长裙、肚子被切开的妓女？”

“不不不，”她咯咯笑着，露出的牙齿简直比见牙医的时候还多，“就是普通的妓女，如今这个年代的那种，还会出来接客的那种。穿得越风骚放浪越好噢。”

“真的很……棒，”我说，“这听起来真是太……有意思了！”

“鞋跟越高越好，衣领越低越好。去逛街挑衣服的时候，你就把自己当成是……”

“站街女？”我说。

“没错！”

3月25日，星期一

早晨，“睾丸哥”比尔第一个走进来。他问我周末过得怎么样的时候，唾沫星子混合着他的鳕鱼鸡蛋早餐喷了我一脸。

“是不是把你所有的衣服都熨了一遍呀？”他调侃道。

“熨什么衣服？”我说，“我从不熨衣服。”

“女人不都爱熨衣服嘛。这周末孩子从大学回来，我老婆熨了三趟呢。”

“真为她高兴呢。”

“你就是那种所谓的女权主义者吧？讨厌男人，让他们自己洗衣服之类的。”

“我可不是讨厌男人，”我说，“我讨厌所有人。”

他大笑着走回了自己的工位，嘴里还嘀咕着什么杰梅茵·格里尔（Germaine Greer）[①]之类的。真是个败类。

又在网上看到个笑话：“不要伤别人的心，毕竟每个人只有一颗心。要伤就伤别人的骨头吧，一个人有206根呢。”不过比尔可是足足吃了57年他老婆做的李子松脆挞，谁知道他的骨头还在不在呢。

莱纳斯说他吃蛋白质格兰诺拉卷的时候从收音机听到一首歌，让他想起了我。

“歌名就叫《瑞安侬》，”他说，“我没听清歌手（乐队）的名字。”

“佛利伍麦克（Fleetwood Mac），”我说，“我父母给我取这个名字就是因为这首歌。歌里唱的是一个威尔士女巫，我们家就是威尔士的，

① 西方著名女权主义作家。

所以……”

“是吗？”他对此并没有什么兴趣。

“你的父母为什么给你取名叫莱纳斯呢？史努比漫画吗？”

我没有开玩笑的意思，但不知道为什么，克劳迪娅和AJ听了这话都笑得跟停不下来的机枪似的。除了史努比里那个总拿着蓝毯子还爱舔手指的孩子，我再也没听过有人叫莱纳斯。莱纳斯好像也觉得我的问题侮辱了他，他生硬地解释说“他的父亲是瑞典人，他的祖父就叫这个名字。他祖父的祖父搞不好也叫这个名字”。

“噢，所以你的祖父也喜欢史努比喽？”我真的不是在开玩笑，可克劳迪娅和AJ依然笑得停不下来。拉娜这时候拿着一摞文件站在他的办公桌前，莱纳斯赶忙朝她那边走过去，好像不去跟她调调情，他的老二就会掉下来一样。

AJ经过我工位的时候突然冲我眨了眨眼。他说他为莱纳斯准备了一个“酷毙了的恶作剧”，我的点子跟他的比起来简直弱爆了。但他死活不肯告诉我他想怎么做。他这是在逗我玩，就像逗一条小狗。他今天总算没再穿工字背心了，还开始喷迪赛（Diesel）牌须后水，穿黑色V领长袖衫。贴身的衣袖勾勒出他健壮的二头肌，V领恰好凸显出他晒黑的锁骨。啊，那锁骨一直让我想舔上去。

噢，对了，今天还有条超级大新闻，是由黛西·陈提供的：警察逮捕了一名公园男谋杀案的嫌犯，是个住在保释犯人招待所的著名瘾君子肯尼·斯皮兰，警方关注他有一阵子了。在公众的印象里，他就是个成天在Argos百货的门口大叫大嚷、拿空的苹果酒罐扔鸽子的神经病。嗯，他当凶手蛮合适的。

并没有什么目击者站出来指认什么，上帝保佑他们。其实还是有那么一个目击者跟警察说了一句他看到“一个穿运动装的女人在那里遛狗”。不过，谁会相信一个女人能跟这么野蛮残忍的一桩杀人案扯上关系呢？这个国家的司法系统和天气一样糟糕。

警方还审问了好几个茱莉亚·柯德纳一案的嫌疑人，他们认为杀人动机“一定与性有关”。嗯，这样看来在这件事上我也可以高枕无忧了。今天一切都很顺嘛。

我实在想不出来还能写什么了，但偏偏还得装着继续写下去，因为克劳迪娅的目光正穿过整个办公室盯着我看，好像我身上有什么味道一样。她知道我在搞什么名堂，我能从她的眼睛里看出来。啊，这个女人是个莎士比亚式麻风病人家里生病的公鸡身上一块烂掉的遮羞布，啦啦啦啦啦。

嗯……我还能写些什么呢？嗯……今天天气非常好，很凉快，可以穿长袖外套的那种凉快，又没有冷到外套里面还要多塞两件衣服的程度，这让我身心愉悦。

她居然还在盯着我。

好吧，我的森贝儿家族玩偶的房子现在也装饰得很漂亮了。克雷格昨天午休时间去玩具店给它们买了一套新的电话和书箱送给我，当然了，又是出于负罪感。我把它们安置在了那幅迷你凡·高的下面——

啊，好了，她的电话响了，终于没再看我了。她一定发现我已经做完了手头所有的正经工作，现在就在网上到处乱看打发时间，顺手做一点其他人都没空做的事情，比如整理文件或者帮博格丹写讣告什么的。

“她在这里没什么朋友，罗恩也是因为可怜她才给了她这个前台接待员的职位，结果现在真是不知道要怎么摆脱她才好。”

嗯，怎样能让克劳迪娅站到我这一边来？这可是个难题。她不喜欢我，这是事实。但如果她非得喜欢我不可呢？比如，我成了她的救命恩人之类的？我不知道怎样才能做到这一点，大概除非她突然噎着了，而我冲过去用海姆立克急救法救了她一命。AJ 是喜欢我的呀，她为什么就不喜欢我呢？难道她就是因为 AJ 喜欢我所以她才不喜欢我？啊哈，就是这样，我明白了。真是复杂。

刚刚收到克莱奥的短信：安妮今天凌晨 3 点 19 分生下了一个男孩，他们给他取名叫塞缪尔。刚生了个 9 磅重的孩子还没嗑药，她的阴道这会儿一定看起来活像从百货公司屋顶砸下来的千层面。

*

刚从医院看完安妮回来。她的病房在一栋独立建筑里，在那些医保病人的住院病房后面。天啊，那里就像另一个世界。她的病房里有宽屏电视，午餐有烟熏三文鱼，护士们温柔无比，也不会到处都是尿臊味。“塑料姐妹花”的其他人也都在，她们轮流抱着萨姆（塞缪尔的昵称）——他就是个闷闷不乐的缩水版拉尚。拉尚也在那儿，他轻轻摸着安妮的头，跑进跑出地给我们拿咖啡和饼干（全是免费的）。他已经一晚上没睡了，却依然不知疲倦地跑前跑后。

安妮看起来不太高兴，毕竟刚刚从她阴道里弄出来一个人体西瓜，阴道还被缝得乱七八糟。我在那里待了大概一小时，就找借口离开了。我已经做完了我该做的：出现在病房，还带了一张卡片和一只仓促买来的蓝色泰迪熊，那熊的围嘴上还印了音符呢。戏演得十分到位，我又成了一个体贴的朋友。

*

晚上又开车去了老路那边，继续寻找强奸号大货车的线索。今天那里停了好几辆大货车，可是没有一辆是黑的或是蓝的。那些司机把货车停在停车点，打着电话、借助手机的亮光读着纸夹写字板——他们都那么像我想找的人，却偏偏都不是。要不是克雷格答应做炒菜给我吃，我一定会在这儿守株待兔一整晚。

3月27日，星期三

1. 我们报社所有活着的生物，包括茶水间里那只老在啃米糕的老鼠。

2. 托尼·汤姆金森。知道吗，他因为和他女儿的15岁同学发生关系，被《黎明破晓时》节目组开除了！这个大丑闻很快就传遍了全国，老婆跟他离了婚，职业生涯岌岌可危。我就知道他不是什么好货色。

3. 墓地的那个流浪汉。他光这一周就已经跟我打了两次招呼了——对我来说这实在是友好过头了。

这一次他们做到了——使唤我去做一件除了擦厕所以外、让所有小镇报纸的编辑助理都害怕的工作，这工作就是——

农贸市场的报道。

想象一下，正常大小的报纸，整整两页的版面，全都是文字。真的全都是文字，除了文字什么也没有。而某位可怜的老黄牛（也就是我），需要用我那台慢得要命的、一按“Shift”键就会死机的老电脑，把所有这些文字输入进去。偶尔这两页纸里也会出现那么一小张阿伯丁安格斯牛或者格洛斯特老斑猪的照片，但即使这样，也没有使情况好到哪里去。而且，除了农民本人以外，没有人，根本就不会有人，真的去读它。就这么一个苦差事儿，现在落到了我的身上。

克劳迪娅干的好事，就因为她有这个权力。

“AJ 还不够细心，没办法很好地完成这样的工作，所以我只能让你来做了，瑞安侬。谢谢你，小甜豆。”

嗯。

于是，这一整天，我大部分时间就是坐在那里，把这堆没完没了的文字输入电脑。各种荷兰奶牛、放牧奶牛、夏洛来小母牛，还有那篇什么“棒极了的关于公山羊和肥猪的文章”，母猪、公猪、长角牛……唉，真是活见鬼。

这项任务中唯一令人愉快的部分就是，在我完成后，还有另一个可怜的浑蛋要负责检查校对，而唯一“足够有耐心”做这个的是杰夫。

“瑞安侬，你有两个分号放错位置了，还有这里，你看，这个农民的名字你打错了。其他就没什么问题了，整体还算不错。”

杰夫不像以前那样经常找我说话了，甚至这次我把“来自考布里奇的亨特（Hunt）先生”打成了“来自亨布里奇的考特（Cunt）[①]先生”，他也没有打趣我。他一定是被“大口怪”收买过去了。我的天哪，都毕业多少年了，大家还得跟高中生一样玩这一套吗？

“我们今天都不要跟瑞安侬讲话哦，她不是我们的朋友。我们去玩游戏吧，不要带她。”

真是一群白痴。

噢，对了，上午发生了件有趣的事——莱纳斯收到了一箱子成人尿布。博格丹把包裹给他拿进来的时候，他的脸都涨成了猪肝色。这下好了，他一整天都在不停地向人解释他不尿床。

“这破玩意儿不是我的，还得要我解释多少次？肯定是他们搞错了，我根本没有买过这种东西！”

在第 12 次收到别人关于大小便失禁的嘲讽后，为了自证清白，他冲出了办公室，穿过马路，将整个包裹扔进了教堂后面的移动垃圾桶。伊内普特说这是“可怕的浪费”，鉴于这个国家有这么多老人在花国民医疗保险的钱买尿布。我和 AJ 趁没人注意的时候偷偷击了个拳。他今天看起来还挺帅的，我最喜欢他穿蓝色紧身牛仔裤了，那牛仔裤将他美好的臀部包裹得

---

① “Cunt”在英文中是荡妇的意思。

紧紧的，线条展露无遗。每当他从我身边走过，我都想把他那颗脑袋塞到我两腿之间。

今天早上他们批了黛西·陈半天的带薪假，因为她要“等安装工人上门帮她装壁炉”。真是帮浑蛋啊，如果我拿这个理由请假，他们肯定会叫我麻溜儿地滚出去，最好滚得比拉娜看到克雷格说他勃起了的时候滚出去的速度还要快。

是的，他和拉娜还在偷偷见面。我们为了“造出我们的小克雷侬”共度的那么多春宵（啊，我都要吐了），都无法阻止他享用她的下面。那天晚上他去洗澡的时候我偷看了他手机里跟拉娜的聊天记录：

克雷格：我在试着跟R改善关系，我们现在在试着造人。

L：你不能就这样抛弃我，这不公平！我并没做错什么！你说过你爱我的！

克雷格：拉娜，你要明白，我们的关系太艰难了。我对你还是有感觉的，当然是有的，只是，你也知道我跟R是怎么个状况，我爱她。

L：你过来一趟吧，我们谈谈。不要有压力，我只是想见到你。

克雷格：宝贝，我也想见到你。

L：你晚些时候过来吧，不用太久，陪我一小时就好。我明白你不想离开她，但我们就像现在这样也可以呀。拜托了，亲爱的，我爱你。

克雷格今晚又“要工作到很晚”，所以我遛完叮当后，便又开车去了那条老路，寻找黑色货车的踪迹。今晚我迫切地需要发生点什么，这种迫切让我手心冒汗，浑身发热，车窗都蒙上了一层水汽。我实在没什么耐心这样等下去。

“我想要你！”我冲着空无一物的夜空说，“你们两个我都想要，快来投入我的怀抱吧！”

可除了一只狐狸冲过我的车前灯、一只猫头鹰在高高的树枝上叫个不停以外，陪伴我的只有寂静。我在想自己是不是还不够显眼——毕竟我都已经夜晚独自一人出现在荒凉寂静的乡间小路上一辆没上锁的车里了，车灯还没关，还要怎样才能更显眼呢？大概我该在旁边再摆个霓虹灯招牌，写上“尽情享用吧”。真是太失败了！难道我看上去就不像是个强奸犯愿意下手的女人吗？我没那么胖吧！

今晚我非得干点什么刺激的事不可。所以在一无所获地回到家后，我打开了聊天室。我已经好久没来过了，但一切还是那么驾轻就熟，仿佛我从未离开。乔博格被我迷得不行，跟顽固的皮疹一样缠着我不放。他是个银行家，在城里工作——没错，我是指伦敦。至少他自己是这么说的。我告诉他我是图书管理员。闲聊了两小时后，他说他想见我：

乔博格：嘿，小甜豆，想不想来真的呀？

小甜豆：怎么？你老婆要出去培训啦？

乔博格：这都能猜到！她要去黑潭市参加别人的单身派对周末。我们可以见一面，找点乐子。

小甜豆：不行呀，我找不到好借口跟男友说。

乔博格：我需要你，宝贝。这里没人能像你一样唤起我的激情。

乔博格：宝贝儿，还在吗？

乔博格：宝贝儿，光是想想我和你睡到一起就已经让我兴奋坏啦！

乔博格：宝贝儿？

小甜豆：你想在哪里见面？

乔博格：找个酒店？

小甜豆：你想怎么处置我？

乔博格：我想把你捆起来，然后“锅”你一整晚。我要让你从此没法和其他男人在一起，你也看到我下面有多大了。

小甜豆：“锅”我？

乔博格：抱歉打错了，“干”你。

小甜豆：真是等不及了呢。不过，也可以让我把你捆起来吗？

乔博格：不不不，我才是主人，记得吗？小母狗要乖乖的，才会有狗饼干吃呢。

小甜豆：如果我也想当一回主人呢？

乔博格：那要看你表现喽，看你能不能把爹地服侍好。

我们定好了地点，伦敦金融区金丝雀码头附近的一家豪华酒店，那地方通常是去开会的银行家和去那附近拍电影的明星们住的。我们也定好了时间，4 月 5 日星期五晚上 8 点。那是最近的一个我们都能有空的周末，他的妻子要去参加别人的单身派对周末，他的孩子要去他妈妈那里住。

BuzzFeed 上的心理测试说像我这样的人需要不停地冒险才能让自己觉得还活着。必须承认，这一点他们说对了。每过一天，我对这一点的体会就越深刻。

乔博格：我现在硬得像巨石呢。

小甜豆：嗯，光想想这个就让我激动死了呢。

（我笑得花枝乱颤，打字的手指头都被冻凉了。）

乔博格：我们先在楼下酒吧见面好吗？我会办好入住手续的。到时候我们怎么相认？你能再给我发一张能看清脸的照片吗？反正其他的我也都看过了，让我看看脸也没啥吧 ^–^。

（我给他发了一张克雷格的照片，是那天晚上他做饭时我偷拍的。）

小甜豆：在酒吧等你哟。我会穿红色 T 恤衫和牛仔裤。

乔博格：宝贝儿，你真好看。接下来这一周会很漫长呢——真是等不及要见到你，等不及用我的嘴唇吻遍你全身，把我的老二伸进你的屁股。我要干到你求饶，小子。

小甜豆：我也等不及被你干了呢。到时候见，亲亲。

哈哈哈哈哈哈哈哈哈哈哈哈哈哈！

3月29日，星期五

1. 韦斯利·帕森斯。

2. 德里克·斯卡德。

3. 报刊亭那个穿乐斯菲斯外套的男人。他踩到了叮当，居然还有脸说“你倒是养只大点的狗啊，这样别人才能看到她”。

4. 那个得了抽动秽语综合征、坐在帕蒂·鲍尔博彩公司门口，没完没了地大声嚷嚷的家伙。今天他一直在尝试把自己的舌头拔出来。

5. 克雷格。

我至今还保留着刊登了我最好的朋友——乔瑟夫·里奇[①]死讯的那份剪报。我们住在布里斯托的时候，他家和我家就在一条街上，我们上同一所学校。在修道院花园事件之后，乔是少有的几个没把认识我这个“国民甜心”当成炫耀资本的人。他会来我家读书给我听，看着我卧室墙上的海报编故事。他给我做能多益巧克力榛果酱三明治，推着轮椅带我从公园街散步到博物馆，像导游一样给我讲解那里的所有展览。我指着一幅画，他就会给我念讲解文字。我们最喜欢的一幅叫作“死亡动物园”，画上有在草丛里徘徊的老虎、眼神迷离的高大长颈鹿，还有那只因为老去而毛色渐灰的大猩猩阿尔弗雷德。

是韦斯利·帕森斯开车撞死了他。撞上去的时候时速是36英里。有传言说警察到现场的时候，乔的脑浆都从后脑勺流了出来。当年刊登那则新

---

① 即前文提到的乔·里奇，乔为乔瑟夫的昵称。

闻的报纸被我收藏了起来，现在都已经变黄了。他妈妈给过我他留下的一本《小乔治的神奇魔药》（*George's Marvellous Medicine*），剪报就被我夹在书的最后一页。

没有人出来拿关于丹尼尔·威尔斯的悬赏金。关于那个案子始终没有更多线索，失踪的生殖器也没什么消息，看来我已经快要走出这个小小树林迷宫了。唯一让人担心的是，他们已经鉴定出了凶器——一把锯齿牛排刀，这把刀应该很轻便，可能是不锈钢的。幸运的是，英国任何地方的任何餐馆都有这样的牛排刀。我只希望警察不会碰巧把我还给美人鱼餐馆的那一把拿去做 DNA 测试。

至于那个公园男盖文·怀特，没人再提起那个神秘的“穿运动服遛狗的女人”，她好像就那么消失了。

我“荣幸”地接下了下周解谜游戏版的活，原因有以下两点：一、麦克·希思病了（没人知道是什么病）；二、没有任何其他人愿意做。

烤了一些无麸质的生姜葡萄干曲奇，带去医院送给了安妮（是的，她还在医院里待着，要榨干她那商业医疗保险的最大价值）。她问我想不想抱抱孩子，我当然不能拒绝，我还得把戏好好演下去。

于是我坐到了她床边的椅子上，护士把婴儿递到我手中。他在我怀里轻轻地扭动着身子，我握住他那粉嫩的小手指，小心翼翼地朝那颗小脑袋上柔软的黑色胎毛吹了口气。他是个不错的小家伙。

“你看他头发还挺多呢，是吧？”安妮微笑着说。

“可不，他真是可爱。”我挤出一抹忧郁的苦笑。

“你怎么了？”

“还不就是那些破事儿，”我说，“我操蛋的生活。”

“有什么我能帮忙的吗？”

“没有，”我一边伸手逗弄着萨姆的小拳头一边说，“你已经尽到了你的职责，不是吗？你已经解锁了人类的终极成就——孩子。你的生活里已经再也没有人能有资格来质疑你的成就了。可我呢？我都做过些什么？我什么也没有！”

“别这么说嘛，你也有一些很厉害的成就呀，你见过艾伦·德杰尼勒斯（Ellen DeGeneres），上过杰瑞米·凯尔（Jeremy Kyle）的脱口秀[①]，还和 Will.I.Am 拿过同一个奥运火炬。”

“哇，”我自嘲地笑笑，“再说下去我昨天的晚餐都要吐出来了。”

“克雷格最近怎样？”

“呃，忙着跟我造人呢。”

“哇，天哪，小瑞，这太棒了！”她一边狼吞虎咽一边说。

这已经是她吃的第四块曲奇饼干了：“你不高兴吗？”

“我担心他会离开我，所以才顺着他做的。”

“瑞安侬，如果没准备好要孩子的话，你不用逼自己的。”

我低头看着萨姆说：“我只是觉得我们的关系还没有那么坚不可摧，我……”

“怎么了？”

“……在他手机里发现了一些照片。”

“什么照片？”安妮已经开始吃她的第五块曲奇。她屏住呼吸，满怀期待地提问。

“男人的照片。裸着的。裸男照。”

“克雷格？噢……天哪……”

“一开始我以为是好玩的，是他的工友们在开他的玩笑之类的。但现在我已经看到好几次了，每次的照片还都不一样，不同的角度、不同的男人、不同的精液……”

“噢，天哪，小瑞，他是在玩‘基达’（Grindr）吗？”

“‘基达’是什么？”

“你居然不知道‘基达’？”安妮哈哈大笑起来。

“不知道。”我装傻道，一边尽量让自己的眼神看起来不能再无辜。

“是个同性恋交友 APP。”

“哦。”我说。

---

① 两人均为美国脱口秀主持人。

“可能他是个双性恋呢？也许他只是找点小乐子，只是跟这些人交换个照片什么的，没有其他了。”

连萨姆都在我怀里发出叹息声。

“我觉得他在背着我约会其他人……有时候手机响了他也不接，有时候他晚上还会突然出去，用的借口都可蹩脚了。有一次我午餐时间回家还听到了些不该听到的声音……”

安妮已经把第六块曲奇举到了唇边。

“做爱的声音，从我们卧室里传出来。”她倒吸了一口冷气。我继续说，“我只从门缝里瞥了一眼，但他肯定是……跟人在床上……”

噢，你真该看看她现在的表情：“什么？！”

“嗯，我没看到对方是谁，但这些线索加在一起，你看到了什么？”

“一个出轨的浑蛋。”

“拜托了，别跟任何人说，行吗？”

“放心吧，当然不会。”

“伊梅尔达肯定会反应很大的。唉，我只是希望他能对我坦诚一点，你明白吗？我们都在一起四年了。我实在是搞不懂，他到底是想要我、想要跟我生个孩子，还是想要跟网上认识的随便什么男人肛交？”

“听起来他两个都想要呢。他有和你提过想要‘走后门’吗？”

我点头：“经常。”

“瑞，你得跟他谈谈。显然你们的关系出现了严重的问题，而他在当鸵鸟，想打孩子这张牌来搞姑息疗法[①]。”

我冲她挑挑眉毛：“看来你这几天没少看言情肥皂剧嘛。”

“你知道我想说什么——不能用怀孕来修复一段关系，只有在你俩关系非常稳定的情况下才能考虑要孩子，要不然肯定会有问题。你要跟他摊牌，把事情挑明了谈清楚。他显然没有给你应得的尊重。”

说着说着，萨姆在我手里放了个屁。我把这婴儿递回她手上，说：“从来就没有男人给过我应得的尊重。”我甚至成功地挤出了一点眼泪。我们

① 一种癌症治疗方法，主要强调在抗癌治疗起不到太大作用的情况下如何缓解病人的痛苦。

拥抱了一下，然后我带着我的空饼干盒离开了。她吃完了我带来的整整 12 块曲奇。

回到家，克雷格又在给我做赎罪晚餐，这回是猪肉酱配帕尔马干酪意大利面。

“我肯定吃不了多少了，我中午吃了三个培根卷呢。”他满脸骄傲，简直把自己当成了领奖台上的莫·法拉[①]。

“在哪儿吃的？”

“路边那家流动汉堡摊儿。我们在改建购物区那家老面包坊，要弄成理发店。”

“又一家理发店？”

“可不，呃。”他打了个嗝，食物残渣直喷向我的脸。我赶忙伸手抓住，抹到了他的头发上。“噢对了，我晚点得去一趟奈杰尔家，帮他处理一点边角料。”

“为什么这种事要你去？”

“我主动说我可以帮忙的。”他并不敢看我，只是不停地埋头苦吃他刚刚还说吃不下的意面，“我不会去太久的。”

“好吧。”我说。我今天对他恨意满满。

① Mo Farah，英国著名长跑运动员。

3 月 31 日，星期日

1. 肯尼·斯皮兰，那个前阵子被捕的公园男案子嫌疑犯。他被傻警察给放了，又回到了 Argos 百货门口。刚抓进去不到一天就给放了，这怎么可能？他肯定又回到了他的保释招待所开开心心嗑药去了。这个该死的浑蛋。

2. 克雷格。

3. “塑料姐妹花”。有完没完了？全是一模一样的宝宝表情、婚礼邀请截图、兰萨罗特岛度假照片，这帮人针对同一个主题究竟要发多少条动态才够？

周日又去了海边吉姆和伊莱恩家吃猪大排。还是那些老三样：沙滩上散个步，回家路上时刻小心躲闪那些老年助力车，回到家吃饭、聊天、喝茶、睡觉、道别。今天是母亲日[①]，我送给伊莱恩一盆风信子，还写了张卡片。收到这礼物，她流下了感动的泪水，并向我展示了她电视购物的最新成果：一台最新、最先进的吸尘器，光各式配件就有五十多种。

乖乖，真不是开玩笑的，她把这五十多种配件逐一向我展示了一遍。

随后，趁这对老夫妇去花园的时候，我和克雷格又偷偷去了他们的床上，一直到吉姆在楼下喊克雷格帮忙从车库拿梯子才罢休。今天的床上娱乐活动很有乐趣，克雷格不小心射在了他们的被子上，污渍被我发现的时候他慌到手足无措。我们玩得很开心，但我依然恨他。

---

① 英国的“母亲日”与其他国家的“母亲节”不同，是按基督教日历推算的，一般在每年 3 月或 4 月初。

我种在阳台上的植物死了两盆，不过我们家外面水务公司的施工倒是结束了。怎么说呢，嗯，黑暗中总有一丝光明吧。脸书上依然没有韦斯利·帕森斯的踪迹，依然到处都没有德里克·斯卡德的踪影。这俩人大概都移民了吧。

回到家，答录机上有一通塞伦的留言：

瑞安侬：我想问问卖房子的事儿最近有什么新消息吗？你给新中介的是我的号码，对吧？还是他们是先打给你的？我还给你发了个链接，是你们那边一家不错的房屋清洁公司。总之，请告诉我现在的进展。——塞伦

我给她发了个消息：

嗨，没有。是的，是的，谢谢。母亲节快乐。希望你的孩子们对你足够好呢。——小瑞

过了很久，她回复了一句：美国今天可不是母亲节。

去她妈的。

脸书上最近有这么一段爆款病毒式传播文案被转发得铺天盖地。毫无疑问，“塑料姐妹花”们都在疯狂地发。

比如伊梅尔达的是这么写的：

杰姬，谢谢你在这个日子的“特别妈妈”点名活动里提到我。因为被点到了名，我需要发一张体现我作为一名妈妈的幸福和骄傲的照片，我选择了这一张伊利亚、霍普和莫莉去年在索普公园荡秋千的照片。如果你被我圈到了，那意味着我认为你也是一名特别棒的母亲，请你复制这段文字，发到你的动态里，圈出你朋友中其他可爱的母亲们。我们都是幸运的妈妈！

呵，所以我们这些子宫空空如也、阴道紧实如初的女人都是社会的毒

瘤呢。我是幸运的“非妈妈”！

我这辈子从没见过这么多自以为是的神经病。我只不过是想要有所成就，不愿意这么快就被搞大肚子生一个迷你版的“我”出来，我招谁惹谁了？

克雷格说我为这个愤世嫉俗都是因为我自己还没有当上妈妈。他说这都是我的荷尔蒙在作祟，一旦怀上孕，我就会变得柔和起来。今晚他狼吞虎咽地吃着派和薯条的时候我就那么盯着他，我盯着他咬在食物上的每一口，盯着他吸吮肉汁，盯着他舔自己的嘴唇。我的手机里依然存着他和拉娜的性爱自拍。我把手机放在桌子下偷偷看看那张照片，再抬头看看他。我可以杀了他，这对我来说没什么难的。但我不会这么做。就这么杀了他太容易了，实在是太便宜他了。

4月3日，星期三

1. 那些牛哄哄的运动大拿。你知道我说的是哪些人，那个跑遍全世界马拉松的家伙啦，那个游泳横渡英吉利海峡的女人啦，所有参加铁人三项的和各种健身比赛的人。

2. 那些所谓的聪明孩子。一个五岁的小屁孩，去搞什么交响乐创作、背“反对教会分离主义”这种单词算是怎么回事儿？！

3. 惠特克夫人。我们的大炖锅不见了，可我他妈的要炖汤。

那篇皮克斯的影评我终于写完了，算是赶上了复活节假期。我爱它就像爱我的上一次宫颈涂片检查。

我发现克劳迪娅从打印机托盘里拿起这一篇在读。她抬起头朝我微笑了一下：“真是写得妙极了，小甜豆。”

“谢谢你。”我说，然后冲她离去的背影比了比中指。我知道，我就是那个“卑鄙的我”[①]。

黛西·陈依然坚信我们镇上有个连环杀手，并且做好了准备在等待着他的下一次行动。由于没人能证明或反驳她的理论，他们也就默认她这么干了。她甚至给“他”取好了名字。她离开座位的时候，我看到她电脑屏幕上已经开动的连环杀手报道，键盘上还有一张打印纸，上面全是备选的名字：

午夜跟踪狂

无名杀人狂

① 环球影业的著名动画电影《卑鄙的我》（*Despicable Me*）。

匿名杀人狂

杀人狂某某某

杀人狂先生

捅人佬

刀人

捕食者

西南部开膛手

西南部刀人（或者西南部剪刀人）

剪刀人

里普·万·温克尔（Rip van Winkle）[①]

午夜凶徒

恶魔

怪物

野兽

消隐者

鬼魂

幽灵

收割者

我倒是想知道如果这个“他”再次行动，这堆名字里她会挑哪一个。要我说嘛，这些名字我都不喜欢。我还真想给他们写封信，为我自己代言一下，跟那个“十二宫杀手”[②]似的。“萨曼莎之子”这名字怎么样？或者“开膛手吉尔”？嗯，这个不错。

或者我还是继续叫小甜豆吧，反正大家都已经这么叫我了。

① 美国著名作家欧文的一本小说中的人物。其中“里普”由“Rip”音译而来，该词有撕开、锯开等含义，以影射杀人者。

② 20 世纪 60 年代活跃于美国的一名连环杀手，他给媒体寄送过多封带署名的挑衅信件。

4月5日，星期五

1. 克雷格。大概有不下十亿件小事都让我想杀了他，以下是一些例子：

a. 他早上起来第一件事是放屁，那屁放得让人连骨头都要震一下；

b. 他把脏盘子扔进洗碗机里就不管了；

c. 他搓澡海绵上的阴毛，我每次洗澡都会看见那玩意儿；

d. 他那条破了洞的红色保时捷毛巾，也是我每次洗澡时都会看见；

e. 电视机后面全是他游戏机的连接线；

f. 我俩背面骑乘位的时候他居然做到一半开始看手机；

g. 他背着我用约炮软件 Tinder，还以为我不知道；

h. 他一边做饭，一边隔着口袋玩自己的蛋蛋；

i. 我说话的时候他总是不认真听；

j. 他怎么就那么爱看体育比赛？

k. 他想吃什么就吃什么，居然还完全不会胖；

l. 他抽的卷烟很臭；

m. 他的朋友们；

n. 他的父母；

o. 他的生殖器；

p. 他吃巧克力消化饼的习惯也很让人讨厌，他总是先绕着边缘咬掉外面一圈，再吃掉饼干，最后才是中间夹心的巧克力。真是个怪胎；

q. 他前额那一小撮翘起来的头发，看起来要多蠢有多蠢；

r. 他后脑勺那一撮翘起来而且还不会长长的头发；

s. 还有，他的大拇指有两个关节。这让我想起学校里那些身体某部分异于常人的小孩，他们总有些奇怪的小把戏可以炫耀，我却什么特别的小把戏也做不了，甚至连卷舌头这种入门级的都不行。我今天就列到这里了，但我想杀他的理由绝对不止这些。

今天的头版头条是黛西的文章：

采石场谋杀案——我们身边有连环杀手？

黛西·陈　独家报道

上个月，有人在奇普蔡斯采石场发现了一具女性尸体，这起事件被认为与圣诞节以来该镇发生的另外两起谋杀案有关。西南部警方正在追查凶手。

埃文和萨默塞特警方向我们证实，此案正在侦破中，并且他们认为这是最近三个月以来，同一位凶手犯下的第三起谋杀案。

今年 1 月，《公报》独家报道了一位 32 岁的父亲——丹尼尔·威尔斯在运河惨死的消息；2 月，来自约克郡的 46 岁的卡车司机盖文·怀特在维多利亚公园被残忍刺死；而就在一个月前，人们在采石场的山脚下发现了三个孩子的母亲——28 岁的茱莉亚·柯德纳的尸体。

大卫·弗莱探长认为，这三起谋杀案不是独立案件。

他对《公报》记者说：“在目前阶段，我们还不能排除任何可能性。我们在三起案件的现场发现了同一个人的鞋印，以及其他一些证据，或许说明三起案件的作案方式极具相似性。我们正在持续追踪这些线索。”

“这个镇并不大，我们正与周边地区的警力合作，共享线索，共同布控，确保案件的迅速侦破。”

是吗，探长大人？我会乖乖在家等着你们找上门来的哟。

*

嘿，谁会想到，你绞尽脑汁地搜寻你想杀的人的线索，正愁踏破铁鞋无觅处，却在同一天突然找到了两个？

我先是收到了一封玛丽·托尔玛什的电子邮件，就是德里克·斯卡德性侵过的其中一个小女孩的妈妈。她说她的一个朋友告诉她德里克·斯卡德“最近几周一直躲在图书馆”。他还想混到一张草地滚球俱乐部的会员卡来着，但他们并没有这么个玩意儿。只能靠图书馆这个线索了。

午餐时间我又在脸书上搜索韦斯利·帕森斯，这次终于被我找到了。

原来他在伯明翰，可不就是你们亲爱的我马上要去看碧昂丝演唱会的地方嘛。

他的头发颜色变浅了一些，由棕色变成了金黄色，也长长了，身上还练出了发达的肌肉，但我绝对不会认错。这正是那张我在法庭上死死盯了三小时的脸，那时他还借着嗑药的劲儿为谋杀了我最好的朋友而假惺惺地哭。从这一刻算起，我还有两个月的时间来接近他。两个月以后我就要和克雷格一起去伯明翰度过我们的美好假期了。我向他发了个好友申请。

午饭后，两名警察来到报社找罗恩和克劳迪娅，他们说那两个开货车的男人出现在同一条乡村公路上，又强奸了一个女人。他们现在确定那辆货车是蓝色而不是黑色。这个受害者的车坏了，她当时正停在路边等汽车救援组织的人，地点就是在我那天晚上蹲点的那个停车点！我要是晚去个几天就撞上他们了。同一个停车点，同样的一个黑人一个白人，同样的时间点——晚上 11 点多。这一次他们开车撞了她的车，然后把她拖出来强奸了。我本可以在那里的！我太知道该怎么对付他们了！

他们叫我一起去参加了编辑会，因为罗恩要和“相对弱势”的女性员工讲讲晚上出门的安全问题。真是白痴。

“所以，姑娘们，”罗恩认真地说，眼神先是落在我身上，然后是黛西，然后是乔伊，“大家晚上出门的时候一定要小心，永远不要单独行动，不要冒任何风险。保证你们的车维持在良好的状态，让你们的老公每天帮你们好好检查，轮胎、风扇带……千万不要掉以轻心。”

“唉，这真是太可怕了，”卡萝不安地绞着手，“上一起强奸案发生的地方离我小时候的家可近了。”

黛西提出建议：“所有女员工可以拼车上下班，直到他们抓到这个死变态。”

“他们要是找上我，我就乖乖听他们的话。不要怕。”乔伊说。

呵，我知道强奸犯们不怎么挑食，但我敢肯定，再饥不择食的变态看到这个头长错了方向的大象腿巨魔也是要三思的。

“不要存有任何侥幸心理，姑娘们，”罗恩说，“根据警察的说法，这几个强奸犯可都是些下流的小浑球。”

“下流的小浑球”？我们在说的可是两个专门在半夜开车出去、专挑独身女性下手、手段残忍恶劣的强奸犯，他就想不出更好的词了？这死娘炮。

罗恩进行这番演说的时候我的心怦怦地跳得厉害。我期待有人对此发表些评论，好给我做个铺垫，好让我在突然间被一种不可控制的冲动掌控，跳上会议室的玻璃桌子，站在中间挥手大喊：“大家别担心，我会去抓住那两个浑蛋的！给我点时间，我都计划好了！看我的！”

看，给我激动得打字都全用上了大写。我得深呼吸，平静下来。我不能像那条大丹狗史拉比（Scrabby.Doo）[①] 一样。如果能找到斯卡德或是这几个蓝色卡车强奸犯，那将是对我最大的安慰。斯卡德和帕森斯就是我梦想中的金菠萝，但如果寻找这金菠萝的途中碰巧从树上掉下来几个烂掉的椰子，我也不介意顺便把他们一起给处理了。

我实在太需要马上发生点什么了。我的无聊情绪现在空前高涨，茱莉亚效应已经过去，现在我比之前更需要找点刺激的乐子了。

开完会，克劳迪娅·格尔珀跑来找我：“瑞安侬，我们能聊几句吗？

---

① 20 世纪 60 年代美国卡通系列剧《史酷比》系列中的人物，和史酷比同为会说话的大丹狗。

来这里说。”

她拉着我进了会议室 B，那里面有张长长的玻璃桌，桌上放着的水壶已经落满了灰。

她关上门，非常直接地开口问道：“瑞安侬，你和我侄子之间有什么特殊关系吗？”

“呃，我们是朋友，仅此而已。怎么了？”

她重重吐了口气，抓着椅背说：“他很喜欢你呢，在家里总是提到你。”

我微微一笑：“那很好啊。”

“我不希望他沉浸在虚幻的希望里，”她说，“他还很年轻，很容易受别人影响。他现在住在我家，我需要对他负责任。我不希望他……毁了他的间隔年，不希望有事情分他的心。”

“如果你是在暗示我给了他虚幻的希望，我可以跟你说，我并没有，克劳迪娅。”

“不，我也不是说你有，我只是……唉，他最近在家里成天闲晃，在这里工作的时候也变得越来越懒。我只是……我只是希望你和他不要越过同事这条界限。”

我皱了皱眉：“克劳迪娅，为什么突然跟我说这些？”

她咬住嘴唇，像是不知该如何启齿。但她还是说了出来：“我不是一个会去垃圾桶里乱翻的人，但是那天你上完厕所后，我在垃圾桶里看到了验孕棒。我需要你告诉我那是不是你的，你和 AJ 是不是已经……”

“没错，那是我的，”我说，“我和我男朋友想要个孩子。不过这件事我并不希望大家知道，所以……你懂的，谢谢了。”

她的神情好像突然委顿下来，但突然又重新阳光灿烂起来。“啊，当然，当然。很好，”她笑着说，“真是很抱歉来跟你说这些，大概我只是对我侄子的保护欲太强了。我需要他专注于正事，为接下来的六个月做准备，而不是把自己束缚在别的事情上。”

“我是肯定不会想要去拴住他的，克劳迪娅，我向你保证。如果他真的对我有什么想法，那也只是他一厢情愿。请问现在我可以回去工作了吗？”

她点点头，再次向我道了歉，领着我走出了会议室。天哪，那女人实在是太介意自己怀不上孕的事儿了，以至于对任何可能怀孕的人都不放过。真是个悲伤的故事。

下午去茶水间倒咖啡时，我发现拉娜在茶水间摆弄那些杯盘抹布很久了。我都已经做好了跟她聊天气的准备，她却一句话也没说，甚至连笑都没有朝我笑一下。大概克雷格为了我把她甩了吧。大概她在密谋用杯盘抹布勒死我，或者拿滚烫的咖啡泼我。过了好一会儿，我才发现她居然在默默流泪。我站到她面前，将手搭上她的手臂，轻轻抚摸了几下。

“想聊聊吗？”我问。

她摇了摇头。

“想要一个拥抱吗？”我又问。

这回她没有摇头，所以我给了她一个熊抱，就像蜘蛛伸出它那长长的黑色的腿从网上去够它的猎物苍蝇们那样。“没事啦，不管怎么样，一切都会好的。”

她靠在我怀里抽泣，我抚摸着她的头发。她的头发混杂着好几种不同的味道：澳大利亚神奇润泽洗发水、香烟，还有若有若无的华伦天奴须后水香味。

“别对我这么好，瑞，我不值得你对我这么好。”

我像肥皂剧里那些虚情假意的朋友那样轻轻抚摸着她的后背：“嘘，没事了，没事了。”继续摸摸摸。

我们聊得还挺开心的。她当然没有告诉我任何她和克雷格的事，但我还是得到了一些有用的信息。下次我要给她带些脆皮米糕来，她最喜欢吃那个了。

对了，我还打听到了麦克·希思最近为什么请假——他吃了一大把止痛药，自杀未遂。等他康复后回来上班的时候，我们都得假装他只是“去度假了”。但我其实很好奇他的经历，我想知道他离死神有多近，有没有看到那一道白光，耶稣有没有握住他的手。

我很好奇乔博格现在是不是已经在酒店了。他一定恨死我了。我就想要他恨。

4月6日，星期六

1. 那些用愚蠢的测量方法测量东西的人。比如今天早上维他麦广告里的人，他说："如果我把这家工厂一天内生产的维他麦一字排开，它们能从这里一直排到阿伯丁再排回来呢。"嗯，那又怎么样呢？？？

2. 乔博格。

3. 韦斯利·帕森斯。

4. 德里克·你他妈到底在哪儿·斯卡德。

5. 今天在利德超市帮我把商品装袋的那个小童子军，他把鸡蛋放在了袋子最底下，还把两瓶漂白剂放在了一盒蛋白派上。

警方再次发布公告，向公众征集蓝色货车强奸犯的信息，这次的公告中包含了更多的线索，包括车牌号中的几位数字和关于嫌疑犯一些更详细的描述：其中一名男子面容枯瘦，穿灰色帽衫和蓝色运动裤，右手腕处有一个星星文身；另一名男子是黑人，年龄在30岁到40岁之间，名字叫肯或者凯夫。太棒了，伯恩斯先生[①]如是说。

又在谷歌上搜了搜"蜂蜜小屋"，我脑子里冒出来一个想法，而且久久无法摆脱：分到卖我父母房子的那一半钱以后，我是不是可以把它买下来？当然了，光有这份钱是不够的，但我可以申请按揭呀。我有点胆怯独自面对这样的事情，但胆怯算什么？我对此再习惯不过了。我的刀就抵在

① 伯恩斯先生，Mr. Burns，美国动画片《辛普森一家》中的人物，有把双手支成帐篷状说"棒极了"的习惯。

胆怯的脖子上，我一刀就能刺死它。

克莱奥在我们的脸书群组“伊梅尔达的单身派对周末——托本游乐园狂欢！！！”里发布了一条消息，说她在推特上发起了一个话题：盖瑞·巴洛和梅尔的婚礼。她叫我们所有人都“去疯狂转发吧，让你们的所有朋友也去疯狂转发”。

噢……不……

我冒险进了趱聊天室，看乔博格昨晚有没有给我留言。哈，留了，而且还是好多条：

星期五，20点30分：嘿，小甜豆，你在哪儿？？？

星期五，20点34分：宝贝儿，你找得到我吗？我在酒吧。

星期五，20点46分：再等十分钟我就要走了。

星期五，21点02分：就知道你会临阵退缩，你这个傻屌。

星期五，21点04分：你在吗？不管怎么样，回个消息啊。

星期五，21点15分：你这个狗娘养的神经病，既然没打算出现，为什么要答应我见面？

星期五，21点37分：至少回个消息啊，这点尊重你总该有吧。

星期五，21点39分：所以我们之间就这样了？过去几个月我们聊了那么多，你就打算这样玩消失？我要告诉聊天室里的所有人不要再搭理你了，这下你开心了吧。

星期五，21点55分：知道吗，我真庆幸我没操你。我敢打赌你老干这种事，你肯定是个大肥佬，你的屁股肯定恶心爆了。

星期五，21点57分：我才没有对着你的老二照片打飞机，我骗你的，哈哈哈。

星期五，22点07分：我要去找个鸡，把她当成你来操。我要操得她痛不欲生。我真是恨死你了。

星期六，08点38分：宝贝儿，请你回个消息吧，好吗？即使不想见我，至少告诉我一声叫我滚蛋呀？

星期六，08点40分：我们玩完了，他妈的完得不能再完了。

星期六，08点59分：请你把我的照片删掉，把我的号码也删掉。

我想我应该可以很负责任地说，乔博格和我短时间内应该不会有任何交集。

我给“大屌先生”和“火热48”分别发了消息，看乔博格有没有“告诉他们不要搭理我了”。

他俩都秒回了我的消息，发过来他们自己勃起的照片。

仿佛世界都美好了起来。

4月8日，星期一

1. 德里克·神秘男·斯卡德。

2. 韦斯利·帕森斯。

3. 那些收集优惠券的人。他们在结账的时候可真是一点都不烦人呢。

4. 那些搞慈善募捐的人。国际特赦组织[1]的那个小子，居然还在Boots药妆店外面等着我，看来你是不会走了。胆敢再给我来一句“女士早上好”，信不信我用你的纸夹写字板把你那颗脑袋割下来。

5. 真人秀《乔迪海岸》[2]里的所有人，管你是“托伊”还是“切尔西制造”。别再以没文化为荣了！

麦克·希思回来了，比白人更白了一个色号，比以前更安静了两倍。我问AJ要不要打赌看他下一次自杀会是什么时候，他却皱了皱眉头对我说：“这太变态了。我们每个人都有自己的不容易。”他还真是个内心柔软的好人，我常常想，要是我把他从下腹那儿切开一块，流出来的会不会不是血而是柠檬凝乳。

午休的时候我们去城里吃午餐，想去整蛊商店看能不能再给莱纳斯找到点什么好东西，可惜并没有什么收获，只找到一些假的中奖卡片。不

① 国际特赦组织（Amnesty International），是一个国际性非政府组织，监察国际上违反人权的事件。

② 《乔迪海岸》（*Geordie Shore*），英国重口味真人秀，由于内容不堪而备受争议。

能算有新意，但我们还是买了一张，因为大家都知道莱纳斯有买彩票的习惯——尽管他从来不说。他想让大家觉得他很有钱，但实际上他并不是那么有钱——我看过他的信用卡账单。

我并没能在图书馆找到我们的朋友德里克·斯卡德。我依然保持信心，但我已经去了几次，都没有任何收获。可能我迟早得请上一天假，像追星脑残粉那样在图书馆外面支个帐篷等上一整天。

AJ 走在我旁边，调整着自己的脚步好让我俩步调一致。我对他说："对了，克劳迪娅警告我来着，叫我离你远一点。"

"什么？"他叫了起来，"她没有权力这么做……哎，这个该死的女人！我叫她不要管这件事来着。"

"她只是在保护你，毕竟你住在她的屋檐下……"

"……所以我得照她的规矩来，是，我懂。再有两个月我就要离开那鬼地方了。老天，我跟你说，你的事，还有领养孩子的事，我都要被她搞疯了。"

"什么领养？"

"噢，她想领养一个孩子。从一个什么网站上看到的吧，具体的我也不是很清楚。我实在是听她唠叨听烦了。"

"噢，我还不知道呢。"

"别让她知道我告诉你了，她不想让别人知道。不过，没错。她是想领养一个孩子。别的办法都已经试过一遍了，代孕失败了，从俄罗斯找的一个女人也不靠谱，骗了她几千美元做了假受精。在家里她每天不停地念叨的除了孩子还是孩子，这已经病态了。我真等不及要离开她家。"

"你离开这儿之后要去哪里？"

"往北边走吧。我的签证还有几个月，所以我去曼彻斯特、利物浦见几个朋友，之后大概还要去苏格兰，可能去周围的几个岛转转吧。"

"很棒。对了，我还听说你喜欢我。"我说。

他没有回答，从嗓子里发出一声类似清喉咙的声音，假装去看旁边建房互助协会橱窗里一张关于只付利息的抵押贷款的海报。

“知道吗，其实我也喜欢你。”

他还是不敢看我，低着头，鞋尖在人行道上使劲地磨着。

“但是你阿姨克劳迪娅说了我们什么也不能做，所以我想，我们只能照她的规矩来，是吧？”

我扬起笑脸看着他，他终于跟我四目相对。我俩突然大笑起来，完全控制不住的大笑，就像两个懵懂的小孩。

给临终关怀中心打了电话，叫他们帮忙清理我父母的旧家具。月底他们来过之后，我的童年记忆就要被彻底清理干净了，所以他们清理的时候我在旁边看着应该会很有趣：我将见证那张让父母怀上我和塞伦的床，那几个挂过我们那些年所有穿过的衣服的衣柜，那个贴过我们所有冰箱贴和“好学生”贴纸的冰箱，全部被推上一辆卡车，盖上破旧的防尘布，被送往陌生的地方。

拉娜非常喜欢我给她带的脆皮米糕，她又哭了：“瑞，你真是一个好人。”

“只是蛋糕而已，拉娜。五分钟就做好啦。”

“不，真的，这对我意义重大。”

“谁让我们是朋友呢，对吧？”

“嗯，是的。”

她编了些虚情假意的故事来跟我讲，说是她前男友想把他俩以前共同养的猫要过去，他们为这事儿吵得很难看，所以她才难过得一直哭，所以她才威胁说要吃安眠药，所以她才又要去看心理医生了。天哪，天哪，天哪，这个女人已经濒临崩溃边缘，把她撕成两半根本不需要费什么力气。

4月10日，星期三

1. 你在电视节目里看到的那种生了二十几个孩子的父母。我可不管你们是不是每周要买60品脱牛奶，是不是每顿饭要煎108根香肠，你家花园是不是已经塞满了游戏设备再也没法放新的了，可别妄想把你们的罪恶之手伸向我的玉米片，你们这些自私自利的杂种。

2. 报纸上登的那个用棒球棒打死了自家斯塔福郡斗牛梗的男人，居然只给他判了缓刑？啪！不如我来给他行刑好了[①]，给我一根绳子、一个结实的栏杆就行。

3. 那些不允许小型狗进入的地方，他们根本不管你家狗训练得多好，完全不会随地尿尿。比如说，我们镇上的图书馆。

4. 韦斯利·帕森斯。

5. 德里克·斯卡德。

今天早上莱纳斯中了个假奖，他一度欣喜若狂，直到保罗·斯普尔多告诉他上当了。发现这一点后他发表了一场关于职场欺凌和铲除罪魁祸首的疯狂咆哮，甚至威胁要找律师。AJ惊恐万分，我则不得不拿着手机认真玩起解谜游戏，以防脸上憋也憋不住的笑容泄露了我的秘密。

晚些时候，罗恩紧急召集我们开会，会上宣布了杰夫·斯雷舍将要退休的决定。杰夫居然没有私下跟我聊过这个，我还以为我们是朋友呢，老

① 这里是一个双关，英文中缓刑为“suspend sentence”，而“suspend”一词也有“挂起、悬挂”的意思。

浑蛋。

惠特克夫人今天不能帮我们照看叮当，她参加了一个老年巴士团要去斯卡伯勒吃海螺。于是我只好去找克劳迪娅，问她我能不能提前下班去看医生。我提到了“子宫颈”这个词，她就答应了，没有问更多问题。她知道子宫有问题是怎么个情况，毕竟据说她自己的子宫就在打羽毛球的时候掉出来过。

没有克雷格的钱和他完美的信用评分，光凭我自己是没办法获得抵押贷款去买蜂蜜小屋的。对了，我还得在威尔士找到一份工作才行。我需要那个地方，我想它也需要我。我们在那里可以生活得很开心——我是说我和叮当，只有我们俩。我们将会呼吸着那里清新的空气，嗅着黄色玫瑰的甜香，照料我们的蔬菜，还要种好多香料。

可这他妈的都只能是白日梦了。我是一个注定得不到幸福的人，这个想法不如就暂时搁置吧。

图书馆依然没有“飞毛腿导弹”[①]的踪影。我实在是蹲点蹲得不耐烦了，于是又进了聊天室。“大屌先生”不在，我跟“火热 48”聊了几句。他想现在跟我见面，约我去伦敦 Soho 区的一个什么性爱地牢。他说我是他“在聊天室见过的最性感的男人”，他“想在秋千上跟我做爱”。呵，这些男人啊，真是让我笑死了。

我决定了，今天晚上我要出去。我实在想念外套口袋里放着刀的感觉。我今天一定要找到那两个开蓝色货车的男人，手上不沾满他们的血我是不会回家的。

*

我又来到了老路上，3 个停车点中离科珀顿巷最近的那一个。这是第一起强奸案发生的地方。我把车停下，假装在看地图。时间是晚上 10 点

---

① 德里克·斯卡德英文为 Derek Scudd，飞毛腿导弹英文为 Scudd Missile，所以此处作者以“飞毛腿导弹”来戏称斯卡德。

23 分整。我已经在这里待了快半小时了，但我还没打算放弃。他们今晚一定会来的，我对此深信不疑，而且这一次，他们是冲着我来的。我已经做好了充足的准备，今晚他们谁也逃不掉。

十分钟过去了，一辆路过的车也没有。

电台放起了《模糊界限》（*Blurred Lines*），可耻的是，这歌的歌词我简直倒背如流。[1]

*

现在时间是晚上 10 点 47 分，我来到了和长街交会处、老学校礼堂附近的那个停车点。还是没有动静。外面温度不高，车窗玻璃上总有水汽，真烦人。

毕竟今天离他们上次作案还没多久，也许他们出动的间隔不会这么短？但谁知道呢，至少我还是抱有一线希望。不要放弃希望。我就在这里，来找我，来找我，找到我。

我的刀就放在副驾驶座上，那锋利的刀刃都要结上了霜。它们需要人体的温度。

*

晚上 11 点 07 分，我来到了第 3 个停车点。这附近没有什么地标。克雷格发消息问我《广播时报》在哪里——我跟他说今天皮奇生日所以我住在她家了。这个借口有点弱，不过皮奇过生日确实是这样的风格，所以我也不能算是完全在说谎吧。只不过她的生日在 12 月而已。这里不断有车经过，但没有一辆车做了任何停留。经过的车里也有几辆货车，但没有一辆是蓝色的。路上有些坑坑洼洼的，这大概是我现在能想到的唯一还稍微有点意思的事情。我已经开始犯困了，再等 10 分钟，再没动静我就回家。

① 该歌歌词较为露骨。

回我爸妈的房子。

*

又25分钟过去了，依旧一无所获。我好像又听到那只猫头鹰的声音了，我试着用手机搜它的叫声出来放，却发现这里一点信号也没有。再过5分钟我就真的走了——嗯，也许吧。

*

该死的！开始了！一会儿再说！

*

今天事情的发展完全超出了我的计划，我的老天哪！现在我已经回到了爸妈的老房子，手终于不抖了，可以开始记录了，但是——我！的！老！天！哪！真是压力太大了。你特意去帮助可怜人，得到的回报却只有哀叹！

蓝色货车强奸犯死了，两个都死了，这一点倒是不用担心，至少这还算是小菜一碟。但是今晚我在现场留下了太多线索，更要命的是，还发生了一件计划外的事情——我被人看见了。

事情是这样的。我沿着老路往回开，准备放弃行动回家。我的车经过了一号停车点，也就是靠近科珀顿巷的那一个——我今晚开始的地方。正要一路开过去，我的眼角却突然闪过一道柠檬黄色的闪光。那是一条围巾，一条女人的围巾，正围在一个女人的脖子上。那个女人正被人往一辆货车的车厢里塞——一辆出现在深夜的蓝色货车，车牌号：WD64×××。

后三位是“BTY”吗？让我们拭目以待吧。

这时我突然意识到，妈的，这不就是为我准备的吗？我做梦也没想到我居然会在他们作案的时候逮到他们，而且是在别人身上作案的时候。这个女人抢了我的风头！于是我把车停在了离他们大概两百码的一块泥地上，从副驾驶座位上拿起我的家伙，跑到那辆大货车停靠的停车点。这里和之前一样一片漆黑，一片寂静，不同的是，我一直苦苦寻觅的那辆货车就真真切切地停在这里，它车牌的后三位正是“BTY”。

我知道他们在里面。

我知道她在里面。

我在货车外面转来转去，不知道该做些什么。如果现在采取行动，就好比蒙着眼睛游泳，我很讨厌这种感觉。但同时我也知道，这是个解决他们的好机会，所以我只能凭感觉上了。我从背包里拿出我最大的两把刀，拉起围巾遮住脸，站在货车车厢后面，准备敲门。

就在这个时候，脑海中突然灵光一闪，我收起了刀。我听到他们在里面争吵着什么，弄得叮咚作响。我没听见那个女人的声音，不知道她的嘴是不是被塞住了。

叮叮咚咚的声音突然停了下来，其中一个男人说了句“好像有声音”。

我的心都跳到了嗓子眼儿，我全身都汗湿了，喘着粗气。我有点想跑回自己的车里然后报警，但这个想法转瞬即逝。我已经被点燃了，我必须去做这件事。

我从包里取出之前绑茱莉亚的登山绳，绑在车厢的门把手上，像绕着该死的五月柱跳舞[①]那样围着车子绕了两圈，最后回到车后面绑死。这下他们三个都被关在了里面，两个强奸犯，一个受害人，统统被关在了里面。

“什么鬼？”我又听见了一个人的声音，这次是另一个人，声音比刚才那个人大。女人开始尖叫，像茱莉亚那样的尖叫。原来她的嘴没被塞住。这时我看到驾驶室的窗户开着，钥匙还在那儿插着。我钻进驾驶室，转动钥匙点上火，驶离了停车点。要是我的大脑那时能反应过来，它就会吼我：“搞什么鬼？你他妈的这是在干什么？”然而我在它反应过来之前就做完了这一系列动作。

实际上，一直到我已经发动了车，我都还不知道我要去哪里，更不知

---

① 欧洲一种古老的传统祭祀舞蹈。

道今天晚上事情会发展成什么样。我只知道货车里装了三个人，我要在这伸手不见五指的夜里开车带他们去个什么地方。我不知道这个地方是哪里，我也不知道我为什么要这么做。我只知道我必须做点什么。

是的，此时此刻，在这个凌晨时分回想起来，我应该把车直接开到警察局，我应该打电话报警，做明智的行动，当一个大英雄，当真真正正的“世纪女性人物”。

但当时的我不是那么想的，因为我的脑子和你们这些正常人不太一样。读到这里你也应该早就发现这一点了吧？我的思考方式跟常人不同，我的思考方式独一无二。所以我把车开到了我在那黑暗的夜里、绝望的时刻唯一能想到的一个地方——采石场。

那女人又尖叫了起来，听起来好像已经老了几岁。真棒。我狠狠踩了一脚油门，一阵撞击声从车厢里传出来。一定是他们中的谁突然失去平衡摔倒了。

另一个男人喊了起来：“有人劫车！”

而那个女人尖叫个不停。我继续加速。

一个男人吼了那个女人一句：“闭嘴，你这个臭婊子！”一个强奸犯的标准台词。我猜他可能还打了她一耳光之类的，因为我又听见了一声巨响。这男人说英语有口音，应该是伦敦南岸的吧，又或者是北岸，我总是记混。反正听起来有点像雷·温斯顿（Ray Winstone）[①]。

另外那个男人的口音我有点分辨不出来，应该是苏格兰的吧，说不定是格拉斯哥。听起来有点像天空体育台的一个什么人，克雷格老挑那人的刺。

这种兴奋感真是不可思议。车窗开着，夜晚的空气冰冷冰冷，凉到了我的骨头里。我跟着奇普蔡斯采石场的路标，一路开过陡峭的小路。乡村公路到这里变得越来越窄、越来越陡。我自己的车比较小，现在开着这么一个大家伙，我有点判断不准位置，于是一路不知道蹭掉了多少树枝、蹚过了多少泥泞的水坑，碎石还不断溅到四个车轮拱上，砰砰响个不停。这趟旅程已经毫无隐秘性可言，我不过只是机械性地在开着车。

---

① 英国著名演员。

我把车开到停车场，杀死茱莉亚的那一晚我的车也是停在这里。我把车直接停到了那个大石坑的边上，关掉前灯，从副驾驶座位上拿过我的包，下了车。我很惊讶的是，在我和爸爸扔了那么多尸体进去后，这个地方居然还没被围起来。

我扯下围巾，砍断绳子，砰砰撞了几下车厢门。

“让那个女人出来。”

我的声音听起来太女性化了，这一点让我非常不舒服。我不爱当女人的其中一个原因就是我在发号施令的时候没法发出像男人那样低沉有力的声音。我听起来就像少儿教育节目主持人在努力模仿《杰克与仙豆》里的巨人。

里面又一次传来砰砰声，还有低声说话的声音。

“我有武器，”我说，“让那个女人出来。”我试着让自己的声音听起来更具有威胁性，“你还有五秒时间放她出来，一，二，……”

门闩打开的声音响起，一侧门慢慢地开了。里面亮着灯，不过只是角落里的一盏昏暗的小灯。地板上有一张床垫。那个女人在车厢的最里面，缩在角落里，头顶上挂着一个灭火器。她有一头棕色的鬈发和一双大眼睛。地上的床垫周围环绕着粉色天鹅绒的靠垫、各种杂志，还有草莓香型的润滑液，天花板上则悬吊着几个把手。这简直就是个移动的性爱小屋。一个男人戴了头罩，另一个的脸我则看得很清楚：他是黑人，戴了双红色的手套。是这个人来开的门，他的一只手还紧紧地握住门把不放。

他看到我手里的两把刀，不自觉地往后退了那么一点。

“让她出来。”我说。

两个男人都没有动。红手套男人的手依然抓着门把不放，我看到他手腕上露出了一线皮肤。我看准位置，抽出刀又快又狠地冲着那线皮肤砍了下去，血瞬间喷涌而出。

“啊——他妈的！”他大叫起来，赶忙用另一手试图堵住。

我再次将刀指向他：“放她出来。”

头罩男大笑起来，是真的哈哈大笑起来。他拽着女人的胳膊，将呜咽的女人从车上推了下来。她摔在地上一堆乱七八糟的沙砾上，手忙脚乱跑进了旁边的灌木丛。她的一头棕发乱蓬蓬的，像一堆绕在一起的电线，裤子也没来得及拉上去，就那么堆在脚踝，黄色围巾从她的脖子上一直垂到地上，就那样一路被她拖着走。

我转身继续对付这两个男人。

“关门。”

头罩男再次大笑起来。他以为我是那个女人的女儿——亏他想得出——来救她的。他说他要连我一起强奸了。真是无聊啊。

红手套开始反抗，但他的手腕太疼了，血流得到处都是。我那一刀应该切到了他的骨头。头罩男想出来，但我朝货车又逼近了一步。举着刀对他说：

“把门给我关上。”

“操你妈的，你个小婊子。”他说着就打算跳下车来。正是轻敌要了他的命——我握着刀直接刺向了他的胸口（他只穿了一件廉价的蓝色 polo 衫，非常容易刺穿），他就这样倒向地面。其实还可以多刺几刀，但我实在是需要赶快把他搞定，所以我只是从他下巴下方深深地割开了他的喉咙，接着一刀刺穿了他的喉结。这下他可安静了。

“操！”红手套大叫一声，也从车上跳了下来，朝灌木丛跑去。我抓到了他的胳膊，用最大的那把刀一刀刺了下去。他又是一声惨叫，随即转身用另一只手抓住我的肩膀，把我摁到了地上。我的刀还卡在他胳膊里。他骑到我身上，开始用手背疯狂地打我的脸。他的另一只手伤得很严重，已经起不了什么作用了。我从口袋里掏出削皮刀，扎进了他的肋骨。由于受伤，他的力道明显小了下去，但毕竟这还是个比我强壮的男人，他继续用恶狠狠的拳头砸在我身上，有两拳打到了我的正脸，我晕了那么几秒。缓过来的时候他已经躺在了地上，向头罩男那边爬去。头罩男这时依然倒在地上血流不止，像一头被献祭的牛。他的双脚还在地上蹬来蹬去，为正在流逝的生命做最后的挣扎。

“你们他妈的要是早按我说的做，我哪至于这么麻烦。”我气喘吁吁，逼着自己的大脑重新恢复运转，然后双手各握着一把刀，走向他。这刀插进他的身体，就像是插入一块刚烤好的面包。眼看差不多了，我把我的水果刀从他的前臂上拔了出来，分别检查了两人的脉搏。两个人都死透了——毫无疑问，透透的。

我的个乖乖，要不是我今天超重了两英石，可能倒下的就会是我了；如果我爸没有教过我如何抵挡攻击，可能此刻在那货车车厢里被强奸的就会是我了。这是我干的最危险的一票了，这会儿我的嘴唇干得厉害，全身都在发抖。

我开始倾听空气里的声音：蟋蟀的叫声、苍蝇蚊虫扇翅膀的嗡嗡声、小草在风中的低语。但我马上意识到那不是草，而是人，那个戴黄围巾的女人，不知什么时候出现在了我的身后，低声啜泣着。

“帮我把他们抬进去。”我说。

没有回应。

我转向她：“听不懂人话吗？我说帮我把这两个人抬回车里，快点！”

过了好一阵子她才终于反应过来，她跌跌撞撞地走出灌木丛，开始听我的指令。我让她抬着男人的腿，两人合作将他们分别捆了起来，扔进货车，就像两个毛手毛脚的女搬家工搬运货物。红手套男比那个头罩男要重很多，所以我们很是花了一番工夫。两人都搬上去之后，我关上了车厢门。

女人看着我，她看到了我的整张脸。我想起了我的围巾，赶紧把它拉了上来。

“你在流血。”

“我知道。”

“他伤到你了吗？”

“没有。”

“你……你现在打算做什么？”她抽噎着问。

“做这个。”我答道，紧接着飞起一脚踹向大货车的车尾，借助着这个力量，车轮开始转动，汽车顺利地滑到山坡的边缘，径直摔了下去。

车从斜坡上滚落，发出一阵阵惊雷般的巨响，最后落到坑底。到这里终于发生了一件今晚唯一能让我称得上幸运的一件事——它爆炸了。碰撞产生的火星点燃了汽油，“嗖”的一声，瞬间火光冲天，点亮了茫茫黑夜中这死气沉沉的大石坑。我往下看了一眼，一股热浪扑面而来。

没错，这时我想起了我的车还停在离这里老远的地方。我开始往回走。

“等等，”那女人喊住了我，“你打算去哪里？”

“当然是回家了，还能去哪儿？”我说。

沿着这乡村公路走了大概 10 分钟吧，我感觉我的脸痛得要死，像是刚遭了一大窝马蜂的攻击。那女人在我后面紧追慢赶，高跟鞋踩在地上啪啪地响。

“你不能丢下我一个人。”她哭喊着。

“你走路就不能安静一点吗？”我停下脚步冲她没好气地低吼。她一个趔趄，差点撞上我的背。

“他们真的死了吗？”她问。

“你想回去检查一下吗？”

“不想。”

我们继续走着：“真是糟透了，我们会被看到的。我这次放得太开了，所有规矩都打破了。真是愚蠢。”

“‘这次’？什么意思？”

“闭嘴。”

“你以前也杀过人？”

我不说话。

“你救了我的命。”她说。

“可不是。”

“你真的是我的救命恩人，要不是你，我就……”

“你就不该出现在那里。”

“啊？”

我停下脚步：“你为什么一个人开车？没看到报纸上的那些警告吗？”

“我要加班，没办法……”我猜她应该四十好几了吧，“我叫希瑟……”

“我不想知道。”我说。

“那现在怎么办？”

“继续走。”

我们走了一个小时，一路穿越田野、跨过沟渠，才终于回到她的车。这一路依稀让我想起童年和塞伦一起去采石场采黑莓的情景。我流起了鼻血，明天早上我的脸上肯定全是瘀青，看来要编一大堆废话来蒙混过关了。

“好了，”我说，“晚安。”我还在生自己的气，生她的气，生那两个傻屌男人的气。生气我的计划被搅得一团糟。

“可……可是我怎么办？”她的声音颤抖，绞着自己颈上撕破的围巾，摸索着去开车门。

“上车，回家。”我从牛仔裤口袋里摸出一张不知道放了多久的纸巾塞住流血的鼻子。身上这件帽衫的两个袖子都浸满了血，还好它是黑的——我说的是帽衫，不是血。

“不行！我不能就这样回家然后假装什么都没发生啊！我有家庭，我……”她举高她自己抖得像筛糠的双手给我看。

“你给我回家，你他妈的在家人面前该演就演，最好给我演得跟梅丽尔·斯特里普似的。你要不想招惹是非，只能这么干。我自己这儿已经够头疼的了。”

“我不知道我能不能做到什么都不说……”我转身走向自己的车，却被希瑟拦住了。她抓着我的胳膊说，“我不能一个人待着，求求你，在这里陪我，等我平静下来。我现在这样没法开车呀。”

她他妈的居然拥抱了我！在犯罪现场拥抱了我！今晚真是糟糕透顶了。

“我去警察局，我去跟他们说今天晚上的情况。”她说着，松开了我。

“不行。”我说。

“我不会告诉他们你的事。”

“如果你不告诉他们我的事，今晚在采石场的就只有你一个人，你就成了杀了两个人的杀人犯。”

“噢，可是……”

“如果你告诉他们我的事，我就成了杀了两个人的杀人犯。”我敲敲我自己的脑袋对她说，“你没有脑子的吗？”

“可……”

“什么也别说，什么也别做。你从来没在这里出现过，你根本不认识我。”

“但是我的车在这里停了这么久，要是有人看见了怎么办？这里可能到处都是我们出现过的证据。”

“噢，老天，别跟我说这个，”我说，“他妈的！”

她看了看她的手机：“我现在没法思考。我老公给我打了六个电话我都没接到。”

“给他发个消息说你回家路上车坏了，你去找人帮忙，结果迷路了。你弄坏了围巾，你折了高鞋跟，之类的。你好不容易回到自己的车，结果发现车又能发动了——这简直是个奇迹，真是上帝保佑。别提那辆货车，也别提到我就行了。”我的鼻子还在流血。

“你打算怎么解释你脸上的伤？”希瑟问道。

“别管我，撒谎是我的家常便饭。”

她靠着车门哭了起来：“我不知道该说些什么，我真该好好谢谢你……你不知道这对我意味着什么……噢，我谢过你了吗？”

“好了，没事了。感谢我的最好方式就是忘掉你见过我。晚安。”

她点点头。

我不知道她这点头的意思是“好的，我不会跟人提到你”，还是“好的，但是不管你同不同意我还是要去找警察”。总之，真是一个操蛋的晚上。我不知道她上车离开后将会经历些什么，我只知道，从现在开始，我大概要低头做人 20 年了。

4月11日，星期四

1. 打推销电话的人。我敢说但丁的地狱正缺居民呢。

2. 那些吹嘘着他们可以整整一年不制造一点垃圾的自以为是的所谓环保人士。我就不信你们连用过的卫生棉都能回收利用。

3. 办公室里所有趁我不在的时候坐我的椅子，还调了高度的人。

全身都疼得厉害。我在爸妈的房子里洗了个冰凉的冷水澡，凌晨6点左右回到自己的公寓。照了照镜子，我看起来活像是挨了一顿好打。好吧，事实上我也确实是挨了打。但很显然，我不能让别人发现这一点，所以只能靠化妆了。感谢 YouTube 上应有尽有的教程和几罐昂贵的遮瑕膏，克雷格觉得我只是“有点浮肿”。我蹑手蹑脚地爬上床，在他旁边躺下。他似乎还挺高兴看到我，完全不知道我这是刚从哪里回来。

上班前去遛了叮当。天下着毛毛雨，为以防万一我戴上了帽衫上的帽子。一切都糟透了，人行道上到处是没收拾干净的狗屎，你的脸被一个死了的虐待狂强奸犯打得疼得要命，马路上每条排水沟都有堵塞，你的吉娃娃冲着经过的每一条犬类狂吠不止。

今天我们这里的头条新闻是采石场的货车爆炸事件。警察认为事件很可疑，因为在附近山坡上“发现了打斗痕迹”。我脸上的粉涂得实在太厚了，就像顶着一整个倩碧柜台，另外，脸肿得也很厉害。勤杂工埃里克甚至问我是不是怀孕了，因为我看起来“面容浮肿，肤色油亮”。浑蛋。

最糟糕的还是那个黄色围巾女——希瑟——看到了我的脸。因为修道院花园事件之后我成了国民甜心，很多人都认识了我。她没说有认出我来，但这不代表她没有。如果她看了我那一期《黎明破晓时》呢？如果她碰巧看了多年前我上过的那期《今晨》或者《艾伦秀》呢？还有我在《公报》的专栏“刘易斯影评”，那上面有我的照片！那照片很小很模糊，但毕竟上面还是印着我的脸。如果她就是本地人，她一定会看见的。她可以来报社要求见我。噢，见鬼，我现在不能正常思考了，因为我很恐慌。我需要甜品来帮助我思考。

*

去吃午餐的路上买了个糖霜面包卷，那可能是我见过的最糟糕的糖霜面包卷之一了吧。你大概会说，糖霜面包卷能差到哪里去呢？不就是面包卷上撒点糖霜吗？

那你就大错特错了。

首先，它不新鲜，有一头甚至粘住了一只活生生的苍蝇。如果你觉得这还不够差，别急，还有。这个面包卷一半的糖霜都粘在了它旁边的另一个面包卷上，柜台给我夹面包的那个贱女人居然没有把被粘掉的那些刮下来，涂回我的面包上。实在是太过分了！

吃完饭回办公室的路上经过一个教堂，窗户上贴了这么一张海报：“一切让你失望的事物到头来可能是上帝对你的救赎。即使你不相信自己脚下的路，也要相信上帝自有安排。”

我觉得这个理论在我的面包卷上不适用，因为尽管它那么烂，我还是把它给吃了，好让自己的大脑能恢复运转。宗教还是挺有意思的，至少在那些商业街上卖柠檬汁的小贩没再利用它编些恐怖的粗口的时候。但它还是没能让我停止担心那个戴黄围巾的女人。我控制地想，我的暴露只是时间问题。

下午，我写了篇 105 岁的老女人的生日公告，配图是这位“小可爱”手里紧紧抓着女王亲自写给她的卡片，两名家庭护理员在身边架住她。我的家族里没有一个长寿的，我不知道我在自己有限的生命里还能取走多少人的生命，我自己又将如何死去？毕竟我也是可以幻想美好的呀。

我的脸火辣辣地疼，像被奶酪刨丝机刨过。我以吃哈瑞宝软糖的速度吃着止痛片。

4 月 12 日，星期五

1. 挑食的人。埃德蒙德，我倒是要看你敢不敢从你的三明治里再多挑点蔬菜出来扔掉。

2. 不会拼写、用不好标点、分不清“他们是”和“他们的”的区别的人。你们他妈的滚回学校去吧。

3. 办公室里那些生病的人。你们他妈的滚回家去吧。

4. 那些在推特上叽叽歪歪自己的病的人。管你得的是什么慢性疼痛、关节炎还是抑郁症，我可一点兴趣也没有，不光我没有，别人也不会有。

5. 尺码不全的特价女装店。他们永远都没有我穿的 14/16 码，只有小得要命的 6 码或者大到可笑的 26 码。

6. 昨晚健美操比赛上异常活跃的罗薇娜。她做任何动作都要比别人快两倍，或者用别人两倍的力，就为炫耀她有多健美。要是我们还在上学，我一定要用她的洗脸毛巾擦屁股。

今天我浑身都疼，那些瘀青在我脸上开出紫色的花来。克雷格看到了我没化妆的样子，我只好跟他说我在电梯里摔倒了。他要去找房东算账，指责他不该用廉价地毯和胶水，我甚至也懒得去拦着他。

录入了几篇新闻稿，主题都是些什么教堂集会啦，商业街上的“羊毛大轰炸”[①]啦，还有一篇说的是糖尿病和我们地区的六千人息息相关。

啊，啊，啊，啊，啊！！！

我实在是太无聊了！！！

---

① 一种街头艺术活动，用各种毛线编织的东西覆盖街上建筑物或其他物品的一部分。

天啊，我又想杀人了。我心里就像有几百只小虫在不停地挠，那感觉就像一场性爱中还没等到的高潮、没能满足的食欲、遗愿清单上还有待完成的项目。杀死那两个蓝色卡车强奸犯并没能让我的心平静下来。好比你去麦当劳点了一个大汉堡，狼吞虎咽地吃完了，这时候你想，老天，我真该再点一份薯条来着。

或者，至少是几块麦乐鸡啊。

就是那种意犹未尽的感觉。我杀那两个人的时候甚至都没有太多的快感，因为我当时太狂躁了，整个行动的过程完全在我的舒适区之外：原本的计划泡了汤，我忙着要把他俩解决掉，同时还得小心不要留下太多线索，让人把我和采石场或者那个黄围巾女人联系到一起去。我甚至还有半个晚上的时间花在了躲避母牛和泥水上，这让我更加气不打一处来。当然了，还有我脸上的伤。

我一定不是唯一一个对杀人有这样热情的人。每个人心里都住着一个恶魔，不是吗？

黛西午饭后去了采石场，回来后便叽叽喳喳地忙个不停。

我去放几张黑色的纸到文件夹，经过她桌前时顺便问她："你去那儿干什么？不是克劳迪娅和保罗在跟这个案子吗？"

"噢，老天，我必须去啊，瑞！他又行动了——那个'收割者'，采石场那两个人是他杀的。茱莉亚·柯德纳的尸体也是在那里发现的！"

不得不说，我对她选择的这个名字有点失望："你确定给他取这个名字了吗？收割者？"

"是的，我跟莱纳斯和克劳迪娅谈过了，他们觉得这个名字跟我们所在的地区特点很搭。毕竟这里全是农场嘛，他们都用收割机……"

"嗯，我知道什么是收割机。"我砰的一声关上了文件柜的抽屉，"那警方确认就是他干的了吗？"

"不用等他们确认，我知道肯定是他。深夜出没的蓝色福特卡车，车牌号尾数'BTY'，里面还有两个男人。警察还要去比对牙齿记录来确认这两个人的身份，但我知道这就是他们！"

“你是说，死掉的就是那两个强奸犯？”

“没错！”

“噢，天哪，黛西，太棒了！还真是被你说对了呢！”

“就是啊！老天，这太让人兴奋了！你看，他的目标是性侵者，这有点……我不知道怎么说，就是……在某种程度上还挺让人安心的。当然，他的作案手法还是很可怕的，采石场的工头就说那两个死者中至少有一个是失血而亡后才被塞进货车的。不过我还是要说，哇，真是个了不起的人物呢，不是吗？”

“你说得太对了，真是个人物。”她此时的表情和《油脂 2》结尾时米歇尔·菲佛仰望神秘摩托车手鬼魂的表情简直一模一样。

“你有点喜欢上他了，对吧？”

“收割者？别傻了你，我当然不可能喜欢他啊！”

“不，你就是喜欢，”我故意拿腔拿调地说，“你有点爱上这个消灭害虫的夜行侠客了呢。”

她的脸色微微一变：“不过，我们还不知道是不是他强奸了可怜的茱莉亚·柯德纳，不是吗？如果他没有，如果他真的是在做我认为他在做的事情——为这个社会解决强奸犯和变态恋童癖，那么是的，我承认我对他有那么点好感。”

我们俩咯咯傻笑，像两个贾斯汀·比伯的脑残粉。我为她做了一杯“庆祝咖啡”，以庆祝她是一个如此优秀的记者。

这本来是场无比愉快的交谈，可惜最后出了个小问题。我们聊着聊着，黛西为唾手可得的新闻奖和晋升机会兴奋不已，我则坐在那儿当一个好听众。这时候她突然伸出手拥抱了我，为了“感谢我听她说她对这件事的看法”。为什么最近老有人要拥抱我？他们把我当什么了？抱抱熊？反正她抱我的时候我下意识地躲开了，而且动作很大。

“噢，天哪，怎么了？”她也被我突如其来的动作吓得直往后缩。

“对不起，我……我前两天晚上去打无板篮球，摔得很惨，你看我这脸上还全是伤。”

她把我从头到脚细细打量了一遍。

“所以我今天才化了这么厚的妆呢。”

“你还打无板篮球呢？”

“是啊，我几乎每周都打。”

“你是哪个队的？”

我的脑子转得飞快，迅速回想几个月来帮杰夫录入的那些文章里的内容：“就是个镇上的女子队。我们每周三晚上一起打。”

“是吗？你打什么位置呀？”

“翼锋。”

她的表情说明了一切：她在回味我说过的话，分析所有细节，最后得出结论。她并不相信我的话，尽管我说的只有极小一部分是谎话。

我小口啜饮着我的拿铁，像鲍勃·派克（Bob Peck）[①]看见迅猛龙一样玩味着我们的对话，心里想，真是个聪明孩子啊。

图书馆里，所有的工作人员不是在后面忙着整理刚送来的图书，就是在书架间转来转去。我看到一个长得很帅的男孩，脖子上挂着“见习生”的牌子。我脑子转了转通过他拿到斯卡德地址的可能性——“你好，我爷爷把他的借书证落在这里了，有人捡到交上来吗？是的，他叫德里克·斯卡德。我能看看你们系统里他留的地址对不对吗？因为他最近刚搬了家……”停顿，眨眨眼。

但这么做还是太冒险了，到时候我可不希望有任何线索指向我自己，比如有个帅气的图书馆员跟警察说我曾经来问过他斯卡德的地址之类的。不要留下线索，这可是规矩。

我终于体会到了那些追星小姑娘跑去希思罗机场举着标语苦等自己的偶像出现的迫切心情。那种年纪的小姑娘，与偶像产生任何一点联系都能让她们欣喜若狂，哪怕是偶像的唾沫星子溅到了脸上，她们也要回去小心翼翼地把这唾沫星子裱起来挂到墙上。

是这样的对吧？毕竟我的脑子坏掉了，可能我只是在说胡话吧。

---

① 美国著名培训师、分析师。

4月13日，星期六

1. 那些穿紧身裙的女人。

2. 今天在阿斯达超市（Asda）站在鹰嘴豆前面半天不动的那个老女人。我都从糖果饼干区逛完一圈回来了她居然还在，而且他妈的到最后一点豆子都没买！

3. 那些不停咳嗽又不离开房间/餐馆/这个地球的人。你们不知道出去再咳吗？

4. 那些早就成年了还口口声声“好棒棒”“必须的”和“真是太棒棒了呢”的人。

5. 那些超过10岁还在玩角色扮演的人。你们的脑子是磕在幼儿园的卡通服装衣箱上磕坏了吧？

6. 惠特克夫人。我家的能多益巧克力榛果酱又不见了。

我和克雷格今天还过得蛮愉快的。早上我带叮当去维多利亚公园散步（地上的血迹现在已经都清理干净了），然后去镇上买了点东西。我买了几个蜡诗（Lush）的浴盐球，还买了点好咖啡（克雷格上次又是买的难喝的便宜货），最后还差点在宠物店买了条小丑鱼——就是那种黑白条纹的尼莫，我准备叫它“杰里米”。是克雷格说服了我不要买，他的理由是“热带鱼的鱼缸都可贵了，它们还需要特殊的食物之类的”。当然了，还有个原因就是那个收银的家伙留着两个长指甲，一看就是瘾君子，头发上还有股奶酪的臭味。

地方报纸都在报道采石场那两个男人的案子。他们说这是“双尸命案”，并面向社会征集目击者。不知怎的还流传出来一个男子的面部照片——照片里的人肯定是个男的，他穿着一身黑，围巾拉上来遮住了下半张脸。真不知道他们是从哪里搞出来这么个玩意儿的，那天除了我们，周围一个人都没有，绝对一个人都没有。只是我们经过一块田地的时候，角落里有几头牛。也许就是它们中的一头告的密吧？告密牛？

今天会议中心有个什么漫画主题的活动，所以镇上到处都是打扮成钢铁侠或是小丑之类的成年人，他们披着斗篷、挥舞着权杖招摇过市。克雷格开玩笑说他要把他那套获过奖的暴风兵服装找出来穿上，去参加活动。我叫他要去丢人现眼也别拉上我。他求我把去年万圣节穿过的哈莉·奎茵的衣服找出来，我说他要是逼我干这个，我就砍掉他的两只耳朵。不知为什么他居然觉得这很好笑。幸运的是，报道这次盛会的光荣任务传到了 AJ 的手上。我们是扔硬币决定的，用的是我桌上那枚不管怎么扔都是背面朝上的硬币。

我试着在人群中寻找斯卡德的踪影，但这显然无异于在一片田鼠的海洋里寻找一只老鼠。

晚上我做了意大利面，我们依偎在一起看了皇家综艺大汇演[①]。今天的睡前造人运动很是速战速决，真是谢天谢地。我吃得有点多，再多来几下我就要把我的意大利面都吐出来了。完事之后他马上陷入沉沉的梦乡，非常好，因为这意味着我和叮当可以清清静静地看拉姆齐的《地狱酒店》，不用听他瞎点评了。一期结束，康涅狄格最古老的客栈得救了——真是棒棒的。

叮当依然没学会握爪。

① 英国每年圣诞节期间的欢庆盛事。

4月14日，星期日

我今天真的需要一个人清净一下——你一个月总会有那么几天需要一个人清净一下。我洗澡的时候滑了一跤，脚趾撞上了那该死的亨利牌吸尘器。我的贝果也给烤焦了。吃午饭的时候就连我自己的指甲都让我心烦。

克雷格一整天都没在家，因为要“早点开工去装修艾伯纳街的一家浴室用品店”（其实显然是去疏通拉娜的“管道”），所以我一大早就出去遛了叮当，然后决定整理整理我的森贝儿家族的房间。我一直想着在儿童房里装几张小小的碧昂丝海报，可突然我的心跳停了一拍——我发现有些东西不见了：

1. 浴缸里那块黄色小肥皂。
2. 戴黄色围兜的仓鼠宝宝——小桃子。
3. 餐厅里的落地大摆钟。
4. 休息室书柜里那本小小的《远大前程》。
5. 姐姐的红鞋子。
6. 三个羊角面包。
7. 还有猪爸爸，理查德·格兰特。

“我操你全家！”我叫了起来。叮当听了一惊，又是跳又是叫起来，她还以为有人来了。我花了这么多年的时间，好不容易收集到这些，那个偷窃狂惠特克居然连它们都要碰。咖啡桌上本来还有一小托盘巧克力长条泡芙，猪爸爸正要伸手去够的，也不见了。我后来发现它倒是还在，只是被挪到冰箱里去了。

被动过的还不只是那个小托盘：剩下的那个宝宝本来在宝宝床上，现在却去了浴缸里；妈妈本来在躺着休息，现在却在熨衣服；兔小子本来在玩滑板，现在却在餐桌上做作业。

“我要杀了她！”我控制不住地喊了出来。我用尽全力想保持呼吸平静，但怎么也控制不了胸腔的起伏。“动动脑子，想一想，”我自言自语，“说不定她只是把东西挪动了，没有偷走呢？”

所以我继续找了找。果然，我找到了一些东西。肥皂在冰箱里，戴黄色围兜的仓鼠宝宝在温室的滑梯上，而那个落地大摆钟——某人知道得很清楚为什么——在浴室里，狄更斯那本《远大前程》被塞进了小兔子的书包里，姐姐的红鞋子在爸爸妈妈的衣柜里，三个羊角包居然出现在厕所里——谁拉屎会拉出来羊角包啊？就在我几乎要恢复理智的时候却发现——

猪爸爸理查德·格兰特是真的不见了。

“她偷了猪爸爸！”我怒火中烧地冲出了公寓，下楼来到 39 号房。我砰砰砰地连敲了四次门，一直到我敲到第 17 声的时候，她才出来开门。

“你好啊，瑞安侬，”她满脸堆笑，露出一口假牙，“我刚才在烧水……”

“理查德·格兰特去哪儿了？”我尽量让自己的声音听起来友善一点。

“谁去哪儿了，亲爱的？”

“别给我装蒜！你把他藏哪儿去了？”

她脸上依然挂着微笑，好像我是在开玩笑：“我不知道你在说什么啊，瑞安侬。理查德是……”

“我玩偶屋里的爸爸，被你偷走的。他！去！哪！儿！了！”

她的眉头皱了起来，演技还真是不错呢，简直可以拿奥斯卡：“我真没有见过，瑞安侬。你确定不是叮当……”

“不许你说叮当，她知道不能碰我的玩偶屋！克雷格也不会碰的。除了我们，唯一能进公寓的就是你了，因为你有钥匙。我知道你经常拿我们的东西，别想抵赖了。其他东西我也就算了，但你不能碰我的玩偶屋！他！去！哪！儿！了！”

因为我一直大喊大叫，她的眼睛瞪得老大："亲爱的，我没有拿你的玩偶，我连碰都没碰过……"

"碰都没碰过？"

"我是凑近看过几次，你把它弄得很漂亮。我以为你不会介意我看的。"

"我当然不介意别人看，但我介意别人碰！"我叉着腰，试图让她明白我是认真的。

"我只是那天去照顾叮当的时候稍微摆弄了一下。"

"我们付钱是请你去照顾叮当的，不是请你去玩我的森贝儿家族的。我再给你一次机会——理查德·格兰特在哪里？"

她咽了口唾沫，把门稍微拉开了一点点，现在我能看见她房间里面了，我从她旁边挤进了门。她的房间一眼看过去并没有什么特别不顺眼的地方，家具是米色和棕色调，空气里弥漫着老女人家惯有的淡淡香水和氨水的味道，门廊里整洁地摆了一排老人鞋，一切都是老样子。

我马上就看到了它，或者更确切地说，是他——理查德·格兰特。他正安静地待在她的壁炉上，旁边是一台老式的马车钟和几张生日贺卡。我大步走过去把他拿了起来。

"噢，你找到他了，真好，"她说，脸上又浮现出微笑，"我真的不知道他怎么会在这里。"

"他'在这里'是因为你把他偷到了这里，你这个贼，别再装了。你在得上老年病之前就已经是个偷窃狂了。别再打我的东西的主意了！"

我本来都已经走开，可这老东西却偏偏还要不知廉耻地问："明天需要我帮你们照顾叮当吗？"

我于是又气冲冲地回到楼下走道，站到她面前，伸出手："钥匙。"

"什么？"她又开始装傻，脸上依然挂着微笑。我真想把她那胡子拉碴的嘴唇从脸上扯下来。

"把我的钥匙还给我。"

她把手伸向背后的衣帽架，从大衣旁边的钩子上取下钥匙，递给我。

"我再也不想让你帮我们照顾叮当了。我不想冒险。"

“我不会再碰你的东西了，瑞安侬，不必这样。”

我直视着她那张皱巴巴的、长满绒毛的脸说：“你个老贱货，最好是真的说到做到，离我的东西远一点。否则我非得像杀猪一样给你开膛破肚，拿你的内脏当皮带用。”

说完我便径直离开了。回到自己的公寓后我才想到，刚才我不应该那么说。我应该说“肠子”而不是“内脏”来着，听起来更有气势一些。但至少，我拿回了理查德·格兰特。我把他放回到他的小扶手椅上，再让他用两只前蹄把《每日电讯报》稳稳拿好。

森贝儿家族又恢复了和平与宁静。

4月15日，星期一

1. 德里克·斯卡德。

2. 韦斯利·帕森斯。

3. 那个老给我打电话，问我“需不需要给你爸妈房子的玻璃推拉门报个价”的门窗公司。

4. 那些体味很重还不自知的人（我们办公室的保罗）。怎么着，你的鼻子不光塞满鼻屎，还连味道也闻不到吗？

5. 那些跟你说话的时候眼睛四处看、就是不看你的人（没错，就是麦克·希思）。还有，拿着你做的那些蛋糕离我远一点，你上完厕所肯定没洗过手，我都给你计时了。

现在没有了老惠特克帮我们照顾狗，克雷格今天只好带着叮当去上班。我告诉他他的大麻都是惠特克偷的，所以我们再也不能信任她了。

今天报社的所有人都活像是接受了电击疗法，我从没见过他们如此活跃欢快，朝气蓬勃。不光那两个开蓝色货车的强奸犯被以一种残忍的方式阻止了，再也无法犯罪，仿佛还有了一个站在我们这一边的连环杀手。每个人都是如此开心。AJ 不停地用各种方法跟我调情，眨眼，微笑，赞美，拿海报卷起来做下流动作，等等等等，真是美好啊。其他人也都彬彬有礼、热情高涨，给我派的活儿也不像平常那么低级、糟糕，今天给我的采访对象要么是非法拘捕的受害者，要么是当地的奥运选手。我们报社几乎又成了让人身心愉快的工作场所。

这都是拜我所赐。

可惜这令人愉悦的氛围我还没享受多久，就被派去社区中心做一个当地艺术节的报道。那地方就不该叫社区中心，倒是该改叫社区“没心”。

“这可是你专栏的一篇大独家噢，不是吗，小甜豆？”克劳迪娅嘴里说着，一边昂首阔步地去开她的编辑例会了。至少她是微笑着跟我说的。总有一天，我要把那张笑脸扔到油锅里煎。

我小学六年级在这里参加芭蕾舞考试的时候，社区中心的房间里就充斥着饼干和放屁的味道，这么多年过去了，这味道一点都没变。所有来参加这些活动的人都是老头老太太，他们没有氧气罐连路都走不了，此情此景让我觉得自己像是误闯进了一部恐怖电影。

第一个房间是装置艺术展，也就是当地“艺术家”们装置他们的“艺术”的地方。如今的所谓“艺术”，就是一堆裹了绷带的铁丝网和一堆铜管子在地上排出奇怪的形状。

下一个房间是音乐与形体课，一群小孩子穿着紧身舞蹈服在那里蹦蹦跳跳。伊梅尔达的双胞胎看到了我，还冲我挥了挥手，我摆出几个凶神恶煞的表情才把她们吓退。课上的几个孩子看我这样咯咯笑了起来，她们那位也穿着紧身衣的大屁股老师却向我投来恶狠狠的目光。

再下个房间在上水彩课，人们就站在那里无所事事地等着画上的颜料变干。楼上的活动还稍微有意思一点——巧克力大师班。门口还有个男人端着一盘样品。

“免费试吃噢，亲爱的，”他用一种欢迎和鼓励的语气说着，“尽管拿吧，这都是我们自己手工做的呢。”

我看到班里有几个人居然穿着白色短袜，顿时没了兴致。我说：“我过敏。”

可不嘛，对鼻涕和没擦干净的屎过敏。

现在我得“根据我的体验”来写一篇“轻松而充满激情”的报道。噢，老天，如此这般的愉悦就没有结束的时候吗？

*

我看到他了！我看到了斯卡德！我从社区中心出来的时候他正往里走！我确定那就是他！等会儿回来汇报情况。

*

情况汇报：我跟丢了。人太多了，他他妈的就像个鬼魂。但至少我知道这个鬼魂还活着，这下我更坚定了要杀了他的决心。

4月18日，圣礼拜四[1]

1. 只有你们几个能懂的笑话——那就不要拿出来分享啊！

2. 那些成天说“百分之一万”和“棒呆了”的人。曾几何时，只有在人类成功登月或者是有人治愈了癌症的时候大家才会说“棒呆了”，而现在，就连烤出来一个好吃的舒芙蕾你都能说“棒呆了”。

3. 那些成天说“太棒了”的人，他们通常跟成天说“百分之一万”的是同一类人。

4. 讲究特别多的节食者——我们办公室的乔伊。她最近说腌牛肉、蛋黄酱和巧克力都“会让你早早进入坟墓”，用橄榄油炒菜则“肯定会让你得癌症”。“让癌症来得更猛烈些吧。”我说。后来才知道她姑姑刚刚死于癌症。我于是问她：“是因为橄榄油吗？还是大力水手干的？”她假装没听到。

5. 一个足球队踢输了一场比赛就觉得是世界末日的人——克雷格、奈杰尔、埃迪、盖瑞。

关于斯卡德又有大新闻。我前一天刚亲眼见到他，今天就又得到了这个消息……

我正安坐在位子上，想着即将到来的复活节长周末该怎么过。嗯，超多的水果蛋糕、超多的巧克力，还得打一篇关于主街人行道铺路石松掉的文章，这时候邮递员走了进来。他橙色头发，长相普通得不能再普通，虽然他每天都给我们送信，我几乎从没正眼瞧过他。

---

① 基督教节日，即复活节前的周四，又称“洗足节“。

他跟 AJ 关系倒是挺好的。他把信交给 AJ 的时候两人聊了起来，我竖起耳朵偷偷听着。

“我刚看到那个恋童癖去邮局了。”

“什么恋童癖？”澳大利亚佬问。

“还能有谁，就那个把两个孩子骗去他公寓猥亵的那个叫斯卡德的家伙啊。他们不是把他放了嘛。”

“他在哪里？”

“他刚刚拿着几个包裹去了邮局。”

“我真是想到这个人都恶心。”

“他把大衣领子拉得很高，还戴了顶鸭舌帽，但我能看出来是他。”

我没有呆坐在那里继续听。我迅速把大衣往肩上一甩，两只手同时伸进袖子。

“AJ，我要去一下牙医那儿，很快回来。”

我们这儿的邮局总是要排队，到了圣诞节前几周，那队甚至要排到大街上。我从队尾开始一个一个人地看过去，很快看到了他。他前面还有四个人，手里拿着两个包裹，拄着根手杖。我的心怦怦直跳，好像面前的是多年不见的老情人，而不是一个戴着鸭舌帽、七十几岁的半残废强奸犯。他年纪大了，腰更弯了，背更驼了，但跟他庭审那天被拍到的那张头版照片比，面部基本上没什么变化。我假装读着手里的杂志。

他离开的时候，我稍微等了一会儿才跟上去。他在购物的人群中缓缓移动，我刻意保持着距离，但视线一刻也没有离开他那顶鸭舌帽，耳朵也时刻注意着他那根拐杖发出的敲击声。他经过了帕蒂·鲍尔博彩公司，在国民西敏寺银行取了点钱，穿过城堡巷，走上了主街，沿路经过 Boots 药妆店，进“冰雪国”看了一眼冰箱，买了个牧羊人派和一瓶两升装的苹果酒，路过克拉克鞋店的时候在橱窗外看了看鞋，然后穿过商业区。

穿过停车场。

穿过郡政府大楼。

路过医院。

终于走进了一栋联排住宅。黑斯廷街 4 号。

我在街对面又等了一会儿，然后走过去看门铃上的名牌。这是一幢公寓楼。3 号，空白；2 号，空白；1 号，德“利”克。透过厚厚的黄色窗帘，我看到他打开了电视。

德利克？所以现在他的名字变成了他的姓？还是这只是个巧合？不管怎么样，我已经找到他了。

老鼠已经被关进了陷阱。

4 月 20 日，星期六

1. 那些在网站上做弹出式广告的人。想象一下你正在读一篇关于阿勒颇的女人在炸弹袭击中失去了所有孩子的悲情文章，结果突然弹出来一个介绍新款星冰乐的广告——请注意，这可是个非常划算的套餐，你还能得到三倍积分呢。

2. 那些把自己咬过的薯条又伸到酱料里去蘸的人，比如克雷格和莱纳斯。

3. 那些在脏了的面包车上写写画画一些并不好笑的东西的人。克雷格的车上现在就被人写了个“罗尔夫·哈里斯[①]的旅游巴士”，他自己还完全没注意。

4. 三明治做得很难吃的人，比如苹果花咖啡馆那个新来的女店员。今天早上我不得不问她能不能干脆就给我一个涂黄油的面包。

5. 那些设在印度的呼叫服务中心。很抱歉这么说，但是——你们他妈的到底在叽里呱啦些什么？

又做噩梦了，还是之前那个：医院，乞求的眼神，干涩的嘴唇，落下的枕头，这之类的。两年过去了。这梦越来越让我觉得乏味，鬼知道我的脑子里都在想些什么。

我给克雷格做了他“吃过的最好吃的香肠焙盘”配茶，还有华夫饼和豌豆，另外又做了一个浇了奶油的巧克力布朗尼，再配上些切片草莓做装饰。

---

① 著名艺人，被指控多项儿童性侵。

他那帮狐朋狗友又来看足球赛了，今晚的比赛是曼彻斯特什么什么队对谢菲尔德什么什么队。他和埃迪、盖瑞、奈杰尔就那么在我的床上用品三件套上坐得简直稳如磐石，一瓶接一瓶地喝着时代啤酒，还在我的靠垫上放屁。整间公寓立刻被糙老爷们难闻的味道充斥。

“大屌先生”和“火热48”都不在线，我连打发时间的对象都没有。想了想只好给安妮打了个电话，问她我能不能去她家。她在哭，但透过哭声我听到她说：“你能来就太好了。”我猜想“塑料姐妹花”的其他几个人早已忘了她的存在，而那只名叫“产后抑郁症”的小狗已经开始舔她的脖子了。

我拿了一个特百惠的盒子装上剩下的布朗尼蛋糕。行动时间到——“金菠萝行动”，第一步。

给我开门的时候她还在哭，萨姆也在哭，他趴在她肩膀上动来动去，像一袋豆子。

“你还好吗？”我象征性地问了一句，尽管她身后的客厅已经很好地回答了这个问题——这地方简直就是个垃圾场，只有地毯上勉勉强强空出来一条小路能通向厨房。倒也不是脏，只是杂乱而已。我能看出堆在地上的各种东西原本应该放在哪里——橱柜和抽屉上都仔细地贴好了标签，这里是放尿布的，那里是放磨牙环的。它们只是都还没来得及被收到它们该去的地方。

“真不好意思，你来得有点不是时候，我这儿正手忙脚乱的。你看这一团糟。”

房间的电视放着拉姆齐的《地狱酒店》，但没有声音。这一集是他帮助俄勒冈那家快倒闭的旅馆那次，旅馆那家伙抽了大麻，精神根本无法集中。我之前看过，但还是觉得很好看。我点点头说：“是的。”

“他从来都不用睡觉的，”她喋喋不休地倾诉起来，眼神空洞，眼睛直愣愣地瞪得像报丧女妖，“就算我好不容易能把他哄睡一次，我才能开始整理这些，但我实在是弄不动了，我只想睡觉。我都长出来三个痔疮了，三个！”

“拉尚呢？他怎么不帮忙？”

“他也有帮忙啦，但是他最近工作很忙，所以周末也要加班。他现在还按时去健身房呢，我都已经不去了。我为这个孩子做了好多牺牲，他却没有……啊，这是布朗尼？”她打开盒子，深深吸了一口气。

“今晚刚做的，特地为你做的。”

她又开始哭：“他妈妈这周过来了两次，我爸妈下周一也要从毛里求斯飞过来，但是……唉，真的是太难了。”她挖了一块布朗尼塞进嘴里，重新把盒盖盖好，“我今晚实在是懒得做饭了。”

拉尚让我想起我们报社的保罗，他们俩都是去健身房上瘾的人。拉尚的脸书主页上全是他认识安妮之前在加拿大玩皮划艇、在新西兰攀岩的照片。他还没有把他脸书头像或者封面图换成孩子的照片。至于保罗呢，我在办公室听见过好几次他给妻子打电话说他“被罗恩催活儿”、要加班，或者是“要被逼疯了”，可我经过他座位的时候，却发现他只是坐在那里玩网上的扑克游戏。加班只是他逃避无趣的夫妻生活的借口。

“啊，不好意思……你要喝茶吗？或者金汤力什么的？”安妮问我。她浅坐在沙发上，手上还不停地晃着靠在她肩膀上的那个小人儿。她抓过遥控器关上了电视，拉姆齐明明正在把旅馆的一切拉上正轨呢。

“不用啦，谢谢。我说，你不一定要接受，但是，既然现在我在这里，为什么不让我帮帮忙呢？你去睡几个小时吧，我来照顾他。”

她摇摇头：“不不不，我不能让你做这些，瑞安侬。”

我叹口气说：“安妮，我这么跟你说吧，你现在缺人帮忙，而我不想回家，因为克雷格跟那帮狐朋狗友正在我家看球，又吵又臭。为何不去休息一下呢？这样可对我们两个人都好。你刚给他换过了对吧？”

她低头看了看依然在哇哇大哭的萨姆：“他的尿布吗？嗯，刚换过。”

“喂过奶了吗？”

“喂过了。他早就该睡了。”

她又哭了起来。我走到她面前，伸出双手。她如释重负般将萨姆放到我怀里。

“你确定你愿意帮我吗？你知道怎么应付婴儿吗？”

“露西尔家那两个这么大的时候我就帮她照顾过。记得那次那两个家伙受洗的时候露西尔跑出去了吗？她离开了足足四小时，那期间都是我在照顾他们呢，我实在看不惯她那个舅舅盯着他们看的那眼神。”

安妮递过来一个梨花带雨的微笑以示感谢，转身一步三回头地上了楼。走到楼梯顶端她再次回头看了一眼我怀中的萨姆，这小家伙自从来到我怀里，居然停止了哭泣。

“看到没？我们没问题的。去吧，去睡一会儿，这是命令。你醒来的时候会发现我们俩就好好地待在这里，你什么都不需要担心。”

看，我是个多好的朋友啊！

萨姆身上有一股牛奶味儿，我想应该是母乳味儿。想到这里我的胃里一阵翻腾。我把他抱在怀里轻轻晃了一阵子，便把他仰面放在角落的摇篮里。我和塞伦小时候，我们的保姆想让我们午睡时会抚摸我们的眉毛，这一招很快就在萨姆身上起了作用。

“你是个好孩子，对不对？”我一边给他把毯子裹好一边说，“你瑞瑞阿姨现在要去帮你妈妈打扫这堆烂摊子啦，你要当个乖乖的小男子汉，好好睡你的觉，阿姨马上就回来，好不好？”

就这样我开始了工作。一切收归原位后，我甚至找到了一瓶清洁剂把所有家具都抹了一遍。不过一小时的时间，这个地方便重新变得适合人类居住了。

我甚至给安妮做了个三明治，这样她醒来的时候不至于饿着。老天，我真是比《欢乐满人间》里的玛丽·波平斯阿姨还要周到。有时候我都无法抵挡自己的魅力呢。

做完这些，我去看了看萨姆，确认他一切都好——他还在睡，小睡衣随着呼吸起起伏伏。随后我蹑手蹑脚地上了楼，尽量避开上次过来的时候踩下去会吱吱响的那块地板。

“安妮？”我轻轻叫了一声，又在门上轻轻敲了几下，她的鼾声并没有停下来。我走进她的卧室，床头灯是开着的。我一步一挪地走到她的衣柜前，小心翼翼地打开翻找了起来。终于找到了：三件洗得干干净净的淡紫色上衣，整齐地挂在衣架上。我取下最前面的一件，把这制服塞进自己的毛衣后，换掉空衣架，关上柜门。

离开房间前我回头看了一眼安妮，睡得死沉死沉的，即使天塌了她大概都不会醒。

“我的乖乖，你可真让我省心。”

做完这些我便回到了楼下客厅，将制服叠好收进自己的包里，又去看了看萨姆。这可怜的小家伙呼呼睡得可香了，大概是因为终于来了一个没有任何情绪的人照顾他而松了口气吧。我是不可能动哪怕半分伤害萨姆的念头的，我关照他比关照叮当更甚。我还是懂得控制的，在对的人身边，我也是一个好人。

安妮下楼已经是两个半小时以后的事了，我看完了三集《地狱酒店》。她看上去有点迷茫，但绝对容光焕发。

她对我千恩万谢，我都快走到自己的车旁边了，她还在追着我说谢谢。

“都说过不用谢啦，”我朝她喊道，“就当你欠我个人情吧。”说着，我向她投去一个钻石般耀眼的微笑。

装着制服的袋子被我塞进了后备厢，下周用得到。

4月21日，星期天，复活节

1. 马拉松选手们。你们这帮装圣人的家伙有完没完了？

今天是伦敦马拉松赛，赢的是个什么肯尼亚人，反正去年也是他。我都没看。

我和克雷格跟他父母在酒吧吃了个中饭，嗯，“阴毛”中饭——那就是我在我的食物里找到的东西。负责切肉的那个人看起来是挺干净的，可你永远也不会知道没人看到的时候他都干了些什么。说不定就在给我切羊肉之前，他刚把手伸进裤裆挠过自己的蛋蛋。

中饭过后我们回了他们家，一切一如往常：吉姆反复强调“外国人把我们的工作机会都抢走了”（他已经退休五年了），伊莱恩则在我们耳边不停唠叨他们那儿有人故意破坏公物，以及她们妇女协会组织的旅行——坐大巴去参观阿加莎·克里斯蒂的故居（回程路上一个叫玛乔丽的女人在大巴里晕倒了）。我今天倒还挺享受这一切的。当然了，依然非常无聊，但这无聊也让我觉得熟悉而安全。吉姆还送了我一个他亲手做的小模型船，船的一侧甚至还用波浪体写上的我的名字：瑞安侬。我把它放在了我家电视顶上。

我们离开的时候伊莱恩哭了，还抱着叮当久久不肯松手。吉姆说我们每次走的时候她都哭，只是今天不巧被我们看到了罢了。这个女人的心理问题真是十分严重，我这么说绝对不仅仅是因为她收藏了一大摞《妇女之友》杂志。

4月25日，星期四

我几天没写了，因为实在没发生什么值得写的事情。生活平稳无趣到我都恨不得要去跳桥自尽了。

但是——

今天，这一潭死水般的生活突然出现了一线曙光：解决德里克·斯卡德的“金菠萝行动”正式开始了。

这一周，我休了今年的第一次假，假期的每一天，我都坐在教堂后院的长椅上观察着对面黑斯廷街上的情况。换句话说，我在监视他。我就假装坐在那里画墓碑的素描，叮当则到处跑来跑去，在墓碑上尿尿，冲着河里的鸭子汪汪叫个不停。克雷格以为我在上班。他以为报社不会让我在这个时候休假，因为我们“赶截稿日期赶得天昏地暗”，真是个傻子。

关于猎物，我了解到的情况如下：

他几乎足不出户。他有三个护工，分别在每天早晨8点半、下午1点半和晚上6点半进入他家。我猜他大概需要人帮助他洗澡、换衣服和吃饭吧——这一点倒是和他魔爪下的孩子一样，真是讽刺。早上的护工是个金色头发、脚踝格外肥大的中年人；下午那一个看起来活像变装皇后版的大卫·威廉姆斯；晚上那个则格外的胖，胖到需要侧身才能走进屋门。

每位护工每次待在里面的时间不超过半小时，离开的时候都会叼着一根香烟，穿白色的塑料围裙。除了那个奇怪的邮递员，这栋楼并没有其他访客。另外那两间公寓肯定没人住。斯卡德这周总共就出过两次门，一次是周二中午，去了博彩店和“冰雪国”；另一次就是今天早上，去了报刊亭。

看起来晚上6点半之后是比较适合行动的时间，我实在是不能再等了。

4月26日，星期五

我写这篇日记的时候手依然在抖。行动成功，恋童癖德里克·斯卡德已经从这个世界上消失了。

“那头肥母牛刚来过，今晚我不需要人了。”他怒气冲冲地给我开门，凶巴巴地吼道。

我站在他的面前喘不过气来。安妮那件制服太紧了，我的胸部被勒得有点难受。如果非要形容的话，大概就跟普通人见到名人的感受差不多吧，哪怕这个“名人”只是个过气的前任原子少女猫成员，或者只是个拍过条什么广告的不知名小子。我已经厌倦了那种感觉，那种满怀期待、极度渴望的感觉。我不知道情侣们之间是不是就是这样的感觉。

“很抱歉打扰您，德‘利’克先生，您的表格填得有点问题。”

他并不想让我进去，我们就这样在门口对峙了好一阵子。他终于还是开了门，自己先走进了屋，像只老乌龟缩回了他的壳里。屋子里，潮湿的味道和浓烈的烟草味混合在一起，十分难闻。窗帘拉得严严实实，一条缝都没有，将整个屋子笼罩在一种阴森森的气氛中。我发现他喘得很厉害。

“壶里有茶，等一下就烧开了。”他退回到客厅。

“不用麻烦了，我不喝茶。”这当然是假话啦，我喝茶，但我只喝仕女伯爵茶。而如果你在不恰当的地方说你要“仕女伯爵”，听起来你就会像个皮条客[①]。

“你坐下就好了，德里克。”我真想马上爬到他身上，掐住他的脖子，看着他咽气。但我知道不能心急，要把戏演好。

他坐在他的扶手椅上，脑后枕着一个简单的记忆海绵枕，一切需要用

① “仕女伯爵”是一种英式红茶的名字，它的英文是“Lady Grey”，也可理解为“格蕾姑娘”。

到的东西都放在手边：格子呢拖鞋、折起来的报纸、一个小茶几上放着香烟和啤酒罐。

“那个肥婆什么都干不好。”他嘟囔着抱怨。

他说着喝了口啤酒，我则笑得前仰后合：“她说她有诵读困难症，我觉得她就是太懒了。”

他不知又咕哝了几句什么，将手伸向一袋烤花生。我一边假装记着笔记，一边偷偷看他。他双眼直勾勾地盯着电视，那是个宗教节目，阿列德·琼斯（Aled Jones）[①]正在采访一位女主教。

“德里克，今天感觉怎么样？”

“刚刚那肥婆已经全都问过一遍了，”他又吼了起来，“我还得再回答一遍吗？”

“不不不，不好意思，是我多嘴了。”安妮的紫色制服下，我的心都快跳到了嗓子眼儿。

“为什么你的制服不是绿的，跟其他人颜色不一样？”

“因为我特殊呀，我跟她们不一样。”我说。

他点点头，注意力回到了啤酒和电视上。我盯着他的嘴唇慢慢靠向啤酒罐，盯着他的喉咙做出吞咽的动作。他伸手摸过打火机，又摸向一包烟，从中抽中一根，点上。

“德‘利’克先生，您吃过晚饭了吗？需要我给您再做点什么吗？”

电视上，一个人开始独唱《天赐恩宠》，背后还有一个唱诗班为他和声，一个高大的苏格兰人吹着风笛。

“闭嘴，”他说，“这个好看。”

我站起来，走到他跟前：“德里克，我能检查一下你的脉搏吗？”

“不行！”他哼道，“我在看电视呢！”

“你还跟小孩子做爱吗，德里克？还是你已经金盆洗手啦？”

他斜过脸看着我，并没有任何表情。我一把抓过他的手腕，紧紧锁住，使劲捏向骨头：“我就是好奇啊，你现在是彻底放弃啦，还是每天早上坐

---

① 著名少年高音歌手。

在那扇窗户前，一边看着他们一个个蹦蹦跳跳地去上学，一边把手伸进自己的睡裤？”

“你弄痛我了……”

我捏得更紧了些：“我知道你为什么喜欢对孩子下手，她们比成年人好上手多了，不是吗？你不用浪费时间和她们约会，去好餐厅喝酒吃饭什么的，只需要给她们放几集《小美人鱼》，威胁她们不从就要伤害她们的父母，就搞定了。”

电视里唱诗班的合唱声音大了一些。他放下另一只手中抽了一半的香烟，想去够他的拐杖：“放开我！”

“小孩子就是好上手，不是吗，德里克？根本不需要费多大力气。就是懒，你就是懒。”

“滚出我的房子！”

“这可不是你的房子，这房子可是政府出的钱。还有比你像样得多的人在等着住进来呢，那些带孩子的人。噢，你听到这个又该兴奋了，对吧？”我又使了把劲，这回听到了“咔”的一声。

“啊！！！你个疯婆子！”他愤怒地咆哮，挣扎着站了起来，继续去够他那根拐杖。但我抢先了一步拿到它，扔到了房间另一头，接着顺手拿过那个记忆海绵枕。

“坐下，你个浑蛋，不然我把你另一只手也捏碎。我等这一天可是等了好久了。”

我把他摁回扶手椅，跨坐在他的大腿上，将枕头盖上了他的脸。扶手椅在这突如其来的推力下重重向后倒去，这让我完全占据了主动，让我得以把身体的力量全部压下去。他的手在空中胡乱挥舞，一会儿扇我一巴掌，一会儿捶我一拳。作为一个行将就木的耄耋老人，我倒是很惊讶他还真的打到了我几下。但我毕竟还是比他强壮太多，他很快就没了力气。我拿起枕头看了看，他挣扎着呼吸空气，但没法挣脱压在他身上的我。我很快又把枕头放了回去，重重往下压。他还想要来打我，但那只是徒劳的挣扎。没过一会儿我便感觉到他的双腿在我身下开始颤抖。

我又把枕头松开了一会儿。

然后再压回去。

再松开。

再压上，这次力道更大了一些。

他越挣扎我越兴奋，而父亲在医院那最后一天的记忆也从我脑海中冲淡了一分。

我任由这种兴奋的快感填满我。我正在做的这件事让我浑身充满力量——夺走一个生命。

答应我，如果病情再恶化下去，你会在我身边，你会帮我了结。

我能信任的只有你，瑞安侬。

我那么做是应他的要求。我是在帮助我父亲从痛苦中解脱。但那一天的记忆即将被眼前的这一幕抹去。从今天开始，出现在我梦里那张枕头下的脸将会是德里克·斯卡德，而不再是我的父亲。

在整整五分钟的推搡、压迫、挣扎和戏弄之后，一切归于平静。我就那么趴在他的身上，趴在他那丑陋的、汗得透湿的怀抱里。我起身拿开那个杀死他的枕头，他的嘴巴依然大张着，眼睛也瞪得大大的，布满红血丝。他的脸颊上有泪，枕头上有血迹——他把自己的舌头咬破了。他的四肢此刻像木偶一般松垂。我把椅子扶正，将枕头重新垫到他脑后，这样看起来他就好像只是在睡觉。

而那半只香烟，我放在了他的大腿上，一直等到烟头的火星点燃了他的毛衫才离开。快走回车里的时候我才感觉到自己的内裤都湿透了。

我来到Boots药妆店后面的停车场，在一个垃圾桶里烧掉了那件制服。那里的摄像头总是被人弄坏——去年12月我来写过一次这个报道，因为莱纳斯实在懒得再写一次了，所以我知道这里是安全的。做完这一切，我便将车往家的方向开去。我打开了所有的车窗，唱起欢快的歌。今晚我不需要钱来使我快乐，我已经有了免费的快乐。

4月27日，星期六

1. 那个周六早上的烹饪节目。为什么切完肉以后他们从来不洗手？

2. 那些在谈话中总要想方设法压过你一头的人，比如伊梅尔达。每次我说了什么好玩的事情，她就要说“杰克要带我们去迪士尼乐园”，或者“我玩刮刮卡中了一万英镑”。母亲去世后我第一次去跟“塑料姐妹花”见面，她说“没有什么比失去一个孩子更痛苦的了”。

3. 卡戴珊家族还苟延残喘着的所有人。

昨晚一夜无梦，但今天早上醒来我感到十分沮丧，就是新年第一天那种感觉——你知道假期即将结束，你马上又得回去上班，而且街道上所有那些装饰也要被扯下来了。克雷格去阳台上给拉娜发消息的时候，收音机里柯斯蒂·麦科尔（Kirsty MacColl）的歌让我突然落下了眼泪，但我没让他看到。我马上出去遛叮当了，躲在我的太阳眼镜后面哭了个痛快。

我也说不上来自己为什么这么痛苦，所以我用谷歌搜索了一下，知道了这可能是所谓的“连环杀手情绪周期”：在有人可杀的时候，我们还能忍受日常生活中的平淡，但当我们把人杀完了，抑郁的阶段就出现了。这个抑郁的阶段可以在任何时候开始，对有些连环杀手来说，它的出现是即时的，对有些连环杀手来说，一次杀人可以让他们在之后保持几天甚至数月的兴奋。根据这个理论，我生活中所有那些平淡的事情：无聊的朋友、工作上的无足轻重、出轨的男朋友，它们都不过是作为我“狂欢”的间隙而存在的。我们为等待我们的下一个目标而活。现在我懂了，但这并没能帮助我克服它。

爸爸曾经对我说过一些话让我终生难忘。是关于约翰·列侬的，当时我们在他车里，收音机放起了他的歌。爸爸说："有三种方法可以让你在这世上留下一些印记：做一些平凡的事，做一些不平凡的事，或者杀死不平凡。你可以当一个平凡的约翰，做一个不平凡的约翰·列侬，或者杀死约翰·列侬。"

随着岁月的流逝，我发现了对我来说更有趣的第四个选择：我要成为那个杀死约翰·列侬的女人。

我要杀死不平凡。

修道院花园事件已经剥夺了我成为一个平凡人的可能，而成为一个不平凡的人看起来又是那么遥不可及。我注定要成为马克·大卫·查普曼、约翰·威尔克斯·布斯，或者是李·哈维·奥斯瓦尔德[①]。他们都是男人，这不是很好笑吗？所有有名的连环杀手也都是男人。是的，有很多原因导致杀人的更多是男性，但是，我想知道，为什么不能有更多艾琳·沃尔诺斯[②]呢？或许事实上是有的吧，只是她们都像我一样隐藏得很好。现在男女平等了，但只要这些统计数字依然存在，我们连环杀手界就永远不平等。而我也只能让它稍微平等那么一点点。

下午收到了一条塞伦的短信：

我在查尔斯·伯里奇经纪公司的网站上没看到爸妈的房子，这是怎么回事？——塞伦

我必须放手了，我必须让过去的过去。克雷格去上班以后，我开车去了那所房子，带上我最信任的奇力洁[③]，最后做了一次彻底的打扫，然后把我想留下的父亲的最后一部分遗物装箱。我告诉亨利我们要重新开始卖房

---

① 这三个人分别是刺杀约翰·列侬、林肯和肯尼迪的凶手。

② 著名女性连环杀手。

③ 清洁剂品牌。

子了，他看上去很失望。他当然失望，因为这意味着他得把他的车、红花菜豆和绳梯全都挪回自己家那边了，而且这让他“又想起他都还没有孙儿孙女”。

叮当也跟我一起去了，我想让她最后在花园和后面的树林里好好撒一次欢。她尿在了我和爸爸埋葬皮特尸体的地方，我真希望她在家也能有更多的奔跑空间。

做完这些，我们开车进了城，走进主街上一家新开的地产经纪公司，叫瑞德曼－芬奇。我实在是不喜欢查尔斯·伯里奇前台那个女人，她看我的眼神跟克劳迪娅一模一样。瑞德曼－芬奇的主人是一对夫妇，名字分别叫迪恩和杰米，都是刚刚来到这个地区。办公室的主色调是玉石绿和铬黄，非常温馨舒适。他们还给我端来了仕女伯爵茶和果酱夹心饼干。对了，他们还养了一只长毛吉娃娃，名字叫“玛丽凯特”，叮当立刻就喜欢上了它。

我马上在脸书上向我亲爱的姐姐报告了这个好消息：

瑞德曼－芬奇正在给房子估价，明天就会挂到他们的网站上了。我们这里的明天，不是你的。

她马上就回了消息：查尔斯·伯里奇呢？

我回：他跟我握手的时候“不小心”碰到了我的胸部。我跟他单独去房子的时候感觉很不舒服。

她回：啊，真变态。好吧，瑞德曼－什么来着？我明天上他们网站看看。

“明天看看”的意思就是“我还是不相信你，并且讨厌你”。

克雷格不在家，他“去埃迪家打台球了，他新买了台球桌”，所以我整晚都跟叮当在一起，摆弄我的玩偶屋，顺便还从《谋杀倒计时》节目里学到了一些有用的技巧。

生活真幸福。

4月28日，星期日

1. 克雷格。逛超市的时候我问过他想要什么，他要了咸醋味薯片、奇普沐浴露、布鲁牌饮料，回家后他却开始吃我的Kettle牌薯片，用我的有机青柠沐浴露，还喝我的接骨木花原汁饮料。每次我以为我对他的恨已经到了极限的时候，他总能找到办法让这恨再上一个台阶。

2. 梳男式发髻却长得不好看的男人。这无疑是对男式发髻这一发型的侮辱，这是仇视性犯罪。

3. 吉姆·威尔金斯和伊莱恩·威尔金斯夫妇，他们就不该把克雷格生下来。

我们本来准备去郡上的运动场搞车尾厢甩卖，结果一群游客在那边露营，只好取消。这意味着我们又要去吉姆和伊莱恩家吃午餐了。

真是太棒了，耶。

所以我又得扮演可爱乖女友了。我们沿着海滨大道走到一家叫“舷窗”的咖啡馆喝热巧克力、吃茶点，听伊莱恩喋喋不休地讲述利德超市的每一项特价活动，还有隔壁的隔壁的邻居的女儿的婚礼以及他们在西班牙丰希罗拉的蜜月之旅。我真恨不得在那杯热巧克力里淹死自己。好不容易吃完喝完，我们让叮当在海滩上跑了一阵子，吃了午饭，然后伊莱恩和克雷格去洗碗，用她在利德超市买的只要39便士一瓶的洗洁精，吉姆则带我参观了他们新建的那个无聊温室。

参观途中，乌云滚滚而来。

“听克雷格说你们在尝试要孩子？”

“噢，没想到他告诉你们了啊。是的呢。”

“开始多久了？”

“几个星期而已。”

“我们花了 17 个月才怀上克雷格，用了五年才怀上科斯蒂。亲爱的，如果你们太久怀不上的话，最好去医院检查看看呢。”

“嗯，我们会的。”

“我的精子量少，所以我们怀孕难是我的问题，跟伊莱恩无关。”

“哦，这样啊。那说不定克雷格是遗传的。”

“不不，这个不遗传，”他说，“克雷格抽大麻吗？”

“呃，不抽，”我并没说实话，“他有时候会抽烟斗。”

“但是他抽烟斗的时候里面会加大麻吗？”

“不不，不加。”

“那不错，因为大麻也是杀精的。压力太大也不好。你尽量不要给自己太大压力，给克雷格买几条宽松的内裤，这样他的下面可以多透透气。”

如果尴尬是个奥运会比赛项目，这会儿我应该在为夺冠而激动得落泪了吧。

“克雷格一般自己买内裤，吉姆。”我摆出不好意思的表情，发出羞涩的嬉笑。

“那你就告诉他把宽松内裤放到购物清单第一条。我的都是伊莱恩从玛莎百货买的。还有，你早点开始吃叶酸也是不错的。”

“宽松内裤，叶酸，不要有压力。”我复述了一遍。我今天上午一直觉得有点恶心，但我没敢告诉他。因为如果我说了，他肯定会叫我赶紧去村里的药店买验孕棒，最好回来的路上就开始往那上面尿尿。

我讨厌和他们在一起时的自己，那个没有主见，只知道呵呵傻笑的小女人，假装对他们谈论的任何话题都感兴趣，从古董到高尔夫，只是为了保持住我正常的形象。

“当然啦，还要常做爱，哈哈哈，”他大笑着说，“如果你们受得了的话，一天两次最好了。”

“天啊。”我也跟着大笑，心里却在祈祷天上的乌云赶快变成雨点砸下来，这样我们就可以进屋去，和其他的人类在一起了。

整个下午他都在我身边晃荡，给我讲述各种怀孕小诀窍和小趣事：做爱的时候在屁股下面放个垫子，瑜伽是如何帮助他侄女怀上孩子的，他和伊莱恩在马耳他一夜五次却还是没能“正中靶心”。信不信由你，这还不是吉姆和伊莱恩让我最尴尬的一次。有年圣诞节我在他们家食物中毒了，我整晚都待在厕所，屁放得就像在打雷，吐得到处都是，瓷砖看起来像是杰克逊·波洛克①的画布。吉姆走进来问我要不要喝杯茶，我的嘴很想回答他，但还没等开口，一个响亮的屁已经喷射而出。

关于今天下午这场我要如何怀孕的审问，我就不多说了。简而言之，我们坐下看了一集《乡村档案》，他们已经知道了我的身高、体重、压力水平、性能力、工作量、床的高度以及我多久给下巴做一次脱毛（显然这是多囊卵巢症的征兆）。

在回家的路上，我对克雷格说：“要是你不杀了你的父母，我就要动手了。”

他听了只是哈哈一笑。这个白痴。

① 美国著名抽象派画家。

4月29日，星期一

1. 那些事无巨细地给你描述他做的梦的人。

2. 那些在晚上一起出去玩的照片里标记你，然后把照片发布到你的脸书主页上的人，尤其是那些照片你以为你照得很好看，她们发出来你才发现你被照得像中了风的海象。

3. 那些给你写邮件第一句就是“希望你一切都好”，然后紧接着就是开口叫你帮忙的人。他们根本不在乎你是不是一切都好。

4. 那两个开蓝色货车的男人。

5. 韦斯利·帕森斯。

6. 德里克·斯卡德。

早上来到办公室，所有记者都在谈论斯卡德的事——他是今天的首要话题。平常情况下，周一早晨办公室的闲聊都无趣至极，就连玛丽·安托瓦内特（Marie Antoinette）[①]听了都恨不得自己给自己造个断头台。那些对话内容通常都是：“你周末过得不错吧？”“是呀，挺好的，谢谢，你呢？”所有人说的话都是这些，没人会说不一样的话，没人会说真话。我真想跳上我的桌子大声喊出来——

你的周末怎么可能过得不错？你，你都差点自杀了；你，你老婆恨你恨得要死；你，你的丈夫抛弃了你；你有慢性坐骨神经痛，你的孩子都有阿斯伯格综合征，你的检测结果是阳性，你欠的债都快把你逼到绝路了！

但今天，斯卡德是聊天的主题，蓝色卡车男已经是明日黄花了。并没

① 法国国王路易十六的王后，国王被处死后她也被送上了断头台。

有人把斯卡德的死扯到连环杀手上面去，就目前的线索来看，这只是一起火灾。但他也算是个当地的名人，所以大家都不想错过这个大新闻。当然了，我并没能参加他们的临时编辑会议，以下消息是黛西开完会以后告诉我的。

“是一个邻居打的火警电话，当时整栋楼都要烧起来了。他的尸体是在家里的椅子上被发现的。他烟瘾很大，火灾是一根烟引起的。昨晚有人在街角的酒吧宣布这个消息的时候全场报以热烈的掌声，没有人会为德里克·斯卡德伤心的，这一点毫无疑问。”

“你觉得他也是‘收割者’的牺牲品吗？”我问。

她摇摇头：“看起来不像。倒确实挺奇怪的，对吧？又一个我们地区的性侵犯，又在这个时候死了……”我几乎可以看到她脑子里的小齿轮在转啊转，“还是要好好研究一下。你提醒得很好，瑞。”

“不用谢。”

很高兴那根香烟现在是罪魁祸首，但我还不能掉以轻心。现在还没有人提到 Boots 药妆店后面的第二场火，也没人提到斯卡德丢了一个打火机。那个打火机我今天早上塞进了叮当的狗屎袋丢掉了。毕竟只有等所有的树都砍掉了，你才能算是成功逃出森林。

午休时，AJ 把一个白色小袋子扔到我桌上，袋子里是一包从整蛊商店买来的辣牙签。他趁所有记者都去楼上开会的时候，混了几根这种牙签在莱纳斯的牙签盒里。我努力装出一个配合的微笑，但老实说，这些把戏我已经有点玩腻了，现在我在尽量减少和他聊天的时间。我把这归咎于克劳迪娅的监视，但另一方面，我也实在无法对这么一段不正当关系打起十二分精神，我需要操心的事情已经够多了。

还有，我的乳房依然胀痛，我现在真的开始担心我那不听话的子宫里是不是长出来一个小克雷格了。

今天杰夫·斯雷舍正式退休了。AJ 组织大家用零钱给他买了一张卡片、一个马克杯和一个刻了字的什么东西。我并没太注意，下班后我甚至都没留下来参加他们的欢送活动。我为什么要参加呢？他们都已经把他的桌椅给换掉了，换成了一套符合人体工程学的崭新转椅，不再有咖啡渍，好像他从来就没有存在过一样。

噢，对了，今天是我的生日。报社没有人记得，他们都只记得退休的杰夫，各种“再见，杰夫”的欢送此起彼伏。我也并没有提醒他们，提醒的结果无非是他们匆匆忙忙去买来卡片和一束花，而我还得为这些虚情假意报以真诚的笑脸，我可懒得应付这些。另外我也不想为将近 20 个人买甜甜圈，这近 20 个人里还至少有两个是真心看不起我。克雷格送了我一张水磨石书店的代金券、一罐脱毛膏和一瓶喷了让我起疹子的香水。我给自己买了一束花——好大一束黄玫瑰，闻起来和我爷爷以前在蜂蜜小屋种的一模一样。每深深地闻一口，我闻到的都是我不想失去的幸福的味道。

信箱里有一张惠特克夫人送的卡片。所以她记得我的生日，却不记得我叫她老贱货、威胁说要像杀猪一样把她开膛破肚？看来她的老年痴呆症又严重了。有一点是肯定的，我绝对不会再把我家的钥匙给她了。

塞伦一句生日快乐都没对我说。她从来就没说过。

我们点了比萨，看了我选的电影《春天不是读书天》（*Ferris Bueller's Day Off*）。克雷格的父母给我寄了一套森贝儿家族的大篷车，里面装着刺猬一家。看来克雷格也对他们说了我的这个爱好。现在我对他们的喜爱程度比之前大概提高了 20%，尽管他们总问过于私密的问题，有时候还种族歧视。大篷车前面还有一匹拉车的小马，我给它取名叫阿尔伯特。

5月1日，星期三

天气开始转暖，到处都开满了蓝铃花，这意味着我的大多数同事都开始穿宽松的衣服和人字拖。对于人字拖，我主要有以下四条意见：

1. 我们不是在滨海略雷特[①]。我们是在英国西南一家小镇报社的办公室，大部分时间老板不让我们开暖气，所以我们快冻死了；

2. 穿人字拖使人懒惰。别问我关于这一点有何科学解释，穿人字拖就是会使人懒惰。这种平底、松软的鞋子会让你彻底变成一把懒骨头；

3. 人字拖噪声很大。这让我很想打所有穿人字拖的人几个耳光；

4. 穿人字拖一点也不美观。我不喜欢脚，任何人的脚都不喜欢。穿人字拖就意味着要将他们那双整整一年没见过天日的人蹄子展示在外，我一低头就不得不看见一双双恶臭的、发黄的、脏兮兮的、畸形的脚，偏偏他们还觉得自己的蹄子挺适合向全世界展示。

我的乳房依然胀痛，我甚至不能趴着，趴着可是我最喜欢的姿势。我又买了根验孕棒，但我不敢做，万一我真的怀上了呢？我可是一直都在吃长效避孕药啊，我以为那玩意儿应该百分之百有效呢！

刚才谷歌搜索了一下，噢，原来只有百分之九十九有效，简直荒谬。

要是我真的怀上了，我的人生就完蛋了，对吧？我就会变成跟“塑料姐妹花”其他人一模一样的无趣女人，乳房下垂，每天筋疲力尽地推着小汽车那么大的婴儿车跑来跑去，对着熊孩子大喊大叫，还要假装他们都很爱去丛林探险馆和婴儿游泳课，没完没了地唠叨着小孩的水痘和她们每天晚上要起来多少次。我还得把整间公寓的家具都换成对婴儿安全的，扔掉

① 西班牙旅游胜地。

所有垂下来的窗帘绳，把橱柜里的碗碟、洗涤剂之类的都放到婴儿碰不到的地方，等等等等等等……

不，绝对不能这样。绝对不能让克雷依来到这个世界上，绝对不行。

等等，我不是个连环杀手吗？我要把他扼杀在摇篮里。我可以多喝点金酒，多洗点热水澡，再不行就直接去找医生做流产，小事一桩，有什么好惊慌的？不，我不是惊慌，我是生气。那该死的药丸怎么能不管用呢？也许它是管用的吧，也许我只是在生不该生的气。

反正也不是第一次了。

黛西·陈请我吃午饭，我们去了港口边的拉贝拉餐厅吃比萨。她今天的着装简直是个骇人听闻的灾难——一件黑色镶钻的紧身上衣，如果 Jessie J 掉进矿井的话，被捞上来时大概就会是这个样子吧。在聊天中我了解到黛西的丈夫最近刚升任手机仓库（Carphone Warehouse）[①]的店经理，他们有两个孩子，名字我都不记得了，她中间还流过几次产。

作为交换，我也得告诉她我的情况。她毕竟是个新闻记者，光说几句“噢，我就是跟克雷格住在一起，我们还养了条狗”是过不了关的。她想听有料的。她想听修道院花园的故事，想听我们活跃在公众视野里的那几年，想听为什么《公报》的办公室里会有我父亲的整份档案。

“你的脸怎么样了？”

“挺好的，谢谢关心。山金车药膏简直神奇。”

“是啊，我听过好几个人说那个药膏不错。你家是一直住在这里还是？”

“不，我们以前住在布里斯托，修道院花园的事儿过去几年之后我们才搬到这里来的。我十几岁的时候妈妈就去世了，爸爸一直到生命的最后一周都住在我们的老房子里。”

“噢，这样。”

“我和我姐姐打算把那房子卖了。我这周在研究遗产税的问题。老天，她要是听到我们要付多少税，肯定要气死。”

“一个家庭要付出多少努力，才能熬过那种事情呀！我是说修道院

---

① 欧洲知名手机零售商。

花园。”

“熬不过去的，”我说，“对我们来说这影响一直都在。事情刚过去那几年我们很有名，爸妈像个名人那样到处亮相挣了好多钱，各种电视节目、为脑部受伤的孩子募捐的慈善活动之类的。我自己并不记得我去了那些活动，但我看过YouTube上的视频，我确实都去了。”

“是啊，主要都是我妈在说话，但我收到了礼物，还见到了瑞恩·高斯林，所以还是挺好的。”

“你说你和你姐姐要卖房子？”

“是的，我们的父母都已经不在了——我爸是两年前的夏天去世的——所以我们得把房子处理掉。她要她的那份钱。”

我们对面那桌的一个女人因为“喉咙发痒”而不停咳嗽起来。我很是花了一些力气才忍住没有直接走过去把她掐死，我讨厌被打断。

黛西呷了一口可乐说：“昨天我去档案室找东西，本来是完全无关的东西，但我碰巧看到了你父亲汤米的档案。”

“噢，那你一定对他的一切了如指掌喽。”

“不，我并没有读，还没来得及，我只是想……”

我心情很好，所以没等她说完我就说了：“他在去当建筑工人之前曾经为国家而战，所以他在这方面也还挺有名气。”

“他当过兵？”

“不，他是个拳击手，中量级。在这个镇上，他走进酒吧或者超市总会有人叫出他的名字，要和他握手。”

“哇，他也算是个英雄喽？”

我点点头：“修道院花园改变了他。那之后他见人就想上去打架。他觉得都是自己的错，因为那天是他送我去的。”

“真可怜。他为什么坐牢？”

“你不是看过他的档案了吗？你应该知道啊。”

餐厅的某个角落，一个婴儿突然哭了起来。

她低头看看表——那块表很不错，玫瑰金色，表面还镶了水晶。然后她说："我们可能要往回走了。"

"一天他从学校接了我，"我边走边继续说，"我那时候多大来着？我不记得了。当时我已经又可以走路了，所以是九岁或者十岁的样子吧。但那会儿我还是不太会说话。我们回家之前他说他有点事情要办，还说如果我乖乖听话他会给我买冰淇淋。我们就在后街上停了车，他叫我在车里等。我看着他从后门进了一所红砖房子。"

"他有外遇？"

我笑了起来。哭闹婴儿的家长开始哄他（她）。"不是外遇。他去了很久，我就下车过了马路去看看是怎么回事。房子的后门没有锁，我走进厨房就听到了像是鞭子抽打的声音。我走到餐厅，看到一个男人被绑在椅子上，另外四个男人——也可能是五个，站在他周围，轮流抽他，打他，挖他的眼睛，踩他的腿。我听到其中一个人把他的骨头折断了，就像折断一根粗棍子，还有一个人带了老虎钳，用那玩意儿拔他的牙齿。那是我第一次听见那个C字头的词[①]和P字头的词。"

"天哪！"她倒吸了一口冷气，皱着眉问，"P字头的词是指？"

"恋童癖，"我说，"那是我第一次听说恋童癖。他们不停地在说那个词，'下流的老恋童癖''受着吧，你个恋童癖'……我认出其中一个男人跟我爸是同一个拳击俱乐部的。我有时候会去他们俱乐部跟那些小男孩们比画两下，修道院花园后我变得有一些攻击性，那能帮我减轻这个问题。总之，爸爸看到了我，我转身赶紧跑回了车里。我就坐在副驾驶座位上等他，害怕得要死，生怕他会生我的气。大概过了五分钟，他回来了，坐到司机的位子上，就那样看着我。我记得他的上唇在冒汗，瞳孔放得很大。"

黛西听得入了迷："他说了什么？"

"他只是想知道我都看到了些什么。爸爸是唯一一个能从我口中套出一些古怪字眼的人。我问他为什么他们要打那个男人，他说他们都有像我这么大的孩子，而被打的那个男人会伤害孩子。他叫我不要告诉任何人我看到的，我本来也没法告诉。他还说他相信我，我很珍惜这句话，我珍惜

---

① 指的是英文中非常不雅的脏话"Cunt"。

他对我的信任，那让我觉得自己是强大的。”

其实我还问了爸爸我能不能进去看那个人的尸体，而且自从那天以后，我开始以一种全新的方式看待爸爸——好像他在我眼中突然变得如魔法师般神奇。当然，我在诉说中隐去了这部分。我要保证我在她眼中的形象是一个正常人，要是连这些都说出来，恐怕计划就要泡汤了。

“你才那么小就看到这样的一幕，肯定对你影响很大吧？”

“也没有。”刚说完我便意识到，那样的一幕肯定会影响到一个正常的孩子，于是赶紧改口道，“嗯，当然了，那之后有段时间我每晚都尿床，还会做噩梦什么的，也就是这些。”

“真可怜。所以你后来作为证人出庭了？”她问。

“没有，他是几年以后因为另一个人的案子被抓起来的。”

“所以他常常做这个喽？”

“是的。他们管这叫‘派小伙子们过去’。如果你家附近有人需要好好教训一下，你就‘派小伙子们过去’。没人真的这么说，但大家都心知肚明。警察尝试把另外三个男人的失踪也归结到他身上，那三个人也都犯过强奸案，但他们没有证据，也没有目击者。爸爸很小心，他只蹲了四年牢房，他的两个同伴蹲了一辈子。”

“你认为他算是谋杀犯吗？”

我耸耸肩。爸爸满头大汗地把皮特·麦克马洪的头扔进洞里的情景如一道闪电在我脑海中划过，还有他在仓库里用那双强壮的手紧紧箍住那个人的脖子，他在小巷里死死踩住那个人的头……我吸了口手中的香蕉奶昔，微笑着说：“我也说不上来。”

回办公室的路上，我反应过来黛西问我这些关于爸爸的问题是什么意思。

“黛西，如果你认为我爸爸的朋友中有谁是‘收割者’，我可以向你保证，你找错人了。”

“我只是看到他的档案突然想到的。其中有个死者——一个叫莱尔·德瓦尼的强奸犯——他的尸体就是被扔进了采石场，跟茱莉亚·柯德纳和那两个开蓝色货车的男人一样。”

“爸爸认识的那个在采石场工作的人现在正在监狱里关着呢，实际上他们中的大多数人都在监狱里关着。我爸爸当时被放出来也是因为他快死了。”

“你家克雷格之前和你爸爸一起工作对吧？”

“是的，但是他完全不知道那些事情。对了，你大概迟早也会发现，他在加入我爸的公司前也在采石场工作过一年。但是我向你保证，克雷格不是‘义务警察’，他根本不是那种人。”

“对不起，我的大脑有时候会停不下来。这个案子太有意思了不是吗？想着它我晚上都会睡不着觉。”

我不得不说黛西还是有她的可取之处的，比如我就从来不会为了工作睡不着觉。也许她确实比我更适合这个初级编辑的职位吧。

聊完上面这些，我们聊天的话题就变得轻松起来了：最近过得怎么样啦，她有多喜欢这份工作啦，她的孩子有多喜欢学校，AJ 有多喜欢我，我们针对莱纳斯的那些恶作剧，等等。显然，莱纳斯最近在办公室“变得安静了”，而黛西隐约觉得这都是我们干的。老天，她还真是够敏锐的。我以为我们已经很小心了，但她从那支蓝色的“无色唇膏”开始就发现了。

我是路过那家鞋店的时候看见那个女人的——杀死蓝色货车男的那个晚上碰到的戴黄围巾的女人。她走在马路对面，这次没戴黄色围巾，而是穿着桃色开襟羊毛衫和灰色裙子，腕上挎着一个白色手提包。我的心瞬间提到了嗓子眼。她看起来和那天的样子很不一样——那天她的妆全花了，头发蓬乱，衣服被撕得七零八落，而此刻的她看上去利落潇洒，头发梳得整整齐齐，走起路来气宇轩昂。她看到了我，我也看到了她，但我们谁也没说一句话。等她走过，我回头看了一眼，她也是。

我们谁也没说一句话。

警察那边，依然没找到目击者。当然了，除了那几只告密的牛。

所以眼下一切还算顺利。

下午 3 点左右，莱纳斯 · 西克吉尔从他的座位上跳了起来，发出杀猪般的号叫——他在他的三明治里发现了一只蟑螂。AJ 朝我挤了挤眼，克劳迪娅看见了。于是，毫无悬念地，当我下午 4 点左右从洗手间出来时，她在外面等着我。我刚做完我的第二次验孕——并没有怀上。看到这结果，天堂般的美妙音乐在我耳边响起，声音响到她大概都能听见。

“瑞安侬，我们能聊聊吗？”

不知怎的，我竟突然哭了起来，就在厕所外面的走廊里，伴着烘手机还没来得及停下的呼呼声。销售部的克丽丝尔一路小跑着与我们擦身而过，显然是尿急了。

“噢，天哪，跟我来。”克劳迪娅说着，拉着我上了楼，又来到会议室 B。那个水壶还在桌子上放着，依然落满灰尘，不过这次旁边还多了一盘被人拨弄过的方旦糖和巧克力手指饼干。

我们面对面站住，她抓着我的胳膊问：“怎么了？”不过还没等我开口，她就猜到了——大概是“猜”到的吧：“还是没怀上？噢，小甜豆，真是为你难过。”

她居然拥抱了我，她他妈的居然拥抱了我！这个满脚青筋暴露、嘴里永远一股咖啡味儿的悍妇，这个说我古怪、每个月都得差遣我录入那烦人的市场报告的恶女人，此刻居然死死地抱住了我，还轻轻抚摸着我的头发，和我一起哭了起来。她说：“我理解你的感受。”

哭了一会儿，她退后一步，轻轻捧着我的脸，就好像我是一朵花，而她正呼吸着我的芬芳。她说：“这种事情总是难免的，你要相信，你还有大把的时间，一定能怀上孩子的。”

我点点头，继续抽泣着。她再次抱住我，把我的头靠在她的肩膀上，轻轻摇晃。我能感觉到她的眼泪滴落在我头顶。“噢，亲爱的，我真希望我能把你的伤心全带走。克雷格也很难过吧？”

我点点头。

“我懂，我懂，嘘——”

她说的话挑不出毛病，所有的表现都挑不出毛病——她就像一个完美的有爱的妈妈，可惜却没有孩子给她来爱。就连我都感觉到了：这真是可惜呀。

等眼泪都流干净了，我们去茶水间喝了杯薄荷茶，生硬地聊了聊天，她还把其他人都赶出去了，只留下我们俩。这之后我们便回去工作了，她甚至给了我一些有趣的活儿：一篇狂欢活动上的缉毒行动的追踪报道，一篇镇上新开的情趣用品店的采访。噢，冷静，别太激动！她甚至还表扬我干得不错，她说："干得好，小甜豆。"

自从上次罗恩被克劳迪娅的手提包绊了一跤，头直接把他自己办公室的门给撞开了以来，这是我在报社待得最开心的一天了。

5月4日，星期六

1. 那些真把自己当医生，甚至比真正的医生还要傲慢的药剂师。我知道你记不住店里所有买二送一的商品，我只是问问这个指甲油参不参加化妆品的买赠活动，你个弱智又面瘫的贱女人。

2. YouTube 主播们。这帮人里到底有没有真正有意思的人？都在哪儿呢？

3. 那些在社交网络上抱怨别人剧透的人。你们自己倒是赶紧去看那些节目啊！

4. 都成年了还要扎马尾辫的女人。

5. 年年今日都要说“5月4日与你同在”[①]的人。

本来有个皇室成员要来我们镇上，现在变成待定了，真是谢天谢地！要来的不是那几个大人物，而是一个在某次狩猎中杀了一头狮子的公爵。但所有人好像都只记得他后来参加了一个对抗肠癌的公益马拉松比赛。我从来都不喜欢这些皇室的人，不喜欢他们杀死手无寸铁的生灵。我知道这话从我嘴里说出来有点可笑，但我就是不喜欢。

在路上看到一个骑单车的女人被撞倒了，我的第一反应是哈哈大笑，可周围其他人都惊恐地看着我，好像这是他们见过的最让人震惊的事。

---

① “May the force be with you!”为电影《星球大战》中最著名的台词，意为“愿原力与你同在”。英文中“愿原力”与“5月4日”（May the fourth）发音几乎相同，所以在欧美国家星战迷们会在5月4日这一天说这句话。我们的“小甜豆”显然对这部欧美国家大家都耳熟能详的国民电影毫无概念。

这种无比震惊/倒吸一口冷气的表情到底是怎么做出来的？怎样才能让自己的脸摆出目瞪口呆的感觉呢？眉毛是要挑到什么位置才合适？周围的所有人都在做这个表情，所以我也试了一下。但我一点也不震惊，也不想倒吸一口冷气。这种迫不得已的感觉，就像是小时候我不得不拥抱我妈妈，或者大家都觉得我应该哭的时候。对我来说，哭就像是雨点从窗户上滑过，滑过的还是别人家的窗户。

昨天皮奇在 WhatsApp 群聊里跟我们说她流产了的时候也是这样。她们全都在不停地说着"太难过了""不敢相信""啊，亲爱的，这太不公平了"等表达震惊的话。可我一点也不震惊，我好像不知道震惊应该是一种什么样的感觉。我给她发了一句"真是难过，保重"，但我真的为她难过吗？我真的希望她保重吗？她流产跟我又有什么关系呢？死掉的又不是我的孩子，这事儿当然也不是我的损失。这种所谓的同情好像其他人都有，可我完全没有。

去剪了个头发，碰到的又是上次那个发型师，真是糟糕。上次她全程都在喋喋不休她有多么迷恋本尼迪克特·康伯巴奇（Benedict Cumberbatch），她甚至还去片场蹲守过他。我忍无可忍甚至开始拿手机搜索罪案现场照片，好让她闭嘴。可今天我只想睡觉。

为了检验一下自己，我又在网上做了个心理变态指数测试。这次我努力做到了认真而诚实地回答每一个问题：

你经常让别人为你付钱吗？——是的，我经常让克雷格为我付钱。

你是个急性子吗？——是的，非常急。

你是个问题儿童吗？——修道院花园之后我就是了，我觉得应该是吧。每个人都觉得我不该不说话、不该咬别的孩子。我伤害我姐姐那件事结果也不怎么好。

你犯过罪吗？——这个当然，可多了。

你认为自己与众不同吗？——我确实与众不同，所以是的。

你有那种自己幻想出来的朋友吗？——有那么几个吧。

你经常感到无聊吗？是不是会很快对既定要做的事情失去兴趣？——你知道我“既定要做的事情”都是些啥玩意儿吗？呵呵。

你认为自己算是个诚实的人吗？——在我内心深处，是的。

你是否认为身边的人都很蠢？——不是我认为他们蠢，他们就是很蠢。

你喜欢操纵别人的感情吗？——这很简单，不是吗？

你生活中的问题都是别人的错吗？——当然了。

结果：心理变态指数 92 分。

该死的，我越来越变态了！

显示测试结果的页面上又有一张拉尔夫·费因斯的剧照，这回是伏地魔。BuzzFeed 网站给我的建议是：“试着多跟人打打交道（不要绑架任何人），感受一下这种感觉，你说不定会喜欢呢！”

他们显然根本不了解我！

5 月 5 日，星期天

AJ 在 WhatsApp 上给我发了一张整盅奶油的照片，还打了好几个问号。

我回复：不要了。我觉得我们不要再整西克吉尔了，再搞下去就有点幼稚了，你不觉得吗？还有，你阿姨又盯上我们了。（巫婆表情）

他说：啊，该死！（呕吐表情）但是不整他的话我们要怎么打发上班时间呢？

我说：谋杀他？用斧头砍了他的头？

他回复了一连串夸张的大笑表情，还说：真好笑。说不定杀了他你就能升职了呢。

我回：希望渺茫啊，外加一张瑞贝尔·威尔森（Rebel Wilson）[①]跳舞的 GIF 动图。

他发给我一张梅丽莎·麦卡西（Melissa McCarthy）跳电臀舞的 GIF 动图，后面又接着一大串发狂的表情。

他充其量也就还是个蹒跚学步的毛孩子吧，以这个标准他其实还不算太差。

① 澳大利亚知名演员。

5月6日，星期一

1. 当你闪灯让他们靠边的时候假装没看到的行人。

2. 那些在环形路口或者交叉路口不打转向灯的人。每一个这样的人都要被放到我的名单上。

3. 那些追求极致身材的人。为了让自己看起来像芭比娃娃，她们不惜往屁股里注射混凝土、给自己动好几十次手术。

4. 所有下载那首该死的《江南Style》的人。

5. 麦莉·赛勒斯（Miley Cyrus）。

我和克雷格今天什么都没干，就坐在家里吃垃圾食品，看了三部经典的银行假日电影——《大逃亡》《音乐之声》和《油脂》。

首先是《油脂》。

“里佐多大了？毕业舞会上和丹尼跳舞的那个女孩显然是她祖母。我们应该相信丹尼和肯尼基没有什么？他想跑向的只有一个方向……”你明白我们这个画风了吧。

带叮当出去散了步，没发生什么特别的事情，除了看见两只猫在树丛里交配。我还从没见过猫咪交配，它们通常都太正经了，不会做那样的事，尤其不会在公众场所做那样的事。

我确实每天都带叮当出去，有时候甚至一天两次，所以你就好歹装一装这值得一读吧，行吗？我还每天上好几次厕所，还每天梳头、化妆呢，但我也不至于把我做的每件事情都写下来呀，这又不是一份写给警方的供词——好吧，至少现在还不是。

给露西尔转了 160 英镑过去，这是我们将要一起度过的那个我连提都不想提的周末的费用。我没法再拖了，她已经发过三次消息提醒说只剩下我还没交钱了。这下我的命运算是板上钉钉了——我要跟“塑料姐妹花”一起度过整整一个周末，我将醉得昏天黑地，被 20 世纪 80 年代的迪斯科震聋耳朵，为了“躲避性病”而精疲力竭。

寻找韦斯利·帕森斯的行动有了一些进展，他接受了我的好友邀请。当然，我是用假名字、假资料给他发的好友邀请——我用的名字是安娜贝尔·哈特利，那是我以前的同学，她在自己父母的卧室上吊自杀了。他的发型有些变化，从撞死乔的时候那头蓬松的棕发变成了金色短发。现在，我终于有了权限可以查看他的整个人生。

我知道了他之前和父母一起住在布里斯托，后来搬到了伯明翰。我知道了他现在和一个比他大十岁的女人同居，还一起生了个男孩，叫内森。

我知道了他晚上在一家酒吧兼职，另一份工作是修电视。他还在一个低级别足球队踢球，有时给他朋友特洛伊的装修生意帮帮忙。

我知道了内森喜欢打游戏，喜欢的球队是曼联，韦斯利最近还亲自帮他重新装修了卧室，把墙面漆成了红色、白色和金色。

我知道了还有另外一个叫西拉的女人怀了他的孩子，她上个月在脸书上宣布了这一消息，还在帖子里圈了他，而他既没点赞也没评论。

我还知道了他管自己叫“韦斯”。

我收到了一条他发来的消息：

——我们认识吗？（眨眼的表情）

——不认识（我说谎了）。我在朋友的页面上看到你的照片，觉得你长得很帅。（桃心眼表情）

——你也长得很好看。

——谢谢。

——你住在伯明翰吗？

——很遗憾，不是（我说谎了），但过阵子我会去看碧昂丝的演唱会。

我看到你在酒吧工作?

——是的，坎普街上的玻璃树酒吧。你跟你的朋友一起来?

——是的（我说谎了）。我们到时候就住在市中心。

——噢，那离我很近了。

——可不是。你哪几天上班?

这次他过了好久才回——整整22分钟。

——不好意思，亲爱的，刚接了个电话。

——女朋友的电话?

——你介意吗，安妮?

——不，不介意。

——我几乎每天晚上都在。第一轮酒我请。期待见面噢。（眨眼的表情）

呵呵，你是该好好期待呢，桃心眼表情，亲亲，亲亲，亲亲。克雷格今晚表现很不错，他甚至给我来了个婴儿油按摩，干正事的时间也比平常多出来三分钟。就在这三分钟里我睡着了。我们的枕头套刚换过，这新枕套的薰衣草香味实在是太让人身心愉悦，我一不小心就神游天外了。他很不高兴，我给他吹了会儿箫作为赔罪。男人实在是太容易哄了，真丢人。

噢，对了，趁我还记得，赶紧吃避孕药。晚安。

5月7日，星期二

1.“恐怖的红发艾德”。他午餐时间拿了一整袋巧克力在我办公室外面闲逛，还爬到我窗户对面那堵墙上坐着吃。

2.编辑助理比尔。这个男人会对着自己的桌子放屁，是名顽固的性别歧视者，脸色变起来快得吓人。

3.韦斯利·帕森斯。

4.利德超市的收银员“迪伦”——他今天给我结账的时候用力捏了我的全麦吐司，不仅仅是握得紧了一点而已，是真的使劲捏来着。这下好了，我接下来几天吃的每一片吐司上面除了巧克力榛果酱，还会有他的手指印。

5.那个泰恩赛德口音的接线员，她接我电话的时候还在跟旁边的人聊是乐鲜还是多美味的酱料比较好。“宝贝，抱歉，我要把你放到暂停几分钟噢。”宝贝，我要把你整个人生“暂停”一下。

今天AJ踩着滑板来上班，穿过公园的时候我一直跟在他身后，这样可以既不用和他讲话，又能观赏他玩各种特技。他尝试在一道狭窄的路沿上滑，结果摔了一跤。我当场笑了起来，结果发现他好像还真的伤得有点严重，走进办公室的时候都一瘸一拐的，膝盖上还包了一块纸巾。

5月报社好多人过生日：今天是黛西，13号是麦克·希思，19号是摄影师约翰尼，23号是保罗·斯普尔多，27号还有克劳迪娅和罗恩。好在我们现在不再凑钱买什么生日礼物了，只是拿攒起来的零钱买张生日卡，然后过生日的那个给大家买甜甜圈，这样显然公平得多。

黛西买了十盒现做的巧克力长条泡芙，她真是大大高估了报社能吃这玩意儿的人数。我吃了两个，午饭就省掉了。吃的时候乔伊一直看着我，每咬一口都对我挤眉弄眼的。要知道，一个长条泡芙里有 50% 可都是空气——这是事实。

从洗手间出来的时候碰到拉娜，她问我最近怎样，我也问她最近怎样。她说“还行吧”，但她显然并不好。她看起来就像个没成型的果冻，不稳定、水汪汪，一个最微小的动作都可能让她破掉、洒掉。我跟她说话的时候，装成了最贴心的闺密。我甚至夸赞了她那张刚拉过皮的脸。她说她哪天下班后好好给我科普一下。我甚至有种感觉，如果我请她喝瓶红酒，她会告诉我她所有的秘密。我们现在已经是好姐妹了，交流美妆技巧，天南地北地八卦。我依然能在她身上闻到克雷格的味道，就凭这一点，我就很想好好折磨一下她。

茱莉亚·柯德纳一案还是没有收押任何嫌疑人，但蓝色货车里的两个男人身份已经得到了确认：戴红手套的那个叫凯文·大卫·弗雷泽，39 岁，来自阿伯丁；戴头罩的那个叫马丁·霍顿·威克斯，48 岁。黛西电脑里有这俩人的照片，是他们几年前因为偷窃入狱的时候拍下的登记照。警方依然没有找到任何目击者——我何德何能，竟然如此幸运！

5 月 10 日，星期五

1.Costa 咖啡店那个少找了我零钱的女店员。

2.Costa 咖啡店外面那两个家伙，我从窗户看到他们往一个流浪汉身上吐口水。

3. 这件事发生的时候在旁边的公交站事不关己地等车的所有人，警察到来之前都没有人去阻止这项暴行。你问我为什么没去阻止？拜托，你知道 Costa 的座位有多难等吗？

4. 公交车上那个男的。车上那么多的空座位，他偏偏要坐到我旁边。他每次呼气的时候，都有几片头皮屑要飘到我的大腿上。

5. 病态肥胖者。既然他们想把自己吃到死，那就让他们放开吃好了。没错，我的意思就是，尽管喂饱他们。我们总得找点办法控制人口，现在我们都要“战胜癌症”了，让他们吃死在我看来十分合乎逻辑呀。

午餐时间和“塑料姐妹花”们在 Costa 咖啡店见了面，对于羊角面包、咖啡，以及用婴儿车堵住所有人去厕所的路，她们真是永远也不会腻。这次出现在聚会上的只有两个婴幼儿：萨姆和克莱奥那个我总也记不住名字的两岁儿子——大概不是叫姜戈就是叫贾克森吧，反正他整个聚会从头睡到了尾。咖啡厅里人满为患，我排了足足十分钟的队才买到我的低脂馥芮白咖啡和一个看起来像是被咬过一口的丹麦酥。今天的聊天内容主要是关于皮奇的流产，尽管皮奇本人并不在场。

“我给她打电话的时候她听起来状态很差，真不知道她要怎么熬过去。”尽管是大白天，露西尔连胸罩都没穿，衣服下乳头挺立。

“这是第几次了？”我问。咖啡馆里婴儿的哭声此起彼伏，我努力保持呼吸的平静。

“这次是第三次了，”克莱奥说，“唉，她本来可激动了，可以怀着宝宝去参加婚礼。”

“就是啊，”安妮说，“她本来还在德本汉姆看上了一件孕妇装。我本来也准备把我穿过的孕妇装给她呢。”安妮一边说着一边给萨姆喂奶，拿了一条金色斑点披肩做遮挡。“想去看看她又不知道合适不合适，因为我去的话肯定得带上萨姆。”

“我去看吧，”我说，“只有我没孩子，我去比较合适。我给她买束花，就当我们大家的意思了。”

“哇，那太好了，谢谢你，瑞。”露西尔说着，一只手伸进手提包里摸索了一下，掏出一些零钱递给我，暗示其他几个也凑上她们的份子。

看看我，多么贴心的朋友啊。

我把杯子里的咖啡渣也一口喝了下去，想找一个能引起我兴趣的话题。“嘿，你们听说那个德里克·斯卡德死了吗？”

“听说了。”梅尔点点头。她为了给婚礼试妆，双手都涂了精致的指甲油，所以她现在不能用手碰任何东西，包括那杯甘菊茶的茶杯把手，“要是知道了这是谁干的，我一定得给他买一大杯啤酒。”

“两杯。”露西尔附和。

“我当然也不是为他难过，但他可是活活烧死的，这死法还是挺残忍的。”安妮换了只手抱萨姆。

“噢，这我倒是不同意，”克莱奥说，“对于一个这样的人渣，这样的死法再合适不过了。要是他伤害了我的孩子，我会亲手点根火柴送他上路。”

“你真会这么做？”我问。

她盯着我：“我当然会，我们都会。”

“肯定的！”梅尔说着，翘着指甲从露西尔的羊角包上扯了一块下来，小心翼翼地用指尖夹着送入口中，“任何人敢动我家孩子一根手指头，我会亲手剁掉他们的手和脚。”

“我也是，”露西尔说，“我肯定跟他们拼命。”

安妮低头看着萨姆。她眼睛周围的皱纹又深了，胡乱扎起的头发里还粘着半块玉米片。

“你呢？”我问她。

“要是有人伤害萨姆，我也不知道我会对他做出什么来……不过我不认为我真能去杀人。”

“真到那一步你肯定会的。”露西尔说。

“可能吧。”她抚摸着萨姆的脸颊，他的嘴动了动，“现在肯定是不行了，我想杀人也杀不动啊，每天都累得要散架了。”

“你呢，瑞安侬，”梅尔问，“你会吗？”

“会什么？”

“要是有人伤害了你的孩子，你会杀了他吗？”

“可我不是没有孩子嘛。”

“假如呢？”

“不会吧，”我撒了个谎，“我想我也没有这个本事。跟安妮一样，我不知道我能不能做到这件事。”

“好吧，有一天你会明白的——等你有了自己孩子的那一天。你愿意为了他们杀人，你愿意为了他们去死，你别无选择。”

下班后我买了一束非洲菊、一张画着小狗的卡片，还有一个她最爱的莓果奶油蛋白甜饼直接去了皮奇家。最伟大的倾听者前来拯救失去孩子的伤心女人，我真该穿上我的超人斗篷。

我在卡片上写道：“我妈妈去世的时候，人们很久都不跟我说话，因为他们不知道说什么能让我好受一点。有时候沉默让人痛苦，你需要的只是那么一点声音，不管那声音是多么平淡无奇。如果你需要这个声音，我们都在。——你的朋友，瑞。”

看吧，BuzzFeed，我还是有爱心的。

5月12日，星期日

今天早上又去了趟皮奇家，问她需不需要我从镇上给她买什么东西。为了更贴心一点，我还给她带了一块自己烤的苹果桃子奶酥。今天很暖和，我想露个腿，所以穿了一条红白相间的连衣裙。皮奇看到我腿上的瘀青很惊讶。至少有五处瘀青我是知道出处的：杀死茱莉亚和斯卡德的时候。其他的我也记不起来是从哪里来的了。

"玩彩弹射击的时候摔的，"我说，"我和克雷格前几周跟他朋友去玩的。还是很好玩的，就是太痛了，到最后我简直觉得自己是《野战排》[1]里的人物，那台救援直升机没有等我就飞走了。"

她一直咬着自己的麻花辫不说话。她肯定不相信我的鬼话，但我也并不在乎。中饭后我进了聊天室，"大屌先生"正好在线，他想我给他发点视频好做打飞机的"调料"，我没答应，于是他怪我没能满足他。我说他太无礼，又说了几句类似"他的'大屌'看起来跟只鼹鼠差不多大，又藏在他的大肚子下面，大部分时间肯定找都找不到"之类的话，现在他把我给屏蔽了。

"火热48"还在跟我撩骚，我又给他发了一些裸照。跟乔博格一样，他也想跟我见面，约在城市酒店，先去酒吧喝一杯，可能再来袋坚果什么的，最后上楼，手铐、手活儿还有更多别的花招。

小甜豆：好的，周四见。8点一刻在楼下酒吧碰头，别迟到哦，亲亲。

火热48：等不及了呢。我会多带润滑油的，亲亲。

---

① 《野战排》（*Platoon*），美国著名越战电影。

我告诉他我会用我的名字“安德鲁·戴维森·斯迈斯”开好房，待他好好打完我的屁股之后再平分账单。真正的安德鲁是我在布里斯托读书时的校友，在拿到中等教育考试证书成绩后跳下吊桥自杀了。可怜的孩子，他一点也不知道，他短暂的一生中唯一的成就就是自己的名字被用来骗深柜的基佬出来假约会，好把他们惹毛。

真是个有趣的旧世界，不是吗?

5月13日，星期一

1.《钢铁侠》电影。

2. 电影院饮料柜台那个一脸雀斑的售货员。我花 4.5 英镑买了杯七喜，他居然没给我完全倒满。

3. 电影院里坐在我们后面的那两个青春期女孩和她们满嘴蛀牙的男朋友。这几个小浑蛋整场电影都在窸窸窣窣地吃各种零食，还两次踢到我的座位。

4. 那对靠着步行器才能走路的老夫妇——漫威电影本来就不是他们该来看的。他们从头到尾一直不停地在问："这个人又是谁？这个人是不是也演了我们星期天晚上爱看的那个节目？对对对，就是有头发的那个。那个绿色的大个子是怎么回事？死了吗？他离得那么远，是怎么把这个玩意儿炸掉的？"你们怎么还不去死？

5. 那个女引座员。到散场的时候她才发现把我们引到错误的座位上去了，而我们本该坐的位子旁边根本没有人——也就是说，我们本来可以有两个小时非常愉悦的观影体验的，当然了，这体验不包括电影本身。

今天是麦克·希思的生日，但他没给大家买甜点。过生日的人要给大家买甜点，这是规矩。办公室里大家整天都在交换眼色，不过并没有人真正去跟他说什么。

克雷格要去看牙医，所以我只好带着叮当来上班。克劳迪娅对此并没有什么意见，毕竟经过那次交心之后，我们已经算得上好闺密了。但是罗恩不太高兴，他路过我这边的时候不高兴地看了好几眼。叮当的表现简直好极了，她乖乖地坐在我在办公桌下给她准备的垫子上，并且很快成了同事们和我聊天的话题，尤其是黛西，她“早就想要一只吉娃娃”了，可惜她老公不让。她老公不光不让她养吉娃娃，还不让她看好莱坞大片，甚至不让她买洗衣机。

但祸福总是两相依。在同事感情大大增进的同时，莱纳斯又给我取了个新外号：“律政俏佳人”。是的，自从我和 AJ 不再整他，那个讨人厌的莱纳斯又回来了。他的自信心恢复得还是挺快的。

我想我身上的瘀青和今天带叮当上班的行为让我看起来就像个被虐待的小媳妇。更多人主动来和我聊天，而从来不会给人带来快乐的乔伊今天甚至没对我的体重或者着装发表任何被动攻击的评论。我走回车里的时候浑身清爽，我感受到了幸福主动降临。

找到幸福是很难的，不是吗？幸福就像蝴蝶，即使短暂停留，也会很快飞走。对我而言，幸福的每一次停留虽然短暂，却强有力，那是一种让我激动落泪的高潮（我有过两次这样的高潮，一次是跟在聊天室遇到的人，一次是和克雷格，他射完后在我身上躺了好久，我以为他死了）。

从皇家防止虐待动物协会领养到叮当的时候，也是一个难得的幸福时刻。那时候她还只有一块冰淇淋那么大。她让我体会到从未有过的幸福，尤其是当她睡在我旁边，在我耳边响起均匀的呼吸，或是当她舔我的脸，或是叼着克雷格的袜子在客厅里跑来跑去的时候。

可惜所有的这些幸福感受，都转瞬即逝，今晚的幸福也是一样。

我没像约定的那样给“火热 48”在伦敦订房间，倒是给我和克雷格的伯明翰碧昂丝演唱会之行订好了房间。那是一家四星级酒店，有点贵，但位置在市中心，正对面还有一家叫玻璃树的酒吧，那家酒吧有一个员工名字叫韦斯利 · 帕森斯。我有强烈的预感，我们在伯明翰期间，我会去那家酒吧跟他好好喝一杯。

晚上跟 AJ 去看了新出的漫威电影——还是那老一套，超级英雄拯救世界，令人惊艳的视觉效果之类的。看看我前面列的名单就知道这电影看得怎么样了。

我回到家，克雷格正在阳台上给植物浇水，光着脚，手上还夹着一支大麻烟。他的手机屏幕上是暂停的《尘埃拉力赛》游戏，阳台的落地玻璃门开着，凉爽的微风吹进来，叮当一进门便冲向他，他抱起叮当亲了亲，用鼻子蹭了蹭她的脸再放下，叮当便跑开去叼起了自己的咀嚼棒。要是每一天都像这一刻一样，我也就足够幸福了，我也就满足了。

如果他不出轨，我就不会需要杀人。我不幸福全都是他的错，是他重新唤起了我的黑暗面。它原本已经蛰伏了那么久，它原本已经被遗忘，原本已经死去。

而现在，杀人才能让我幸福。杀死丹尼尔·威尔斯，杀死盖文·怀特，杀死茱莉亚，杀死那个凯文啥啥啥和马丁·头罩，在脏兮兮的旧扶手椅中闷死德里克·斯卡德好抹去关于父亲的记忆，我百分之百确定我还要继续。

这都是拜他所赐。

5月15日，星期三

1. 晨间天气预报节目的那个女主持人。她连“等压线”都不会说，还穿着那么紧的紧身裙，都露点了，说话的语气居然还能那么傲慢。“今天空气里有一股气流，所以如果出门的话你要小心了”“有一滴雨在向我们飘过来，所以如果出门的话你要记得带伞”……呃呃呃！

我犯了个大错。

事情其实是昨天晚上发生的，但昨晚我实在是太激动了，没法写日记。事实上到现在我都还没完全缓过神来。昨天晚上克雷格出门了，他说他要“去奈杰尔家看比赛”（我查了一下，昨晚根本没有比赛），所以我决定出门“钓鱼”——我又生气又孤单，而他居然在跟情妇男欢女爱，我当然要找别人发泄一下火气，比如某个在运河边喝得烂醉的机会主义强奸犯之类的。我在外面逛到大概11点差一刻，去了河边、小巷、公园，能去的地方都去过了，也没发现有人跟踪我。看来周二晚上不是强奸的好时候。我只好从港口慢慢往家走。我走得很慢，尽情呼吸夜晚的空气，朝着灯柱撒尿（此处说的是叮当，不是我）。突然，一个男人不知道从哪里突然跳出来，挡在我的面前，还大声“嘘”着。我连想都没想，瞬间松开牵着叮当的绳子，掏出我的塞巴迪，刀尖直逼那人的喉咙，大声吼道：“去你妈的，你这该死的贱人！去你妈的，我他妈的要把你劈成两半！”

吼完了我才发现，这人我认识——他是AJ。

这可真是活见鬼，我现在可算是有大麻烦了。

他瞪圆了那双漆黑的大眼睛，盯着那把刀，双手举在空中，屏住了呼吸。叮当在旁边狂吠，手忙脚乱地撕咬着他的牛仔裤边。

“小瑞，是我！对不起，对不起……”他连话都说不利索了。

我赶紧松开拿刀的手，尖刀“咣当”一声掉到了人行道上。似乎并没有人听到这边的闹剧，或者有人听到了却并没打算过来查看。我花了好长时间才缓过神来，我弯腰捡起刀，重新放回自己的口袋，对他说：“你到底在干什么？”

他结结巴巴地说：“我，我从酒吧出来，看，看，看到你……我认出了‘小叮当’……”

“她叫叮当。”我抱起叮当，她这会儿也害怕得浑身发抖。

他死死盯着我的上衣口袋：“你拿刀是要干什么？”

“为了防身，AJ。我晚上得出来遛狗，因为我家没有花园。我们生活的世界并不完美。”

他伸出手摸了摸自己的脖子，然后将手指伸到眼前看了看——上面沾满了血。“你刺伤我了。”我也看了一眼他的脖子，只是割了个小口子而已。

“天哪。”我说。他的脸色突然变得很奇怪，紧接着整个人像一袋砖头一样重重地倒在了地上。

两分钟后，他醒了。他醒的时候我坐在他旁边，帽衫折起来枕着他的头，用卷起来的纸巾按住他脖子上的伤口，叮当则在一旁舔着他的脸。有几个从旁边酒吧里出来抽烟的人想过来看看怎么回事，我打手势示意他们只是“喝多了”，把他们打发走了。

“没事了，不要动，你就躺在那里缓一缓。”我不知道自己在说些什么，毕竟平常我是不会蹲在猎物耳边说这种甜言蜜语的。

他坐起来，眼睛看向我。我拿开止血的纸巾，扔进旁边的垃圾桶，说：“你昏倒了。”

“你捅了我的脖子。”

“只是个小口子，现在已经不流血了。给——”我递过去一张干净纸巾。

他站起来，对我说谢谢，脸上带着一种奇怪的表情转身往另一个方向走去："我要回家了。"

"你确定没事了吗？"

他停下来，转身看着我，表情依然很奇怪："晚安。"

"嘿，怎么了？AJ，别急着走。"他再次转过身，还是那个表情，"你为什么那样看着我？"

"你每天都带着刀吗？"

"每天晚上。"

"上班也带着吗？"

"当然不。"

"你以前也用过这把刀吗？"

"用过。"

"什么时候？"

"呃，我不知道……"

他难以置信地摇摇头："是对上次公园里那个男的？"

我直接承认了："是的。"

这下他的表情看起来像爱德华·蒙克（Edvard Munch）[①]画里的人物。

"真是你干的？"

"嘘——我不是故意的。我遛叮当的时候他从后面抱住我，他要强奸我，AJ。"

AJ 继续难以置信地摇着头："你杀了一个人？"

"别那样说，他不是无辜的路人，他是个性侵者，是个专门晚上出来瞄准单身女性下手的强奸犯。"

"那他也罪不至死，瑞安侬。"

"你居然要站在他那一边吗？"

"不，可是……"

"你不了解我，你不知道我经历过什么。我……"我顿了顿，任由眼

① 著名画家，擅长描绘人内心强烈的不安和恐惧。

泪在脸颊上肆意流淌，“我 18 岁的时候被强奸了，被我姐姐的男朋友。从那以后我晚上出门才都会带上刀防身。我总共就用过它一次，为了自卫——没错，就是用在了那个盖文·怀特身上。”

“噢，天哪……”

我低下头，双手捧住脸哭泣。叮当扒着我的腿使劲要用后脚站起来，查看我是不是还好。我感觉到 AJ 抱住了我，先是小心翼翼地用手臂环住我，然后是温暖而热烈的拥抱，最后紧紧地把我搂在他的怀里，还轻轻摇了摇。

“难怪你有心理阴影。”

我抱起叮当，让它舔干净我的泪水。“你不该突然跳出来吓我的，”我抽泣着说，“我的自我保护意识很强。”这话我是从杰瑞米·凯尔那里学的，不过好像还是从他嘴里说出来听着比较正常，我真不该加上这一句。

“我只想吓唬你一下，开个玩笑。我们在报社不是常常一起笑嘛。”他一边说，一边准备离开。

“不要走，”我说，“再抱抱我，至少你抱着我的时候我觉得是安全的。”

他便停下来再次抱住了我。叮当还在我怀里，它舔起了 AJ 的衣领——那上面有融化的冰淇淋。夜晚清凉的空气拂过我的脸，这种感觉真是神奇。我再次感觉到了幸福。

可没几分钟这幸福就结束了。

“我送你回家，”他说，“走吧。”

回到公寓，我给他泡了杯咖啡，说完了我的故事，克雷格还是没有回来。

“那时候我姐姐的男朋友是个大浑蛋——皮特·麦克马洪。他简直无恶不作，毒品、赌博，还有传闻说他是个皮条客，不过我爸爸找不到证据。反正塞伦也不听我们的劝。”

到目前为止，这个故事百分之百真实。

“他进过好多次警察局，伤人、毒品，你能想到的坏事他大概都干过。有一天晚上，爸爸出去了，他和塞伦一起回了家。”

“皮特？”AJ 喝着咖啡问道。

“我很讨厌他。他满脸青春痘，手指上全是黄色污渍，牙齿也很恶心。

他手长脚长，长得像只蚊子。我当时躺在床上，听见他们吵了起来。”

到目前为止，依然全是真的。

“我听得出塞伦喝醉了，因为她喝醉的时候声音就会特别大。我听见他们上了楼，她关上了自己的卧室门。她对他说了不，一遍、一遍又一遍地说（注意这里着重强调的语气，而且重复了三遍），然后一切突然安静了下来。这时候我意识到她有麻烦了，而我是她唯一的希望。”

以上依然全都是事实。

“你做了什么呢？”

“我从床上爬起来，去了她房间。我看到他趴在她身上，正在解裤子。她的胳膊被反绑着，意识不清醒，完全没有反抗的力气。我想她不是醉了就是被下了药。他叫我回自己的房间去，但我被吓坏了，我就那么站在门口，一动也不敢动。”

故事到了这里，我就开始自己发挥了。

实际上发生的事情是，那个时候我的姐姐依然像块木头一样躺在他身下，任他摆布，而我跑下了楼，拿上我能找到的最大的一把菜刀，回到那个房间，一下一下捅向了他的背。

但在 AJ 的面前，我当然只能继续扮演困境中的无助少女。

“他一把拉过我甩到床上，把我压倒在姐姐的旁边，撕掉了我的睡衣，然后……（此处我特意停顿了一下，好让他清楚地看到我的表情）强奸了我，就在我死去母亲的旧床上。我拼命挣扎，挣扎了好久，但他的力气太大了，力气太大了，AJ。”

AJ 脸上的表情简直就像一幅画。他伸出手覆在了我的手上，我使劲挤出一滴眼泪，正好滴落在他手表的表面。我继续诉说着，在这虚构的情节里，每一个细节都没有落下。疼痛，我不停地强调着这个词，让我难以忍受的疼痛，像是一刀一刀划在我身上、划在我心里的疼痛，像是骨盆在熊熊燃烧的疼痛。还有自那晚之后开始每天折磨我的噩梦，他臭烘烘的呼吸、他黏糊糊的舌头扫过我脸上的每一寸肌肤的触感。老天，我可真厉害。

“后来他被抓了吗？”他问。

“嗯。我还作为证人出了庭，像个光荣的冠军。警方发现他以前还犯过好几起强奸案，他后来去坐牢了，判了 20 多年。知道他被关起来以后，我晚上才终于能睡个好觉。”

当然了，这也全都是屁话。当然没有所谓的开庭。真实情况是，爸爸回到家，看到一片混乱的血腥场面，嘴里说着：“天哪，瑞安侬，你都干了些什么？”以及“我们得把尸体处理掉。”

AJ 摇着头说：“你真勇敢。”

我点点头，又挤下来一滴眼泪：“从那以后，我一直特别害怕会再发生这种事情，害怕自己又被什么强壮的男人抓住，肆意蹂躏，最后像扔废品一样被扔进垃圾堆。我必须遛我的狗，AJ。街道不是男人的领地，我和他们有一样的权利，我也有权利晚上走在城市的街道上，不是吗？”

“是的，你说得对。”

“杀死盖文·怀特不是我故意的，你明白吗？”他点点头。

“我不想让你为难，如果你想报警的话，就去报吧。我不想阻止你报警，我只是希望你听听我的故事。”

他摇摇头：“我真难过。”

“该难过的不是你，是我刺伤了你。”我开始抚摸他脖子上的小伤口，伤口渗出的血这时已经开始凝固了。我注视着他的眼睛、他的嘴唇，手继续在他的脖子上游走。

“我可以说这是我刮胡子的时候不小心弄的。”

“哈哈，谁会相信你已经开始长胡子了？”我笑了。

他也笑了，从侧面搂住我，像之前一样。

“这一切太让我震惊了，但是你放心，我不会报警的，我不会那样对你的，瑞。我理解你为什么会那样做。”

“所以你会帮我保密喽？”他点点头。我伸手搂住他的脖子，侧脸贴着他的侧脸，“谢谢你，我就知道我可以信任你。”

说完，我吻了上去，热烈地吻住了他的唇。这个吻一触即燃，我们的舌头很快便纠缠到了一起。我的私处开始有了反应，他的吻味道真好。

“啊，该死，”他终于开始控制自己，“真是对不起，我不该这样。”

“不不，是我的错，是我不该这样。天哪，真是丢人……不过AJ，你的吻技真好。”

“谢谢，”他自嘲地说，“很高兴你这么说，毕竟我没什么经验……”

我冲他挑了挑眉毛：“这么说你还是处男喽？”

“是的。真不想承认，但是，是的。”

“我也是到了23岁才有第一次呢。是跟克雷格。”

“可……你被强奸的那次呢？”

“严格意义上来讲那次应该算，但我不想算。毕竟那并不是我自愿的，对吧？”

“也是，”他难过地说，“对不起，我不该这么问。”

“没事的。”我摸着他的眉毛说，“嘿，克雷格马上要回来了……”

“嗯，明白。”他站起来，整理了一下牛仔裤。

我微微一笑：“怎么？”

“你下面这是在测试导弹呢？”

就这样，我本以为他脸不能更红了的时候，他的脸更红了。

我大笑起来，也站起身：“你真可爱。”我捏捏他的脸蛋，亲了一下他的嘴唇，说，“我向你保证，这不是拒绝。不然我们明天再见面？”

“真的？”他跟在我身后走到门口，天真无辜得就像玛丽的小羊羔。

“当然了，AJ，我喜欢你，我想要你。”

他的嘴都要合不上了。他靠近我，又吻了我一次，好像完全失去了自制力：“克劳迪娅阿姨一整天都会在报社，她中午从来不回家。我们去那儿？”

“在克劳迪娅·格尔珀的家里做？”我脸上再次露出笑容，“那可是场大冒险呢，对吧，小甜豆？”

他点点头，嘴巴依然微张着，一缕口水藕断丝连地连接着我们俩的唇：“老天，真是神奇的一晚，先是你想杀了我……”

“然后现在我想跟你上床，”我嘻嘻笑着，“可不是嘛，真是神奇的一晚。”

我斩断那丝口水，打开了门："明天报社见。"

"明天报社见，"他微笑着，"非常期待。"

我回给他一个微笑，在他转过身后拍了拍他的屁股。

见鬼，这下我总算跟克劳迪娅站在一边了。

现在我得跟她那个容易受影响的无比纯洁的好人侄子上床，真是倒霉。

我觉得我犯了个大错是因为，刚刚告诉了 AJ 我被强奸的故事，我就开始表现得很饥渴。这绝对不是一个正常人会有的反应，戏不该是这么演的。尽管是他先采取的行动，尽管我并没有真的被强奸，但从 AJ 的角度来看，他只要仔细想想，大概就会意识到我是一个能够迅速应对突发情况、不择手段解决问题的人，随即可能就会想到我就是一个机会主义杀人犯，而他能够活下来只是走了狗屎运。而一旦他这么想了，他就会报警。也就是说，我必须好好把他哄住，所以我承诺送他一夜春宵。我寄希望于在这样的情况下，他就会用下半身思考而不是上半身了。

上帝啊，男人真是太麻烦了，现在我理解人类历史上的第一个女同性恋究竟是为了什么而转投女人的怀抱了。

5月16日，星期四

1. 在超市里骑电动滑板车的人。这玩意儿到底是什么时候开始流行起来的？还有，超市是从什么时候开始允许同一条走道里同时出现三辆这玩意儿的？货架之间的路都给堵得死死地，其他人都拿不到果酱吐司饼干了。

2. 认认真真玩填色游戏的成年人。

3. 泰勒·斯威夫特。一个女人到底需要几根生殖器才满足？

今天早上克雷格和我一起走路去上班，顺便遛叮当，我们路过了一家新开的小馆子“威廉”。这酒馆有一个小花园，对狗十分友好。幸福的光又一次照到了我身上。酒馆老板十分友好，满口都是“当然可以”和“完全没问题”，而天空阳光明媚——你看，当人们不那么浑蛋的时候，一切都大有不同。

我们坐到了一个角落的位置，地上准备了小盆的水，叮当可以在花坛里尽情撒欢。我点了我最爱的早餐——薄煎饼、肥瘦相间的焦脆培根配上枫叶糖浆，外加一小罐发泡奶油。幸福的味道。

可食物被端上来的时候，阳光瞬间被乌云遮蔽了。

薄煎饼显然不是现做的，旁边配的水果也令人恶心：草莓是坏的，香蕉已经成了黑色，上面摆的一小枝薄荷更像是水果的呼救。最糟糕的还是培根，我特意叫他们煎得脆一点，装在盘子里端上来的却好像刚从一个胖女人的手臂上刮下来的油腻腻的肉片。就这样，我的整个上午又回到了烦躁模式。

报社这边倒是有一个好消息：AJ 依然相信我。他不再对我挤眉弄眼了，大概是觉得对一个强奸受害者这么做不太合适吧，但他像往常一样为我准备了花生酱香蕉的吐司，还额外用草莓酱在顶上做了颗小爱心。但这对我还不够，我需要确认一下。

“我们什么时候才能亲密接触呀？”他过来帮我的台灯换灯泡的时候我问他。

“只要你方便，随时，”他说，“克劳迪娅怎么办？”

“她也想加入？”我目不转睛地盯着他拧灯泡时手臂上跳动的肌腱。

他哈哈大笑：“我的意思是，我们得谨慎行事。”

“这个自然，”我说，“回你的座位去吧，我们短信说。”我凑近一些，轻轻咬到了他的耳朵。他的脸唰的一下变得通红。

就这样，我们接下来整整一个下午都在互发短信，长长的短信。最后，我说：

——星期六下午 7 点以后可以来我家，我男朋友要跟他朋友去看热刺的比赛。

——太棒了！一定会是美好的一夜。你让我现在就硬了！

——亲亲。（桃心眼的表情）我要是有小弟弟现在一定也硬了。

他可不会知道我还真有——就算是有吧。

晚些时候他发消息问我能不能下班后在女卫生间来一发，我拒绝了。我无法忍受在那种地方被霸王硬上弓。那地方不仅肮脏，而且潮湿，总有一股温热的气息，那是没洗干净的阴道分泌物的味道，而且即便所有人都走光了，那味道也不会消散。

唉，所以星期六必须跟他发生点什么了。

乔伊让我给下周的房屋租售版写五篇专题，其中一篇正是我父母那栋房子，它是下周主推。

“这栋房子也没那么好，对吧？”我说。

“它有六间卧室呢，”她不快地反驳，声音都提高了三倍，“还额外扩建了一部分出来，加上双车库，另外，花园还连着后面的树林。这房子很特别，瑞安侬。”

那是，这房子的隔音还足够好，好到一个女人在里面被关了三个月都没人察觉。是的，公平地说，这房子是很特别。

写完后我把文章拿去给她看，她一个劲地挑刺。她下巴上全是小胡楂，跟椰子壳似的。

“你没提到那棵苹果树。”

“那棵苹果树值得提吗？”

她不耐烦地啧啧道：“这是主要卖点，瑞安侬。那棵树已经有五百多年的历史了，整栋房子都是围绕着这棵树重建的。关于那树甚至还有个传说，说亨利八世曾经在暴风雨中躲在树下避雨。把这树加进去。”

她甚至都没有说“请”，或是“谢谢”。这个又肥又臭、披着用尿浸过的破布、长着小胡子的阉人。那个亨利八世的故事纯粹是胡扯。当然，那棵树确实那个时候就在了，但亨利八世肯定没在树下躲过雨，也没在树下和克利夫斯的安妮[①]做过爱。那不过是一棵老树，我和塞伦曾经在树下玩过捉迷藏，我妈妈曾经坐在树下喝着柠檬水读着书，我爸爸曾经在拿到妈妈的诊断结果后在树下痛哭。

我恨乔伊，非常非常非常恨乔伊。不过你大概早就发现了。

*

重大新闻：警方逮捕了德里克·斯卡德谋杀案的嫌犯，是两名 15 岁少年。黛西·陈中午叫我去吃西班牙点心的时候告诉我的。

“你怎么知道的？”我问。

“罗恩从警察局局长那里得到的消息，昨天晚上编辑会上告诉了我们。这两个孩子断断续续地骚扰他有好几个月了。”

① 亨利八世的第四任妻子。

“噢？我还没听说过呢。”

“嗯，干得还挺过分的。他们先是玩一些小把戏，比如在他的信箱里塞字条、在他家外墙上涂涂画画之类的，后来就发展成了往信箱里塞狗屎和打骚扰电话。去年他们还朝他家扔了一个点燃的爆竹，但那玩意儿最后没燃起来。德里克为此准备了一桶水，那桶水在他家整整摆了一个月。”

“所以肯定是他们俩干的喽？”

“他们是这样认为的。消防队长说这绝对不是纵火，他们也没打算找别的嫌疑人，除了……”

“除了什么？”

黛西这时候正好吃到一块特别硬的辣香肠，她咬着香肠直翻白眼，看起来真的很费劲。她冲我摆摆手，算是道歉。接下来她还被香肠给噎住了，不停地喝水，我只好拍着她瘦骨嶙峋的背，装模作样地问她是不是还好。那块香肠好不容易才被她咽下去。

“怎么样？”

“好了，总算是下去了，老天，真可怕。”她的声音都变哑了。她又猛喝了几大口水，然后重新开始吃东西，好像并没有继续说下去的打算。

“你刚才说他们还有别的调查对象？”

“噢，对，有家私人护理公司每天会派人去几次斯卡德家，给他做做饭、洗洗澡什么的。他们对这家公司应该也没有多大的怀疑，毕竟他们信誉很好。唯独有一件事很奇怪——他没有闩门。公司的人说每次他们的员工离开后，斯卡德都会把门反锁、闩死，但他的尸体被发现的时候，家里的门没有闩。”

“这意味着什么呢？”

“有可能只是他正好忘记了，也有可能在最后一个护理员傍晚 6 点离开后，他还让别人进过家门。他是不会让那两个男孩进来的，不是吗？他家里也没有任何暴力闯入的迹象。”

“他的家人呢？家人中有谁有钥匙的吗？”

“没有，他的家人很多年没跟他说过话了。他有个儿子在爱尔兰，但是都几十年没有联系过了。所以最大的可能就是那两个少年啦。不得不说，我其实有点失望呢，我本来还以为是‘收割者’又行动了。”

“噢，你是说你那个专杀性侵者的连环杀手？”

“是呀，”她叹口气说，“但他好像暂时停手了。我得说，那两个孩子倒是为我们镇上做了件大好事呢。这话我就只跟你说说啊——要是有任何人敢动我的孩子，我就……”

“你就怎样？”

她看着我，直勾勾地盯着，说：“我不知道我会做出什么事来，我真的不知道。”

“派那两个男孩出手？”我说。

我们会心地笑了。对其他人来说，这个瞬间也许微不足道，但对我来说，这是整个阴暗下午的一丝阳光。

吃过午饭，丽奈特拿来了工资单，我花了足足一小时在楼上和她理论，因为她又多扣了我两笔学生贷款。

“火热 48”也把我屏蔽了。他给我发了一条消息，说他从另一个男人那里听说我“满嘴跑火车”，听说我“不会出现，因为我只是在钓他们玩”。他说他认为我实际上“是一个女人假扮的”，所以我才从来不肯发实时视频。

真是令人惊讶啊，看来他没有我想的那么笨呢。

5月17日，星期五

1. 骑单车的人。

2. 那些大谈特谈《制造杀人犯》和史蒂文·艾弗里（Steven Avery）的人。那家伙曾经给一只猫浇过汽油，他就该被扔进油锅里炸。

3. 今天早上给我做宫颈涂片检查的那个护士黑兹尔，她一直没完没了地给我讲她20世纪50年代上过的踢踏舞和交际舞课。要说这世界上还有什么比看老年人跳舞更悲哀的事的话，那就是年过50了还在跳舞。她在我的私处用各种仪器折腾过一遍之后甚至还给了我一张舞蹈课的传单。真是该死。

乔伊打算周末在湖区组织一次团队活动。之前一系列针对莱纳斯的恶作剧活动是她现在要处理的第一要务，她认为这“会让团队内部产生裂痕”，而她的使命是促进和谐，消除《公报》办公室的污秽（她专门去上了一个这方面的课程）。呵呵，鉴于有我这么一个大毒瘤在，祝你好运吧。

午餐时间，我和AJ出去吃了一个巨大的香肠面包（不，这就是字面意思，不是什么隐晦说法；是的，我不怕长胖）。我们大部分时间都没干什么见不得光的事，不过在回报社的路上还是溜进教堂墓地，在一棵树后偷偷吻了一下，伴随着前一场葬礼留下的百合花散发的迷人清香。我朝流浪汉住的那棵树那边看了一眼，他正坐在树洞外面，旁边堆满了腐烂的购物袋和杂物，手里还卷着一根烟。他看到我，朝我挥了挥手。我没有对他挥手。

5月18日，星期六

1. 在超市跟收银员聊天的人，尤其是在后面还排着长队的时候。你花再长的时间给你买的东西装袋我都能心平气和地等着，但你卡也刷完了、找的钱也拿到手了，就请干脆地滚蛋，不要再耗在那里跟收银员聊你家孩子的复活节演出和你最近做的手术。还有，别对我说什么“谢谢你的耐心等候”，我“耐心等候”还不是因为迫不得已。

2. 在公共场所乱扔垃圾的人。

3. AJ，因为他强迫我跟他发生关系。当然了，不是传统意义上的“强迫”，而是把我逼得别无选择，只能和他上床。真是让人烦躁。

让性爱之车发动吧，蝙蝠侠……

*

AJ刚刚离开。我撒谎说克雷格发来短信说他错过了去伦敦的火车，要早点回来。他看起来无比难过不能留下来多抱抱我——他还真是对什么也不干就在那儿干抱着有种谜之热爱。好在至少现在家里只剩下我和叮当了，我们可以好好享受独处，安安静静地看我在《广播时报》上特意圈出来的丹尼斯·尼尔森的纪录片了。

说正事，我们的性爱之旅——如果还能对得起这个名称的话。他到这里的时候就已经兴奋难耐了，我刚给他开门，他便已经支起了小帐篷，待到我们把他带来的红酒打开，他已经跟水藻一样缠到了我身上。他的舌头在我身体上四处游走，下面在沙发上蹭来蹭去，然后他说：

“如果不小心一点的话，我恐怕要射在这上面了。”

听到这话，我赶紧拉着他去了卧室。要是他真的在这沙发上留下哪怕一滴什么东西，我真得把它给炸了。

我计了个时，从我们离开沙发到他射出来，一共是 104 秒。对，就是这么短。104 秒后，他筋疲力尽地倒在床上，我木然地躺在那里，完全没有高潮。叮当跟平常一样在卧室门外叫个不停。我推开他去洗澡。

“噢，天哪，实在是太美妙了，”他躺在床上说，“你高潮了吗？”

“嗯。是很棒。”我在浴室里回了一句。冲完了澡，我回到床上，蹭到他身边，靠着他伸过来的胳膊躺下，“你比克雷格厉害多了。”

“啊，别提他。”他亲亲我，开始脱我的衣服，“我不想你谈他。”

“怎么，你嫉妒了？”

他点点头，又亲了我一下：“我不要他在你的身体里，我想要在你的身体里，永远不要拔出来。”他又爬到我身上，把我的脸和脖子亲了个遍，一只手开始朝下摸索。

“天哪，你好湿。”

“可不嘛，你不是刚在那儿卸了货？”

他大笑着，吻了吻我的嘴唇说：“你真美。”

我把双腿环住他说：“谢谢你。”

他脱下衬衫，扔到床上那一堆衣服上。

“想不想要我吃你？”

“不要了，我们再做一次吧？”

“我不知道能不能再硬起来呢。”

“我来帮你。”我把他从我身上推下去，让他仰躺在床上，来来回回吻遍了他全身，然后用上了我能想到的所有招数。我要是哪天在克雷格身上花这么多心思，他事后可得给我很多好处——足部按摩、帮我搭个架子，或者至少也得给我来一顿烧烤大餐吧。

“上帝啊，亲爱的，你很厉害嘛。”他开始喘息。

“我可是看了不少情色片呢。”

“真的？”他惊叫起来，将手枕到头后面，看着我说，“我不知道女孩也会看情色片呢。”

“女孩子都会看的，我们只是不告诉你们而已。还有，要是你跟一个克雷格这样的男朋友在一起，你也只能去看情色片啦。”

“那你为什么还要跟他在一起？关于他你就没说过什么好话。”

“从某种程度上来讲，我其实有点恨他。但我习惯了跟他在一起。总之这事情很复杂。”我希望他不要再追根究底了，他也确实没再往下问。

“好吧，继续情色片的话题。你喜欢什么类型的情色片？”

“什么都可以呀，”我说，“跨种族那种就都不错，有时候我也会看绑缚的、日系夸张类的。”

“日系夸张类的你也看？”

“我什么都看。男同片我就很喜欢，我能理解为什么男人喜欢看男同片。我还看过一个搞笑的，史酷比和夏奇搞在一起的片子，不过严格意义上来讲那应该算兽交了，兽交我一点也不喜欢。”

“那女同片你看吗？”

“不怎么看。我对女人的身体没什么兴趣。”我说着，心里想的却是——除非我是在拿刀捅她们。

“那你和女人做过吗？”

“没有。”

“那肛交呢？你有尝试过吗？”

我停下手上的动作，看着他的脸，有那么一瞬间，我仿佛觉得自己看着的是克雷格：“我不喜欢痛，除非是我自己造成的。”说着，我使劲拧了拧他的乳头，非常使劲。

“啊，好吧，好吧！”他笑了，“别担心。”

我努力了很久才终于让自己高潮。为了攀上这一刻的高峰，我不得不依靠内心深处的黑暗记忆。最终帮助我成功的是茱莉亚。我闭上眼睛，想象着躺在茱莉亚身下，她的血顺着我的脖子两侧淌下来。终于，极致的快感包围了我。

“老天，你高潮的时候太性感了。”他喘着气。我屏住呼吸，倒在他身上，紧贴着他的胸膛，我们的身体就像两只鼻涕虫一样紧紧贴在一起。

“嗯——”我闭着眼睛哼了一声。

“继续，不要停，帮我再来一次。”

我满足了他。他可真能喊。

一切结束后，他赤裸着身子躺在床上，说：“我知道我们认识不算久，但是……我想我爱上你了，瑞安侬，小瑞——你听到了吗？”

我只好装睡。

5 月 19 日，星期日

我和克雷格去了他父母家吃午饭，这回是烤猪肉，又脆又香，还撒满了各种香料。不过伊莱恩在减肥，她给自己的那份实在是小得过于夸张，简直像是给我玩偶屋里的玩偶吃的。至于甜品，她也没吃巧克力海绵蛋糕和奶油冻，只吃了一小碗冻草莓，还赞美它们是如此“美味和天然”。

自从我们的狂野激情之夜过后 AJ 就不停地给我发消息，我基本上都懒得认真回，只是敷衍地打上几句“嗯”“我也是”“噢宝贝尽情地射吧”“我真喜欢在我洗碗 / 打扫卧室的时候跟你做”。不过我现在在吉姆和伊莱恩家，这个小小短信游戏突然变得有意思起来——因为有风险。看到了吗？我喜欢冒险，因为我是个喜欢冒险的小精灵。

下午大家都在沙发上打盹的时候，我翻起了当地报纸，想找出些校对错误什么的，却看到这么一条新闻：一位六年前因虐待儿童被关押的儿童保育员，桑德拉·哈金斯，将于本月假释。她的入狱登记照丑得超乎你的想象，堪比萝丝·韦斯特[①]或者是烤箱门上滴落的猪油。吉姆越过我的肩膀看了看。

“是呢，这一片但凡是为人父母的人都可气愤了。伊莱恩的朋友曼迪在合作社工作，她认识她的妹妹，这家人都不想再跟她扯上任何关系。她出来以后肯定不会有人愿意跟她做朋友的。”

“我都不知道女人里也有恋童癖，”我合上报纸说，“女恋童癖有专门的名词吗？”

“恶魔。”吉姆说。叮当跳上他的大腿，把自己蜷成了一只北极狐，“还

① 英国一位臭名昭著的女连环杀人犯。

有那个在黑兹尔福德路上欺负小马的小浑蛋，伊莱恩听说之后好几个星期都睡不着觉。有些人啊，真的是脑子有病。”

“吉姆，你觉得她出狱后应该怎么样？”

“这种人就不该让她出狱啊，不是吗？”他答道，“这种人就该像辛德雷和另外那人一样烂在里面。但他们不这么做，他们可能还会给她一个假名字、一份工作，这些还全是花的纳税人的钱。伊莱恩特别担心到时候她还会加入妇女协会。”

“要是你在街上看到她，你会怎么做？”

他摇摇头说：“我会杀了她。这里的绝大多数人都会这么干的。她天生就是个怪胎，就该被消灭。”

回答正确，叮叮叮——奖励这位先生一艘快艇！

你看，不是只有我一个人想要为社区除害，对吧？只是一般人只会把这想法挂在嘴边，不会真正动手，我则实实在在地去做了。他们要是知道了我的所作所为，我一定会很受欢迎。大家都会喜欢我，就连《每日邮报》也将视我为英雄。他们说不定还会发起请愿活动来为我向司法机关求情，或发起众筹来印一批带有我名字的 T 恤衫之类的。

我当然知道伊莱恩的各种神经病症，她就连听说街那头有人家里被贼闯入了都会睡不着觉，她甚至连晚上有烟花表演都会睡不着觉。每到 11 月 5 日，一支罗马烟火筒就能让她精神崩溃。所以现在，哪天晚上要是镇上要搞烟花表演，她就会早早吃下安定药片去睡觉。我从她的药柜里偷拿过好几次这个药——你永远也不知道什么时候强力安眠药会派上大用场。

我去上厕所的时候发现她又拿回来几瓶新药，这让我非常高兴。

5月20日，星期一

今天休了一天假。倒也没什么特别的事情要做，我只是不想上班。在网上搜索了一下桑德拉·哈金斯，想看看她的假释申请有何进展，没查到什么有用的信息。我倒是不着急，有的是时间慢慢来。我想用对付茱莉亚的方法对付她，这次或许可以再加上电击之类的，就像我曾经有一次透过窗户缝看见爸爸在落满灰尘的仓库里对他的一个猎物做的一样。

但是现在不能再用爸妈的房子了，我该把她关在哪儿呢？嗯，这可是个难题。

说到爸妈的房子，他们已经在房前的草坪上立好了“此房出售”的牌子，瑞德曼－芬奇的杰米打电话告诉我已经有两家人来看过房子了，包括彭布罗克家，也就是在我说不卖的那段时间就来看过房子的那对夫妇。这次他们是带着四条大狗去看的，杰米说他们“非常有兴趣”。看来我童年最重要的部分很快就要离我而去了。我会想念它的，我会想念那里的花园，那里的平静，还有亨利。

午餐时间，AJ跟我回了家，我们快速地干了一场。

“你会有罪恶感吗？”他趴在我身上问。

“不会，”他的重量完全压在了我身上，我接着说，“我喜欢我们这个样子，很刺激，偷情的感觉很刺激。你呢？你会有罪恶感吗？毕竟违背了你阿姨的意思。”

“才不会呢，我刚到报社的时候就想要你了。这一切都太值得了，噢，老天，我爱你。”

“吻我。”我说。他吻了我。“再干我一次。”

他照做了。这一次我狠狠地高潮了。这孩子可能确实只有 19 岁，但不得不承认，他在床上还挺有技巧的。我猜测这几天他肯定在 YouTube 上看了教程。结束后他累瘫了，但依然在我上面。我说——

“就这样待一会儿。”

“为什么？”他微笑着，又亲了亲我的脖子。

“不为什么，你就待一会儿吧。不，别乱动，就待在那儿。”

“什么意思？”

“躺在我身上不要动，就像你死了一样。”

他照做了，完全放松，像死人一样趴在我的身上。就这样，我又一次高潮了。我静静地、死死地抓住他，什么也没做，高潮就这么来了。我咬住了他的肩膀，享受这销魂的狂喜时刻。

“哇！”他惊呼，“看来你的油箱还没空嘛！”

我点点头，抱住他，默默地、紧紧地抱住他。我的眼泪顺着他温暖的脖子落下来，成千上万部带特写有干货的情色片也无法与这一刻相比。

“嘿，你还好吗？”

我抽泣着，真真切切地抽泣着：“我没事，就是太开心了。”

“啊，宝贝，我也爱你，真的爱你。”

5月23日，星期四

突然意识到，我已经一个多月没做过那个关于爸爸的梦了。那个噩梦随着德里克·斯卡德一起死去了。这样看来，这个人渣也算是做了一件有意义的事吧。

对了，报社的人已经开始计划今年的圣诞活动了。

现在可还只是5月啊。

乔伊想提前预订橄榄球俱乐部，因为去年他们很早就订满了。他们要求她明天就付定金。她还想订她在某大码女装品牌的宣传册上看到的一条裙子。一个人的生活天地是要有多小，才会为六个月之后的事情兴奋？我真不知道是该笑，还是该哭，还是该一拳打向她那张肥脸上还勉强能下手的地方。

写完了我的漫威电影影评。我只给了它一星，主要是因为那个说他喜欢我鞋子的引座员。保罗·斯普尔多跟我说："你知道这样你会收到超多漫威粉的电子邮件吗？"我说："知道，有种都来吧。"

AJ和我找到了个新游戏：互相给对方发我们生殖器官的照片。一开始我很犹豫，因为如果你不裁剪、不找好角度、不拼命修图，真的很难把那种部位拍得好看。但后来这游戏渐渐变得有趣起来。他要求很多，完全没有意识到拍照是一件多么困难的事情，但是，神奇的朱庇特啊，我终于找到了诀窍。

今天是保罗的生日，他没给大家买蛋糕，而是带来了自制的格兰诺拉燕麦棒，因为"这个更健康"。一把刀可以切开空气，而讽刺的是，你需要一把钢锯才能切开燕麦棒。这玩意儿吃起来就像在嚼一根木头，去你妈的健康饮食者。

对了，爸妈的房子挂到中介的网站上才不过一个礼拜，我们就已经收到了一份明确购买意向。这房子肯定是能卖出去了。

下午，塞伦给我打了个电话，兴高采烈地。这一次她听起来终于更像一个姐姐，而不再是那个孤儿院老巫婆。

“真不敢相信房子终于要卖掉了。”

“迟早是要卖掉的，不是吗？”这回轮到我来当那个刻薄的老巫婆了。

“如果我一直让你觉得有压力，我很抱歉。只是我们现在真的很需要这笔钱，它真的能帮上我们大忙。科迪的工作现在岌岌可危，他可能要被调动到佛蒙特州，所以我们正在看那边的房子。”

“佛蒙特州？就是那个本杰瑞冰淇淋的老巢？”

“这个我不清楚。嘿，你联系了我给你的那个房屋清洁公司了吗？”

“联系了。”我说。我今天实在是没心情听她那些废话。

“他们愿意出多少钱收购我们的家具？”

“一千。”

“一千英镑？全部加起来？”

“是的，塞伦，报价是一千英镑，而且我并没有把东西卖给他们。我把旧家具全部捐给了以前照顾妈妈的临终关怀中心，免费捐给他们了，权当慈善。房子现在已经空了。你让我来处理这些，这就是我的处理方式。”

“瑞安侬，房子里有些家具还挺值钱的呢。”

“我。不。在。乎。”

“瑞安侬，我们好好说话行吗？我知道你不想和我说话，我对你也是彼此彼此。”

“非常对。总之，我们就快解脱了不是吗？处理完最后这一道障碍，你就可以继续假装我不存在了，我说得没错吧？”

“不是这样的，瑞安侬。”

“就是这样的，已经这样好多年了。”

“你自己做了那样的事，难道还要怪我不想跟你产生纠葛吗？”她压低了声音说。

“你是指，我为了你做的事？”

她的声音现在比耳语大不了多少：“噢，所以你是记得的咯？”

“谁也忘不了自己的第一次吧。”

“你真是让我不寒而栗。”

“要不是我，你哪里来的老公和孩子，怎么能在阳光灿烂的扬基村[①]过上现在这样的生活？”

她费了老大劲才忍住没有哭出来，我能听到她颤抖的呼吸：“我醒过来，浑身是我男朋友的血……你居然面带微笑站在一边……是爸爸替你收拾的烂摊子，他知道你是个什么玩意儿，你就是个神经病。”

“我不是神经病，不完全是。我检查过。”

她把所有难听的话都说了出来：是我的暴怒让妈妈的生活如此痛苦，是我那段时间说谎、偷窃、纵火，无恶不作才让妈妈患上了癌症，我用剪刀剪她时留下的伤疤现在还在，我装哭来让爸爸帮我收拾烂摊子，我做了这么多可怕的事爸妈却没有怪我，只是因为他们利用我修道院花园幸存者的身份挣了这么多钱一直心存愧疚，还有，保姆说在修道院花园之后我就被魔鬼上了身。

“你个满嘴谎言的婊子，”我说，“我敢打赌你跟你所有的朋友都唠叨过这些废话，对吧？什么我是一个多么糟糕的妹妹，折磨你、剪你的头发，把你最喜欢的长尾小鹦鹉做成晚餐。真实情况是什么呢，塞伦？我是靠砸在我头骨上的那一锤子才得到的所有对我们的关注和同情。而你呢？你无须经历那些噩梦就得到了一切。爸妈的房子有你的一半，但那可是靠我的名气挣的钱买下来的。你该跪下来舔我的脚才对。”

她的呼吸越来越重：“那一锤子……把你心里所有的爱都打碎了。”

“你想说的是？”

长时间的沉默，然后咔嗒一声，电话断了。

---

① 原文为“Yankee Doodleville”。“Yankee Doodle”中文译为《扬基歌》，普遍认为是最能代表美国的歌曲，此处以“扬基村”指代美国。

这个不知感恩、身上爬满寄生虫的贱婊子。我真是受够了姐妹，受够了家庭。我多希望死在韦斯利·帕森斯的轮胎下的是她，而不是乔·里奇。

“你就是个神经病。”

我的奶奶也对我说过这么一句话。那是殡仪人员将爷爷的遗体送回家里的那一天，我骑完马回来，我记得我走进客厅，看到爷爷躺在棺材里，双手交叠在胸前，眼睑被缝合起来。他脸上化了极浓的妆，倒像在搞什么变装表演。我就那么低着头看着爷爷，从脚到脸地扫视他没有了生气的身体。奶奶站在我身后，我从壁炉上方的镜子里看到了她的脸。

“你真该好好看你都做了些什么。”她说。

那是我在蜂蜜小屋度过的最后一个夏天，也是我最后一次看见奶奶。就是在那个夏天之后，我认识了茱莉亚。

AJ 今天没来上班，据克劳迪娅说是病了。所以煮咖啡、整理文件、给罗恩买午餐就都成了我的事。午餐时我心情很差，于是给他发了条消息——他躺在床上看《星球大战》（白眼）。我想念有他的办公室，想念他在我的卡布其诺咖啡泡沫里藏下的爱的信息，想念他走过我的办公桌，想念我把他逗得哈哈大笑。

我给他发去消息：快回来工作，把我桌子底下那堆线给整理好，然后有意无意地把你的头插到我两腿之间。

——啊，老天，别引诱我！尽管全身流着冷汗，依然想你想得要死！快过来给我涂点维克斯伤风膏。亲亲。

即使在流鼻涕的时候，他也无法抗拒我。没有人可以抗拒我。

*

顺便说一句，克劳迪娅的房子超级大。是在城外山上新建的，看起来简直堪比展览中心。开放式厨房，台面全是灰色花岗石，光亮到能映出你的倒影，所有餐具则都是铜的；四间卧室里全都是特大号的双人床；客厅的电视也是超大尺寸，跟电影院里的差不多。到处都是如此整洁和谐、一尘不染，所有家具电器都是高档货。

AJ 的房间隔壁是一个小小的储藏室，里面都是空的，只有中心是一圈柠檬黄的边框，装饰有小蜜蜂和小花朵的涂鸦。

“这是婴儿房吗？”

“是的，可她却怎么也等不到一个孩子。是不是很可悲？”

“她是一个没有孩子的母亲。”我说。

下班后我们去了电影院。我不记得我们看的是什么电影了，大概是关于美人鱼的什么陈词滥调吧。重点是，放映厅里没什么人，我们整场都坐在后排，测试这里的椅子能发出多大的吱吱声。

5月24日，星期五

1.“恐怖的红发艾德”。他今天又在我办公室外面闲逛，眼睛不知被谁打得乌青——打得好。

2. 埃德蒙德。我实在是受不了他的娘娘腔了，什么“我的老天哟”“哎呀，要赶那个时间点的话，人家要赶快加油了呢”“我和几个好朋友聚在一起八卦”……

3. 大热天把狗狗留在车里的人。你会给你的孩子穿着毛皮大衣，塞进烤炉里，然后自己“去喝杯咖啡”吗？

我再也没有做过噩梦。刚开始我以为只是侥幸，但自从干掉德里克·斯卡德之后，我真的一次噩梦也没再做过。多棒啊，是不是？甚至比安眠药都管用。我真该把这个当处方卖——杀掉一个恋童癖，每天睡到自然醒，趁着还有货赶紧下手吧。不在药房出售噢。

今天的午餐又是和黛西·陈一起吃的。我们聊天的话题主要是围绕着“收割者”，此外便是她向我提问各种关于我家庭的问题。我一边在烤肉店吃着牛油果沙拉，一边给她讲述我家里人的各种故事，讲得我都开始有点不耐烦了。

“你说你父母把你送去威尔士住过一段时间？”

“是的，‘蜂蜜小屋’。那是我在这个世界上最喜欢的地方。我奶奶有一头大红色的头发，常光着脚穿着民族服装就出门。她说夏天你必须光着脚走路，这样才能‘找到与土壤和大地的联结’。”

“多可爱啊，”黛西说，“我喜欢威尔士。我们以前经常一起带孩子去蒙茅斯郡玩。你在那里都做了些什么？”

“做蛋糕卖给游客，骑马，挑选可以种在箱子里的蔬菜，游泳——有一条小河流过蜂蜜小屋的门前。有年夏天我姐姐塞伦跟我一起去的，我们常在田野的干草垛上躺到天黑。那时候我们关系还不错。”

“真是田园牧歌般的生活呢。”

“是呀，这样的生活一直持续到我爷爷去世，那之后奶奶就不愿意见我了，她觉得爷爷是我害死的。”

“啊，天哪！为什么呢？发生了什么事？”

“他游泳的时候突然心脏病发作了。他喜欢游野泳，说那能让他保持清醒，一整天都精神焕发。我总是和他一起出去，他游泳的时候就在岸边看着。我是亲眼看着他淹死的。”

“噢，我的天！”

“他当时心脏病发作了，我无能为力。”

“你那时多大？”

“11 岁。”

“太可怕了。”我点点头，她接着问，“你和你姐姐后来又是为什么处不来呢？”

我的叉子在正确的时间点猛地落在盘子上，弄出一点恰到好处的声响，引来一些顾客看向我们这边。“我想今天的调查该结束了。”

黛西的双颊一下子涨得通红：“真是不好意思，我又问太多问题了，是吧？”

“你要是对我的家庭这么感兴趣的话，为什么不直接去翻报社的档案呢？档案里什么都有，什么《著名拳击手之父不幸淹死》《著名拳击手之妻被癌症夺去生命》《修道院花园幸存者为著名拳击手之女》……显然罗恩让我当接待员纯粹因为我是这里的所谓名人。”

“真的很抱歉，瑞安侬，我只是喜欢听别人聊他们的家庭而已。我很喜欢听你聊你家的故事，能看出来你很爱你的家人。”

“真的？”

“当然了。你说起你爸爸的语气，好像他是一个神。我就从来没有这样的幸运，有一个这样能让我崇拜的爸爸，还有一个能和我一起玩的姐姐。我还在襁褓中的时候我父母从清远市搬到了这里，四个月后他们就死于一场车祸，我被送到了孤儿院。我没有亲人。”

“噢……”我不确定在这种时候自己该说些什么。

“后来我就进入了寄养系统，换过几次寄养家庭，没有哪个能待得长久。我的个性变得有点古怪，各种不安全感，还有强迫症、焦虑症。我好像没法在任何地方安定下来。后来在我十几岁的时候，我还患上了饮食失调。我就是个问题少女。”

我点点头，这就是她为什么如此之瘦了：“那你是怎么让自己……好起来的呢？”

她叹息一声说：“时间吧，还有很多的爱，很多耐心对你的人。有了这些，你就会慢慢好起来。另外，我也一直对自己抱有坚定的信念，相信生活一定会变好，我一定会有所成就。这样的信念给你一种强大的本能，当你开始做一些不好的事情的时候，你能马上意识到应该打住。至少有时候会这样。”

“嗯。”我说。我们之间的相似之处突然就这样凸显出来。我要是不小心点，照这样发展下去，我们很快就要成为好朋友了。这番打开心扉的交谈打破了我们之间的坚冰，午餐气氛马上变得愉快起来。我真不习惯这样——因为某人的友好而和她交朋友，而不是因为她能为我做些什么。

也许这就是我之前做得不对的地方。

5月25日，星期六

1. 和丈夫一起去购物，事后又抱怨他们的人。拜托，你真的指望他们能帮上忙吗？

2. 插队的人。

3. 那些在你好不容易到了收银台准备埋单的时候让店员来问你一大堆问题的商店。女士，您今天要找的东西都找到了吗？女士，凯蒂·佩里新出的香水七五折您感兴趣吗？女士，您买了这个卫生棉条后可以1英镑换购三角巧克力请问有需要吗？女士，需要邮票或者电池吗？能不能闭上你的嘴让我好好付账？！

首先，露西尔和克莱奥来了，带我去为我们将要一起度过的那个周末买妓女装。我们在商店里到处逛，查看能找到的所有粗制滥造五颜六色的紧身莱卡衣服，寻找我们能买得起的最便宜的黄金首饰。我从来没像现在这样不自在又尴尬过。唯一让我开心的是我每隔一会儿都会收到一张AJ的裸照。

——刚醒来。我梦到你了，所以醒来的时候就这样了……

每看到一件豹纹，或者露大腿、露内裤的衣服，或者能挤出乳沟、会显出下体形状的衣服，露西尔都要逼我去试一试。最气人的是她和克莱奥穿这些都很好看，而我穿上这些之后还是我自己，一个穿着廉价货的可怜胖娘们儿。

——宝贝，我又想你了。看来我要永远为你硬下去了。我光是想着和你在一起就要射了呢。

“这件好，就是它了！”我穿着好不容易搭配好的一身出试衣间的时候克莱奥表示很满意。这一套包括紧身豹纹打底裤、黑色超短裙、漆皮坡跟鞋、荧光粉色抹胸和一对超大的金色耳环。穿着那双坡跟鞋我连站立都觉得很困难。她们全都盯着我身上没处藏身的赘肉，我尽量不去注意那些眼神。“头发你打算怎么弄？”露西尔用手把我的头发绾上去，扎出一个妓女风格的顶髻，马上又放了下来，“这样？或者就扎几根小辫子？”

“怎么不说当着一群大喊大叫的荷兰乡下人强迫我剃掉呢？上帝啊，我才不要扎小辫子。”

我转头看了她们一眼，克莱奥对我笑了一下：“扎成高马尾呢？”

“我可不想让这身衣服的效果打折扣。”

“美黑！”露西尔大叫起来。

“妈的，我们把这事儿给忘了！”克莱奥也叫了起来。我们马上冲回试衣间，整理好所有的东西出去付账。所有衣物加上那双鞋才不到 15 英镑，你看看我们买的都是些怎样的地摊货。

——小瑞，我们今晚能见面吗？我要见你。给我发几张照片让我熬过这没有你的几小时吧？亲亲。

我在试衣间拍了几张裙底照发给他。不过几秒钟，他就回复了一张被子上湿了一块的照片。

“你太棒了，爱你。——AJ。亲亲。”后面还附上了一只猫和一只鸡的表情。无聊。真是个孩子啊。但不知怎的，因为有了他，这趟购物之旅变得开心起来。

我换衣服的时候听见克莱奥和露西尔抱怨伊梅尔达事无巨细什么都要管。露西尔“真是受够了”，克莱奥则“实在等不及这场该死的婚礼结束了”。真是有意思呢，我想。

然后我们迫不及待地冲进药妆店买了一大堆美黑毛巾。

5月27日，星期一

1. 韦斯利·帕森斯。

2. 森贝儿家族的制造商。我本打算圣诞节让克雷格买给我的那个海边餐馆居然停产了。易趣网上倒是有一个二手的，但你可不知道它都被什么样的白痴把玩过。

3. 健美操教练，尤其是克莱奥·富勒顿。这帮人简直都是施虐狂。

想避开AJ真是越来越难，今天的他就像条发情的狗。他的短信也越来越让人厌烦，越来越露骨。而且每次经过我座位的时候他还非得跟我说些什么，哪怕只是一句“你的窗户该擦擦了”。我都不知道他想表达的是字面意思还是有更深的含义。他明显还想和我上床，看来我只能赶紧再安抚他一次了。这倒也不是什么特别难的事情，但在有些夜晚，你就是只想一个人在家轻轻松松地吃着坚果玉米片，看个肥皂剧，刮刮腋毛。

今天是克劳迪娅和罗恩的生日，他们都休假没来。我倒不认为他俩私下有什么见不得人的奸情，只是觉得他们都太小气了，连甜甜圈都舍不得给大家买。真是自私啊。

伊梅尔达和露西尔发来消息问我下班后要不要去上克莱奥的健美操课——是真的去上健美操课，而不是为去跟AJ上床或者去给我的人质送饭找的借口。大概今天去上她的课的人数不够吧。我原本打算晚上好好洗个热水澡，刮刮腿毛，再上聊天室去从世界各地管不住自己下半身的男人身上找找乐子，现在可算是没戏了。现在的我，在震耳欲聋的妮琪·米娜（Nicki

Minaj）的音乐声中奋力地踢着面前的空气，身上的橘滋（Juicy Couture）运动套装都要湿透了。没完没了的开合跳让我一阵头晕，只好坐到旁边休息。但运动还是让我感觉好多了，我今晚甚至不想杀任何人。

也许这就是阻止我杀人的办法吧——身体上的绝对疲惫。

5月28日，星期二

一大早带叮当去镇上新开的兽医诊所打疫苗。叮当很勇敢，但我付出了不小的代价——一条施普林格猎犬在候诊室攻击了她，兽医的眼神变得很恐怖。以后我们还是去以前那家诊所吧。

莱纳斯已经六天没来上班了，没人知道怎么回事。官方说法是“病因不详”，这意味着他可能也像麦克·希思一样企图自杀来着。报社已经有好几个人自杀过了，都是那些平常特别安静的人。太多人都把心事藏在心底，除了伊内普特·普伦吉特。她一刻不停地大声嚷嚷自己几个月前从一栋楼上跳下来的故事。其实她当时只是在第二层，而且还在别人的屋顶上弹了一下，所以根本没什么值得一提的。

AJ在茶水间堵住我，问我是不是要“离他而去”，因为我在办公室跟他说话少了，也不像前几天那样及时回他消息了。我说我“只是太忙”，他说这根本就是屁话。我只好对他说：

“我很喜新厌旧的，AJ。你我之间只是互相找点小乐子而已，不是吗？”

“不，才不是，至少对我来说不是。我爱上你了，我告诉过你。”

“我觉得你对我只是一时迷恋。”

“不，不是的。我说爱上你了，就是真的爱上你了。你也说过爱我。”

嗯，我可不记得我说了。但我没有反驳，只是继续搅拌着我的咖啡。过了一会儿，我推开杯子，说：“这真的不是我想要的。”

“我还想和你约会。如果你不想的话，我们可以只约会就好了，不谈别的。”

“只做爱？”

“只做爱，”他微笑着说，“拜托了，算我求你。我需要你。”

我也忍不住笑了。被人需要的感觉真好。他看起来很饥渴，迫不及待。被人认为自己有吸引力，本身就是一件很有吸引力的事，不是吗？我喜欢他对我如此渴望。我强烈地想对他说不，好让他在这渴望中痛苦，但我还有更重要的事情需要考虑。所以我说：“好的，但是有一个条件。”

“你说。”

“我想来点不一样的。”

“你说什么就是什么。”

我转过身，直直地看着他说：“我想在户外做，而且你要假装……假装你死了。”

他的脸色瞬间垮了下来：“死了？”

“是的，假装你死了，我在操你的尸体。”

他很长时间不发一言。他往门那边看了一眼，仿佛听到有人进来，但那里并没有人。“这够变态的。”最终，他笑了，能听得出笑声中的紧张，但依然是美好的笑声。

“每个人都有自己的小怪癖。”

“你也喜欢看操死尸的那种情色片吗？”

“当然不了。”

“但我不僵硬呀，死尸不都是僵硬的吗？”

“不会马上僵硬，也不会僵硬很久。”

“好吧，”他说，这回没有笑容，“我能做到。”

下了班，我开车带他去了乡下，去了爸妈房子后面的那片树林。现在外面还是很热，而树林里温度更高，我们被密密麻麻的树挤得喘不过气来。我找到了我和爸爸埋葬皮特尸体的地方，在松软的褐色泥土和一片厚厚的松针上铺上野餐垫。AJ 尽了他最大努力装成一具尸体，但他还是太“鲜活”了，心跳太明显，身体太温暖。好在我并不需要太多前戏，只需要想着埋在我们身下的东西就足以将我点燃了。现在我身上所有有洞的地方都被塞满了枯树叶和松针，但我不得不说，今天过得很美好。

这是一段美好的罗曼史。

*

晚上在家煮茶的时候又头晕了一次，很难受，什么也吃不下。克雷格还挺担心我，这个白痴。今天很热，而过去的三个月里除了车里放的半瓶水以外我什么都没喝。他说为了我们的小克雷依我也应该好好照顾自己的身体。我说他应该从阳台上跳下去，看看重力是否还管用。

我今天一整天都在吃，简直比不停进食的毛毛虫还要夸张，大概跟毛毛虫幼虫差不多吧。今天吃掉的东西如下：

1. 一碗全脂牛奶泡的坚果麦片和两片黄油吐司
2. 一根裹了能多益巧克力榛果酱的香蕉
3. 一根大黄和奶油口味的能量棒，一杯全脂热巧
4. 香肠面包和一个特趣巧克力
5. 一个甜甜圈（今天是销售部克丽丝尔的生日）
6. 一包薄脆片
7. 一大把花生
8. 又一根裹了能多益巧克力榛果酱的香蕉
9. 下班回家后吃了两片吐司片配果酱
10. 自制意大利肉酱面（香料用了阳台上种的牛至），奶酪蒜蓉面包
11. 香蕉和奶油冻

你问我是不是怀孕了？不不不，我不会再信这样的鬼话了。我只是嘴馋，仅此而已。最可怕的是，我吃了这么多还是觉得饿。可能其实是口渴吧。我去喝一瓶卡普里阳光果汁看看管不管用。

*

卡普里阳光果汁并不管用，我依然饿到眼冒金星。在我结好茧之前我要去打电话叫一个比萨。

5月29日，星期三

1. 数学老师，尤其是所有教过我的数学老师。

2. 桑德拉·哈金斯。

3. 韦斯利·帕森斯。

4. 兽医。给叮当打一针疫苗花掉了我50英镑，还能比这更操蛋吗？简直就是明抢啊。

5. 迈克尔·杰克逊，或许是他，也或许不是他吧。过去一年我一直很想听他那首《颤栗者》，但我还是觉得我听不了。

今天我心情大好，好到你一定会以为我拿到了一张后台通行证，能直接见到碧昂丝本人。真是格外充实的一天。早上起来我们首先把叮当送去了吉姆和伊莱恩家，他们早已为她准备好了水和食物，还在自己卧室床边给她铺好了一个全新的小床。他们一直激动地说着要“带她去公园喂鸭子”，还讨论着是否要去海滩上玩一天。他们太想要一个像样的孙子了，真是可怜。他们现在唯一的孙子辈是梅森——克雷格那个不靠谱的姐姐科斯蒂的儿子。据吉姆自己说，那就是个“浑球”，他吃饭的时候玩手机，从伊莱恩的钱包里偷钱，还偷喝吉姆的餐后酒。而自从那家伙进入青春期以来，他们甚至基本上见不到他人了。

克雷格负责开车去伯明翰，前提是回家的时候得我开。我们在麦克伍德服务区停下来休息了一会儿，我释放了自己早已胀满的膀胱，跟克雷格一起挤进麦当劳吃了点东西。吃完我还是觉得饿得要命，所以又从星巴克点了外带的热巧和柠檬罂粟籽玛芬蛋糕，他则要“出去抽一根”。我跟在他后面，假装去闻玛莎百货外面种的花。他是去打电话的，和她。我看见了他的口型，他说了“我也爱你”。

我没有资格嫉妒了，是吧？毕竟我现在也一天不落地跟AJ演绎《印度爱经》。

到达酒店的时间是中午。刚停好车，他就在我耳边开始了长达26分钟的长篇大论，对我订的酒店表示不满，因为“没必要住在市中心”。他在手机地图上看到皇冠假日酒店就在演唱会场所旁边，所以他建议我们“取消这个豪华酒店的预订，改去那里”。

我拒绝了。我说我们必须住在市中心，因为我明天早上要去“给梅尔和杰克买结婚礼物”，还要“给吉姆和伊莱恩买一些精品巧克力，感谢他们照顾叮当”。他最终还是妥协了，但还是抱怨个不停。

耶，目的达成。

我们把行李放在礼宾部后便动身去了火车站，路上经过玻璃树酒吧。这里全天开放，此时里面的顾客基本都是聚餐的家庭，他们吃着馅饼，肉汁从嘴边往下滴。我往里面看了看，没见到帕森斯。他显然上的是夜班，和我一样。

在市中心逛了逛，消磨了一些时间，又去买了个赛百味三明治以及特易购（Tesco）地铁店一份超大的自选搭配套餐后，我们朝火车站走去。

“你还在不高兴？”刚一坐下，我便问他，顺便开始从袋子里找草莓夹心糖。

“没有。”他没好气地说，眼睛都没离开他在车站拿的那张比萨店传单。

“你就是不高兴。”我凑到他的耳边低声说，然后轻轻咬了一口，“别这样嘛，你看，我们有一张特大号的双人床，有舒服的淋浴，床头柜抽屉里放着基甸圣经，要啥有啥。”

“我就是无法理解为什么我们非要住伯明翰最贵的酒店，而且还离演唱会的地方那么远，明明皇冠假日就在隔壁。”

我凑到他的脸跟前，草莓味的呼吸触到他的脸后反弹回来，香味钻进我自己的鼻孔。“你总是要看那些该死的球赛，都不带我去度假，所以我才想要住一晚豪华酒店慰劳慰劳自己，这难道都不行吗？”

他不置可否地耸耸肩，看向窗外。

“不管怎样，往好的方面想吧，我们今晚可以在那张超大号的床上造人了呢，对吧？”

“哇，”他的脸上终于出现了笑容，“你倒是很清楚怎样让男人的风帆起航呢。”

“那当然。”我笑着说。

他也笑了，伸手去特易购的袋子里找虾吃。“你最近需求很强啊。我在网上看到说女性怀孕的时候或者准备怀孕的时候，是会更容易进入状态呢。”

“那就对了。”他从袋子里掏出酸苹果口味的 MAOAM 糖，剥开包装，递到我面前。我摇摇头说：“不要了，谢谢。我吃了大概马上就该吐出来。”

“我是特意给你拿的呀。”

我在袋子里翻来翻去，想再找一颗草莓夹心糖。

“你上次验孕是什么时候？”

“几周前吧。”我又去找小熊软糖，“克雷格，我不会怀孕的，这纯粹就是在浪费钱。”

“可你最近看起来是有点……不一样。”

“怎么不一样？”

“你好像胖了那么一点，是吧？”

“这下不会有人想绑架我了。”

“你不喝咖啡了，现在连 MAOAM 糖也不吃了。这些可都是你的最爱。”

“再想一个。”我说。

他说得对。单单过去一周里，我就发生了两次头晕的状况。咖啡和 MAOAM 糖确实是我的最爱，但现在我一看到它们就恶心。还有我最近的食物摄入量——我活脱脱就是一个亨利八世。我的肚子明显变圆了起来，就像月经期的肿胀一直没消。那天去试妓女装的时候，露西尔和克莱奥还一直盯着我的肚子看来着。所以大家都发现了，只有我没注意到？

不不不，这不可能啊，我吃了药的。

“如果你真的怀上了的话，”他说，“你想结婚吗？也许现在时机正好。”

“结婚？你说真的吗？为什么现在结婚？”我问。

“我也不知道，感觉时机对了吧。你总是说婚礼纯粹是浪费钱，还说你绝对不要结婚，所以我从来也没为难过你。但现在如果我们要有孩子了，我想我们说不定可以把婚结了。”

“你想结婚吗？”

“想，”他说，“婚姻会逼迫我们成长，对吧？”我看他想说的应该是，逼迫他不再和拉娜·朗特里乱搞吧。总之这求婚肯定是为了掩盖他的愧疚。“我们就这么干吧，别他妈的想来想去了。你觉得怎么样？你想结婚吗？”

“嗯，”我说，“我愿意。”管他呢，就先这么哄着他吧。

他笑容满面地说：“所以我们现在算是订婚了？”

“大概算是吧。”我咯咯笑。他凑过来，轻轻吻了我，用他粗糙的大手托住我的后脑勺。“我的订婚戒指呢？”

“噢，你想要这玩意儿啊，也跟其他女人一样嘛，怎么说……要求太多。”他在特易购的袋子里摸索了半天，掏出来一个红色的果冻戒指，上面还镶着一颗黄色的假钻石。

“给我手。”

我伸出手，他把那指环套进我的无名指：“戴好了。明天再去珠宝店买一个正经的吧，怎么样，威尔金斯太太？”

“呃，我现在还不是威尔金斯太太呢，兄弟。玛丽莲歌词里唱的可不是‘哈利宝糖是女孩最好的朋友’。”我们又吻了一次，以吻来见证承诺。

在那个时刻，我多么希望这一切都是真心的，他是真心想娶我，而不是为了减轻自己的愧疚。我希望我没听到他在电话里对拉娜说他爱她，希望这意味着他将永远是我的。

他去上厕所的时候，我吃掉了那个果冻戒指。

演唱会现场，队排得很长，好多歌迷前一晚就在外面搭帐篷露营了。

我实在是不擅长杀时间——要我杀人，好说，但杀时间？真是可怕。我们的主角直到8点半才现身，但演唱会本身还是非常好看的，她唱了所有的热门歌曲，还有几首新歌，全程换了12套服装（克雷格计了数），全程不断的闪光和烟火简直亮瞎了我们的眼。她还频繁地跟观众互动，她不停地对我们喊：

“如果你为你自己感到骄傲，如果你为你的家乡感到骄傲，就喊：‘我大杀四方’！”

这让我很有一些罪恶的快感：一万六千个人都在喊着这句话，而只有我，能当得起这句话的字面意思。这种感觉非常美好而荣耀。这个女人就是一个神，她来到地球是为了向我们这些凡人展示，只要足够勇敢，你将能够达成怎样的成就。这一秒她还是一个能唱上去任何高音的深情情歌手，下一秒她就瞬间变身一头凶猛的猎豹，要将舞台生生撕裂。我激动得好几次热泪盈眶。

你会为碧昂丝哭泣吗？这个问题并没出现在BuzzFeed的心理变态测试里，要不然，我的得分可能还不会那么高。

演唱会结束后，我们挤在人群中龟速挪动，花了差不多又一场演唱的时间才好不容易挤到地铁站。回到城里时时间已过午夜。每次演唱者说“这是最后一首歌”的时候克雷格就非要离开，但今晚，我只想尽情享受这美妙的一切，又如何会愿意就此离场。

玻璃树酒吧里人头攒动，门外还有一群群的男人和女人在路灯下抽烟。有一个男人对着排水沟呕吐，他的同伴一边嘲笑他一边拍着他的背。我在门口停了下来。

“进去喝一杯怎么样？”我提议道，“我渴死了。”

“你回来的路上刚喝了瓶可乐。”

“可我还是很渴。拜托啦，就喝一杯，好不好？一杯凉爽的拉格啤酒……”

“我很累了，宝贝。走吧，房间里有水喝。”

“我想喝酒，而且想上厕所。”

“又要上了？”

“是的，又要上了。走吧。”他叹了一口很长的气，但我成功了，我们走进了玻璃树。

酒吧正中间摆着一棵巨大的玻璃树，树枝是透明的红酒瓶子，树叶是水晶做的，看起来相当壮观。旁边摆满了啤酒桶做成的小桌子，各色人等的高声谈笑汇集在一起，疯狂灌入我那本就已嗡嗡作响的耳朵。旁边的餐厅区也是人满为患，领班服务生腋下都湿透了，两块薄煎饼大小的汗渍十分明显。

“不会有人来帮我们点单的，”克雷格翻着钱包找零钱，“你想喝什么？”

就在这时，我看到了他——韦斯利·帕森斯。他在人群中匆忙穿梭，走路姿势有点别扭，像是穿了条不合身的内裤。回到吧台后，他“砰”的一声放下手中的空杯子，在啤酒泵的后面坐下。

“听到我说话了吗？”克雷格问我，“不会有人来帮我们点单的，我们还是回去看看房间的冰箱里有什么吧。”

“你去找座位，我去上厕所然后买酒。你想喝什么？”

“扎啤，百威或者斯特拉都行。”他说。

非常神奇的是，你一旦知道了将要有好事发生，等待的过程也就不那么难熬了。今天那些在演唱会外面扎营的孩子就是这样，有些女生甚至搭着帐篷在那里睡了三天，就为了能有一个好的角度欣赏他们的天后。漫长的等待里他们都特别开心，就那么满怀期待地玩着手机聊着天，丝毫没有不耐烦。他们知道他们等待的那个时刻将会到来，而所有的等待都将是值得的。

对我来说也是这样。

为了和韦斯利·帕森斯说上话，我已经等待了太久。他是杀害我最好朋友的凶手。是的，对整个社会而言，他已经“付出了应有的代价”；是的，他“对自己所造成的痛苦深感抱歉”；是的，我应该原谅他，让他继续过自己的生活。但人们不总是做他们应该做的事情，不是吗？人们总是做他们想做的事情。

而今晚，我想做的事情是杀了他。

我花了10分钟时间排队上了厕所，好不容易挤到吧台。吧台上全是各种酒出来的液体，灯光照在上面，映出我的脸。

“亲爱的，要什么？”

他身后的镜子里映出我的脸和他的背影。我俩终于出现在同一幅画面里。

“伏特加配柠檬水，还有一杯扎啤。”我们离得是这么地近。

“斯特拉？”

“可以。”我在钱包里翻找着零钱。

他没有多说话，没有和我调情，他甚至没有认出我来。他先倒好一杯扎啤，然后开始倒伏特加，问了我一句要不要冰块，再无多话。

“一共9.6英镑，亲爱的。”

我再次在镜子里看到我们俩同框的画面——我的脸，他的后脑勺。韦斯利·帕森斯的后脑勺。为了这一刻，我寻找了好多年，等待了好多年，准备了好多年。

“给我一根鸡尾酒搅拌棒好吗？”我试图拖延时间。

他递过来我要的搅拌棒，我递过去一张10英镑的钞票，我们的指尖碰到了一起，他连头都没有抬一下，也没有任何表示。我没有马上伸手去接他递过来的酒，这时他才终于抬头看了我一眼。

我接过酒杯。右边有个男人已经等得不耐烦了，一张20英镑的钞票都快挥到了他的脸上。

我最后看了他一眼，转身离开了，在人群中杀出一条血路去找克雷格。

我做不到，我他妈的居然做不到。这么多年来我做梦都在想着这一刻，计划着这一刻，我像痴情的粉丝一样研究他脸书上的所有照片，渴望着将尖刀插进他的胸膛，然后左旋90度，再右旋，再左旋。但在这一刻，我居然什么都没做。

克雷格坐在吧台后方的一张啤酒桶桌子旁，把玩着杯垫。前面一桌是学生，看起来像是被希特勒青年团淘汰的，后面是一桌女孩，身上挂着“新手上路”[1]的牌子，羽毛披肩很是扎眼。

“你还好吧？”他朝我喊道。

“你就不能把这里擦一擦吗？”我看着到处都是水的桌子不高兴地说，“这下面的地上也全是湿的，啊，真恶心。”

“我等了好久才等到个座位，只能下手抢。实在来不及去取拖把和水桶。”

我们聊天的时候，希特勒青年团和披着羽毛的准新娘那两桌人一直聒噪个不停。

“你拿了坚果吗？”

“你没说要坚果啊。”我说。

“吧台上有，免费拿的。”

“哦。”

我把伊莱恩的安眠药捏碎混进了克雷格的啤酒里，本以为能有 20 分钟时间用我的脸书假身份把帕森斯哄去外面的某条小巷，可我完全没在状态。我做不到。我脑海中有太多其他的念头在奔腾。排队和长时间的地铁对我真的不是好事，会让我想太多。我现在就想太多了，甚至我的决心都开始动摇。

我杀了丹尼尔·威尔斯因为他想睡我。

我杀了盖文·怀特因为他袭击了我。

我杀了茱莉亚是因为她袭击了 11 岁的我。

我杀了德里克·斯卡德是因为他性侵了那两个女孩。

这些人的死都是罪有应得，而乔瑟夫跑到路中间只是想捡回他的足球，帕森斯把车开得很快是因为要迟到了。他被关在牢里整整 12 年，这么好看的一张脸，大概每晚都要被一群凶神恶煞的饥渴男人蹂躏吧。我无法想象他在这么多年里吃下了多少菊花消肿剂。而现在他要打三份工来维持生活。那场车祸只是个意外，即使我现在杀了他，乔瑟夫也回不来了——他已经

---

① 在英国，在准新娘身上挂新手司机使用的“新手上路”牌子是单身派对习俗，因为准新娘们在婚姻这件事情上也是“新手上路”。

死了，尸身在圣马可教堂的棺材里腐坏。就是这样，我没理由杀死帕森斯。何况，这里是市中心，监控摄像头的数量可能比行人还要多，我要是杀了他，有很大的可能性被抓。

要是被抓的话，我就再也不能杀人了。

克雷格不过喝了半杯啤酒，便已经开始昏昏欲睡。

“走吧，今天太累了，我们回去睡觉。”

*

走进酒店电梯的时候，克雷格已经连站立的力气都没有，他闭着眼睛靠在了墙上。你看，在需要叫停的时候我还是可以叫停的，我还不是一个纯粹的心理变态，所以，去你的，BuzzFeed。我的大脑至少还有 8% 是正常的，理性，正常。真是让我意外。

*

克雷格一进房便倒在了床上，衣服也没脱就睡得不省人事。我却一点也不困，只好打开电视看了一会儿《新闻之夜》，实在是看不进去。他口袋里的手机响了，我小心翼翼地把它抽出来，不想吵醒他。是拉娜的短信：“想到你了。我好想你。——L，亲亲。”

我回复道：“我也想你，宝贝。我们很快就能在一起了，我向你保证。我爱你。——C，亲亲。”

我去洗手间用凉水洗了把脸，对着镜子自言自语道：“我对这个城市不熟，我不知道哪条街人少。贸然行动的话有人看到怎么办？有人听到怎么办？他并不该杀。我不管！我不管！我！不！管！”

我的音量越提越高，克雷格却依旧沉睡不醒。

今晚必须得做点什么。我需要一个人，一个不是韦斯利·帕森斯的人，一个在漆黑无人的小巷专挑醉酒的独身女性下手的人。这里是大城市，碰到这种变态的概率应该更高。我要去找一个这样的人。

于是我出了门，独身女性，穿着小黑裙，黑色靴子，鲜艳的大红唇膏，长发披肩。在今夜伯明翰的大街上，这样的女人应该看起来很好下手，毕竟人们总告诉我，不要穿着挑逗，不要自找麻烦。

或许麻烦应该不要来找我。

我路过了玻璃树的门口，继续往前走。我穿过成堆的垃圾，穿过商店门口裹在睡袋里的流浪汉，穿过商业街和里面最大的几家商店，街道从那里分岔，出现了好几条小巷。这些小巷里没有路灯，没走出多远我便发现，周围已经变成了工厂和上了锁的车库。有独身男人在路上走着，有人还冲我喊了几声，但我没听清楚他们喊的是什么。我得引诱他们，引诱他们远离其他人，远离热闹的大路。跟我来吧，跟我来吧，来强奸我吧，拜托一定要来强奸我。

我经过了一家灯火通明的烤肉店、一家通宵营业的药店，还有一家刚刚响起最后点单铃声的酒吧。

我继续向前走去，不知道将要走向哪里。我迷路了，开始有点恐慌，之前在玻璃树喝的那杯伏特加似乎并没有太大的帮助。我的口袋里是那把刀，我一直死死握着漆黑的刀把。只要有了刀，我便还是安全的。我很安全，我很平静，但我感到越来越绝望。这绝望在我体内酝酿，一股愤怒的力量呼之欲出。现在要是有人胆敢来动我，胆敢认为自己能从我身上占到便宜，我一定把他撕成碎片。

街上空空荡荡，只有几辆汽车偶尔驶过、几个男人偶尔经过，还有个妓女的细高跟鞋啪啪响着，一条狗在远处吠叫。一辆挤满年轻人的车飞速开过去，他们人太多了，我一次处理不了。车里有人对我喊了一声，我听见了。他喊的是：

“多少钱一次啊，亲爱的？”

去你妈的。

可能这地方是红灯区。

可是并没有人来接近我，没有人蹑手蹑脚地跟在我身后，用他粗糙的大手捂住我的嘴，或是从身后顶住我将我的内裤扯下来，这一切都没有发生。

一群亚洲男人在一家叫“公牛”的酒吧外面抽烟，他们看到了我，向我喊话。我并没听见他们喊的是什么，只看见烟头在昏暗的灯光下一明一灭。其中一个男人穿过马路朝我走来，直到他走到我面前，我才看清他嘴唇的翕动。我不能动他，目击者太多。

“你还好吗，亲爱的？”他说，“是不是迷路了？”

“还好。”我并没有停下脚步。他们没有跟上来，更没有任何进一步的动作。他们只是在我身后发出一阵阵狂放的笑声。我听见有人说“醉鬼”。

我走过一个车库和一个私人停车场。这些地方看起来都一个样，街道上灯光昏暗，一片寂静，仅有的声响是远处高速公路上汽车的轰鸣和不知是猫还是老鼠从低矮的墙上推倒空瓶子的声音。我没做停留，走开了。走了一会儿，一个大巴车站出现在我面前，很多出租车在那里排队等客。

“去哪里，亲爱的？”第一辆车的司机是个 40 多岁的男人，一头蓬松的棕发。他折起报纸放在副驾驶位子上，抬头问我。

“去市中心。玻璃酒吧，不，玻璃树酒吧。”

“我知道那地方。”他说。我爬上车后座。

他的口音听起来不像是伯明翰人，倒像是曼彻斯特人。他没有选择我走过来的那条路，而是开着车穿过一片片的居民区。他一路上没话找话地跟我聊天，问我都去了哪些地方，有没有人照顾我。

“我不需要人照顾。”我说。

“这种时候不该在街上走呢，亲爱的。独身女人这样很危险。”

“我不在乎。”

“你去了碧昂丝演唱会吗？”他注意到我身上那件“我大杀四方”的T 恤，那是克雷格在现场给我买的。“今晚拉了好几趟那边的活儿呢。”

“是的。”

“我老婆也喜欢她。她还教我们的孩子唱她的歌来着。那首歌叫什么来着？讲戒指那首。”

“《单身女郎》。”我说。

“对对，就是那首。”他拍拍汽车仪表盘上的那张照片。那是张小小的照片，用相框裱起来，挂在那里。照片上，三个小男孩坐在沙滩上，鼻子上还沾着没抹匀的防晒霜，旁边是沙子堆成的小城堡。“我老婆故意弄的。你看，最小的这个是安东尼，他总想超过他的哥哥，所以手脚一刻也不停，你知道……”

“停车，我要吐了。”

“噢，天哪，你忍一下。”他猛打了一把方向盘，把车开进最近的停车场，在一个被大片杂草包围的破烂电话亭旁边拉起了手刹。

我迅速拉开车门冲了出去，跑到电话亭后面假装吐了起来。车并没有熄火，我假装咳嗽了几声，他把头伸出窗外看着我。

“亲爱的，我觉得你不该再去酒吧了。我送你回家怎么样？你家地址是什么？”

“我不想回家，”我说，“带我去你家吧，上了我。”

他大笑起来：“这听起来可不是什么好主意啊，亲爱的，你不觉得吗？”

“我想要你上了我，我都准备好了。就在这里上了我吧，就在这个停车场。”

他又大笑起来，这笑声和克雷格的一模一样，和盖文·怀特的一模一样。坏人才会这么笑。

“抱歉，亲爱的，我结婚了。”

“那又怎么样？”

“上车吧，我送你回家。我们不会有麻烦的，好吗？我不想把你一个人扔在这里。”

我拔出刀，径直走到车窗旁，他还没来得及反应便被我一刀刺进了脖子。我将刀深深捅进去，屏住呼吸、心无旁骛地尽情享受这一刻。等到他停止了挣扎，我伸手将车熄了火，打开车门，解开他身上的安全带，把他从车里拉出来。我又捅了他几刀，他像一摊烂泥一般倒在血泊里，呼吸越来越微弱。

我凝视着他的眼睛，看着他咽了气。在那样一个时刻，只有我们两个人，我顿时觉得下体湿润了，我又找到了内心的平衡。我扎起头发，用帽衫擦擦脸和手中的刀，又拿过他裤脚边口袋里的那瓶水，对着他的脑袋洗了洗手。我抬头看了看远处电影院的灯光，我知道酒店就在那边。

“喂，喂！你，说的就是你，给我回来！”

我一路把用过的纸巾、那瓶水和克雷格的帽衫扔进不同的垃圾桶，然后穿着与我一起经历了这场杀人盛宴的碧昂丝T恤，吸吮着指尖残留的血，孤独而骄傲地朝酒店走去。

走到酒店外时，我听见了警车的呼啸。那个时候我才意识到有人看见了我——那个叫我的人。

5月30日，星期四

1. 发明耳机包装的人。

2. 桑德拉·哈金斯。

3. 抽烟的人。尼古丁严重成瘾不仅仅能让一个人每十分钟便从工作中逃开一次，还会让老男人的口袋里都散发着烟味。

4.《每日邮报》上那些关于女人以各种方式露胸的文章。

5. 那些没完没了地讲碳水化合物不好的人，他们通常都自认为是健身大牛，比如克莱奥和我们报社的保罗。显然，有了为别人的身体健康考虑的幌子，身材攻击就不算身材攻击了。

克雷格整晚都睡得死沉，直到现在还保持着昨晚躺下时的姿势一动没动。我睡的是沙发床。没错，昨晚洗完澡后我也睡了一会儿，可惜这愉悦和平静并没能保持太久。早晨起来，我的脚刚触到地毯，眼前便是一片金星直冒。又头晕了，我赶紧在床沿坐下。上帝啊，怎么不让我去死？前一秒我的嘴里还残留着那出租车司机的鲜血的味道，下一秒胃里便是一阵翻腾，一股热流从喉咙涌上来，嘴里冒出一股铁锈味儿。我冲向洗手间，过去几周吃的东西全给吐了出来。

就在我坐在抽水马桶旁冰冷的瓷砖上休息的时候，我突然意识到我为什么会吐——

子宫入侵者。

商店开门时间一到，我便冲进药妆店买来一盒验孕棒。西线一片平静，前门没有警察，街上没有警察，也没有贴着我画像的通缉令。

我做了测试，两条杠。

我马上冲回药妆店，又买了另外两种验孕棒，其中一种是用粉红色小点来显示结果的，一个点说明没怀孕，两个点说明怀孕了。

我做了测试，两个粉红色小点。

我从房间的冰箱里拿出一瓶水，咕噜咕噜地喝了下去，紧接着做了第三次测试。这次这种会直接显示你是怀孕了还是没有怀孕，是专门为那些滥交的白痴准备的。

结果显示：我怀孕了，已经三四周了。

它真该再加上一句：你搞什么鬼？瞎了还是傻了？你怀孕了，你这个贱货！自己面对吧。

“真是大白天活见鬼，去你妈的该死的浑蛋！”我喘着粗气，一屁股坐在了马桶圈上，“我每次都吃了药呀……”

话还没说完，我突然意识到一件事：我的确有一次没吃药。第一次和AJ睡完之后的那个早上，我完全忘了吃药，直到很晚才想起来。我以为晚吃一会儿没关系的。噢，上帝啊，我怀上了AJ的孩子！我是为了掩饰我犯下的大错才和他睡的，结果现在，我们睡出了一个更大的错。他自己都还是个孩子，他还踩着滑板去上班呢！

好吧，我并不傻。尽管我看起来是个傻姑娘，吃完主菜（克雷格）还要吃甜点（AJ），甚至都没花一分钟思考得性病或是怀孕的风险。但我其实是想过的，我知道如果真的出现了这种不幸的副产品，我可以像处理其他不速之客那样处理它——我可以杀了它。

上帝，我已经杀过五个男人和两个女人了，不是吗？我当然能处理肚子里那个还什么都不是的细胞团。我掏出手机设了个提醒，内容是“给麦油油医生打电话”。

我叫酒店把早餐送到房间，独自安静地吃着，心中一刻不停地想着肚子里的那个细胞团。真是麻烦。AJ居然把我的肚子搞大了，我跟他睡可纯粹是为了堵他的嘴，叫他不要告诉任何人我差点捅死他的事。

克雷格起床洗澡的时候，电视里正播着本地新闻：

一名出租车司机昨夜在市中心附近被杀害，警察正寻找目击者

凌晨1点左右，紧急救援人员在伦巴第街附近发现一名遇刺的出租车司机，并通知了警方。该出租车司机被宣布当场死亡。目前，该区域已经被封锁，被害出租车司机的身份还未确认。

一位不愿透露姓名的当地居民对此事深感震惊。

“2点左右，我从窗户看到一辆救护车和好多辆警车，大概有30辆吧。警察全都带着枪。”

（这时出现了另一位“当地居民”，是一个没了牙的男人，名字叫布莱恩。）

“我们都不知道发生了什么，但首先想到的是恐怖袭击。大概这是为什么会来那么多警察吧。”

这时警官大卫·弗莱出现了，他说：“我敦促昨晚在该地区活动的所有人与我们取得联系。如果有人知道这里发生了什么事，请打101报警，直接找我。”

“这是什么？”克雷格从洗手间走出来，一边用毛巾擦着头发一边问我。

“市中心有恐怖袭击。”话音刚落，我看到了他手里拿着个东西。原来他问的不是电视新闻，而是他手中那根白色的小棒子。我小心地处理掉了其他所有东西，把它们扔进垃圾桶，拿纸巾盖好，唯独这第一根验孕棒被我落在了浴缸旁边。

我关掉电视。“呃……嗯，没错，我买了验孕棒。”

“你已经做啦？”

“是的。”

“两条杠是什么意思？”他兴奋得眉毛上挑，下巴都要合不拢了。他热泪盈眶地盯着我，“两条杠是什么意思，瑞安侬？”

“两条杠的意思是……你要做爸爸了。”

6月1日，星期六

自周四开始，克雷格的注意力全在这个孩子身上。他一次也没碰过他的游戏手柄，也没去见过拉娜。他甚至在看哈吉斯纸尿裤广告的时候流下了热泪，还在森宝利超市买了一个正好在促销的婴儿监视器。他说的每句话都跟孩子有关。

——“我们得把那个空房间整理出来。你想要怎么装修？刷油漆还是贴墙纸？”

——“我妈要是知道了，会马上开始给他织毛衣，我爸会叫我们马上给他开一个储蓄账户。”

——“他现在多大了？”

——“你分娩的时候会吃止痛药吧，到时候能给我一些吗[①]？”

——“我要从积蓄里拿一些出来，付钱休陪产假。我希望孩子出生的时候我能在身边陪着。我小时候我爸就没在我身边，他现在可后悔了。”

——“空中电视台又要播《飞越童真》了。”

他还会跑到沙发上在我旁边坐下，抚摸我的肚皮，这动作让我浑身不舒服。昨晚他甚至还对着我的肚子说话来着。

“你知道你是在对着一个羊羔肉馅饼和半块馕说话吧？”我对他说。

“才不呢，我是在对我们儿子说话，或者女儿。”

“他现在连胎儿都还不是呢。”

---

① 由于有些止痛药中有致幻成分，国外有人通过吃这些药片来获得快感。

“那他是什么？”

“一个小肉块。”

“不，才不是。这个阶段他连性别都有了。”

“说不定是个性别流动者呢，根本就没有固定性别。”

“……总之，他的所有器官都开始生长了。我们能算出你的预产期吗？”

“克雷格，你怎么这么婆婆妈妈的？”

“我太兴奋了，难道你不兴奋吗？”他拿过手机，他甚至下载了一个孕期指南 APP。

“当然兴奋了，我只是有点紧张，你明白吗？”

他去洗手间的时候，我在他手机上看到 28 个未接电话，都是拉娜在过去四天里打的，他一个也没有回。

6月3日，星期一

又收到了两家出版社的拒绝信，其中一家叫汉普顿 - 帕维利尔，他们在信里写道："看起来还不错，但在角色塑造上还需要下些功夫。"浑蛋，我在 Instagram 取关了他们。

跟医生预约了周三下午 3 点。在克雷格预订无痛分娩课程和开始搭婴儿床之前，我得赶紧把这烦人东西处理掉。

莱纳斯 · 西克吉尔被诊断出了眼部癌症，是在常规视力检查中发现的。难怪他最近如此安静。他已经休了长假，等待进一步确诊。这下我还得准备慰问卡片和组织大家买礼物。老天，要是他死了，他将成为一名为事业光荣献身的烈士，而那张我拍的暴乱中的爱人的照片还将出现在他的墓志铭上：

"这里躺着的是莱纳斯 · 西克吉尔，一名记者，出色的暴乱活动摄影师，一个编辑的女儿的丈夫，一个谁谁谁的父亲，一名出色的连环杀手编辑助理的同事。"

午餐时间我又和 AJ 去了我们常去的森林，他的表现非常好。我很好奇要是我把他皮肤再涂得惨白一点是不是会更好，还要再给他的嘴唇涂上我们给莱纳斯买的那个恶作剧蓝色唇膏，这样他看起来就会像一具真正的性感尸体。

"我会想你的。"当我们满足地躺在森林的地上的时候，我紧紧抱住他说。

他抬起趴在我胸脯上的头："跟我一起走。"

"什么？"

“跟我一起去旅行啊。我们不用一直待在英国。我的英国签证 12 月才到期，你正好也来得及去办签证。”

“呃……不。”

“为什么不呢？”

“因为克雷格吗？”他拉起我的膝盖，将头埋进我的两腿之间，“离开他。你不是总在抱怨他吗？”

我双腿用力，把他的头夹在中间，像要夹碎一颗核桃。

“因为工作？”他笑着说，“你恨死这份工作了，你说这工作让你无聊到爆。”

他重新趴到我的胸上：“干一份这么无聊的工作可不是什么好事。”

我也笑起来：“你真是活在童话世界里啊，孩子。我不可能说走就走，我生活里还有别的事情需要操心。你就不能简简单单地只是和我睡就好吗？”

“好吧。可是我离开以后怎么办？”

我白了他一眼：“那就不能再和我睡了呗。”

“你不会想我吗？”

谢天谢地，我不必再回答这个问题，因为在那一刻，我们同时停下来，交换了一下眼色——我们听见了树枝折断的声音，那是从我们附近的某个角落传来的。

“走吧。”我们从树洞里掏出衣服，迅速穿上，跑回车里。我们都被这声音吓坏了，不知道那是什么小动物，还是个什么人，或是好几个人。更糟糕的是，因为有回声，我们无法判断声音是从哪个方向传过来的。

开车回去的路上，AJ 从我头发里拈出一片树叶，抛出问题打破了沉默：“你觉得刚才有人在偷看我们吗？”

“我不知道，”我说，“我倒希望是。”

6月5日，星期三

1. 读新闻的时候口吃的人。你他妈能不能把你的牙齿咽下去再说话。

2. 医生候诊室里的老人。我不知道那个腿有问题的老女人具体是什么问题，但是，天哪，她年纪也太大了，差不多该有 90 岁了吧。这把年纪了还有必要来吗？

3. 医生候诊室里的孩子。好吧，你咳嗽了，我知道，乖乖待在家里，吃点扑热息痛，换个肺什么的都行，别在这里使劲往杂志上抹鼻涕了，那杂志我还想看呢。

伯明翰警方还没找到谋杀迪恩·毕肖普斯顿的凶手。我最后一次听到的消息是他们讯问了两名妓女，还有一个目击者声称他“看到一名穿黑色帽衫、黑色靴子的金发女子从案发现场逃开”。电视台采访了迪恩的妻子，那女人哭得很惨，看起来糟糕透了。她穿着开襟羊毛衫，普利马克的发圈，一个不知名的亲戚紧紧握住她那瘦骨嶙峋的手，惨白的肤色实在不太搭配她那黑色的头发和眉毛。

我打算染头发，全部染黑。但我不会再去那个康伯巴奇的疯狂粉丝那里了，我打算在家自己染。不是有这么个说法，金发的人可能更有趣，但黑发的人更擅长隐藏自己。

看医生的结果，怎么说呢，很有启发性。他说我可以做药物流产，不需要器械，因为刚刚怀上没多久。我只需要吃两次药，一切就都结束了。不知怎的，我开始恐慌起来。

“然后会怎么样呢？”我问。

“你只需要再来两次，怀孕就结束了。”

我的呼吸突然急促起来：“结束了？”

“你就不再是孕妇了。”

“就这样而已？然后我就又会来月经，没有孩子了？”

“没错，就是这样，”医生看着他的电脑屏幕说，“第一种药会让胎儿从子宫内膜脱落，第二种药会让它排出体外，就像来月经那样。”

正是在这个时候，我意识到自己是在恐慌：“它现在还很小，对吧？所以其实都还算不上真正的胎儿，对吧？”

“现在它差不多是一颗罂粟籽的大小。”

噢，为什么他要这么说？为什么他要用这些词呢？

“对不起，能给我一杯水吗？”他走到水池边，拿下一个纸杯，给我倒了一杯水递过来。我的手抖得厉害。

“你可能还需要时间想清楚，瑞安侬。你要想清楚你到底想不想要这个孩子。”

“不不，我不想要，我不想要，”我抿了一口水接着说，“这个孩子不在计划内，至少不在我的计划内。”

“但是在克雷格的计划内？”

“是的，他想要，我不想要。”

他吞了一下口水，低头看了一下自己的笔记：“瑞安侬，你可以找人谈谈，有这方面的专业人士可以在这个过程中给你提供心理辅导。如果这个孩子是被迫性接触的产物……”

“你是指强奸？”

他点点头，依然直视着我的眼睛。

“不不，不是这样的。我只是一直不怎么想要孩子，仅此而已。会疼吗，吃药的话？”

“可能会有阵痛，但是你可以吃止痛药。”

“好吧。”一杯水已经喝完，我的嘴唇却依然干得像撒哈拉沙漠，“罂粟籽，好吧，好吧。对不起，能再给我一杯水吗？”

“需要我给你预约吗？”他给我倒了水，在电脑上打开了日历。

“不用。”这不是我的本意，但这两个字自动从我嘴里蹦了出来。我本来想说的是“好的”，却怎么也说不出口。

“不用了？”他问。

“不用了，”我说，“我不想堕胎。我不知道我到底想要什么，但我肯定不想堕胎，不不不。”

“好的，没关系，不要紧张。”

我立刻就冷静了下来，舌头终于开始能感受到那杯白开水的味道，我感到如释重负：“对不起，浪费你的时间了。”

他说话的方式真是冷冰冰啊，什么“脱落”，什么“排出”。我做不到。我没法想象自己成为一个母亲，但我也没法杀死一个孩子，不管他现在有没有形状，是不是一颗罂粟籽那么小。

那是我的罂粟籽。

上帝啊，我这是怎么了？先是对韦斯利·帕森斯下不了手，现在又对这个孩子下不了手。都怪他说了“罂粟籽”，我就知道。这种情绪要将我要淹没了。我走出诊所的大门，走到阳光下。震撼、恐惧，各种情绪，好多好多的情绪……“一团细胞”，他说“一团细胞”。不，那不仅仅是“一团细胞”，那是我的一团细胞。我的罂粟籽。

我的家人。

我哭得像个小婊子似的，一路走一路哭，一直哭到了街尾。我的面巾纸在车里，于是我只好把鼻涕全擦在了衣袖上。

我真是地球上最笨的生物，就像霸王龙，长着无比厉害的牙齿，手却生得那么小。我怎么能认为这药丸是万无一失的呢？我怎么能认为摆脱一个在我体内生长起来的小人是件那么容易的事呢？我冷酷无情地夺走了好几条生命，但我不能再“排出”这个婴儿，就好像我不能割下自己的头。他，或者她已经赢过了我，成功地搬了进来，并且没有打算搬走，他/她还对我说：“妈妈，我已经在这里住下了，你什么也做不了了。”

妈妈，你为什么要割掉那个男人的小鸡鸡？

妈妈，你出去遛叮当为什么要带那把刀？

妈妈，为什么有一个女人的头在我们的冰箱里？

上帝啊，怎么能这样？像我这样的人怎么能带孩子？到时候我要是恨这孩子怎么办？如果我不小心把窗帘的绳子拉得太低，或是没给所有插座装好婴儿防护，或是在必胜客里给他喂了一整颗葡萄噎到了他怎么办？我是不是会像电影《亲爱的妈咪》里的费·唐纳薇那样，整天挂在嘴边的都是“用力擦啊，克里斯蒂娜，用力擦！”以及“不能用金属挂钩！”更可怕的是，我的孩子会不会像我一样成长为一个心理变态，而我则像我的母亲那样，永远离去。

上帝啊，我这是在说些什么？他甚至都还没有成型，他还只是停留在我的子宫里的一个句点。

不，我不能打掉他。我不会做任何伤害萨姆或者伊梅尔达的那对双胞胎，或者露西尔那两个小孩子的事情，虽然我总也记不住他们的名字。

我不知道这种情绪是什么，但如果这就是爱，我算是明白了为什么这么长时间我都不愿意拥有他。这狗娘养的“爱”，真是太他妈的让人心痛了。

6月6日，星期四

据那个连“等压线”都说不利索的气象预报员说，我们正在经历一股热浪，这是由西班牙羽流离开伊比利亚半岛向外移动造成的。办公室里所有的电扇都在全速运转，大家依然整天汗流浃背。大家吃完午餐回来的时候都咬着冰淇淋，对自己的个人形象毫无骄傲可言。背心和人字拖现在成了着装标配，真是时尚灾难。

今天上午我有史以来第一次趴在桌子上睡着了。以前不管多困，我也不至于这样。谢天谢地AJ在其他人注意到之前推醒了我，他还指了指我在鼠标垫上留下的口水印。

为了那颗罂粟籽，我决定让自己快乐起来。我本可以列一下我的杀人清单，但我选择放弃。在公交车上有个女人踩了我的脚，但她不是故意的，所以我放过了她。还有“恐怖的红发艾德”，我在汇丰银行取钱的时候他在街对面的长椅那里晃荡，可能是想操那张椅子吧，毕竟我以前也见他做过那样的事。但每个人都有自己的想法和乐趣，如果他喜欢操椅子，喜欢在利德超市外面跳出树丛吓唬独自去购物的女士，那么，好吧，法国万岁。

我和克雷格打算下周同时休假，共度几天悠闲的日子。那之后他要去荷兰看英国球队参加冠军杯的比赛，而我要去参加那个不可言说的周末。我去取现金正是为了这个。至于为什么我要在午休时间去镇上的药妆店大采购一番洗漱用品——那是因为，我很兴奋，我很快乐。

这一切真是太奇怪了。

甚至连工作都让我愉快，至少在我能足够清醒地享受他的时候。克劳迪娅休假了，跟她的两个女朋友去了克罗地亚，所以我和AJ午休时去了她家。他给我做了炒鸡蛋，问我能不能尝试一下他在情色片里看到的一个新姿势。这个姿势是这样的：我保持头倒立的姿势，而他从我的上方进来。尝试过程中我摔倒了无数次，整个下午脖子都在抽筋。

我没有告诉他罂粟籽的事情。尽管我在他的洗手间吐了，但我告诉他这都怪他的炒鸡蛋。

克雷格兴奋得想要昭告天下，但我告诉他我们最好等到三个月后，等一切都稳定了再说。现在连我自己都下载了那个孕期指南 APP，连我都开始对着自己的肚皮说话，轻轻拍它，问他我买了迈克菲的杀毒软件而不是诺顿是不是做对了。我甚至感觉不到平常的那些冲动和渴望。我没再上过聊天室，没再在夜晚遛过叮当——克雷格主动接手了这项工作。照这样下去，罂粟籽将会拯救世界。

拉娜整天都顶着一双浮肿的眼睛，分外安静，而且明显回避经过我的座位。晚餐后我听见克雷格在阳台上和她讲电话——染头发花的时间没有我想象中长，所以我正好赶上了听到整段对话。没什么特别的，无非就是几句“对不起”“我们都知道这一天迟早要来的”，还有“我必须为我的家庭考虑”。

他打完电话时，我就站在阳台门口等着他。

“你觉得怎么样？”我问他，一边像拉娜一样甩动着我深棕色的头发。

“噢，天哪，”他说，“你看起来……太美了。你怎么突然染头发？”

我耸耸肩：“只是想换个造型。”他的脸色看起来很奇怪，要不是我知道发生了什么，我会以为他在担心。上次他妈妈给他打电话说找不到吉姆了，而她自己拧不开一罐泡菜，所以要从莫里森家的房顶跳下去的时候，他的表情就是这个样子。“你喜欢吗？”

“喜欢，很喜欢。过来。”他把我拉进怀里，鼻子贴在我的头顶闻了闻，接着又双手扶着我的胳膊将我推远一点点，仔细端详了一会儿。

“你在发抖。”我说。

“外面越来越冷了，我们进去吧？”

“你还在出汗。是谁的电话？”

“工作上的事，”他说，“我给那女人家里装的客用浴室漏水了，我答应她过去看看。应该不用太久。”

嗯，可能是约炮，也可能是去哄她，我不知道，我内心的小陪审团这时候也不再工作。

“你很担心吗？”

“什么？哎，我当然不希望她家里淹水了来起诉我，对吧？”他喘着粗气，上嘴唇在冒汗。

“她不会起诉你的，你会搞定的，你总能搞定。”

“嗯。我先过去了。”他从咖啡桌上拿起钥匙。

“克雷格。”他的手搭上门把手时，我叫了他一声。他回头看着我，我说，“只是个水龙头而已。”

他点点头：“嗯，我知道。我马上回来。”他笑了，回身朝我跑过来，在我额上印下一个吻，说，“我爱你，爱你们两个。”

我也笑了，但脑海中有个声音一直在喊：为什么要睡拉娜？为什么要睡拉娜？如果你真这么爱我，为什么要睡拉娜？

6月16日，星期日

今天克雷格走了，要离开两周。我期待这一刻很久了，整整两周啊，我可以一人在家，不受打扰。但上周和他共度了一周两人时光后，我觉得我会想他。我基本可以确定他和拉娜的事情已经结束了。这只是我的猜测，但他最近变得很不一样了，对我更用心，也不太会再突然消失了。我决定，过去的就让它过去吧，我要把整件事情从我的脑海中抹去，权当没有拉娜这回事。他只属于我一个人，就是这样。全新的孩子，全新的我们。

过去的一周里我们一起干了很多情侣才会做的事，很多我们很久都没做的事。亲爱的日记，我知道我很久没更新你了，但我大概只在难过的时候需要你吧。当幸福来临的时候，我要用双手去紧紧抓住它。

星期一我们去见了吉姆和伊莱恩，开车去了他们喜欢的一家乡村俱乐部，随后去了“国民信托”管理下的一座古城堡，那地方一股潮湿的味道，里面有一些古董家具，还有一艘据说是玛丽皇后用过的独木舟。我从来没有真正对历史感兴趣过，除了对埃及人，还有他们那什么通过鼻孔把脑子拉出来之类的东西，但克雷格全程都拉着我的手。宠物不能进城堡，所以吉姆带着叮当在花园里玩。还有，我看到一个老人摔倒了，我居然冲过去——是的，冲过去——扶他起来。我甚至都没有笑。

黛西给我发了消息，说莱纳斯回来了，戴上了眼罩；麦克·希思领养了一只猫；克劳迪娅晒黑了；AJ成天想着我，以至于把大家的咖啡都搞错了；销售部的拉娜·朗特里进了医院，但是“没人知道为什么”，我倒是希望她得了绝症。

星期二，我和克雷格在港口的美人鱼餐厅吃了午餐，之后坐船去了海边，和叮当一起在海滩散步。船员给了叮当一件小小的狗狗救生衣，而我居然为此落下了眼泪——我只是觉得它很可爱。我们还是全程手拉着手，谈论着罂粟籽降生后生活将要发生的改变，比如他将如何平衡生活和工作，以及我们要给孩子取什么名字——如果是男孩就叫杰克逊，是女孩就叫乔迪。上帝啊，我们看起来简直像是建筑协会广告里的人物。

星期三，我们去了购物公园，为家里那个空房间买了刷墙的油漆。B&Q 正好大减价，而奈杰尔答应买下我们那张多余的床，给他那个十几岁的继子睡。是继子还是继女来着？我记不清楚了，反正是他前妻不想要的一个孩子。我们甚至去宜家看了换尿布的操作台，但最后克雷格说他可以自己做一个，用“真正的好木头”（而不是宜家那种所谓的木头）。

星期四，我们开车去了威尔士。我告诉了克雷格蜂蜜小屋的事，和他讲那里的花园“大得足够摆下一个秋千架”，和他讲那里的马厩和附近的小学，讲了好多，终于让他有了那么一点兴趣。他没有说好，也没有说不好，所以我们“出于好奇”去看了看。他看到站在门口的房产经纪人布朗温时好像有点惊讶，但最终他克服了这一点，我们便走进房子参观起来。跨过门槛的那一刻我便开始落泪。

“你还好吗？是不是头撞到门框了？”布朗温带着淡淡的威尔士口音问道。

“不，不，”我擦擦眼泪，微笑着回答，“我只是来到这里太开心了，我是在这栋房子里长大的。”克雷格正在另一边查看房子的门楣。

“噢，真的吗？”她扶了扶眼镜，保持着笑容说，“那真是太棒了。”

门上的油漆都剥落得很厉害。

“嗯，我的爷爷奶奶住在这里。现在这里闻起来还和那时一个味道。”

“这里很安静的，对吧？”克雷格从那边喊道。

“是的，”她说，“马厩那边有时候会有一点声音，但仅此而已。”

我们走进客厅，壁炉还是我记忆中的样子，只是里面又空又冷，不再有堆起来的木头。

克雷格站到低矮的横梁下问道：“那条河会发洪水吗？”

“不会，”布朗温说，“至少我这里的记录上没有。”

“我住在这里的时候也从来没有过。”我抚摸着童年时常坐着的窗台，看着马儿沿着小路跑过。角落的木头裂了一条缝。

“预产期是什么时候？”她看看我，又看看克雷格。

“至少要到明年 2 月。”

克雷格看起来很激动：“我们不是说好不公布的吗？现在不是还太早了吗？”

“嗯，可我太兴奋了嘛。”这似乎足够让他闭嘴了。他走到我跟前，给了我一个大大的拥抱。

“那好吧。”他笑着说，继续回去检查房梁，还不时在墙上敲几下。

“这房子很适合家庭居住，当然，你肯定已经知道的，”布朗温说，“最近的小学走路就能到了，沿着这条路走过去就是。你说你还是个作家？”

“只是有时候写点东西。”我说。

“楼上有间卧室最近被改造成了书房，布线什么的都很合理。这个地方现在也有超快的宽带了，这可是个大好事。上一任主人也是作家，那个房间是唯一一间比较容易改造的。”

“那很棒，”我说，“是的，我能想象自己在这里写作，我能想象在这里度过愉快的圣诞节。”

“是的，在这里过圣诞节肯定很棒，烧得旺旺的炉火，清爽宜人的乡间漫步。”

“真好。”我说。

有那么一瞬间，我仿佛看见爷爷的棺材停放在壁炉前，他就那样躺在里面，双手交叠在胸前，黑色西装，领口还沾上了化妆品，眼睑被缝合起来。可不过一眨眼的工夫，那棺材就消失了，眼前只剩下那空荡荡冷冰冰的壁炉。

这地方就是一张空白的画布，等待着我们一笔一笔画上我们的未来。

克雷格微笑着，那是一个内涵颇丰的笑容。他看着我的肚子对布朗温说：“不好意思，我们能单独说几句吗？”

“噢，当然没问题，”她说，“我在外面等着。”

她走后，克雷格说：“你这是疯了吗？”

“是的，需要我做什么吗？”

“你这是在干什么？”

“我希望我们能住在这里，克雷格。这房子的价钱最近又降了，我们正好能买得起，只要用我卖掉爸妈房子的钱，再卖掉你的公寓，就可以直接全款买下这里，甚至不需要贷款。”

“我们从来没有谈到过要搬家，更不用说搬到这样的地方了。”

“这地方怎么了？”

他摇着头说：“首先，它在乡下，然后，这可是在另一个国家①，还有，这房子已经破烂得不行了。”

“这房子并没有破烂得不行，你想想我们能在这里做些什么——这里有一条淡水河，有马厩，还有海滩，就在路那头。看看这个花园有多大，我们可以自己种蔬菜，自己养鸡，甚至可以养羊，还可以在院子四周都装上花坛。我知道屋子里面是需要整修，但我们可以一起努力，慢慢来。我们可以共同修好它的。”

他不停地摇头：“你疯了。”

“这是我的梦想，”我说，“我不想我的孩子生活在一个空气质量堪忧的老城镇，不想他每天呼吸着污浊的空气去上学，身边还围着一群吸毒成瘾的坏孩子。”

“这里是西南部的乡下，瑞，甚至连布朗克斯都不是。”

“你知道我想说什么。”我一边说，一边贴到他身上，轻轻摩挲着他的耳朵——这一招总是很管用，“是的，我承认这很疯狂，我们从来没有谈到过要搬家，离开我们认识的所有人也不是一件容易的事，但我们会交到新朋友。”

“噢，我知道了，是荷尔蒙的关系对不对？我在那个 APP 上读到过，女人怀孕的时候会变得特别不理性。”

---

① 威尔士与苏格兰、爱尔兰、英格兰并列，均为大不列颠及北爱尔兰联合王国（我们常说的英国）的政治实体之一。也就是说，威尔士虽不是独立的主权国家，却也有自己的象征性君主。这里克雷格为了强调自己不愿意搬去威尔士，才故意将其强调成“另一个国家”。

“去他的理性，克雷格。我们都理性四年了，还不是在原地踏步？你厌烦了，我也厌烦了。我们搬到这里来吧，别管所谓的理性了，搬到这里来，在这里建立家庭。我种菜、写书，你可以在这里继续干你的建筑……”

他退了一步：“这几个月来我从没见你这么开心过。”

“我是觉得，在这里我们都会很开心的，仅此而已。”

这里不远就有一家叫苍鹭的酒吧，我们去了那里，就着虾和薯条促膝长谈了一番。我们没有马上拍板做决定，但克雷格答应等到他从荷兰回来我们再来认真谈谈这个问题。布朗温说如果有其他买家感兴趣的话她会通知我们，但我心里有种莫名的预感：这地方一定是我们的！

星期五，我们带叮当进城去剪指甲，克雷格终于给我买了一枚像样的订婚戒指——一枚18克拉的白金单颗钻戒，里面还刻着“永远”，上面那颗钻石亮得十分耀眼。我们还在宠物店给叮当买了一个镶钻的小项圈，这样她就不会觉得被冷落了。

星期六我们终于成功进行了一次车尾厢甩卖，那些塞在空房间衣橱里常年不见天日的废物被我们卖了将近140英镑。晚上我们去吃了Nando’s作为庆祝。

他清理垃圾的时候我看了他的手机，拉娜·朗特里发来了三条消息：

——你不给我打电话我就再做一次。

——宝贝，拜托不要不理我，我没法忍住不想你。

——不要以为我不敢再做一次，你知道我这里还有药。我真的会，我是认真的。你这样离开我太不公平了。

他一条也没有回。不仅如此，我下一次再看的时候，短信全都被删了，连她的号码也被删除了。

今天早上克雷格他们要赶9点从多佛出发的渡轮，所以很早就从家里出发了。告别时他吻了我，还掀开我的T恤亲吻了我的肚皮。他是开面包车去的，路上顺道接了埃迪和盖瑞，还有另外七个朋友在多佛等着他们。

他们并没有所有比赛的门票，所以那些不能进去看的比赛，他们将只是“坐在外面，在大屏上看比赛，喝喝啤酒聊聊天”。如果换作平常，听到这句话我一定会很不爽，但今天并没有。今天似乎一切都变得美好起来了，那感觉就像是面前的一堵高墙倒了下来，而我终于可以看到墙后的阳光。

光是过去这一周，我就为以下事情落了泪：

1. 一支狗狗基金会的广告；
2. 那个在《倒计时》节目里获胜的白痴；
3.《睡前阅读》节目里由大卫·田纳特朗读的一本早教书；
4. 我的花盆里长出了一颗新草莓；
5. 叮当有史以来第一次完成了握爪动作。

克雷格不在，公寓里感觉很是冷清。叮当甚至要枕着他的一只袜子才能睡觉，而我只能不停地和罂粟籽说话。今天早上我问他早餐想吃“松脆坚果”还是“史雷迪”的麦片，他说都不要，他想吃吐司，四片，配花生酱和香蕉。

就像父亲在世时爱吃的那样。

见鬼，我想我真的开始失去理智了。

6月17日，星期一

怀孕还不到六周，我已经开始犯困得厉害。这两天我早上起来遛完叮当后都得再回床上睡一小时，我真想一直躺在床上不要下来。

记忆力也变得很差，我根本记不住大家要的什么咖啡，常常一句话说到一半就忘了自己想说什么。还有尿频的问题，感觉全国人民的尿都要被我一个人尿完了！甚至就连开车从家到报社的那么点时间，我都得在购物公园的麦当劳停下上个厕所。我相信每个女人怀孕的时候都会这样，但我以前从来没有留意过，因为我根本不在乎。可现在，我如饥似渴地在“妈妈网”上搜集各种资料和建议：午餐时间出现晨吐是正常的吗？为什么我每隔20分钟就得尿一次？为什么我一觉醒来反而觉得更累了？我吃完整整半条面包卷为什么还是饿呢？

不能在这网站上泡得太久，那上面聚集了成千上万个“塑料姐妹花”。

而且任何事情都会让我流泪，任何事情。黛西中午给我带了一个柠檬罂粟籽玛芬，我便不由自主地哭了起来。我甚至不能告诉她我为什么哭，只好胡乱编造了一个老亲戚吃了玛芬后死于中风的故事。她倒是相信了，克劳迪娅甚至还为此给了我一下午假。

拉娜今天没有来，没人知道为什么。

还有——乳头疼痛，要命的乳头疼痛！我不能再俯卧了，还有，上帝保佑下一个摸我乳头的男人——我大概会抽出我的塞巴迪刺向他。

不，不，我已经不再动我的塞巴迪了。我是一个负责任的母亲。我在筑巢，我要照顾我自己，用积极的心态面对生活。我不再看第五频道那些不雅的节目了，也不再上聊天室，不再外出“钓鱼”。我想念这一切吗？

我不知道。我现在太累了，累到没法想念任何东西。

现在是下午 6 点 26 分，有个什么地方地震了，死了好多人。叮当刚刚对着那盆草莓撒了一泡尿。我要上床再睡一小时。

6月18日，星期二

昨晚本想睡一小时，结果睡了整整一夜，连晚餐都没有吃。早晨醒来的时候饿极了，狼吞虎咽地吃掉了两个烟熏三文鱼贝果和整整半碗松脆坚果玉米片。

中午给克雷格打了个电话，他在那边玩得很开心。

“太好了，”我说，“我等不及要见到你。”

“我也是。你怎么样？开心吗？”你听听，我现在变得多么温柔贴心，我说过我已经变了个人。

“嗯，很开心，”他说，“不过有几个浑蛋闹事来着。”

“是吗？”

“你没看到新闻吗？昨晚的比赛上出了点状况，报纸上到处都是，但我又看不懂荷兰语。”

“我昨晚很早就睡了，没看新闻。”

“好吧。就是一群英国小伙子在广场上闹事，大概是太多阳光太多啤酒让他们得意忘形了吧。警察逮捕了好几十个人。我不会参与这种事情的，你放心。”

“那就好，”我说，“我们想你了，爸爸。”

非常不幸的是，今天下午我又犯了一个大错：AJ猜到我怀孕了。今天本来是他实习的最后一天，我差点就能成功摆脱他了。当时我在茶水间，拿着一瓶水，努力憋住不吐出来，他在最后一次为编辑们准备咖啡和甜甜圈。

“可以请你喝一杯热拿铁吗？”他咬着我的耳朵，用夸张的音调说。

“不用了，谢谢。”我连忙拒绝，好像他不是想给我冲一杯咖啡，而是要在我面前献祭一只小山羊。

“你还好吗？”

“挺好的呀，怎么了？”

“你不是喜欢我冲的咖啡吗？你说我的咖啡比星巴克的好喝。”

“我只是有点不舒服，昨晚吃咖喱吃坏了。”

“谢天谢地，我还担心你是不是怀孕了呢。”

他这句话让我倒吸了一口凉气。他一定听到了，顿时手一抖，那盘甜甜圈差点掉到地上：“你不会……”

“没有。”

他端住了甜甜圈，但茶匙却掉在地板上发出“咣”的一声：“你就是怀孕了，对吧？”

“呃……是有一点……”

“天哪！”他大叫一声，关上了茶水间的门，“是……是我的吗？噢，天哪，天哪天哪天哪！克劳迪娅会杀了我的，我妈会杀了我的！”

“现在还太早，所以我还没告诉任何人。请不要告诉别人，AJ，我是说真的。”

“怀孕多久了？”

“差不多一个月吧，快六周了。”

“是我的吗？能确定吗？”

“从日期上看，恐怕就是你的。但除了你我，没有第三个人知道。”

“噢，天哪！”我拉出一把椅子让他坐下，“我本来打算周五走的，我连火车票都订好了。”

“噢，见鬼，是的！”我说，“我本来要给你买礼物和卡片的，完全不记得了。”

“你一直在吃避孕药？”

“是的，”我说，“但看来没管用。克雷格以为孩子是他的，我们就把这孩子当成是他的，好吗？”

“不，不行，天哪！这件事情太大了，瑞，我必须参与其中。”

“不，你不行，这样是行不通的。我们的确一起度过了一些快乐的日子，但你不是当爸爸的材料。”

“我已经 19 岁了。”

“就是啊，你才 19 岁。忘了孩子的事，我给你买个凯洛·伦玩偶怎么样？”

“这一点也不好笑，不要这样跟我讲话。”

“克雷格已经快 30 岁了，有自己的事业，他很靠谱，值得信任。而你还在实习，拿最低工资，住在你阿姨家，代步工具是滑板，我甚至不知道你的真名叫什么。说真的，这件事情我和克雷格来处理，你不要插手。”

“可这不是他的孩子，是我的。”这是我第一次看到 AJ 如此认真严肃地说话，他很强硬，很坚定，好像在过去的两分钟里瞬间长大了十岁。我突然想起了他曾经对我说过的“我爸爸在我很小的时候离开了我和妈妈”那些废话——难怪他会想留下来“参与其中”。你犯了个大错，瑞，大错，比之前的错还要大得多的大错！我真该闭上我那该死的肥嘴，喝下他的咖啡然后去女厕所吐，像一个合格的心理变态那样。

“这真是大错特错。我必须留下来，和你一起面对这一切。”

“我不需要你和我一起面对这一切。忘掉我刚才说过的话，祝你跳岛游开心，祝你……不管你接下来六个月要做什么，祝你开心。”

“你为什么要这样？嘿，我们得谈谈。”

“不，我们没什么好谈的，”我说，“这件事情是发生在我身上，不是你。”

他摇摇头：“我知道我目前的情况还不适合做一个父亲，但是……我想尽我的努力。这件事情太大了。”

“今天这段对话从来没有发生过，还有，如果你把这件事告诉别人，我……”

他抬头看着我，他的眼神让我想起了那天晚上，我告诉他是我杀死了公园男的那天晚上。那时他的脸上也是这样的表情——认为我是个魔鬼，认为他需要赶紧远离我的表情。此刻，罂粟籽是我讨价还价的筹码，我需要用他来换他的沉默。

“我给你的是一条阳关大道。你什么也不用做，你还年轻，你很自由，没有牵绊。飞翔吧，享受自由。我永远不会再联系你的，我保证。”

“奥斯丁，我的真名叫奥斯丁·詹姆斯。”他哭了起来，我赶紧离开了。

该死的懦夫。

今天拉娜还是没来上班。“睾丸哥”比尔说她大概是“出门了”，卡萝觉得她“病了”。天知道发生了什么，难道她追着克雷格去了荷兰？

6月19日，星期三

1. 恐怖分子。由于他们在肯尼亚制造的血腥骚乱，今天的《厨艺大师》又被取消了。事件中有英国公民死亡，所以这是件大事，连《全景》节目都为它做了期专题。

2. 读新闻的时候感情过于丰富的人。只需要告诉我关于校园枪击案的事实就好了，我不需要你来告诉我该如何感受。

3. 市场里聒噪的摊贩。今天镇上办了个法国食品市集（没错，去采访的又是我）。那里的可丽饼是真的很棒，但那些摊贩实在是太吵了。

爸妈的房子卖出去了，今天早上我们正式和买家交换了合同。律师做完他那边的工作后，大概在下周，钱就能打到我的账上。我不清楚具体金额是多少，大概应该有三十多万英镑吧。

从克劳迪娅那里知道拉娜·朗特里请的是病假，看来她并没有离开这个国家。他们没说拉娜具体得的是什么病，但克劳迪娅告诉我这个消息的时候还拍了拍脑袋。

在商业街上那个临时搭起的法国市集里闲逛，吃了一个可丽饼，回到办公室后，这个可丽饼被我吐在了厕所里。

想给克雷格打个电话，但电话被转到了语音信箱。他一整天都没和我联系，我应该开始担心他才对。但我太累了，累到没力气再去担心别人。我想知道如果我只闭上一只眼睛十分钟，会不会有人注意到。

*

被手机铃声吵醒，是克雷格从阿姆斯特丹的警察局打来的。他被捕了。

“什么？怎么回事？”我惊叫起来。

“暴力行为。”

“你做了什么暴力行为？”

“昨晚英国队0：3输了比赛，赛场外就发生了点小冲突。我有点火大，就扔了个瓶子——只是个塑料瓶——扔到了防暴盾牌上，于是他们就把我塞进警车带到这里来了。”

“只有你被抓了吗？其他人呢？”

“奈杰尔也被抓了，但是他们不让我们说话。听好了，我不会有事的，不过万一警察要去搜查我们的公寓，你能帮我把剩下的大麻处理掉吗？在衣柜里电热毯下面的一个盒子里，只是以防万一。”

“他们不会搜到这里来的，那也太傻了。”我说。

“拜托了，瑞，我不能冒这个险，我不想留下案底。我们如果要买蜂蜜小屋的话，这会影响我们的贷款。拜托了，好吗，宝贝？”

“朝防暴盾牌扔了个塑料瓶子不会变成你的案底的。”

“呃，好吧，其实那个瓶子不只是砸到了防暴盾牌，它从盾牌上反弹出去了，砸到了一个孩子。”

“一个孩子？”

“是的，而且那瓶子也不是塑料的，我说谎了，那是个玻璃瓶子。那个孩子被送去缝针了。”

“上帝！你怎么能干出这么蠢的事？”

“我知道，我知道，我一夜没合眼，这里臭气熏天。”

“你罪有应得。”

“我知道。英国大使馆的人说我和奈杰尔可能会被终生禁止进入荷兰。”

“也就是说在阿姆斯特丹买间度假屋的梦想这下算是完蛋了，对吧？”

“我得挂了，我明天再给你打电话，好吗？还有，别告诉我爸妈，他们除了担心什么也做不了，而且我妈一定会承受不住，我妈那人你也知道的。替我亲亲罂粟籽，我爱你。”

“我也爱你，白痴。”

唉，男人！不能跟他们生活在一起，也不能把他们绑起来扔进 M5 公路旁边的沟里。

6 月 21 日，星期五

吉姆和伊莱恩一大早就来接叮当。伊莱恩 4 点就起床了，为他们今天的海滩之行整理行装。他们没待多久就走了，每次都是这样。他们也从来不会喝我泡的咖啡或茶，因为我用的不是“他们那种牛奶”，而且伊莱恩从来不用马克杯喝东西。招待她可不是件容易的事。克雷格还没有给他们打过电话，告知他在郁金香之国的短暂逗留，他说他妈“一定会承受不住”。老实说，我倒是很想知道他妈妈会如何“承受不住”。

他们还没完全走进电梯，AJ 便出现在走廊尽头，还背着他的大登山包。

“你他妈的来这里干什么？”电梯门一关，我便生气地质问他，“谁让你进来的？”

“不认识，一个男的，你邻居吧。”

“刚才走掉的那两个人是我的准公公婆婆，你个白痴。”

“我知道，所以我等到他们走掉才过来。我能进去吗？我要问你点事。”

没等我回答，他便自顾自地走到玄关。

他双手捧起我的脸，温柔地吻遍了我的唇，接着退后一步说：“我想要和你组建家庭。现在你父母的房子卖掉了，我们就有足够的钱到处看看了。我们可以一起享受自由，游遍英国、欧洲和俄罗斯。六个月以后，我回澳大利亚去申请英国的永久居留。”

我转身走进房间，他跟了进来，关上门。

“我不想‘到处看看’，也不想跟你生活在一起。我想要稳定的生活，想要一个家庭，一处门前有河流过的小屋。”

“我们可以一起拥有这些。”

“不，不行。你想要旅行，我不想。我想要克雷格。”

“好吧，还有一件事要告诉你：他还有别人，我们报社的拉娜。”

“嗯，我知道。所以呢？”我说。

“拉娜和克雷格，”他强调，好像我没听明白他说的是什么，“他们有一腿，他劈腿了，出轨了，跟别的女人上床了。”

“我说了，我知道。你可以走了，我要洗澡了。我身上跟昨天晚上的鸡骨头一样臭。”

他将背包扔到地板上：“你知道，是什么意思？”

“我去年圣诞节就知道了。你是怎么知道的？”

“这不重要……你六个月前就知道了？”

“是的。”

他笑了：“知道了你还想和他在一起？”

我耸耸肩。

“为什么？”

“我不明白你的意思。”

他摇摇头，说：“瑞安侬，自从第一次见到你，我就爱上你了。我只想着你，我跟其他女人说话的时候，都会拿她们跟你比较。”

“你在报社经常跟拉娜和黛西聊天，我看到过你跟她们俩调情。”

“我跟她们只是聊天而已，并没有其他的。黛西只是个朋友，而拉娜，她……就是个疯子。”

“你怎么知道我不是个疯子？”

“也许我不在乎，也许我太爱你了。自从你告诉我孩子的事情后，我满脑子都是你和孩子。我想做一名父亲。”

“你想旅行，AJ。你告诉过我你永远不想扎根，你最不想要的就是被绑住，被牵绊。”

“我改变主意了。”

“那你打算怎么办？搬到这里长住，找一个全职的坐办公室的工作，不再冲浪，不再旅行，卖了你的小滑板，换辆漂亮的小轿车？”

“我希望你爱我哪怕有我爱你的一半那么多，我希望你给我一个机会。”

“你对我只是一时迷恋，AJ，你不爱我。我就不是一个能让人爱的人。我跟克雷格在一起很开心，他让我做我自己。”

AJ 生气了，这是我第一次见到 AJ 生气。他一脚踢向那个登山包，它在木地板上滑出去老远，撞到桌子腿，桌上的台灯都摇晃起来：“你不会说你爱我的，对吧？你永远不会说你爱我。”

“我跟你不一样。”

“他现在在哪里？克雷格现在在哪里？”

“荷兰。他去看球赛了。事情一切如常，他明天这个时候就回来了。”

“好吧，我要告诉他我知道他和拉娜的事了，我要让他也告诉你。”

“那又能怎么样呢？”

“让这件事情公开，让他做个选择。”

“他已经做了选择，这个选择就是我。他已经删了她的电话，我检查过了。你这么做没有任何意义。”

“那我就告诉他孩子的事，告诉他孩子是我的。”

这句话让我胸口一紧。我盯着他，一字一句地说：“不，你他妈才不会呢。”

“我会的，我发誓，我会的。”

“你告诉克劳迪娅了吗？孩子的事？”

“不，还没有。我想等你的，我想和你一起去告诉她。”

“我是不会让这种事情发生的。”

“她有很好的律师。”

“你这是在威胁我吗？”

“不，当然不是。我只是知道他能告诉我我应当享有的权利。我想要参与其中。”

“如果我不想要你参与其中呢？”

“你不能就这么决定，那个孩子一半是我的。”

“不，孩子是我一个人的。他是我的罂粟籽。”

“什么？”

“滚开吧，AJ。别想威胁我。现在我要喝咖啡了。”

“我哪里也不去，我们得把这件事情说清楚。等等——你不是不喝咖啡了吗？”他在厨房的餐台旁走来走去，“看着我，瑞。”我看着他。“我们可以成为一家人，我和克劳迪娅阿姨。她会很高兴的。你知道她是多么渴望一个孩子，连婴儿房都准备好了。这样难道不是再好不过了？”

我拿过水壶，放到水龙头下接满：“怎样再好不过了？”

“我们旅行回来以后，可以和她一起住。”

“和那个‘大口怪’一起住？上帝啊，不可能。”我从杯架上取下一个马克杯。

“我爱你，瑞安侬，我想要你和我在一起。我不知道我还要说多少次。”

“你为什么爱我？”

“嗯？我不知道，我就是爱你，我无法控制我自己。”

“你走吧，别逼我了。”

水壶开始加热了。我感觉到一切都在从我身边溜走。我的手在绳子上滑行，我的脚踢来踢去地寻找一个地方立足，却只踢到空气。克雷格意味着幸福，克雷格意味着蜂蜜小屋，克雷格意味着未来。而现在，这个瘦高的澳大利亚男孩站在我面前，不想让我得到这一切，告诉我可以去跟他和“大口怪”一起住，那个叫我“小甜豆”、事无巨细地监控我的“大口怪”。我能预见到那种生活会是什么样：“噢，我觉得宝宝该洗澡了，所以我给他/她洗了一个，不要介意噢”“噢，宝宝哭了，所以我给他/她喂了会儿奶，不要介意噢”“对了，我给这孩子在私立学校注册了，还给他/她量好尺寸做制服了，不要介意噢”……

啊！不，不，不，不，不！

我的脑海中顿时拨云见日。一旦我决定了，就是决定了。

“你知道我和你上床只是为了让你闭嘴的，对吧，AJ？”

“什么？”

“这样你就不会把盖文·怀特的事说出去了。”

他脸上的笑容开始消失："别这么说，我答应过你不告诉任何人的。"

"这个秘密又能保守多久呢？保守到我下次把你惹毛了？"我打开抽屉，拿出一个茶匙。

"不，当然不是这样的。"

"说出去吧，去告诉全世界。我不在乎。你要是愿意，还可以顺便告诉他们丹尼尔·威尔斯也是我杀的。"我打开冰箱，拿出牛奶，放在刀架旁。

"谁？运河里那个？"

"没错。还有茱莉亚·柯德纳，还有德里克·斯卡德，还有开蓝色货车的那两个人，还有我姐姐的男朋友……"

"什么？"

水壶响了起来，水烧开了，蒸气开始升腾，我的手伸向壶的把手。

"都是我干的，"我拿起水壶，"这些人都是我杀的。"

说完这句，我掀起壶盖，把水泼到了他脸上。

*

你真心希望哪个地方爆发埃博拉的时候，埃博拉是不会来的，不是吗？现在才下午 2 点 48 分，她们已经开了一瓶伏特加，以介于教堂钟声和 AK-47 之间的音量唱起了《我会活下去》（*I Will Survive*）。露西尔租来的小巴车在高速路上颠簸得厉害。我假装和她们一起欢笑，但大部分时间我都在"查看重要的工作邮件"。

安妮在最后一刻退出了，说萨姆得了皮疹。这下我在斯旺尼岛上唯一一个能好好聊天的对象也没有了。我旁边坐着一个从没见过的女孩，叫吉玛还是詹娜什么的，据说是皮奇在什么什么指南还是什么什么布朗尼的时候最好的朋友，我反正是没听清楚。因为这辆车太老了，一路上到处叮当作响，还有一股挥之不去的口香糖味道让我想吐。皮奇坐在她旁边。所有的"坏女孩"们都在车后排，冲着过往的车辆展示她们的胸部。"坏女孩"包括：露西尔的妹妹克莱奥，她通常是个吃得无比健康的健身怪咖，今天却喝了超多伏特加；梅尔的同事贝弗和莎朗，那是两个五十来岁的矮胖女人，和伊梅尔达迷恋盖瑞・巴洛一样有着各自的迷信——贝弗脖子上文着她所有孩子的名字，看起来像是挂着市长办公室的钥匙，莎朗的小腿上文着的那个要不就是西汉姆球队的标志，要不就是个纳粹的万字符号。

尽管我特意针对她们每个人的头发做了评论，包括她们做的各种直发和卡戴珊风格的接发，却始终没有一个人提到我新染的头发颜色，真是一帮地狱来的长满水泡的恶狗。

在这种情形下我是不可能找到幸福的，一点可能都没有。

车上的人还有伊梅尔达和皮奇的阿姨史黛芬。我猜史黛芬大概五十出头，但看起来更像六十几岁。她又瘦又矮，皮肤晒得很黑，看来这辈子没少晒日光浴。她睡着的时候看起来就像一具上面涂了木纹的尸体。我们的小巴从抹大拉尼街接上她的时候，她说的第一句话就是“我昨晚跟一对双胞胎兄弟上了床，真是太美好了”。我从第一眼开始就瞧不上她。

*

小巴在服务区停下来加油，顺便让我上个厕所。拜罂粟籽所赐，我现在也不能借酒浇愁，只能在酒瓶里装上水来假装。我只希望没有人来喝我的酒，因为这样她们就会发现了，而我还不想告诉她们。我还是不太适应成为这种小团体中的一员，尤其是现在这个小团体。我不光不想待在这里，我想要回家。现在她们从冷冻箱里拿出了伏特加冰棒。

上帝啊，我真希望我能喝酒。该死的罂粟籽！噢，不，我不是那个意思。

*

我们又上路了，不过很快又得找下一个服务区停下，因为我又要上厕所了，而克莱奥需要找个树篱把刚吃下的六根伏特加冰棒吐出来。

*

小巴后座劝酒声此起彼伏响个不停，车里口香糖和伏特加的味道越来越浓，而我连窗户也不能开，因为她们都刚做好头发。我甚至希望我们撞死算了。

*

好不容易到了托本度假村，比预计的时间晚了整整一小时。也就是说，不幸的是，我们错过了今天的驯马表演（嘘声和倒彩声）；幸运的是，明天还有一场（欢呼与掌声）。

走下小巴的那一刻我就明白了一件事情：这里是野性的荒原，我们就是那美味的肉。四周全是石头铺成的蜿蜒小径，路牌指示着餐厅、游乐场和夜店。小径上走着的是一大群一大群穿着英式衬衫、大裤衩和夹脚拖的男人，戴着包边式墨镜，酒瓶不离手，冲着过往的异性大声嚷嚷着露骨的玩笑，比如“美女，趁着还有太阳赶紧露个胸啊”“喂，喂，兄弟们，快来参加布卡克派对[①]”。

而最让我害怕的是，我身边的这些人还很享受这一切。我们还没来得及下车，史黛芬阿姨就跟一个老扒着我们的车后窗往里看的18岁男孩走了，之后我们便没再见过她。她们都很担心她，我希望她已经死了。

*

我现在在厕所。刚刚登记入住了10号小木屋，和皮奇、吉玛/詹娜成了室友（看来她们把三个最安静的人安排在了一间）。房间很小，一股消毒水的味道，那床简直是连监狱都不收的残次品——硬邦邦的，有金属包边，还吱吱作响。我甚至连看都不敢去看我的床垫。

---

① 布卡克，Bukkake，指的是不同男性往同一女性脸上射精的行为。

在这疯狂的园区，你走到哪里都会碰上那些嘴里不干不净，甚至还要对你动手动脚的人。最可怕的是，“塑料姐妹花”们热爱的正是这个，这完美地说明了我跟她们毫无共同点。这里完全不是我该来的地方，却很适合她们。我没兴趣社交，没兴趣喝醉了摸来摸去，没兴趣制造噪声，而这个地方正是所有这些事情的天堂。我是为什么要演得跟个正常人一样来着？谁能提醒我一下？噢，对了，想起来了，我身边没有别人。

伊梅尔达，穿着白色短裙，围着羽毛披肩，戴着牛仔帽和面纱，穿着长筒靴，还挂着“新手上路”的牌子和准新娘腰带的伊梅尔达到目前为止已经和三个男人接过吻了（她的第一个“大冒险”任务就是在这两天内亲到尽可能多的男人）；而那个僵硬得好像皇室牌地板的史黛芬阿姨再次出现，跟一个沃灵顿来的 19 岁水管工小男孩如胶似漆地吻个不停，那男孩个子很矮，他俩站在一起完全就是妈妈和儿子。

如果我要在这里列杀人清单，一定会没完没了，首先要处理掉的就是我这些朋友们。

*

下午过得可真是“愉悦”。我们在酒吧喝鸡尾酒，有幸目睹了一场由“性感男管家”们出演的即兴版《光猪六壮士》（*Full Monty*）[①]。

说到风车，克雷格还是没有消息。

和“塑料姐妹花”一起出来的一个好处 / 坏处就是，她们不太在意我在做什么。所以她们忙着点饮料的时候，我得以溜到调酒师那边，告诉他“麻烦把我的鸡尾酒换成无酒精的”，她们什么都没发现。到目前为止我一滴酒都没喝。

我们的准新娘和其他几个人点的都是菜单上看起来名字最可怕的鸡尾酒：贝弗和莎朗点的是“红发小荡妇”，露西尔点了杯“性感玻璃杯”，克莱奥的是“双腿大张”，皮奇和吉玛 / 詹娜则是“黄金沐浴”（她们喝

① 美国电影，其中几个主角成立了一个男性脱衣舞团。

着喝着就要宽衣解带了），伊梅尔达要了一杯“紧握”和一杯“无情操我”加冰块。点好酒之后她们都过去玩激光穿越游戏了，我说我喝了太多“伏特加”有点恶心，回到那张吱吱作响的床上，思考着伪造一个我自己的死亡现场该有多难。像我这样的人怎么可能在这样的地方找到快乐呢？唉。

*

我坐在游泳池旁边，其他人都坐在游泳池里面，袒胸露乳。我真是受够了这些人了。要不是离家这么远的话，我早就拍屁股走人了。说起来，我身上有足够打车的钱。如果我现在走的话，我大概几点可以到家呢……妈的，我被拉去玩“地狱边境”解谜游戏了，祝我好运吧。

*

现在是晚上 7 点 27 分，我们都在各自的小木屋里，为晚上的喝酒、跳舞和乱交活动做准备。（我说我大姨妈在身所以不能游泳。）我们向伊梅尔达赠送了她的惊喜剪贴簿，用安·萨默斯[①]的道具玩了几个游戏——“谁能先吃完巧克力鸡鸡”（获胜者是露西尔），以及“谁能先舔完陌生男人身上的奶油”（获胜者是梅尔），还有“脱衣舞扭扭”（不知道谁赢了）。即使我现在死了我也不在乎。

除了被伊梅尔达说我“扫兴”（我连“地狱边境”都玩了，她还想要我怎样？），我觉得我已经演得够像正常人了。不过，说真的，谁在乎呢？我现在在去卡拉 OK 的路上，穿了件特别容易起静电的衣服，每跟一个毛茸茸的人擦肩而过时我都会触电。

还是没有克雷格的消息，他如果顺利出来了的话应该会给我发消息的，也许他们起诉他了。

---

① 英国著名情趣用品品牌。

*

现在是凌晨 2 点 03 分。皮奇睡着了，脸埋在一盆薯条里。我以前没怎么注意过，但她长得可真丑啊，即使她是一个好人也不能弥补这一点，实在是太丑了，丑得无药可救。她的鼻子很大，眼睛像猪眼睛，脸很长，还有她放的屁有一股烤猪肉的味道。

吉玛 / 詹娜打着响亮的鼾，她跟一个身上涂了蓝色油彩的蓝精灵亲热过，所以现在也成了蓝的。大家没完没了地唱歌的时候我中途溜出来了，坐在游泳池边和罂粟籽说话。周围的树丛里到处有人在做爱做的事，舌头纠缠的声音、节奏诡异的呻吟、手指在 60 岁老女人松弛的下体摩擦的声音……真像身处一幅文艺复兴时期的画作啊。

*

噢，老天，这就像一场恐怖的噩梦，唯一的区别是，噩梦会醒，而这个不会。我所谓的朋友们都爱死这里了，我一点也不爱。我要离开，去他妈的假装正常人。我真想把以前不能杀的人通通干掉，反正我们就要搬到威尔士去了，到时候我就再也不用见她们了。

或者我可以把她们一个一个地杀死在床上。史黛芬阿姨可以多得一刀，这是她应得的。

6 月 22 日，星期六

我最终还是没敢离开。这里的床吱吱作响，浴室里有股怪味，吉玛/詹娜大半个晚上都趴在水池边上吐，我几乎没法合眼。我尝试着拍着她的背说了些安慰的话，但完全没有走心。克雷格的手机还是关机的，也一直没给我发消息。他到底在哪里？他知道我很担心的呀，真是一点都不体贴。

另外，罂粟籽到今天就六周了，令我难过的是，我不能再叫他/她罂粟籽了，因为根据那个 APP，他/她现在有一颗谷粒那么大了。那么，第六周生长日快乐，小谷粒。

我给吉姆和伊莱恩打了电话，他们今天带叮当去了海边，还给她买了个玩具球。吉姆发照片给我看了那个球，足足有三个叮当那么大。克雷格也并没有联系他们，他们甚至都不知道他被捕的事。

大家都还没从宿醉中缓过来，不发一言地坐在外面的长椅上，就着纸杯装的兰波瑞尼水果酒，吃各种各样的燕麦片。我们几乎带来了我们能叫得出名字的所有酒，却没人记得要带牛奶。

早餐后我们去了海滩，海滩上全是人，到处是大喊大叫的孩子，他们不停地踢我好不容易用沙子堆好的城堡，还在护城河里尿尿（好吧，只有一个孩子在护城河里尿尿）。所以我放弃了城堡，坐到了一边的阳伞下欣赏风景。天哪，我这是要变成塞缪尔那个谁[①]啊，大火的时候先救奶酪的那个。

---

① 这里指的是英国著名作家塞缪尔·佩皮斯（Samuel Pepys），在伦敦大火中他第一个抢救出的是其最爱的奶酪。

*

现在是下午 3 点左右，我眼前是五个成年女人伴着仙妮亚·唐恩的乡村音乐在充气城堡里蹦蹦跳跳。

史黛芬阿姨回来了，不过只停留了一小会儿。她是回来报告说她已经“睡了 9 个，还在继续”的。她找露西尔要了几根烟，又找贝弗要了些零钱去买避孕套，便又走开了。

感觉到伊梅尔达还是在窃窃私语我的事，她已经斜眼往我这边看了好几眼，我还听到她们说到我，还说了句什么“湿毯子”。看来我大概只能告诉她们小谷粒的事了，真该死。

*

我告诉了她们小谷粒的事，大家的反应和我想的一模一样。

伊梅尔达：我就知道！我早就说过她肯定会在我结婚前怀孕！

露西尔：噢，恭喜你，亲爱的！这真是太棒了，你一定高兴坏了吧？

克莱奥：看在上帝的分儿上，千万别生男孩。女孩比男孩好带太多了。

贝弗：这会完全改变你的生活。怀孕生子是女人最重要的任务，忘了你的职业生涯，忘了挣钱，家庭才是你的全部。我生卡尔的时候真是九死一生，所以啊，到时候多要一些止痛药。

莎朗：不，生产的时候千万别用止痛药，相信我，那种疼痛是值得的。你经历过那种疼痛才能真正感受到和孩子的亲近。我生金伯利的时候是剖腹产的，我跟他之间就没有那种亲近感。

吉玛 / 詹娜：哇，真是太棒了！祝贺你！预产期是什么时候？

皮奇：你一定会是一个特别棒的妈妈，瑞安侬。我太为你高兴了。

皮奇说出这句话应该是很不容易的，毕竟她刚刚才失去了自己的孩子。她伸出手紧紧拥抱了我，然后在我耳边低语道：

“不必为我难过，我是真心为你高兴，亲爱的。”

“谢谢你。”我说。

这貌似让人感动的美好一幕——一位刚刚失去孩子的母亲将她的祝福传递给了另一位刚刚怀上孩子的母亲，但这美好并没能持续多久。现在皮奇寸步不离地跟着我，就像个该死的影子。她生怕我摔倒，生怕我碰到什么变态，甚至是营地吉祥物大嘴鸟托比，因为我反复说如果他胆敢再出现在我附近跳他的“托比探戈”我就要一刀扎坏他的脸。

*

充气城堡暂时被关闭了，至于什么时候重新开放要“等待进一步通知”。关闭的原因是有人吐在了里面。贝弗说不是她，但吃午饭的时候她凑过来拿菜单，我闻到了她嘴里的味道。

大家一致决定我今晚不用穿我的妓女装出去了，因为“对准妈妈来说不合适”。所以我就穿了红背心、白色骑行裤和黑色坡跟鞋。其他人都打扮得像音乐剧《芝加哥》的替补演员，而我却打扮得像是要去外婆家搞烧烤。这让我更加觉得无法融入这帮人了。皮奇去上厕所了，我要趁着这麻烦婆娘不在的时候去海边走走。

*

海边有一个占卜店，店面很小，穿过所有的游乐设施和冰淇淋店就是。店里的装饰和其他占卜店没什么两样：紫色的吉卜赛披肩、香烛和大麻叶图案的围巾，狭小的空间里充斥着熏香、体臭和绝望的味道。店里一张小圆桌旁，坐着一个红发的中年妇女，常年吸烟的皱巴巴的嘴唇，画得极度夸张的眉毛，大概还有肺气肿。桌子中央当然少不了水晶球，摆在一个爪足支架上。

“下午好，”她把手中的香烟放到烟灰缸上，摆出一副高级女巫的腔调说，“我是格温多林夫人，你好吗？”

“我很好，谢谢，”我说，“多少钱？”

“你是想要塔罗占卜、灵气解析还是看手相？”她的口音渐渐有点变味，现在她听起来像《非常大酒店》里的曼纽尔。

“呃，塔罗就好了。”

“15 英镑，”她伸出手，“先付钱吧。”

“好的好的。”

我掏出了仅剩的 20 英镑递给她，她找了我 5 镑后示意我坐到她对面，拿出一叠卷了边的大纸牌递给我：“你来洗牌。”

“为什么是我来洗？”

“因为我们要看的是你的生活。”

“也是。”我用爸爸玩拉米纸牌时的手法把牌洗了一遍：将一叠牌从中间分开成两叠，两手各执一叠，卷起一个角后一张张往下放，让两叠交叉着落下，混合到一起。她盯着我完成了整个过程。

“现在我需要你挑出五张给我，但自己不要看。”

我照做了，她接过牌后将它们展开成扇形。我刚默默提醒过自己不要给她任何信息，就不小心撩起上衣露出了肚子。她冲我微笑了一下，翻开第一张牌。

“啊，是了，这张牌出现频率很高。”

“上吊人，”我说，“这是什么意思？”

“这张牌的意思是，你现在处在一个十字路口，你不知道该往哪个方向走。很多来找我的人都处在他们的十字路口，有些是为工作，有些是为感情。我猜想你觉得你的工作很无聊。”

“是的。但大部分人都是这样，不是吗？”

“你在寻求改变，在非常积极地寻求刺激。”

“是的，但大部分人都是这样。”我重复道。

“也许你在错误的地方寻求刺激。”

她缓缓地抬起头，久久地凝视着我的眼睛：“这张牌告诉我，你家里的情况也是这样，你正在寻求一些不一样的东西，你正在尝试向前看，制订一些计划，对吗？”

“好吧。”我说。一只黑猫这时候溜达了进来，在我脚边喵喵叫着。我伸手去摸，它用粗糙的小舌头舔我的手指。我想叮当了。

“爱这件事情对你来说有点棘手。你有一个稳定的男朋友，对吗？”

“是的。”

“还有另一个人？”

她说的是 AJ：“嗯，是吧，曾经有。”

“不，我不是指情人，是这段关系里的另一个人，你的一部分。”

“噢。”见鬼，她是怎么知道的呢？我的肚子还没有显怀呀。

她看向我的肚子：“一个孩子，对吗？”

这下我开始对她说的话感兴趣了：“是的。”

“你的另一半现在对此很开心，但以后他会不开心。”

“大概是因为孩子不是他的。”我脱口而出。妈的，我还是给了她信息。

老天，她还挺厉害的。

她翻开下一张牌，是一个吹号角的鬈发男人。

“审判，”她说，“你有时会很快对人下判断。有些人想要喜欢你，想要来爱你，你却不给他们机会。你无法接受这些人的喜欢和爱。今天对你来说可能是一个觉醒的机会。试着接受别人的好意，对他们敞开心扉吧。”

“好吧，”我说。如果对“塑料姐妹花”们敞开心扉意味着我要把乳头露出来，从一个毛发浓密、叫基斯的两百多斤重的胖子电焊工身上舔奶油，那我还是保持我的封闭和固执吧，谢谢。

翻开下一张牌之前，她又盯着我看了一阵子。

“啊……魔鬼。”她说。

“妈的！”

“不要害怕，魔鬼牌看起来有点吓人，但实际上它的含义有可能是积极的。这张牌告诉我，你现在某种程度上被束缚住了手脚，但实际上，这束缚并没有你自己以为的那么严重。”

“好吧。”黑猫跳上桌子，这位格温夫人把它赶走了。

“你是你自己自由的主人，你不必像现在这样被压制。”

“这说的是我的工作吗？还是感情？”

“都有可能，”她说，“如果你不喜欢你的工作环境，或者是你的伴侣，这张牌就是在告诉你，你不必为了经济上的考虑而留下来，总有其他的解决办法。”

“我爸妈的房子。”又没经大脑地说了不该说的话。

她皱着眉头，看着已经翻开的这三张卡片：“还有一些事情，我看不出来具体是什么，但能看出来这很不好，有一些麻烦，也很不健康。你有一些恶习，你自认为它对你有好处，但实际上并没有。会是什么呢？甜食？毒品？酗酒？”

“我怀孕前特别喜欢吃 MAOAM 糖。”

“不管是什么，它让你无法自拔，”她说，“你上瘾了。亲爱的，我没有评判你的意思，这只是这张牌告诉我的，但这件事绝对无法像你以为的那样给你带来幸福。它会折磨你，也会折磨其他人。除了 MAOAM 糖你还能想到别的什么吗？”

“呃……想不到。”我耸耸肩，抿了抿嘴唇，好让自己看起来显得更诚实一点——格温，我纯洁无辜得就像片雪花一样。她翻开第四张牌，那是一位冷面天使，一手握着一把巨大的宝剑，一手提着一颗人头。

“啊哈，宝剑之王。”

“恐怖。”

“和上一张一样，不一定是负面的，”她说，“但到目前为止，你拿到的所有牌似乎都预示着新的开始。你的生活将迎来彻底的改变，你已经准备好迎接全新的冒险——新的工作，新的爱情。你的真相很快就会大白于眼前。”

“真的会这样？”

“是的。我想你想要摆脱一些东西，它是你的负担，而这张宝剑之王告诉你，你很快就不会再有这个负担了。”

我愿意赌上我所有的钱，赌这最后一张牌是死神。我愿意拿我全部身家来赌。

但等她把牌翻过来，我看到的并不是那个期待中的骷髅死神，牌上画的是一个老巫师。

“这是邓布利多吗？”我问。

“不，这张牌是隐士。”她回答，听起来有一点惊讶。

“噢，这是什么意思呢？”

“实际上，这张牌出现的概率可不高。它的意思是独处可能会对你有好处。”

“也就是说它告诉我要像隐士那样生活喽？”

“我想它的意思是你并不擅长和其他人相处，你只能……孤身一人……”她的眼神移到那个水晶球上。她伸出右手轻轻摩挲着那个水晶球，然后猛地弹开，好像球体突然变得很烫。

她的呼吸突然变得急促起来，转而开始收拾那堆纸牌。

“真是抱歉，我有点喘不上气，因为……因为猫毛过敏。”她从羊毛衫的口袋里掏出一个蓝色吸入器，深深吸了两口。

“不好意思，我们刚刚说到隐士牌。我不会孤独终老的，对吧？我还有孩子。”

“不。”她说，然后便又陷入沉默。

“不什么？我不会孤独终老？还是说我不会生下这个孩子？”

“我不能说。”

“你能说，因为我付了钱让你说。你说我会孤身一人，然后你从那个水晶球里看到了什么。你看到的是小谷……我的孩子吗？”

她又拿起吸入器吸了一口。

“我的孩子会死吗？”

“我是看到了孩子，但我不知道……”

“孩子怎么了？你看到了什么？”

“我们恐怕没时间了。”她说着，把卡片收进那个涡纹图案的木箱里，推到一旁。

“不不不，你在说什么？我的孩子安全吗？会发生什么？你说我会孤身一人？拜托了，我需要知道。”

“我相信一切都会好的。”黑猫又出现了，在她的脚边喵喵叫着，绕着她的双腿打转。她从座位上站起来，赶走猫，领着我穿过店里挂着的披肩和流苏，回到店外的人行道上。

“我可以再给你钱，”我说，“再帮我算一次，告诉我那个水晶球怎么说。”

“我没有办法。纸牌和水晶球已经给了你所有需要的信息，亲爱的，”她说，“我现在要去赶一个约会了。祝你今天愉快。”

店外的招牌上写着夏季营业到 9 点，但她提前一小时就把我赶了出来，关上店门，将招牌翻转过去，锁上了门。

他妈的。满嘴胡言的，贱人。

*

时间刚到晚上 8 点 45 分。我出了门，周围能听到的全是乱交的人们发出的混杂的呻吟，和夜店区那边传来的砰砰砰的音乐。拜格温夫人所赐，我心情糟透了。

我被各种各样的怪胎挤过、撞过、碰过、摸过，这些人里有穿得像《捉鬼敢死队》里的人物，也有打扮成斯内普教授的，还有一个叫理查德的酒吧服务生，我不过是找他要几块冰，他便直接要求跟我回我的小木屋，“在我朋友的观看下”跟我上床。

还有阿尔菲——二十多岁，学生，来自曼彻斯特，长得挺帅，彬彬有礼，温顺纯良，蠢得像猪。他今晚打算和尽可能多的女人上床，显然，我将成为幸运的第 13 个。我这个幸运的老女人啊。趁他去吧台给我买伏特加配柠檬，我赶紧溜了。

我忍不住一直往下看，看着小谷粒成长的那个小土堆。我不想他死掉。我不知道我会不会是一个好妈妈，但我不想他死掉。我不知道该怎么做。

我的手机响了……

*

刚刚和克雷格通完电话，他那边有大新闻。

我走出夜店区，音乐依然嘈杂。

“你总算打电话了。你到哪里去了？我一直不停地看手机。”

“嗯。”

“你在哪里？他们放你出来了吗？”

“没有，我还在监狱里。瑞安侬，听着——我希望你从我这里听到这个消息：我这边发生了点事情。”

不停有蚊子飞进我的嘴里：“什么？”

“荷兰警方逮捕我的时候取了我的DNA，他们发现英国警方有我的DNA记录。而且，我不知道怎么回事。但是……他们说英国警方正在赶来审问我的路上，为几起谋杀案。”

“什么？这太荒唐了。看在上帝的分儿上……你不是就扔了个瓶子吗？”

“不，跟瓶子没有关系。我自己也不明白呢。他们认为我杀了人，可我没有，我发誓……”

噢，见鬼。

“怎么回事？”

“这阵子新闻里的那几个人。那个运河里被人割了生殖器的男人，公园里被杀的男人，还有采石场那个女人……他们认为我就是那个‘收割者’。鬼知道怎么回事，但是他们有证据，瑞，是DNA，他们他妈的有我的DNA。”

“你是在开玩笑吧？你是不是在宾馆，跟奈杰尔还是谁在搞恶作剧？”

“我不是开玩笑，瑞安侬。”他的声音越来越小，最后哭了起来，“我他妈的不是在开玩笑。”

“我不明白你在说什么。”

他吸了吸鼻子，深深吸了一口气，用尽量冷静的声音说：“我的 DNA 出现在两起凶案现场，那个运河里淹死的家伙……”他的叙述开始杂乱起来，我几乎听不懂他在说些什么，“我甚至不……瑞，我没有杀他。我不知道我的东西怎么会出现在那里，我不知道那家伙的生殖器怎么会到了我的车里……”

“克雷格，我没听到。拜托告诉我你是吃了红酒焖鸡？”

他被取了 DNA，他的记录在那个该死的警察数据库里。他陷进了这么个大麻烦，这将会毁了我们的一切。我不得不面对这个事实：事情的发展回到了我原本计划的轨迹上——让他付出代价。

“他们在我车里找到了死在运河里的那个男人的生殖器，在我的工具箱里，用袋子包着。那个工具箱自从你爸爸给我后我就再也没有用过。我被陷害了。你是相信我的，对吗？我没有做这种事，我不可能……”

“太恶心了……”我试着平复自己的呼吸，“为什么会有人要去割别人的……生殖器？他们在现场发现的是你的什么 DNA？头发？皮屑？”

“精液。”

“精液？”我说，“采石场的那个女人……生前被强奸过……”

“我从来没有见过这个女人！我从来没有碰过她。瑞安侬，别这样对我，宝贝，现在我只有你了。你一定要相信我，拜托拜托拜托了……”

我从来没见他哭得这么厉害过，现在的他就像个无助的孩子。

“好吧，”我说，“好吧。假设有人设计陷害了你，假设有人把那东西放到了你的车里……会是谁呢？他又为什么要这么做？”

我能清楚地听见他的呼吸声：“我接下来要说的事情，听起来会很糟糕，总之……几个月前，我下载了一个 APP，我用它来聊天，跟人聊天。”

“女人？”

“是的，但都是到了法定年龄的女人，我发誓。我检查过的。我知道你听了一定觉得我是个变态，但很多男人都做这种事的，奈杰尔就会，还有史蒂夫。我们就是……互相发发照片什么的，纯粹是好玩。但我的账号不知怎么被黑了，他们发现我跟一些男人的聊天记录，跟他们在酒店约见面……交换照片……之类的……”

“噢，天哪……”

“都是我跟女人聊天的时候发过的照片。但这些聊天记录看起来像是我在私底下过着秘密的同性恋生活，我跟男人出去然后……杀了他们……还跟他们的尸体……瞎搞。我向你发誓，我以我父母的生命向你发誓，以我们孩子的生命向你发誓，我真的没干过这些事。瑞，我不是同性恋，我更没有……”

“好了，好了，冷静点。所以你一直在偷偷见这些男的，然后其中一个设计陷害了你？”

“没有，我没有去见任何人！我从来没有去见过什么网友，我也不是同性恋，我只跟女人聊过天。但有人弄得我好像去见过，某个能接触到我的信息的人……”

“你最好不是在暗示是我干的。”

“不，当然不是。”说到这里他沉默了好一会儿，终于报出了那个名字，“拉娜。”

“拉娜·朗特里？我们报社那个？”

“我跟她好了一段时间，圣诞节以后开始的。知道孩子的事情以后我马上就跟她断了，我保证。我想过向你坦白，但我不敢。我跟她分手的时候她变得很恐怖，她开始以自杀相威胁，甚至还有更糟的，她威胁要伤害你。”

“我知道了。”

“前两周，我说那个女人家管道漏水我要去检查的时候，其实我是去见拉娜。她威胁我说要割腕。她以前就割过腕，我见过她手腕上的伤疤。她他妈的疯了，知道吗，她就是个疯子。”

“是啊，女人被男人狠狠伤害的时候就是会这样。”

“她根本就不爱我，我们之间只是一时激情，仅此而已。”

“你射在她里面过吗？”

他沉默了。

“你射在她里面过吗？”我又问了一次。

“是的。”他回答。

“几次？”

“好几次。”

“所以你是想说，和你偷情的一个脆弱的女人，割了一个不知哪里来的男人的生殖器，还藏在了你的车里，然后从自己的阴道里把你的精液刮出来，杀了另一个女人和一个男人，把那精液留在了作案现场？而且她做这些只是为了留住你？”

“我知道这听起来有点牵强，可……”

“只是‘有点’牵强？”

“这是唯一可能的解释。她恨我，非常恨我。我觉得是她杀了那些人，然后陷害了我。宝贝，我知道我做了对不起你的事，但我发誓我没有杀过人啊。你得去找她，瑞，让她告诉警察她都做了些什么，帮我洗清罪名。我无法想象这事情会如何发展，但我不想被关在监狱里，我不能去服刑。我需要你的帮助。”

“我认识拉娜，克雷格，她不会做出那种事的。在犯罪现场采集到的DNA是你的，不是她的，不是吗？”

“不！瑞安侬，不要！不要那样想！”他的声音都要喊哑了，“我不是杀人犯。我知道我没能做个好男友，但我绝对不是个杀人犯，亲爱的。”

“他们会起诉你吗？”

“我不知道。我给爸爸打了电话，他说如果起诉的话，他会给我找最好的律师，就找他伤了后背那次帮他拿到赔偿的那家律师事务所。我已经想好了，我会把房子卖了来支付所有的费用，我出来以后我们就搬去跟我爸妈一起住，直到事情全部解决。爸爸已经答应了。他们下周会带我回来参加听证会。他还没告诉我妈，她肯定会承受不了的，肯定不行。”

就是在那一刻，我的世界被狠狠砸碎在我眼前：“等等，你说卖了公寓是什么意思？那我们搬到威尔士的计划怎么办？蜂蜜小屋怎么办？”

“噢，宝贝，现在发生了这种事情，蜂蜜小屋已经不现实了。一切都不一样了。我得把公寓卖了才请得起律师。”

“不，你不能这么做。我们必须搬去蜂蜜小屋。我们就快做到了，克雷格。你都已经答应考虑了，我们说好了等你回来以后好好谈谈这件事。”

“那是在发生现在这件事之前，不是吗？宝贝，现实一点，蜂蜜小屋现在不是最重要的事情了。”

就这样，我的梦想，和我所有曾经有过的梦想一样，被粉碎，被冲走，飘向了遥远的天边。

他本可以逃过这一劫的。在过去的几周里我对他的感情本已经渐渐升温了，我以为事情将会朝另一个方向发展。我放过了韦斯利·帕森斯，我们发现了小谷粒，我们谈到了买下蜂蜜小屋的提议，我本以为我们已经转过一个弯，即将走向光明的未来。

可现在我们又转回了原地。突然，一个可怕的念头涌入了脑海。

“警察会来公寓搜查对吧？”我说。

“是的，可……”

“什么时候？”

“不用担心那些大麻了，那已经不重要了。”

我担心的可不是大麻。我担心的是 AJ。

“我得挂了。”

“不，瑞安侬，不要挂！瑞安侬，拜托了，拜托了！”

克雷格还在那头不停地叫着“不要挂”，我摁下了挂断键，收起手机。

那一刻我才突然意识到，也许我是爱过克雷格的。要不然，我为什么要这么拼命地想方设法去伤害他、去毁了他呢？你不会对一个无关紧要的人做这种事的。也许这就是爱吧，是爱让一个杀手去杀人，是爱让一个杀手用非同寻常的方式去杀人。

脑海中又响起了那该死的占卜师的话。

“你并不擅长和其他人相处，你只能……孤身一人……”

我走回木屋去拿我的外套，夜晚的空气冷得刺骨。

我又回到了海边。起风了，有几个人在不远处大口大口喝着啤酒，抽着烟，风把沙砾灌进我的嘴，风把盐粒灌进我的眼睛。一件孩子的围嘴被遗落在了海堤上。

格温夫人正在她的小店外面，折起门外的板子，收进店里。我在各色沙滩小屋的阴影里欣赏了一会儿她的身影。风吹起了那件围嘴，它在空中翻动，露出棕色小狗的图案，小狗在说："汪！"

我穿过马路。

"你好，我又来了，"我说，"我能进去吗？我保证不会太久。"

"不，不，你走，你快走……"

*

玻璃凶器的美妙之处就在于，只要你把它扔进海里，它就不会被发现。警察会知道凶器是什么，当然会知道——那个爪足支架空荡荡地立在那里，上面的水晶球不翼而飞——但他们不会知道它去了哪里，也不会知道是谁用那个水晶球砸碎了她的头骨。谁会怀疑一个笑容可掬、穿着宽松的红色背心和白色骑行裤走在夏日的海滩上，正要去见自己朋友的快乐的年轻孕妇呢？

一个女人是不可能犯下这种野蛮的暴行的。一个女人不会把陌生男人的生殖器割下来藏在男朋友的车里。我发现怀孕以后，本来想把它拿掉的。

我忘了。

一天以前，一切看起来都是那么美好。一天以前，我好不容易想明白了自己想要什么。一天以前，我的世界里只有我自己、克雷格、叮当和小谷粒，我可以看到美好的未来在向我招手，一个没有修道院花园、运河男、公园男、茱莉亚和其他不堪过去的未来。是的，我原本设计好了要把那些谋杀案栽赃到他头上，因为我很生气。但当愤怒的迷雾逐渐散去，当我们得知小谷粒即将来到这个世界上的时候，我能感觉到我们之间的变化，他想要的是我，他想要的是我们。我希望我们能越来越好。我的眼前描绘出我和他，还有叮当和小谷粒在蜂蜜小屋的生活，我能看见我们养的鸡在围栏里咯咯叫，我能闻到我们在花坛里种下的黄色玫瑰迷人的香气。我感觉很幸福。而幸福会让我毁灭。我早就说过，幸福不属于我。

“我看到一个孩子……满身是血……”

她说的究竟是我手上已经沾上的血，还是我将要流下的血？她没有说是哪个孩子。她不肯说那是修道院花园的一个孩子，还是安妮家的萨姆，还是我的小谷粒，所以我砸碎了她的头骨。她蜷缩在墙角瑟瑟发抖而我砸碎了她的头骨。

不会是那样的，一定不会是那样的，我知道一定不会是那样的。即使在我最愤怒、最杀人不眨眼的日子里，我也知道我不可能对一个孩子下手。我是叮当的好“妈妈”，我从来不曾伤害过她，她是我的孩子。

只是叮当是条狗，而那个孩子是个人，而我确实杀了不少人。

“你在这里啊！”一个声音在我耳边响起。我正泡在游泳池里，穿着衣服泡在游泳池里，洗掉手上最后一滴格温夫人的血。

“只是想游个泳，”我说，我浑身都在发抖，“你也进来吧？”

“你说什么？”他笑了起来，大口喝着口中的酒，“你真是个疯子啊。”

“大家都这么说。”

他呵呵笑着，脱下上衣，重重砸进水里，像个顽皮的孩子。

很快我们就纠缠到了一起，我们疯狂地吻着，他将我抱在怀里。

我们浑身湿透地回到了小木屋，他在我吱吱作响的床垫上深深地、一下一下地刺穿我。13号的位置已经被占了，我现在是他今晚的第19号女人。可笑的是，这正是我第一次杀人的年龄。

我们做得很快乐，也很快速。我现在可能已经染上什么病了吧。不过我不是一向都有病吗？

我们穿好衣服，擦干头发，一起回到了夜店区，伴着欧洲电子音乐和北极猴子乐队和闪瞎眼的灯光纠缠在一起。他吻我时我笑了，我们一起跟着音乐唱了起来。“塑料姐妹花”们扭着身子向我们这边挤过来，把他推开。皮奇递过来我的手提包。我去接电话的时候给她保管来着。

“你回来啦？我们都在担心你呢。一切都还好吗？”

我点点头，拥抱了她一下说：“我很好。刚才有点不舒服，但是现在好了。”

“你怎么全身都湿了？”

“我和阿尔菲去游泳了。”

她们都欢呼起来，手拍向我的胸。露西尔抚摸着我的肚子，亲吻了我的脸颊；伊梅尔达给了我一个汗津津的拥抱，把她那条羽毛都快掉光了的披肩围到了我的脖子上，告诉我她爱我。我们手挽着手即兴跳了一段踢腿舞，灯光洒在我们的乳沟上和闪着荧光粉的脸上。

舞池里的灯由红变白，又由白变红，闪烁得耀眼。舞池里的空气越来越热，直到我全身开始出汗。我的朋友们全在我的身边跳舞，性感、闪亮、快乐，舞池很适合我们。音乐越来越响，直到我的耳朵开始嗡嗡作响。只要我们还在跳舞，就不会有人看到我指甲下面的血。只要音乐还在响，我们就没事。

我不敢去想这一切都停下之后会怎么样。

6月23日，星期日

我终于回到了公寓。昨晚有场重要的球赛，城里的冬季花园还有个晚宴，所以根本找不到车，我只好今天一大早付双倍车费打车回了家。贵就贵吧，我必须回来。我动身前给吉姆打了电话，他说他们不介意多照顾叮当几天，但我说我需要她在家陪我，我太想她了。

我没想到的是，这个小叛徒在离开我的这几天里，性格发生了一些小变化。

她在我怀里待了不过短短五秒钟，舔了一会儿我的脸，便冲到了卧室门口嗅来嗅去，再也不理我了。她显得有些暴躁，叫个不停，全身激动地颤抖，小爪子使劲刨着地面，鼻子都快塞到门框下面去了。

“啊，上帝保佑，她以为克雷格在里面。”我对吉姆说。

“我还没告诉伊莱恩，什么都没告诉她。”他坐在餐桌那边，对我说。我试着让叮当离开卧室门口，来我这边，但她怎么也不听。她甚至凶了我，甚至我用骨头和玩具引诱她她都置若罔闻。“这会杀了她的，一定会的。我们能做些什么呢，瑞安侬？”

“一切自会有解决之道的，一定会的，”我走到他对面坐下，握住他的手，“他们还没有正式起诉，不是吗？克雷格不会做这些事的，肯定不会是他。”

“自从接到他的电话，我就再也没合过眼。我说，谁会这样对他呢？他说的这个拉娜是谁？”

“他的出轨对象，是我的同事。她有点……怎么说呢，精神不正常——这已经算是含蓄的说法了。报社的人都是这么说的。她之前还试图自杀过。”

他深深地叹了口气："真是蠢啊。这周报纸上一定会铺天盖地地报道这件事，而我们什么都做不了。伊莱恩看到这些会怎么样呢？今年医生都已经给她增加过两次药量了。"

"说不定事情很快就能解决了，我们根本不用告诉她呢？"

"估计希望不大啊。"他重重地捏了一下胡子拉碴的下巴。

叮当依然在卧室门外徘徊，疯狂地叫个不停："叮当，宝贝，你没事吧？是不是想妈妈了呀？"

"我不知道该如何帮他妈妈渡过这一关，"吉姆继续说，"我该怎么告诉她儿子被捕了？更可怕的是，还被控谋杀？"我以为他也要崩溃了，但他很快便恢复了平静。他问我："你呢，你还好吗？"

"还好，"我说，"我也一直没能合眼，可是……这一定会解决的，对不对？这显然是个巨大的误会……"

"他妈的就是……噢，对不起，我不该说脏话。"他递给我一张名片，是克雷格跟我提过的那个律师的。"我约了她10点见面，看看如果他被指控的话我们该怎么办。愿上帝保佑我们。你会陪在他身边的，对吗？我知道他做了对不起你的事，亲爱的，可……他现在真的需要你，他现在需要我们所有人。"

"别担心，我不会离开的。"我握住他的胳膊郑重地承诺，好让他放心，然后把律师的名片放进了牛仔裤口袋，"嘿，我该给你泡杯咖啡，但我刚回来，家里没有牛奶，啥也没有……"

"噢，别客气，亲爱的，我只是来送叮当的。"他难过地低头看着她，"看来她已经适应了。回到妈妈身边很兴奋，对吧，你个小可爱？"

叮当冲着吉姆叫了几声，蹦蹦跳跳地开始往他腿上爬。

"噢，你想要爷爷呀？"他抱起叮当，她马上用前爪趴在他的胸膛，舔上他的脸，像是有紧急的事情要和他讲，"我会想这个小家伙的，她能让我暂时忘掉这些烦心事。"

我看着叮当，她奋力用前爪在吉姆的胸口一下一下地踩着，她在试图告诉他什么。这个小叛徒要出卖我。我一站起来，她就从吉姆的腿上冲下来，飞快地跃过房间，回到卧室的门框下面狂吠着嗅来嗅去。她已经知道了，她已经知道卧室里藏着的是什么，而且她不打算放过我。我伸手去摸她，但她对着我叫。她这是在用狗狗的语言对我说："我知道你做了什么！我知道里面是什么！"

吉姆清了清嗓子，像是在努力克制着情绪："亲爱的，如果你愿意，你可以和我们一起回去住几天。我知道伊莱恩听说这件事的时候一定会需要一些支持，你和叮当在那里的话，可能……我不知道……"

"不行呀，我还得工作。"

"出了这么大的事情，他们一定能给你放几天假的吧。"

我耸耸肩："估计难吧。"叮当狂躁地刨着卧室外面的地板，像是要从毒气室挖地道逃出去。她是不会善罢甘休的。我终于下定了决心。我知道我该怎么做了。

"吉姆，要不你把叮当带走吧？让她跟你们住一段时间。比起我，伊莱恩可能更需要她。"

"啊？不行，我不能这么做，亲爱的，她是你的狗。"

"是的，但是克雷格不在这里她也不开心，而且现在克雷格……这样了，平常也没有人陪她。我知道伊莱恩有多爱她。"

吉姆点点头："我告诉她今天早上要把叮当送回来的时候她还哭了。我在车里也哭了，不过你不要告诉别人。只是让她暂时住在我们那儿，对吧？"他的脸上开始恢复血色，"这真是太好了。"

"是的，只是暂时的。这对我们都有好处，不是吗？我很快会去看你们的。我再给你拿一些狗粮和玩具。"

"好的。还有，我之前的提议依然有效，亲爱的。你如果想离开这个地方一阵子，就来我们家吧。床都为你准备好了，你随时想来都可以，甚至不用电话通知都没关系。"

"谢谢你，吉姆。"

吉姆将叮当从卧室门口拖开，拴上狗绳的时候，她依然不停地朝着我叫，使劲嗅着门口的空气。我最好的朋友，那个在我孤单时一直陪伴着我、在我身边支持着我的小生灵，终于受够了我这些杀人的勾当。她颤抖着，咆哮着，露出白得发光的一排小尖牙。我再也不认识她了，我不想看见她。

吉姆和叮当走后，我打开天井的门，让初夏的白天已经炙热的空气和阳台上植物的味道一起涌进公寓。罗勒和牛至已经开始疯长，我用手指揉了揉柠檬百里香的叶子，让双手沾满那迷人的香气。我走进卧室，掀开被子。

"真是惊险啊。"我说。我爬上床，爬到 AJ 身旁，亲吻他的脸颊，抱住他的脖子，对他说："你不问我为什么回来得这么早吗？我跟'塑料姐妹花'大吵了一架，叫出租车回来的。我说伊梅尔达是个控制狂巫婆，她扇了我一耳光。我说露西尔没骨气，她哭着跑了出去。我说那个吉玛 / 詹娜是个彻头彻尾的傻瓜。不记得跟其他人都说了些什么了，反正有一个人泼了我一脸水果酒，这个我倒是记得。"我吻了吻他的唇，"有一些不速之客要来，他们要找我问话，他们会带你走。我不想他们带你走。每个人都离开了我，我想要你留在我身边。"

我再次吻了他的唇，然后坐起来，骑在他身上，俯视着他紧闭的眼睑和长长的睫毛，我温暖的大腿环绕住他完美的、冰冷的裸体。我第一次对他说了那三个字，真心实意地说了那三个字。

"我爱你。"我脱下自己的上衣，躺在他的身上，中间是我们的孩子。他身上的寒意中和了我身上的暖意。"我真希望我们能永远这样，"我闭上眼睛，"也许我们可以，也许这就是一切的结局。"

"你他妈的在干什么？"

"什么？"我环顾四周。

房间里的气氛变了，仿佛叮当突然走了进来。但是并没有人，那个声音又响了起来。"我说，你他妈的在干什么？警察随时可能会来。"

我看了看枕头上 AJ 那张毫无生气的脸。不是他。

"不，不是他，是我。你特意提前回来就是来处理尸体的，所以现在赶紧处理尸体。"

我看了看床的另一头，我看了看门那边，我看了看自己的肚皮。

"没错，是我，这里。你现在只剩下我了。你要是不想被抓，就赶紧听我的。”

“不，这不是你，小谷粒，这才不是你！”

“就是我！你想等警察来了看到这一切吗？你想进监狱吗？”

“我已经不在乎了。”

“我在乎！所以你也必须得在乎，因为我不想在监狱出生。你得赶快把他处理掉，赶快。”

“怎么做？第一，现在是大白天；第二，我搬不动他。你觉得我要怎么把他弄下楼梯，穿过停车场，塞进我的后备厢？”

“你知道怎么做。”

“我知道？”

“是的。分尸。”

“什么？”

“找个电锯把他锯了。你可以在浴缸里锯。然后把碎片打包起来，装进一个行李箱，扔进海里……”

“我做不了这个！”

“或者埋到外公房子后面的森林里，那样更好。你买电锯的时候可以顺便买把铲子。”

“这一切都是我脑子里想象出来的，都是我那个愚蠢的、坏掉的脑子里想象出来的。不要再跟我说话了！”

“这不是你脑子里想象出来的。赶紧醒醒，闻闻这尸体腐烂的味道。我跟你说，你得锯了他，这样才好把他弄走。这是你唯一的出路。”

“我不要锯了他，太恶心了。”

“你刚刚还裸着躺在一具尸体上。”

“你还只是一团肉，你懂什么？”

就在这时候，一阵响亮的敲门声打破了公寓里寂静、冰冷的空气。

“这下你麻烦大了，妈妈。”

【全文完】